东渡 东渡

红 孩/著

群言出版社
QUNYAN PRESS
·北 京·

图书在版编目（CIP）数据

东渡东渡 / 红孩著． -- 北京 ： 群言出版社，
2016.5

ISBN 978-7-5193-0129-3

Ⅰ．①东… Ⅱ．①红… Ⅲ．①散文集－中国－当代
Ⅳ．①I267

中国版本图书馆 CIP 数据核字（2016）第 129381 号

责任编辑：王　聪
封面设计：刘淑媛

出版发行：群言出版社
社　　址：北京市东城区东厂胡同北巷 1 号（100006）
网　　址：www.qypublish.com
自营网店：https://qycbs.tmall.com（天猫旗舰店）
　　　　　http://qycbs.shop.kongfz.com（孔夫子旧书网）
　　　　　http://www.qypublish.com（群言出版社官网）
电子信箱：qunyancbs@126.com
联系电话：010-65267783　65263836
经　　销：全国新华书店
法律顾问：北京天驰君泰律师事务所

印　　刷：北京鑫瑞兴印刷有限公司
版　　次：2016 年 8 月第 1 版　2016 年 8 月第 1 次印刷
开　　本：710mm × 1000mm　1/16
印　　张：21
字　　数：272 千字
书　　号：ISBN 978-7-5193-0129-3
定　　价：38.00 元

目录

第三辑　脸对脸呼吸

序言　红孩的散文世界

□周　明

今年是河北省散文学会成立30周年，河北的朋友打电话给红孩，希望中国散文学会能多安排几位领导并带一些报刊编辑出席。红孩问我去不去，我说我都二线了，你代表学会去就可以了，你现在是散文界的大人物。红孩说，您开什么玩笑，在您眼里我永远是个长不大的孩子。

红孩确实长大了。记得我跟红孩认识的时候，是1996年夏季。那天，学会召开会长工作会，为充实学会领导的力量，经我和石英介绍，把王宗仁、红孩带到学会，从此我们开始了20年的工作交往。当时，红孩在《中国文化报》主持副刊工作，在编辑之余，从事散文、小说创作。我记得我当时有两篇重要的回忆文章《徐迟和哥德巴赫猜想》《插柳不叫春知道——记黄宗英与〈小木屋〉》就是经红孩组稿编发的。再以后，每年我都要被他督促写一些散文，特别是我和文坛一些重要作家的交往，如冰心、巴金、叶圣陶、茅盾、丁玲、柳青、赵树理、柏杨等等，当然也包括我为一些青年作家写的推介文章。我自1956年就到中国作家协会工作，长期在《人民文学》做编辑，我知道其中的辛苦与快乐。红孩喜爱做文学编辑，他主持的报纸副刊在全国赫赫有名，曾多次得到文化部和中央领导同志的批示。仅我熟悉的作家，如贺捷生、张抗抗、阎纲、肖复兴、陈祖芬、赵丽宏、贾平凹、陈忠实、迟子建、陈世旭、叶延滨、雷抒雁等，共有一二百位名家，至于普通的业余作者就不计其数了，都在上面发表过作品。

我的感觉里，红孩善于团结各种类型的作家，特别注重跟老作家、老艺术家交往。这可能与他早熟有关。红孩生长在北京郊区的农场，在那里工作过6年，90年代初调到城里，先后在北京市和中央七八家媒体工作，有着丰富的采访经历和人生阅历，我们在聊天中，发现他涉猎很广，不论是农业、农村、企业、科技、医药卫生、机关、部队，更不要说文艺界，几乎所有的领域他都能知道一些。评论家刘锡诚曾说过，红孩是我们这一代作家最能谈得来的年轻作家。这一点，我也深有同感。我在同红孩交流中，他十分注意倾听我谈的文坛往事，并且善于把人物之间的关系联系在一起，久而久之，就成了他的文学积累。有几次，我有事给他打电话，他告诉我他正在公园陪贺老妈（贺捷生）散步。学会有活动外出，红孩总不忘请老同志，一路上照顾得很周到。所以，吴青、陈恕、柳萌、从维熙、蒋子龙等许多老同志都非常喜欢他。我印象中，红孩主编过一套《中国老艺术家自述丛书》，几位老艺术家分别是李光羲、吕远、石维坚、黄宗英、资华筠，这都是文艺界响当当的人物。一个年轻人，能与老艺术家保持20多年的交往，成为忘年交，不是一般人能做到的。

我写上面这些，似乎离散文远了点，其实未必。正因为红孩有着丰富的人生阅历，自己钟爱的文学编辑岗位和不断地向前辈作家、艺术家学习的精神，才使得他的散文日臻成熟，以至被当下中国文坛所关注，成为散文界承上启下的重要领军人物。红孩是个有散文思想的人，这些年他陆续写了几十篇散文理论文章，在散文界广受青睐，有些话甚至成为名言。譬如，他说的“小说是我说的世界，散文和诗歌是说我的世界”“散文创作的过程，实质就是从我到我们的过程”“散文是结尾的艺术”等等。从去年起，上海《文学报》为红孩开了“散文闲谈”专栏，从已发表的十几篇文章看，反响相当不错。红孩的散文理论，不是从书本上来的，也不是从别人身上学的，完全是从他多年的创作中取得的。所以，他写的理论文章通俗易懂，有时甚至就用口语，或是民间谚语。如他形容某些人为的散文热，他说，这样的散文是被窝里出汗自己热，热的不是散文，而是作者自己。读起来，让人忍俊不禁。

红孩的散文，很少有超过5000字的，大都是2000字上下的精短文章。这可能与他的生活节奏和长期从事报纸副刊编辑有关。红孩在多种场合，一再倡导写精短散文，他自己且不断地在这方面实践。我读红孩的散文，有这样几点感受：第一，语言平白朴素，接地气，绝少四六句那种装腔作势和晦涩难懂的词句；第二，作品感情充沛，有鲜明的情感指向；第三，视野开阔，涉猎题材丰富；第四，作品有自己的意境追求，哲学思辨色彩很浓；第五，长于叙事，特别注重细节的发掘和提升；第六，坚持现实生活创作，兼有浪漫主义情怀，思维具有现代性；第七，写作技巧娴熟，神形统一，擅于从小说、美术等方面借鉴，结尾常有出人意料之笔；第八，具有平民情怀，眼睛向下，自觉做到为时代而歌，为人民立传，不断向社会传递温暖向上的正能量。其代表作品主要有：《东渡 东渡》《女人的荷》《唤声姐姐叫萧红》《父亲的农民帝国》等。

在这里，我还必须提到红孩为散文界做出的贡献。自从红孩到中国散文学会参与工作以来，十几年中，他把大量的精力都投入到学会的各种活动中，不论是评奖、采风、作品讨论会、创办散文报刊，几乎都有他的身影，尤其是担任学会的主要领导后，更是为广大的散文作家奔波忙碌，这些年他编辑的散文丛书主要有《我最喜爱的中国散文100篇》系列年选、《中国当代著名女作家散文精品赏析》《零距离——名家笔下的灵性文字》10卷本散文大系、《全国冰心散文奖获奖作家丛书》等，总计有四五十册。他为全国各地散文作者写的序言、评论文章至少也得有50篇之多。这样的精力，这样的能力，我是打心底里佩服的。我还注意到，这几年红孩在写大量的散文的同时，还在写小说。我去年在几家报刊上看到他写的小说《风吹麦浪》和《西皮流水》后，感到很吃惊，想不到他的小说写得是那样清新自然，我当即打电话向他表示祝贺。红孩告诉我，他的文学处女作就是小说。我说，你以后少搞点活动，拿出大量的精力写小说吧，你具备当大作家的素质。红孩笑了，说一切顺其自然。

如今，红孩把他近些年的散文结集为《东渡 东渡》就要出版了，他请我为这本书作序。我觉得我应该写篇文章，这不仅是出于对红孩的个人友谊，也是对他的散文一次集中的阅读学习，更是对他多年来为我国散文创作所做工作的充分肯定。或许我写得尚不够准确，但确实是我真诚的表达，欢迎散文同人给予批评指正。真诚的祝贺本书的出版，祝福红孩！

2016年4月26日于现代文学馆

第一辑

退失菩提心

东渡 东渡

人的一生会遇到很多河流，这河流或许因为水流湍急，使人们无法到达对岸。此刻，当我站在黄河西岸的吴堡县川口村红军东渡渡口，眺望那黄河之水从眼前缓缓流过时，我怎么也无法想象 1948 年 3 月 23 日毛泽东和中央前委机关是如何渡过黄河的。时间老人假如存在，我会问他：当年的红军从哪里来，又将到哪里去？

诗人说：红军从人民中来，到人民中去。

牧羊人说：红军从黑暗中来，到光明的地方去。

佛祖说：红军从该来的地方来，到该到的地方去。

这就如同我，我从一条东渡船来，从一个女子对领袖对红军的情感而来。曾几何时，这条船被淹没在黄河岸边的一片山谷中，四季风侵蚀着经年岁月，却没有伤透这条船的筋骨。当地的老百姓习惯把这条当年毛主席坐过的船称作“一帆风顺”，也有人把它比喻成“龙船”。

我见到这条龙船，是在一个不经意的夏日午后。在西安美术学院大门南侧的荞麦园美术馆。

我原以为，荞麦园美术馆无非是个占地只有百八十平方米的一个小展室，里边挂着一二十幅字画以及陈列着一些石头玉器等物件儿。当下，有很多的老板在自己的公司会所都建有大小不一的艺术馆。然而，等我真的走进荞麦园美术馆我竟完全被眼前的一切惊呆了：这座可称为世界之最的八九米高的仿窑洞式建筑，面积总有一千多平方米，四壁挂满中外名人字画，也有很多诸如黄土地系列等主题画作。我不知道西安市有没有省市级的美术馆，但我敢说，即使有，也未必有荞麦园美术馆这么广聚人气！

由此，我对传奇的荞麦园美术馆馆长荞荞不得不刮目相看。

参观完美术馆，荞荞把我们带到一神秘处，说要让我们看她的镇馆之宝。多年的经验告诉我，任何一个藏家都会拥有一两件自己稀罕的物件儿，有的是古玩，有的是字画。荞荞不说，我还真猜不出她葫芦里究竟卖的什么药。

"啊，一条大船！"借着午后刺眼的阳光，我被眼前呈现的一条七八米长的木船惊住了。走到近前，只见船头的下方写着"东渡船"三个字。我问荞荞，这东渡船是什么意思？荞荞说，这条船是她从陕北老家搬来的，你可不要小看这条木船，1948 年 3 月毛主席率领中央前委机关 800 多人东渡黄河到山西就是坐的这条船，当时荞荞的爷爷就是老船长。

这条船太神奇了！听着荞荞的叙述，我的双手不由得轻轻抚摸起船儿来。说来也巧，我背的帆布书包正好是印有毛主席画像的那种为人民服务的军挎包。一旁的荞荞说，您可真神了，想不到您竟然把毛主席他老人家请回来重新坐龙船。我说好啊，于是我把书包背正，坐在船头，和荞荞一起照了一张难忘的合影。

离开龙船，我问荞荞："你爷爷还健在吗？这条船为什么能保存得这么完好？"

荞荞指着墙上的一张毛主席东渡黄河的照片说："主席身后的那个船公就是我家爷爷，他早已去世了。爷爷去世前，一直惦念着这条东渡船，他特别叮咛我们后人们一定要保护好。"

"东渡船看来是你们薛家和川口人的一种情结，其中既有对领袖对红军的无限深情，也体现着陕北人的纯朴、善良，重情重义。其中，也包含着一种信念！"

对我的话荞荞没有接话。我知道，在陕北人的心里，这是一个复杂的话题。是啊，自 1948 年 3 月 23 日毛主席率领中央前委机关东渡后，他再也没有回到养育他和红军 13 年的陕北。陕北的人民不理解，这究竟是为了什么呢？

"如果有可能，我真想到你的家乡到毛主席东渡的地方去看看。"我对荞荞说，也对自己说。

"好啊，红色的孩子游览红色的圣地，这本身就充满神奇。"荞荞说。

东渡，东渡，何时我能到川口亲眼看到毛主席东渡的渡口呢？

回京不久，恰逢一个作家采风团赴延安、榆林采风，我二话没说表示一定去。到达绥德、佳县后，在白云山参观空隙，我查看了一下地图，发现此地距毛主席和中央前委机关东渡渡口只有几十里，于是我就对当地的一个领导提出，能否安排一辆车送我到吴堡的川口毛主席和中央前委机关东渡渡口去看看。那位领导说，渡口没有什么好看的，只有一块不大的纪念碑。"不，哪怕只有一块石头，我也要亲眼看一看！"我坚定地说。见我如此，那位领导便特意安排一辆吉普车送我。

汽车在崎岖的山路奔驰，两边的山峁峁上长满了枣树、谷子和土豆。五六年前，我曾到延安的延川乾坤湾去采风，那也是一个枣儿即将成熟的季节，回来后我写了散文《乾坤湾的枣林》。"我们陕北的土地很贫瘠，只能种这些不值钱的东西。"司机见我那样地热爱陕北的黄土地，他一脸淡然地说。

"你们这里不是有很多的油田、矿山吗？"我不解地望着司机，说。

"有是有，那也是富裕了极少数人。老百姓沾不了多少光！"

"除了种地，没有别的收入吗？"

"没有，一般靠年轻人到外边打工。"

“今年的大枣看着长势还不错。”

“那您可算猜错了，”司机把车放慢了速度，“这两年不知怎么了，这枣就是不结果。”

“是不是得了什么病？我们北京郊区也有大小年之说，是不是赶上小年了？”

“不是。据说与大面积地放蜂有关。”

“蜜蜂可以帮助传粉，应该是好事啊？”

“那也不一定，蜜蜂都把糖采走了，枣儿还怎么长！”

“看来还真得请有关的农林专家看看，说不定蜜蜂是冤枉的呢。”

聊天中，黄河已然浮现在眼前。顺着黄河的西岸，我们一路前行。大约走了 20 分钟，隐约看到川口的路标。司机说：“东渡渡口就要到了。”

到了，东渡，东渡！黄河，我终于来看你来了！

夕阳西下的黄河缓缓地流淌着，远山近景，构成一幅陕北的秋天图画。我静静地伫立在“毛主席东渡纪念碑”前，深深地躬下身去，四处静悄悄的，我的耳畔仿佛从远处传来《黄河船夫曲》高亢的歌声：你晓得，天下黄河几十几道湾哎？几十几道湾上有几十几只船哎？几十几只船上有几十几根杆哎？几十几个艄公哟嗬来把船儿扳……

川口村并不大，也就上百户人家。站在东渡渡口，你怎么也不会想到，就是这么一个小岸口，在两三天时间突然要集结上千人，硬要靠几条小木船把他们都运送到黄河对面的山西去。据文字记载，当毛主席坐在船上准备东渡时，他突然对警卫员说他想游过去。这话虽然有玩笑的成分，但从后来毛主席畅游长江、大海来看，他是不惧怕黄河的。这就是毛泽东！那个带领亿万中国人民站起来的毛泽东！

我走到一个高坡坡上，给远在西安的荞荞拨通电话，兴奋地告诉她，我现在就在她的家乡，在毛主席东渡的渡口。荞荞说，你往西南的山梁梁上看，那里有我家的窑洞，院里矗立着一棵高大的槐树，四周全是枣树。我按荞荞所说的方向望去，由于有阳光的照耀，山梁梁的景象斑驳可见，那些建在山峁峁间的窑洞点缀在茂密的枣林中，有的人家已经开始炊烟缭绕了，如诗如画，宛如繁星。

荞荞叮咛我，到一趟东渡渡口不容易，要多照几张照片。我当然要照几张照片了，可是当我用镜头对准渡口纪念碑、黄河、对面的山西以及满山的窑洞树木时，我发现我的镜头有限，无论从哪个角度都不能把我心中的东渡照出来。我这种感觉没敢对荞荞说。

夜幕渐渐降临，司机提醒说，我们该回去了。我抬头看了看荞荞家的方向，我多想到她从小生活的地方去看看啊。荞荞告诉我，自从她父亲去世后，除了清明，她已经很少回家了。人没了亲人固然伤感，但如果连故土也没了，那就更伤感了。写到此，我豁然明白荞荞为什么要费那么大的力把东渡船从老家的山坳里搬到西安城里的荞麦园了。

几天后来到延安，当地文化部门的领导请我们晚上观看大型音乐会《延安颂》。我问，是中央歌舞团来延安慰问演出吗？领导回答，不是，是当地一位企业家投资的一个民营剧团的演出，每天晚上都演，已经有一段时间了。

由于晚饭时间延长，我们走进延安大礼堂观看演出时，演出已经开始了。借着台上的灯光，我双眼扫了一下剧场，估计也就七八十人，上座率不足 1/6。尽管如此，演员们表演得依然很认真。看着那熟悉的舞蹈与歌声，我的心似乎又回到了中央红军在陕北的 13 年。多好的红军，多好的陕北人民，多好的延安精神啊！我同时在想，这样的演出如果放在北京，每天的观众也只能有百八十人吗？据我所知，北京的演出市场异常火爆，每天都有二三十场，观众上座率很少有低于 80% 的。当然，在市场经济面前，在文化人群分流的今天，我们不能要求电视、剧场每天都上演红色剧目，更不能强迫每个观众每天都必须看红色经典。可我总以为，这些美好的作品还是能够被更多的人铭记为好。但怎样才能做到，我一时也想不出什么好的办法。

也许我太替古人担忧了。黄河毕竟东流去，古今多少事，能被后人记住的终究很有限。不想也罢，真的，不想了，不想了。

黄河岸边的歌声

我常跟喜爱音乐的朋友说，生活在中国是一件很幸福的事，一辈子不知道要听到多少首民歌。每次出差到外地，我总会千方百计地让当地的朋友请来唱民歌的歌手给唱几首歌曲。虽然有些歌词听不清楚，但那个原声态的调式却让你久久不会忘记。

10月16日，北京人民大会堂上演了一场以《黄河情韵》为主题的大型民歌演唱会。整台晚会分“船夫壮歌”“沿河情歌”“经典红歌”和“民族心歌”四个乐章，共演唱35首民歌，演员总数达600多人，观众近6000人。看这阵势、规模，即使你不在现场，你也能感受到演出的气氛将有多么热烈。

你晓得
天下的黄河 几十几道湾
几十几道湾里 几十几只船
几十几只船上 几十几根杆
几十几个艄公把船扳
我晓得
天下的黄河 九十九道湾
九十九道湾上 九十九根杆
九十九个艄公把船来扳

九十九个艄公把船扳

这首著名的陕西民歌《黄河船夫曲》，很多人都会唱。每次听到这悲壮、高亢、苍凉的歌声，我们便不由想到一路奔腾咆哮的黄河。作为中华民族的母亲河，黄河承载着一部炎黄子孙五千年来的战天斗地史，也承载着无数人的蹉跎岁月和悲欢离合。音乐，作为人类文明的记录与传播的载体，它始终伴随着人类文明的发展而发展。千百年来，在黄河两岸，传唱着数以万计的以黄河为主题的民歌。民歌不同于现代歌曲，大都由一个民族或几个民族的人民群众在某一个地域不断创造、完善，并且传唱多年，有相当多的歌曲根本无法知道词曲作者是谁。在过去的几十年中，中国的音乐人，如王洛宾、胡松华、蒋大为、徐沛东等人都曾倾注很大的心血到祖国各地去采撷、发掘、整理了大量的民歌作品。此次举行的《黄河情韵》民歌演唱会上的许多歌曲，就是由包头市黄河文化经济发展研究会会同黄河八省、市、自治区组织资深作曲家、诗人、作家、电视编导、新闻记者，结成黄河民歌采风团，自 5 月 4 日到 6 月 6 日，从黄河入海口东营溯黄河而上至青海黄河源头，历时 34 天，行程 13000 多公里，采访了汉、蒙、回、藏、哈萨克、东乡、土、裕固等民族的近百名民歌传承人和民间歌手，搜集民歌 2890 首中遴选出来的。如：内蒙古鄂尔多斯民歌《送亲歌》、宁夏海原的花儿《绿韭菜》、青海格尔木哈萨克民歌《理想之歌》等。

门搭搭开花不来来
门外走进俺哥哥来
每日里想你不在
这日期你在哪来
门搭搭开花不来来

哥哥我走进门看妹妹来
人虽离妹心不离
常把妹妹挂心怀
妹想哥来哥想妹
情深意长沁心扉
黄河出岸满摊摊水
哥哥一心爱妹妹你
并头莲开花离不开
今日你走了啥时间来
杨桃蔓开白奶奶
衣服破了你捎回来

这是一首山西民歌《会哥哥》。民歌所以流行，大都与爱情和民俗有关。像我们所熟悉的《走西口》《五哥放羊》《编花篮》《小亲疙瘩》等等。另外，很多民歌往往采用男女对唱的方式，极大地增加了歌曲的表演性和观赏性。《黄河情韵》的演出，并没有像过去的晚会那样，邀请大牌明星演唱，而更多的是采用各地的普通演员，甚至用高校声乐系的学生。或许有人认为这样做是为了省钱。而我认为，让无名的演员走上人民大会堂的舞台，更能体现对民歌的尊重，也有利于民歌的传承。

桃花红来红似火
河西的姑娘们过河来唱秧歌
撑船过河唱秧歌
河东的小伙子们唱个秧歌我来和
黄河流水哗哗响
家乡歌儿多

过去唱的什么歌
今天咱来唱什么
过去唱秧歌那苦泪多
泪水多得流成河
今天咱来唱秧歌
人也笑来水也乐

如果不是看《黄河情韵》民歌演唱会，我还真很少听到山东歌唱黄河的民歌。譬如这首《唱秧歌》，有谁能知道是山东民歌呢？我们更多地知道陕北民歌、山西民歌、内蒙古民歌。10年前，北京记者李亚熔曾经自费邀请黄河流域的百名歌手到北京人民大会堂演出，当时的歌手阿宝还没有多大的名气。我很佩服李亚熔的勇气。如今，李亚熔吸纳陕北地区的剪纸、民歌精髓，开始画水墨画。显然，中国民间艺术给她带来了灵感。我还想到有次去延安采风，在路上大巴车一直播放阿宝唱的陕北民歌，不想一位陕西作家失落而伤感地说，咱们的歌让人家娃（阿宝系山西人）唱了，唱得就是好啊！我说你也不必伤心，好的歌曲必然要广泛流行，这说明陕北民歌有魅力，何况陕西和山西历来有秦晋之好哩！

对面呀沟里流河水
横山里下来些游击队
一面面红旗硷畔上插
快把咱们的游击队引回咱家
滚滚的米汤热腾腾的馍
招待咱们的游击队好吃喝
三号号盒子红缨缨
咱们的游击队好威风

……

羊肚子手巾头上扎

跟上咱毛主席打天下

《黄河情韵》民歌演唱会的第三乐章为《经典红歌》。当一个叫刘春风的陕北安塞女孩刚一开口唱出《跟上毛主席打天下》时，观众当即爆发出热烈的掌声，有相当多的观众还跟着节奏情不自禁地唱起来。经典所以成为经典，除了优美的旋律以外，更主要的是音乐代表了时代的跫音。我以为，改革开放30余年，有那么多的歌曲被广泛传唱，如:《在希望的田野上》《党啊，亲爱的妈妈》《走进新时代》等优秀歌曲，就是最好的佐证。

正因为如此，我衷心地为《黄河情韵》叫好。

黛眉山上的风筝

中国山多，名山也多，算来我去过的山大小或许有上百座吧。尽管如此，我写山的作品还是很少。我总觉得，对于我这个从小在平原长大的孩子，山于我是神秘的、高人的、疏远的，或者说是恐惧的。相反，我更钟情于水，不管是江河湖海。

说来也凑巧，去年以来，我前后五次去黄河。特别是我到了陕北的川口，亲眼目睹了1948年3月23日毛主席率领中央前委机关渡过黄河的渡口后，站在高高的圪梁梁上，面对滔滔黄河水，我百感交集，写下了散文《东渡 东渡》，一经发表，得到了意想不到的反响。我知道，读者对这篇散文关注的因素很多，既有对毛主席、中央红军无比热爱的，也有心系陕北老区人民的，还有对这篇散文写作技巧潜心研究的。或许因为这篇散文的成功，使我对黄河更加热爱了。在以后的日子，只要有去黄河的可能，我都会去的。如果说过去我对黄河还没有什么直接的认同，那么，今天我则会自豪地说，我就是黄河的儿子。

五一过后，河南的朋友说，你到黄河小浪底来一下吧，这里有座黛眉山，属世界地质公园，景色很漂亮。黄河小浪底？我情不自禁地叫出声来。这之前，有很多的作家都到过黄河小浪底，他们每次跟我说起来，都说那里的风景如何好，弄得人心里痒痒的。去年冬天，我到焦作采风，听说我来了，济源的作家协会主席葛道吉和几个文友驱车两个多小时赶到宾馆来看我，并且真诚地对我说，黄河小浪底主体部分就在济源，这次无论如何要抽时间去看看。我说我真想去看看，可单位的事情又实在脱不开，我只好答应他们来年春天去小浪底。

关于小浪底移民建坝我看过一些文章。对于家乡、故乡，没有长久离开的人是体会不到思乡之痛的。我们可以设想一下，如果让你在黄河边上生活一辈子，忽然有一天来了政策，让你举家离开黄河，你能接受吗？对于故乡、亲情，我们千万不要用贫富二字来衡量。

黛眉山位于黄河的南岸，过去隶属于恒曲，今天归属于新安县，从洛阳到这里也就两个小时的样子。我们到达山上已是黄昏时分，一行人站在一家内部招待所的院落里，凭栏往东北望去，是一片巨大的湖，湖的对面则是绵延的王屋山。黛眉山旅游开发公司的任总说："你们看到的这片湖，其实不是湖，就是黄河。小浪底建坝成功后，黄河的水由山的下边浮了上来。表面上很清澈，波澜不惊，底下的水还是黄黄的，说不定有很多暗流涌动呢。""小浪底这段黄河能有多长？"我问。"少说也得有一百多公里。""那黄河这段都叫黛眉山吗？""这段山总体上属太行山余脉，河南这侧叫黛眉山，河北那侧叫王屋山。"

平心而论，在来小浪底之前，我只知道王屋山，而不知道黛眉山。至于太行山，那名气就更大了。我知道，太行山的最北端在北京昌平的西部山区，其最有代表性的雄伟特征在山西的长治地区。听我说太行山山西段如何好，我发现任总只是看着我笑。这是默许呢，还是不甘认同？我不得而知。

夜晚的黛眉山异常安静，由于灯光少，再往黄河上看，你看到的只是几许波光，偶尔闪出的一点船上的灯光，会让你觉得这山的沉静水的静谧。抬头望天，群星闪烁，星罗棋布，让你觉得亲切，似乎一伸手就能把月亮摘下来。可惜，身边没有心仪的姑娘，她若在，我真的要摘一颗亮丽的月亮给她。

翌日上午，任总亲自带着我们上黛眉山去逛风景。任总本是河南商丘人，当过兵，转业后下海经商。看着他的200多斤的体重，阔脸浓眉大耳，我心说这老兄要是手里提着一把禅杖，整个活脱脱一个鲁智深在世。我相信，人有奇怪的相貌，必定会有奇特的本事。任总有奇特的本事吗？当然有。我只告诉你两件事，你就得伸出大拇指为他点赞。第一件，北京首都机场3号楼应该说是全国最大的机场了吧，你能想象得到，机场跑道所用的石料全部是他提供的。任总说，他为此把北京平谷的一座山都给削平了一半。第二件，黄河小浪底在建成之前，黛眉山的旅游开发几乎在自然状态。小浪底建成后，有相当多的农民响应政策移民，也有部分农民仍留在附近生活。随着旅游经济越来越火热，新安县政府也想在黛眉山旅游上一显身手。然而，要真正地打造黛眉山，不投资两三个亿建基础设施是不行的。这样的投资，对于沿海县市都不是一个小数字，何况新安这样一个贫困县了。无奈，县里只有制定招商政策，向社会寻求资金。据《命运论》中说，“黄河清，圣人出。”既然小浪底拦坝竣工完成，黄河的水清澈了，这就意味着将有能人、圣人出世了。一个偶然的机会，让任总认识了黛眉山，他也因此把所有的资金、感情全部投入到黛眉山了。我对任总说，看您的相貌，手笔，真像当代愚公啊。愚公就是圣人！任总说，我哪里是什么圣人，圣人是共产党。如果没有党和政府治理黄河小浪底，我能有机会承包经营黛眉山吗？

黛眉山方圆几十平方公里，要想在一两天把景点都看完，那是不可能的。更何况山下还有上百公里的小浪底黄河呢。别看任总200多斤，上下坡梯可比我利索多了。他说，只要不外出，他每天都要步行到主要景点走一走。山上的景点多，让人记忆深刻的有望乡峰、路通天外、飞来禅石、黛眉悬石、神狮探水等几十个，我知道这些景点的名字都是今人给命名的。其实，当你真的漫步黛眉山，不论是山峰沟壑，还是树木花草，叫人惊奇的地方很多，如果要我来命名，至少能有十几处。对于这些景点的描写，我想文字怎么写都是徒劳的，它远不如摄影摄像让人看得楚楚动人。如果你问我到黛眉山两日记忆最深的是什么？我会不假思索地告诉你，是风筝，是那满山遍野的风筝。我问任总，为什么要在山上扎那么多五光十色的风筝呢？任总说，风筝是每一个人童年都有过的记忆。风筝，可以让人想到理想、未来，一个人遇到各种困难、困苦、困惑不可怕，可怕的是失去理想。做一个有理想的人，有梦的人，你每一天都会感到幸福。

这就是任总，一个普通民营企业家发自心田的声音。我想到在唐朝，杜甫也曾经来到过新安县，他亲眼目睹了安史之乱后社会最底层劳动人民的疾苦，也看到了封建王朝官僚制度的腐败与凶残，于是他写出了三吏之一的《新安吏》。抚今追昔，此刻当我站在黄河小浪底的驳船上，眺望着黛眉山的山峦，我想大声地喊出来：黛眉山，我爱你！

太行山上的山楂红了

北方的秋天说来就来了。前些天，我的报社女同事举着一块奖牌向我煞有介事地说，红老师你到过太行山吗？我说到过，还写过文章呢！女同事又说，那你在太行山漂流过吗？我说没有。于是，女同事兴奋地告诉我，今年夏季她同一批记者到山西平顺县采访，顺便到太行山峡谷中进行了一次漂流活动。县旅游局的领导为给活动添点乐趣，特意赶制了一些奖牌，以激励记者们在平顺玩得尽兴。

说起平顺，很多人或许一无所知。但如果说到赵树理笔下的《三里湾》和全国第一届至第十一届全国人大代表申纪兰，恐怕就家喻户晓了。是的，这里是著名的劳模之乡，也是产生名著的地方。所以，当长治市文联主席、著名女作家葛水平女士打电话问我可否有时间到乡下小县平顺进行采风时，我马上告诉她：去，一定去。

几年前，我曾到过长治市所属的壶关县。那里有着动人心魄的太行山大峡谷，以及壶关人民用几年时间在山上用石头围成的几十公里长的疙瘩防火墙，回来后有感于太行人民的吃苦耐劳精神，我写出了散文《壶关疙瘩》。以后，大凡遇到太行山人，我都会油然而生敬意地说：太行山人，了不起，你们有不朽的疙瘩精神。

今年 5 月，我新结识了一位女画家，她的名字叫丁红。见面那天，她把还散发着油墨清香的画集送给我，希望我给指导一下。我说我对绘画是外行，哪里敢谈指导二字。聊天中，我在随手翻开的画面上，见到一组以太行山为题材的作品，包括《太行春早》《金秋柿果》《太行风骨》《朝阳沟金秋》等，大约有十几幅。很快，我的目光就被作品的构图、色调，特别是浓浓的太行气色所吸引。记得当时我就对丁红说，我们作家真应该好好向你们画家学习。自90年代，文学提出向内转后，现实主义遭到无情的抛弃。有相当多的作品连文学的基本要素都不讲究了。譬如描写。在过去的文学作品中，有很多的作品对山川河流、花草树木，以及动物昆虫都有着详细的描写。而现在，这样的作品你几乎一篇也看不到。而画家们呢？依然背着画夹游历于山水间，在不停地做着写生。

正是因为有了这种敬佩之心，后来我为丁红的这一组太行山作品写了解读文字。我还不止一次对丁红说，如果有可能，等秋天太行山上的山楂红了，我愿陪她到那里再次去写生。然而，不等约定实现，丁红就到广州筹备她的画展去了，这使我不得不有些遗憾。9月22日，秋分那天，当我坐上了飞往太行山的飞机时，我给丁红发了短信：我要到太行山采风去了，但愿能找到你昔日的足迹。如果你对太行山有什么要说的，请你告诉我。丁红很快复信：请代我向太行山问好，我一定还会去看它，那是一座伟大的山脉。祝你采风取得巨大的收获。

太行山啊，太行山，你将给我带来怎样的收获？

到平顺参观的第一站是川底村。汽车刚到村口，就见路边有个路牌，上写：赵树理创作《三里湾》的地方。我们下车，正赶上一个老乡在晾晒核桃。葛水平招呼着我们一行人，大家可以随便拿几个，玩、吃都可以。于是，人们一窝蜂似的低头抓起来，有力气大的双手一捏就把一个核桃皮挤裂，里边宛如人脑状的核桃仁顷刻间就暴露在眼前，其清新的味道，让你不得不想尝尝鲜。吃过核桃，县里的同志呼唤大家走进赵树理故居，这时有人提出还未付给老乡核桃钱呢！葛水平说，太行山人大气，吃几个核桃不算什么。一旁的老乡也跟着憨厚地说是哩是哩。

川底村 1951 年创办了全国第一个生产合作社，为以后在全国的普及起到了示范作用。不久，赵树理响应中央的号召，于 1951 年到 1952 年，来到川底村深入生活，并于 1953 年创作完成了长篇小说《三里湾》，由人民文学出版社出版。以后的川底村就改为三里湾了。时间虽然已经过去快 60 年了，但人们对《三里湾》以及赵树理为农民代言立传的精神依然记忆犹新。《人民文学》原常务副主编、老作家、资深编辑周明对我说，他 1961 年 1 月曾到赵树理挂职担任县委副书记的沁水县去组稿，他坐火车从北京到侯马，又从侯马坐汽车颠簸四五个小时才赶到沁水县县委招待所。赵树理见到周明感动地连声说"行路难行路难"。当时的赵树理完全是一身农民打扮，说起农村生活如数家珍，诸如农时遇到的困难，公社缺少口粮、农具，水利需要加快建设，甚至讲到县里每年有多少孕妇，需要配置多少鸡蛋、红糖。话讲到兴奋处还会顺手从墙上取下二胡拉几下。聊天中赵树理特别谈到了县工会主席、劳动模范潘永福，讲得生动感人。第二天他还陪周明专程去看望了潘永福。周明回京后不久，就收到赵树理写的人物特写《实干家潘永福》，文章发表后在全国产生了广泛的影响。如今，斯人已去，当我看着庭院里那棵红彤彤的山楂树，历数着黑黢的屋内陈列的诸如煤油灯、二胡、腰鼓、镢头、提灯、竹套暖瓶等遗物时，我不由心潮起伏，仿佛真的看到那个手扶犁杖，鞭赶黄牛，唱上几口上党梆子的农民代言人赵树理此刻就在我们眼前，遂赋诗一首，以示缅怀之情："山楂火红映天涯，赵氏文风誉中华。三里湾长非三里，大师写啥就是啥。"

到平顺的第二站是西沟村。或许，在一般人眼里，平顺的西沟远没有昔阳的大寨、江阴的华西村那么出名。但如果我告诉你，这里是全国第一个农业生产组织互助组的首倡者李顺达、举起男女同工同酬大旗第一人申纪兰、全国"爱国丰产金星奖章"获得者郭玉恩的家乡，你肯定会肃然起敬。在西沟村纪念馆门前，我见到了已经 82 岁高龄的申纪兰，作为全国第一届至第十一届全国人大代表，她的身上你几乎看不到一点名人的光环，她朴实得就像一位农村老大妈。可她一说话，你又觉得她真的和普通农家妇女不一样。我们同行的有位《人民日报》记者，当葛水平向申纪兰做过介绍后，申纪兰一把握住记者的手说："哦，《人民日报》的，几十年啦，我们是老朋友。"葛水平还向我们讲道，去年有香港记者采访申纪兰，记者问申纪兰，你作为连续十一届的全国人大代表和党代表，你投的全部是赞成票，请问你出于怎样的考虑？申纪兰说，我作为人大代表，我代表着人民的信任，同时，我还是一名共产党员，一个圆圈我有可能画不圆，但我画两个半圆总还可以的吧！这就是申纪兰，一个与共和国同行的妇女代表。在西沟关于申纪兰的故事很多，譬如：她几十年来从没挣过村里的工资，长治市委给她配置一辆奥迪轿车，她长期放置村里的仓库里。村里为了发展企业，以她的名字注册商标的"纪兰牌核桃露"，冠名费她分文不取。至今，她还靠种植自己的自留地维持自己的生活。

从西沟村纪念馆出来，我们先后去攀登天脊山以及神龙湾的天瀑峡，据说这里是太行山的最高处。由于身体的原因，多年来我已不习惯费力去登什么高山以获得一览众山小的豪情，而更看中的是山里人给我的感觉。在平顺的众多山梁间，我看到有许多密若繁星般的鱼鳞坑——山里人为给荒山植树，人工用山石碎土依山势堆成小石坑，里边种上山木果树，远远望去，很像层层的鱼鳞斑，颇是壮观。而令人最叹为观止的则是在悬崖峭壁上开凿出的几公里长的挂臂公路，汽车从里边穿梭而过，是惊险，是惊奇，是震撼，你一时很难说得清。有了这一处又一处的感受，当同行的朋友们爬过大山后向我描述一路上的景致有多么美好时，我一点也不觉得失落。有道是山高人为峰，我所见到的平顺人、壶关人、长治人，以及那些无数的不曾相识的太行山人的壮举所阐释的不就是这个道理吗？

告别太行山，告别平顺时，我特地从山上摘了几片红色的枫叶和几颗红红的山楂果，我要带给我的画家朋友。我想对她说：太行山的山楂红了，我们何时相约去看看呢？

爱上微笑的台湾

在我们的生活中，有些人或物于我们常常是遥远而又是最亲近的。譬如，你所尊敬的某位伟人，或者是与我们远离的亲人。龙年岁末，应台湾《旺报》之邀，我和报社党委副书记杨守民组团去出席在台北举行的海峡两岸征文颁奖活动。为了工作方便，在确定出席名单时，单位特意将守民兄的党委副书记临时改为副社长。等我们真的到了台湾，才发现我们在政治上过于敏感了。在报到当天的招待晚宴上，时任国民党中央副主席蒋孝严先生的一段讲话“中共十八大闭幕后，我发现在新当选的25位政治局委员当中，有17位我们都很熟悉，7个常委中，有6位都是我的老朋友”很快就把开场严肃的气氛变得轻松热烈起来。

我注意到，蒋孝严先生在讲话时，始终是充满微笑的。尤其是他一开始的第一句“各位晚安”之后稍一停顿马上又补充了一声的“晚上好”，当下便把大家逗笑了。在以后的几天里，不管是在征文颁奖的仪式上，还是在媒体高峰论坛上，以及大大小小的政府宴会、民间交往的场合，大陆和台湾的人士在发言时，首先都要用“午安，下午好”“晚安，晚上好”这种大陆和台湾经常用的两种语言方式进行问候，最初感觉有些别扭，不习惯，等到彼此特别熟稔以后，这样的问候倒成了大家互相沟通认可的桥梁。因为不论是谁，只要如此地一说，人们都会自然地绽放出爽朗的笑声。

台湾人真的爱笑。刚到台北的下午黄昏时分，闲暇无事，我和守民兄到街上闲逛。在靠近“国父纪念馆”的路边，我们见到一对制作上海水煎包生意的夫妇。他们的摊子并不大，跟北京早晨在十字路口卖烧饼夹鸡蛋的差不多。望着泛着热气的排列整齐的包子，我问男老板：台湾人也爱吃水煎包吗？男老板见有人搭话，就放下手中的活计，抬头对着我回答，还好，一下午能卖十几笼。我看了看车扶手上的一个牌子，上面写着——“50 元 5 个”，合人民币两块二一个，比北京街头卖的天津功夫包子高约一倍，于是，我说：您的生意不错啊！男老板听我夸奖，就面带微笑地问：你们是从哪里来的？守民兄告诉他我们是从北京来的。女老板一听我们是从大陆来的，马上来了精神，连忙告诉我们他们是江苏的。我问：你们回过江苏老家吗？男老板笑着说，回去过，家乡好得很哩。守民兄又问，你们在街头做食品生意，有没有城管、市容一类的人管？男老板对大陆的城管、市容显然不大明白，脸上露出不解的神情。我解释道：就是你们随便摆摊儿，有人管吗？男老板这回听明白了，他冲我们笑了一下，用手指着车棚上挂着的执照说，我们不是随便摆的，有政府发的经营执照。我们定睛一看，天哪，这执照竟然是 1999 年由台北市长签发的！见我们一脸的惊讶与羡慕，老板娘也笑了，她一个劲儿地招呼着老板，快揭锅盖！

最近一段时间，经常往南方跑，我发现广东、江西、福建、台湾等地的宴会大都以肉食为主，甚至还有鸽子、蛇一类的东西。近些年，出于养生的要求，特别是成为中国野生动物保护协会会员，被国家林业局聘为全国未成年人生态道德教育委员后，我在饮食上基本上以素食为主。此次去台湾的 8 天，除了在佛光山寺庙里吃了两顿素食外，几乎在任何一个宴会上，准备的都是各式各样的肉食。很少看到青菜。这下可难为我了。每到一地，我都会跟饭店的女领班私下说，我是素食主义者，请给我安排两个素菜，一碗米饭。结果，每个服务员都会面带微笑，一次又一次地满足我的心愿。有五六次分餐，他们居然按肉食的道数给我也准备了十几种，让我吃了个贼饱。特别是住日月潭湖边云品饭店的那次，头天晚宴我在尽情享受了丰富的素食后，由于场面过于热闹，我把金色的保温杯落在了那里。次日清晨，我在收拾行李时才发现。我急忙找大堂服务台，女服务员面带微笑说，您不要急，我们马上去找，如果您急着用热水，我们马上派人送来。大约等了 10 分钟，服务员微笑着告诉我，不好意思，杯子没有找到。我说，这可不好，我在台湾还要待好几天，如果没有了保温杯，吃药很不方便。服务员看我很为难的样子，说她马上让昨晚做服务的人员全部赶过来，争取在我八点离开饭店前找到。趁着他们找杯子的空当，我独自一人到宾馆不远处的日月潭湖边照相。等我回来时，昨晚为我们晚宴服务的服务员，穿着圣诞装面带微笑地走向我，说：对不起，是我把您的杯子保管起来，没有及时送给您。请多多包涵。说完，她从服务台上双手拿起保温杯递到我手里。那一刻，我的心里除了对台湾服务业的敬重恐怕就是长久的感动了。也许，有人会认为我在有意考察台湾服务业的服务态度，我虽然没这么想，但客观上却有了那样的效果。

到台湾的日子里，我还发现一个有意思的景象，那就是到很多景区，导游并不都是训练有素、装扮统一的女孩，而更多的是当地的志愿者。这些志愿者无疑是当地的活地图、百事通，知识很丰富，几乎有问必答，而且笑容可掬，大大方方。譬如给我印象很深的，一是嘉义县快意生活村的女导游和通往阿里山火车站的男导游，另一是新竹县内湾古镇野姜花粽店的彭老师和镇上的村民代表杨石和。这些所谓的导游，完全是志愿者，每当有人到景区参观，他们便会主动微笑上前当一次导游，对于他们的水平，你尽可以用口若悬河、滔滔不绝、眉飞色舞来形容。在彭老师的野姜花粽店，我们几十人驻足参观，里边经营着书籍、百货、藏品，外边则叫卖着刚出锅的野姜花粽。彭老师满脸真诚地一一为我们每个人送了一个粽子，看我们吃得很带劲的样子，她的脸上像是乐开了花，连声说你们下次一定再来品尝。望着彭老师一家洋溢着的幸福的微笑，我不禁想到我在北京郊区农家乐所见到的那些张大妈李大伯们。我把这个想法说给同行的守民兄，他说他也有同感。看来，前人总结的话是有道理的——幸福的家庭都是一样的。当然，幸福一定是要写在脸上的。

克伦河畔的情思

夜幕降临，克伦河畔的斯歌腾博物馆门前的知青广场上响起了欢快的舞曲，奔波劳碌了一天的人们三三两两地来到这里漫步、舞蹈。我所居住的宾馆就在知青广场的斜对面，走着也就五六分钟的样子。下午 5 时许，从牙克石市一路观光过来的我们所谓的赴呼伦贝尔作家采风团一行 30 余人，刚到达新巴尔虎右旗县城，接待办的同志就招呼我们稍事休息后立即到斯歌腾博物馆参观。

斯歌腾是蒙语，意为知识青年。就是说，斯歌腾博物馆该是知青博物馆。知青这个词，在我们国家有特殊意义。对于 30 岁以下的人，知青的含义他们或许还真的无法弄清，有的连听说过都不一定。1971 年，我家所在的京郊农场，就曾接受过大批的知青插场插队。我清楚地记得，在这一年的秋天，我们家突然搬进来 3 个漂亮的女知青，从此我们家与知青便有了 40 余年的不解之缘。

我不知道在全国其他城市是否还有知青博物馆和知青广场，反正在呼伦贝尔的新巴尔虎右旗，我是被这个知青博物馆和知青广场震撼了。据说，从 1968 年到 1978 年，全国共有 1780 万人响应国家号召成为在广阔天地里大有作为的知识青年，而在新巴尔虎右旗就有 1020 名天津知青来到这里。在这千余名海河儿女中，女知青张勇因抢救落水羊只而牺牲，一时成为全国知识青年中的先进典型。

张勇1969年从天津42中毕业来到新巴尔虎右旗额尔敦拉公社白音宝力格生产队，她因为无限忠于毛泽东思想，曾起了一个蒙古族名字——乌思琪（忠诚的意思）。在斯歌腾博物馆，我看到了从《人民日报》《中国青年报》到《天津日报》等几十家报纸对张勇先进事迹的报道，随着时间的流逝，那些报纸已经变得发黄，唯一不变的是张勇那张英俊的脸庞。位于知青广场与知青博物馆之间的张勇雕像从哪个角度看，她都十分完美，特别是她的眼睛是那样的晶莹透亮，充满着那一代年轻人才具有的理想。

在斯歌腾博物馆参观后很多人都匆匆而去，见我一脸的凝重，工作人员打开留言簿对我说，您给留个言吧。我拿起笔想了想，写下：难忘的知青岁月，无尽的文学之源。陪同参观的女导游见我写下这样的文字，说："您对知青真有感情啊！"我说："是的，过去的许多事我们怎么能忘记呢？这不仅由于有的人献出了宝贵的青春和生命，这其中还有着一代人无法忘记的青春记忆。"

我想到2010年的8月，我曾到过北大荒燕窝岛知青烈士陵园。那一天，燕窝岛晴空万里，夕阳映照在碧绿的湖面上，片片的睡莲黄灿灿地焕发着青春的气息。而在此不远的烈士陵园里，却是静悄悄的，像死亡一样的安静。我和东北作家阿成、赵国春、于德北、袁炳发等人默默地为罗海荣、张德信、陈越玖3名烈士敬献上了花篮，他们的年龄分别为26、32、24岁。这显然不是按顺序排列的，其中的一名知青于1975年患上了癌症后仍然坚持工作，他在临终前写下遗言：我是北大荒人，死后请把我的骨灰埋在北大荒。

我是北大荒人，我是北京知青，我是天津知青，我是上海知青，我是杭州知青——我是中国知青！这样的声音不是我喊出来的，它就镌刻在中国地图的知青分布图上。你懂得什么叫星星之火可以燎原吗？你若看到中国地图上的知青分布图，你就会明白，你就会发人深省地明白。

夜深人静，我躺在舒适的宾馆客房里怎么也睡不着。远处克伦河的流水肯定依然在欢唱着奔涌，它能知道今天有个从北京来的年轻人在这里沉思冥想吗？我想它会的，我相信克伦河是一条有情有义的河。

洪泽湖里的蛐蛐

中秋前夕，应友人之约，去了一趟洪泽湖。洪泽湖与洪湖、鄱阳湖、洞庭湖并称为我国四大淡水湖。以前，去过淮阴几次，曾到过洪泽湖边采风。此番，来到的是与安徽毗邻的泗洪。泗洪的名气对我而言，并不是因为洪泽湖的面积其占有40%，更主要的是那大名鼎鼎的双沟大曲酒。七八十年代，我们北京郊区的人家请客送礼，如果送酒，首选的就是江西的四特和江苏的双沟大曲。

双沟大曲我是喝过多次的，印象中甘洌，清爽，即使多贪几杯也不上头。不像陕西的西凤、山西的汾酒，只要喝上两三盅就会头昏脑涨的。我这样说，并没有说西凤和汾酒有多不好，我只是说我的一点个人感受。就像北京人大都喜欢喝二锅头。对二锅头我就不怎么看好。记得有次同学聚会，我拿出存放多时的茅台和五粮液，让大家品尝。不料，有个同学并不赏脸，非要换二锅头不可。我说二锅头大家经常喝，今天换换口味儿，可我那同学就是认死理儿，非要二锅头。无奈，我们一桌人只好分成两拨，一拨喝茅台，一拨喝二锅头。事后，一个喝二锅头的同学悄悄对我说，其实我那个认死理儿的同学也想喝茅台，只是死要面子而已。

从北京到徐州坐高铁，再坐两个多小时的小车，到达泗洪已是暮色茫茫。走在从县城到洪泽湖湿地公园的路上，虽然只有二三十公里，却很少看到过往的车辆。或许是公路刚修不久，一盏路灯也没有。我在车里想，说不定此刻我们正驰骋在环湖的公路上哩！我轻轻摇下挡风玻璃，让湖里的风好吹进车里。哪想，外面天色阴沉沉的，夹裹有浓浓的湿气，使我不得不对洪泽湖产生一种疑惑。这里难道就是我要到的洪泽湖吗？

汽车终于停在了一所叫作洪泽湖湿地金水山庄的度假村门前，远处有些许的灯火似乎在告示着什么。果然，热情的泗洪朋友们不等我们到客房休息片刻，就直接将我们带向刚才灯火闪烁的地方。他们说，那里是酒店，建在湖里，走过去需要走上一二百米的栈道。我去过很多湿地，也走过很多的栈道，我虽有血压高，但不曾恐惧过。我最担心的是湿地的蚊子，大且狠毒的那种。我问泗洪的朋友，洪泽湖的蚊子可怕不可怕？他们说，我们说了不算，那得看蚊子咬过以后您自己的感受。

因为是夜色，湖里漆黑一片，尽管晚宴主人准备了丰盛的“百鱼宴”，也使我的胃口很难大开。饭罢重走栈道，由于空气的湿重，感觉胸口憋闷得很，不得不拿出出门常备的丹参滴丸塞进嘴里数粒，凭栏仰望天空，不知在期待隐没的星星还是在猜测今晚将是如何度过？

度假村几栋客房都是建在湖上的。客房的四周没有人家，也没有驳船，更没有渔家儿女的歌唱。有的除了是寂静还是寂静。看来，这里真是休闲养生的好去处。

入夜，窗外飘起了小雨。屋里逐渐凉爽起来。正当酣睡之时，忽然从浴室方向传来几声蛐蛐的叫声。啊，蛐蛐，已经多时没有见到的精灵之物，它是怎么来到这里的呢？莫非，它是嫌我一个人住在这里太过于寂寞了？我打开灯，走到浴室四下寻找，在推拉门的过道处，这个小东西正在震动着复翅向我张望呢？那情景好像在说，你是谁，你从哪里来，你到洪泽湖干什么来了？

我真的不知道我来洪泽湖干什么来了。来之前，朋友只是说，秋天到了，洪泽湖的螃蟹熟了，你来尝尝鲜吧。对于螃蟹，我过去是不拒绝的。近些年，全国有很多湖泊、湿地都繁养了各种名目繁多的螃蟹，每到秋季成熟的季节，在电视、报纸上抡圆了做广告。譬如我知道的就有江苏阳澄湖大闸蟹、太湖大闸蟹、辽宁盘锦大闸蟹、天津七里海大闸蟹等等。不管哪一家，都说自己的质量是全国第一。当然，比起其他的地方，阳澄湖大闸蟹的名气肯定要响亮得多。就我所知，仅北京的阳澄湖大闸蟹专卖店就有上百家之多。对此，我不止一次地怀疑过。正像如今商家所卖的柴鸡蛋，充斥着大小商场。我过去学过几年的畜牧水产养殖，我知道什么叫柴鸡，什么叫蛋鸡。螃蟹养殖我虽没有专门学过，但我相信，这其中肯定有大量的李鬼冒充李逵的假象。

果然，在次日与泗洪县委宣传部侯志娟部长的交流中，她就说，洪泽湖的生态保护非常好，可以达到国家二级水标准，非常适合养殖螃蟹。前几年，有很多做螃蟹生意的人动了鬼点子，把快成熟的洪泽湖螃蟹运到阳澄湖，养个十天半月“洗个澡，戴个金戒指”就以阳澄湖大闸蟹粉墨登场了。事实上，洪泽湖的螃蟹一点不比阳澄湖的差，甚至比阳澄湖的还干净。可是，阳澄湖大闸蟹的名气太大了。好在从去年开始，到洪泽湖买螃蟹的人越来越多，洪泽湖的螃蟹再也不用戴阳澄湖的金戒指了。

我与蛐蛐对视着。或许我的样子让它有点恐惧，它一动不动地呆立着，不再发出一点声音。于是，我回到床上重新熄灯睡觉。夜梦中，我又回到了儿时的一段往事。大约八九岁时，我到农场的池塘里游泳，不知是我的皮肤好，还是螃蟹淘气，在我上岸的时候，发现一只螃蟹紧紧地贴在我的小腿上，我用手去扒拉它，哪料它贴得更紧，两只前腿如同一对钳子，死死地往肉里咬，疼得我在地上直蹦高。后来，在同伴的帮助下，才一点点把那两只钳子掰开。从此，我的小腿上就永远地留下了两个疤痕。

“唧唧！唧唧！”我的梦境再一次被蛐蛐清脆的叫声惊醒。我有心起床去把这个小精灵捉住，然后把它放到窗外去。可此时，窗外已经雷鸣电闪，雨水宛如天河倒泻般把个洪泽湖谱写成沸腾的交响曲。这时，我倒觉得蛐蛐的叫声仿佛是交响乐中的首席小提琴。我不知道，在这个寂静的夜晚，有谁会像我有着如此的快乐呢？

有的。这享受快乐的人就是今日生活在洪泽湖畔的泗洪人。在洪泽湖湿地采风的有限时间里，我不止一次听到泗洪人跟我自豪地说起他们的“大湖湿地，水韵泗洪”。虽然现在很流行大数据时代的说法，可我总认为用数字去代替作家的眼睛是最为拙劣的写作。正像著名女作家范小青在第二天见面时跟我们所说的那句充满哲理的话：下雨的夜晚特别好睡。

而我自知，在真正的特别是充满激情的生活面前，我们的作家是无法安睡的。我注意到，在我所见到的泗洪县各级领导干部的胸前，每个人都佩戴着红色的胸卡，上面贴着本人的照片，旁边印着单位、职务、联系电话。在文字的最上方印有统一的泗洪精神：点燃激情，追求卓越。侯志娟部长见我对胸牌很感兴趣，她解释说，这是县委的统一规定，从县委书记、县长到委办、乡村的三级干部都要佩戴胸牌上岗，同时还要公开任职承诺，公示每天要做的事情，这个做法已经坚持了几年，得到省委领导的高度认可。

“你们这才是真正的‘金戒指’，要是全国各级领导干部都能像泗洪学习，我看群众路线教育就真的落实到实处了。”我感慨地对侯部长说。对于我的感慨，一位同行的作家朋友不无调侃地说道：“你讲话就跟大干部似的。”我一听，很严肃地回答：“对不起，本人不是什么大干部，是民主党派，我有向贵党进行表扬和监督的权利。”听罢我的话，一旁相随的人都忍不住地笑了。透过这爽朗的笑声，我看到远处洪泽湖上空的白鹭、丹顶鹤们正在尽情地自由飞翔着，它们的身影与眼前的荷花、岸边的水杉交叠在一起，构成了一幅最美丽的乡村画卷。

只可惜，我在洪泽湖上只匆匆睡了一晚。好在，有一只蛐蛐相陪。

汾湖归来夜何许

4年前，应上海学林出版社之邀，由我来主编一套《零距离——名家笔下的灵性文字》散文大系，涉及中外1000位作家的1000篇作品。大系以丛书形式分10卷出版。10卷又分为人与自然和人与社会两编，每编5卷。在人与自然一编5卷中分为“致高山”“致小鸟”“致森林”“致故乡”和“致大海”。我所以在进入本文正题前先啰唆几句，主要是由于我最近刚从吴越之地的汾湖采风归来。在我的印象里，我所主编的《致大海》一书中所展现的中外100名作家笔下的有关江河湖海的散文里，没有一篇是写给汾湖的。

汾湖是不是名声太小了？回答当然是肯定的。比起青海湖、洞庭湖、镜泊湖、西湖、昆明湖、太湖这些大腕级的湖泊，汾湖实在算不得什么。即使查字典，你也找不到有汾湖这个词，而有的仅仅是汾水与汾酒。就是说，汾湖用汾字来命名这个吴地的沼泽似乎都有点奢侈。这就跟我们有很多人喜欢把名字搞得很大气，如李国銮、张国相，其实他们几代都不过是八辈五的贫农，顶多弄个村长干干而已。

但不管怎么说，在苏州吴江的的确确就有这么个汾湖，而且有着2000多年的历史。据当地史志记载：汾湖古称分湖，因“湖分而半，一属嘉禾（今浙江嘉兴），一属姑苏（今江苏苏州），故明分湖。”如此，就不难知道分湖何以后来成为汾湖了。想来这里的人民非常渴望安定团结，国家统一，过着没有战乱，国富民丰的田园生活。我不是当地人，我只是胡乱地猜想着。

我们是伴着立夏的暖风从遥远的北京来到这里的。在此前，我曾几次来过吴江，这里有着我许多文学上的朋友。每次我来，都会见到许多从城区乡镇赶来的文学伙伴，他们的虔诚每每令我非常感动。你要知道，这里是苏南，是我国最发达的经济活跃区。不是说大话，这里的一个普通乡镇，其年经济收入要比中西部一个县甚至一个地级市还要高。至于吴江市的年经济收入，可以堪比一个省。在这样的背景下，当你看到那些一群群对文学、书画艺术充满幻想的人们与你相见时你能不有所触动吗？苏州文联副主席、著名女作家吕锦华告诉我，吴江市属所有的乡镇都有文化站，都有自己的刊物，建立起许多文艺社团，乡镇之间不仅进行经济的竞争，也在进行文化的竞争。听此一说，我对吕锦华说你们这是真正的两手抓两手都要硬啊，非常符合科学发展观的要求。吕锦华说，哪里啊，我们搞得还不够好，全国肯定还有搞得比我们更好的。

苏南人就是这样谦虚。这一点跟苏北人截然相反。人的生活富裕了，其精神也会得到提升。我喜欢苏南人的恬淡，幽雅。跟他们相处，即使他们内心深处燃起大火，他们也不会挂在脸上。我想到江南的民居，想到那些大大小小的园子，如退思园、拙政园、鹤园。这里的人们很内敛，常常把富有藏于心里，不像山西王家大院、乔家大院那些财主官宦，喜欢张扬，把那么一个庄子建得跟故宫似的。

一个民族的性格，一个地区人群的性格，自然会与它的地域有着直接的关系。多山的地区，其性格自然倔强，勇猛，而多水的地区，性格自然温柔大方。文化固然没有高低贵贱之分，但就个人的喜爱程度，还是有偏重之别的。

这次我们到吴江采风，居住在临汾湖而建的太阳湖养生城里。整个太阳湖养生城占地 6000 亩，分四期开发。我们居住的是三期别墅群，大约有 200 多栋，整个养生城全部完工后，将入住 11000 户。人住的当日下午，开发商李晓东董事长接见了我们采风团一行。他说，他1968年在陕西当兵，后来转业到报社工作，其后定居香港从事经济活动。岁月沧桑，人生如歌，他尽管在经商上小有收获，但在他的内心深处，始终无法割舍的是文学之梦。他想等养生城竣工后，就把精力全部投入到文学创作之中。我问他，你搞房地产开发，为什么不选择北京、上海大城市，而偏偏选择吴江的汾湖？他说，他这一二十年内心始终处在经济与文化的搅动之中。其角色也随之不断变化。他在上海最得意的就是完成旧博物馆的改建。他所以来到吴江汾湖，主要是看中这里的优越的地理位置和良好的文化底蕴，这两点使经济与文化达到最佳的融合。我又问他，你所定义的养生城是不是就是生态城。他说当然是，养生包括三个方面，人与自然要和谐，人与社会也要和谐，最重要的是人内心的自我和谐。

话虽是这样说，但要真正做到是何等的难。要说这太阳湖养生城的环境，当然是没挑的。不说其环水生态的得天独厚，单就养生城里的绿化在全国也十分罕见。据李晓东董事长介绍，整个城区绿化面积达75%以上，从国内外引进的树木，诸如罗汉松、香樟树、紫薇树等就有十几种。我突然想到一句谚语，便问道："不是说人挪活，树挪死吗？你投资那么多，不怕赔了吗？"李晓东董事长晃动着他那特征明显的秃脑袋自信而意味深长地说："只要把善放在心上，心里就会明亮，连阳光都爱多照几次，有了这还怕树不扎根！"

好一句"把善放在心上"！平心而论，当我走进三层高的豪华别墅时，我还是被里边的景象给迷住了，平均每间三四十平米的卧室有8间，最大者能有50平米，四五十平米的会客厅两个，巨大的厨房、餐厅足有七八十平米，四面透明，清风吹进，真是赏心悦目啊！我问一位保安，这一栋别墅大约多少钱？保安说大概2000万。乖乖，2000万！我听后不禁有些咋舌，如果我要靠写作收入，我得写多少字啊！恐怕等我的字变成甲骨文也买不起这豪宅。还是保安说得有趣，他说我不吃不喝，要在这里站2000年才能住上这房子。我听后辛酸地笑道：那你岂不成了兵马俑哩！

我知道我的思维有些跑偏。这房地产建筑，本来就是按需索取，不同的人群会选择不同的位置、户型、价位。这就如同有人整天吃生猛海鲜乐此不疲，而有些人却甘于青睐白水青菜。尽管吃的不同，但心情是可以一样的，一个字——爽。如此，就能真正做到人的自身和谐了。写到此，忽在一本书里看到元朝吴江诗人顾逊写的一首小诗："武陵溪上花如锦，花气熏人如酒浓。箫声时倚镆铘铁，云影忽落琉璃钟。小娃传令覆莲掌，游子掀篷招玉容。汾湖归来夜何许，明月近挂青螺峰。"诗中所写的武陵溪、青螺峰我没有去过，也不知在哪里，但此诗所营造的意境我还是很喜欢的。尤其是那句"汾湖归来夜何许"倒颇符合我现在写作的情绪，遂借来做我这篇文章的题目，不知顾逊先生肯成全否？先道声得罪了。

无我茶会

到雅安参加大渡河之春笔会。主要目的是到汉源看梨花。回成都时，当地朋友诚邀到蒙顶山一游。比起四川的峨眉山、乐山，蒙顶山名声自然要小得多。如果要讲到蒙顶山的茶文化，恐怕即使黄山、庐山、武夷山等大腕级名山也要让三分。

对茶文化稍有常识的人都知道茶圣陆羽，也当然知道陆羽曾写出过《茶经》。但如果提到茶祖吴理真，知道的人就不是很多。吴理真乃西汉人，其在蒙顶山开人类种植茶树先河已经有 2045 年。陆羽是在吴理真人工种茶大约 900 年后，才写出的《茶经》。或许因为吴理真的历史地位，再加上蒙顶山人工种茶历史悠久，其品种优良，制作出的蒙顶茶味道独特，自唐朝至清末一直被定为贡茶。茶联中颇为著名的“扬子江心水，蒙山顶上茶”就出在这里。关于这副联的作者究竟是谁，至今仍然是个谜。不过，唐代诗人白居易那首吟咏蒙山茶的著名诗句：“琴里知闻惟渌水，茶中故旧是蒙山”，今天读来倒也仍是妙句。

蒙顶山，不，准确的说法应该是蒙山顶上。我们到来时，明前茶采茶时节已过，走得山上，见有皇茶坊露天茶座，几个人便围拥而坐。服务员走过来，给我们介绍了在这里喝茶的茶道。譬如，茶碗怎么放，盖子怎样摆，续水该怎样，暂时离开该怎样，跟到寺院里吃斋饭的规矩差不多。然后，几个当地的茶童，手擎长嘴的铜壶变着花样表演倒水的姿势。这种表演在其他地方也都看过，没有什么稀奇，我只想到山顶上去看看吴理真当年亲手种植的茶树是否还在。四五年前，我曾到过安溪，亲自到铁观音的发明人魏荫种植的母树去看过，站在那山上，沐浴着春风，真有观音降临的幸福感。

蒙山顶上有一口神秘的水井和一座庙。这口井很神秘，几十米的绳索也不能见底，如果人围得多了，只要一喊四周就会有雨水落下来。这样的传说我不是第一次听到。北京通州的燃灯佛塔下就有一口井，听老人讲，过去有人从里边往外捣锁链，硬是一天没捣完。对此，我表示怀疑。当然，这蒙山顶上水井落雨也不是没有可能，那也要看天气情况和石头里边的湿润成分和共振的效果了。不过，由此可以看出，蒙山雨量丰沛，适合栽种茶树。

距蒙顶山神秘的水井上行不远，有一所破旧的古庙，前面的广场上——实际是过去寺庙的塔基，中间是一座神女雕塑，靠北侧有几棵高大的桷树。当地人说昔日吴理真就是在此栽种的茶树。后来，他索性在庙里出家当了和尚。

这里所说的似乎都是真的，可终究是没有文字可考的。下得山下，走进蒙顶山中国茶博物馆。我敢说，这里的茶博物馆是世界最大的，展物资料也是最权威的。不然，怎么敢叫中国茶博物馆呢？从展出的历史资料中得知，雅安这个地方是茶马古道的迄始地，不论是盐、茶叶，还是丝绸、瓷器、布匹等都会聚在这里，经过商品交换，然后才奔赴西藏、新疆以至到南洋和欧洲。既然如此，雅安这地方生产茶叶，出了个了不起的茶祖吴理真就不是传奇了。我想到时下流行的一句话：一切皆有可能。

在茶博物馆参观中，无意中看到一种叫作“无我茶会”的茶会方式。这种茶会方式由台湾陆羽茶艺中心蔡荣章先生于1990年最早发起和构思。其特点是参加者都自带茶叶、茶具，人人泡茶、人人敬茶、人人品茶，一味同心。在茶会中以茶对传言，广为联谊，忘却自我，打成一片。这使人很容易想到上学时的春游野炊：一帮同学随便找一块草地，铺上一块塑料布，席地而坐，每个人把自己带来的吃喝都拿出来放在一起，吃吃喝喝，玩玩乐乐，很是开心。

人开心有多种原因，人烦恼也有多种原因。在生活节奏飞快，到处充满竞争的社会，你可能有了豪宅香车，甚至有了一定的职位，但为什么常常不开心呢？我以为，是因为处处有我，太在意我的得失了。如果一个人做到“无我”，那么这个世界就是我们。我们，在当下该是一个多么高贵的词啊！

所谓茶道，浅层的解释是一种关于如何种茶、采茶、制茶、饮茶的形式与技艺。而更深的意味则是茶与人、与社会、自然的关系。很多文人不是很欣赏“禅茶一味”的奥妙无穷吗？为什么到头来始终不得其味呢？关键是人的内心对人的坚守发生了动摇。具体说，春天来了你闻不到花香，不属于你的你非要据为己有。正如喝茶：首先要有好茶，然后有好水、好器皿，最后是饮茶之人。是否有好心情。如果茶是污染的，水是污染的，人干尽了坏事，我不相信这世界还有什么茶道可言。也就是说，茶道是具体的，人道才是我们所寻找的。

回首香

黎姐的女儿从美国回来了，带着她的男朋友，同样是在美国留学拿到了绿卡。一个月后，黎姐用特快专递将女儿女婿的婚柬送到我家里，并且打来电话叮嘱我这个做舅舅的一定要出席。

认识黎姐的女儿燕儿时，她还只是个小学生。那时的黎姐尚不是教授，她刚刚调到北京一所职业技术学院当讲师。黎姐人长得漂亮，和她老公老马都曾在内蒙古插队。80年代知青返城，他们纷纷通过自学考试取得本科学历。我们最初的相识，是在一次文学讲座上。我们的座位挨着。80年代中期，文学很热，文学讲座几乎每周都有。我们去的地方是朝阳区文化馆，讲课的老师都是名家，如艾青、丁玲、袁鹰、萧军、陈建功、郑万隆等。在连续两个多月的讲座中，我和黎姐、马哥成了好朋友。其时，他们俩已经结婚。

马哥很帅，每次他们俩来文化馆，都是马哥骑着摩托车，黎姐坐在后边，双手抱着马哥的腰。看着他们亲近的样子，让十五六岁的我这个懵懂少年十分羡慕。心想，如果将来我也有这样浪漫的婚姻，该是人世间多么幸福的事。

我那时在北京东郊的农场中学读书，毕业后分配在农场担任团委书记。或许由于我的某次发言，或许由于我的单纯，黎姐他们很看好我这个小兄弟。有一年的冬天，马哥竟然骑着摩托车和黎姐从中关村到农场来看我。要知道，当时的北京三环、四环、五环还都没有建成，他们来的直线距离少说也得有七八十公里。听说城里来了两个朋友，而且都是中学语文老师，这让身为农民的父母很紧张。我对爸妈说，你们不必这样，他们都很随和，跟咱们农场当年的知青没什么两样。父亲听后说，这就好，这就好。

90 年代初，我由农场调到城里的报社。黎姐知道后很是为我高兴。我虽然最初只跑新闻，但对副刊还是很关心的。很多过去的文友，经常把自己的习作邮给我，希望能推荐给本报副刊发表。在进城后的第一家报社工作的一年多，以及以后我又接连调到几家报刊工作，包括如今我主持报纸副刊的 20 多年时间，黎姐从来没有给我投过稿，也没推荐过其他人的作品。我们的交往始终保持着当年的纯洁与温暖。

新世纪初，一天黎姐把我叫到家里，她痛苦地对我说，她想跟马哥离婚。我惊讶地问她为什么？黎姐说马哥已经不在学校教书，他下海经商了。我说，不应该啊，再有几年你们就快退休了，有什么想法等过几年再说呗。黎姐说，你马哥不听，他和一个女孩走了。我听明白了，马哥有了外遇。我问黎姐，除了离婚，你就没有别的选择吗？黎姐说，我也说不好，今天把你找来，就想让你帮我拿个主意。

我不好直接表明态度。我向黎姐提出一个问题，假如你今天下班遇到车祸，把你的腿摔伤了，你给马哥打电话，他恰好又和那个女孩在一起，你说他会回来吗？黎姐不假思索地说，他当然要回来管我，我们是夫妻啊！听了黎姐的回答，我觉得释然了。就说，我建议你还是冷处理为好，给马哥一点儿时间，他也许会回头的。

半个月后，黎姐给我打来电话，说她跟马哥还是协议离婚了。马哥净身出户，不过马哥承诺他会一直负责女儿今后所有的费用的。

事情本来就这样结束了。我也不好再说什么。从那以后，我跟黎姐就很少联系了，只是年节互相发个短信问候。去年高考前夕，我的一个同学的女儿要报考黎姐现在所供职的大学，问我这个学校的有关情况。于是我约黎姐见了面。尽管黎姐已经成了教授，精神状态也很好，但透过她的眼尾纹，我还是隐约能发现她内心的伤痛。问过有关高考招生的事后，我问黎姐，你和马哥联系多吗？黎姐苦笑着说，多，他毕竟是孩子的父亲啊！而且，我们是同一届的高中同学，一起去的内蒙古兵团插队。我又问，马哥和那个女孩结婚了吗？黎姐说，结了，可是不到一年那女孩就把马哥的一笔钱卷走跑了。我说跑了好啊，这样你们不就可以破镜重圆了嘛。黎姐说，我不想原谅他，他太让我伤心了。

黎姐的话让我沉默不语。忽地，我突然想到一种内蒙古的浆果植物。于是，我问黎姐，听说草原有种叫“回首香”的植物，你知道吗？黎姐眼睛一亮，说，当然知道。那种植物长出的浆果类似蓝莓，秋天的时候吃它是涩的，等到冬天的时候再吃，它就变得很甜的了。插队时我们经常吃。

既然黎姐知道回首香是何物，我想我再说多余的话就没有必要了。黎姐在我心里终究是个聪明温暖的人。

黄昏中的玉海楼

我们是在下午四时走进玉海楼的。毕竟是秋天了，阳光淡淡的又有些懒散地斜挂在天空上，或许是院深人稀的缘故，当我们推开那木制的没有刷有一丝油漆的大门时，霎时被眼前的景象迷住了：坐北朝南两进五间的木构重檐建筑，上下左右连以回廊，形成一个封闭式院落。其藏书之所是前后进的楼上，前楼左偏间置史部及目录书，中间置经部及子部，次中间置子部及集部，右偏间则置丛书、类书。后楼第一间置经部及政典书和医书，第二第三间置史部之各省地方志。其间共有书柜一百多个，分一上一下，重叠而列。前楼楼下贮藏《永嘉丛书》版刻四千馀片，古晋砖百馀方，并辟精室作为外人观览书籍的地方。

刚进门的时候，阳光尚能照在东面的屋脊。十几分钟后，阳光便消失了。主人引领我们走上二楼。顺着窄窄的长长的通道，我们分别在每一个藏书的柜前驻足凝视，仿佛这书柜里的书们真的是什么旷世的真经。一个年轻的馆员，正伏在桌案上编辑整理目录，见是馆长亲自陪我们参观，就非常开恩地给我们打开了几个柜门，他的双手戴着白色的手套，取书的动作非常夸张，唯恐一个没注意会把书弄化了似的。见他这样，本来我们想接过来仔细看看，结果一点勇气都没了。我想，这大概是此时的气氛所致吧。通道临窗的一侧，有一条长长的窗沿，正好人可以坐在上边。我猜这该是供人读书休憩的地方。馆长说，是啊，读书读累了，透过窗户，呼吸呼吸新鲜空气，再极目远望，确实考虑得周全。再者，还可以看看院里来了什么人，说不定常有青年男女在此相约呢。

玉海楼非现代建筑，乃为清末温州瑞安名士孙衣言、孙诒让父子所建。古代藏书的地方大都称为阁，比如同为浙江四大藏书楼的宁波天一阁。再如清时纂修的《四库全书》，便分别藏在北京紫禁城内的文渊阁、圆明园的文源阁、承德避暑山庄的文津阁、沈阳故宫内的文溯阁、杭州孤山的文澜阁、镇江金山寺的文淙阁和扬州大观堂的文汇阁。非常有意思的是，每一个藏书阁中间的一个字都带“水”字旁，其用意自然是用于防火了。玉海楼得名概因如此，不过它还有一个出处。那就是孙氏父子非常推崇南宋学者王应麟，王应麟有一部自诩为“如玉之珍贵，若海之浩瀚”的《玉海》一书。爱屋及乌，孙氏在藏书楼落成后，便正式定名“玉海楼”。玉海楼显然是私家藏书楼，但孙氏从来不为已独自享用，很慷慨地向社会开放。不过，要想到玉海楼看书、借书，还是有门槛要遵循的。孙衣言在其所做的《玉海楼藏书记》中就坦言：“乡里后生，有读书之才，读书之志，而能无谬我约，皆可以就我庐，读我书，天下之宝，我固不欲为一家之储也。”其中的“我约”，指的是孙衣言制订的《玉海楼藏书规约》十六条，内容涉及读书之法、书目的编纂、书籍的保管、借书的规则和经费的使用等等，可谓面面俱到。有些条款，即使今天的人看来，也是大有裨益和肃然起敬的。如“每年八月天气晴燥有风之时，另雇坊友四五人，将所有藏书统行晒晾一次。其有破损须粘补或书皮钉线散断者，即时加工修整。”又如“读书如对严师庄友，不可跛倚倾侧或欹枕灯火之旁。阅时先将楼下几案拂净，用蓝布一方，拥在几上，再次所借书取出，打开函帙，正身端正，细心阅读”云云。

瑞安这个地方虽历史悠久，但真正的为世人瞩目却是在 20 世纪 80 年代初，即温州私营经济的模式就诞生在这里。如今，温州人的足迹已经走到世界七八十个国家。或许在很多人的眼里，温州人经商赚钱算得上武林高手，但读书做学问就属小脚老太了。我觉得这种认识不完全算武断，但当我从玉海楼走出的时候，在门口办公的一个静若处子的姑娘吸引了我。馆长告诉我说姑娘姓易，是前任馆长的女儿，在这里已经工作 11 年了。我问那姑娘，在温州瑞安私营经济异常发达的地方，你何以能在这个地方坚守 11 年呢？姑娘回答，人各有志，我觉得在这里守着书读挺好的。我注意到，在姑娘右前方的电脑旁，摆放着一张她自己的生活照，照片上的她自然，恬淡，宛如一朵盛开在乡间的喇叭花。闻着那喇叭花的清香，我似乎感觉到一个文化的瑞安已经开始苏醒。尽管，现在正是夕阳渐渐褪尽的黄昏。

叫一声花椒大哥梨花小妹

进入三月，北京的大葱突然涨价了。等到3月20日前后，竟然到了10元钱买两棵葱的地步。我平常做饭少，对柴米油盐的价格几乎不问津。便问妻子：大葱真的10元钱买两根了吗？妻子说：没那么邪乎，不过确实涨得高了些。我说：自古至今没人规定炒菜必须用葱炝锅，不行咱们改用花椒吧。

本来一句随便的话，竟然促成了我的一次汉源之旅。前些日，雅安市文联的朋友给我打电话，说春天不读书，你三月下旬到汉源县采风来吧，到时会有成千上万的梨花仙子欢迎你。我说莫非这里也要搞个梨花节吗？朋友说你说对了。这几年，我陆续参加过河北赵州的梨花节、山东烟台的莱阳梨采摘节、河南洛阳的牡丹节等多种节庆活动。平心而论，作为一个作家，或者是诗人、画家、摄影家，生在中国，真是天大的福气。不论走到哪里，都有深厚的历史文化，优美的自然风光，这些都无疑会成就艺术家的创造。我敢说，世界上没有哪一个国家比中国会造节的。我们无法统计，全国会有多少个节，但每个节都会让当代的老百姓喜上眉梢，幸福无比。

我们参加的活动叫大渡河之春文艺采风，实际上是来观赏梨花来的。说来有趣，和我同行的青年诗人祁人，我们在北京曾经共同居住在通州区梨花园小区。因此，在汉源一见面我就说，我们俩前来，真的是梨花园人赏梨花啊！其实，我们居住的那个所谓的梨花园小区是没有梨花的，小区所在的乡镇叫梨园镇。或许在几十年前甚至在几百年前那里确实产过梨，只是那梨不像赵州梨、莱阳梨以及这汉源金花梨这么有名而繁衍至今吧。

在汉源，自古就有清溪贡椒九襄梨之称。由于是初春，花椒树还没有吐芽开花，但雪白的梨花已经开遍了山间屋后庭院。人置身于花的海洋，感觉空气新鲜，步履轻盈，好像年轻了许多。尤其是再有几片黄黄的油菜花的映衬，你不会怀疑此刻你已经到达仙境了。这不由让我想起四川诗人张新泉曾经写过的两句诗："桃花才骨朵，人心已乱开。"据说这两句诗在四川很流行。至于我们前来采风的朋友，面对眼前的千树万树梨花开，是不是也已经"人心已乱开"，我不好推测，但我的心早已被这南国的春色陶醉了。

在汉源的两天采风中，负责接待的导游小万和小欧两个小姑娘给我们留下很深的印象。她们不是专业的导游，小万是县中医医院的护士，小欧是环境监察局的干部。由于在2008年汶川地震中，汉源被定为重点受灾县。看着天真烂漫的两个小姑娘，我一直不敢直接问这个敏感的话题。我怕我的冒失再一次引发她们的伤痛。倒是小万姑娘很大方，在经过瀑布沟水库（当地人叫汉源湖）时，她说：汶川地震时，老县城的房屋几乎全部被震倒了。后来政府出资在更高的地方重建新城，老县城则被大水淹没。就是说，瀑布沟水库的下边就是原来的老县城。我问：老县城被大水淹没时，场面是不是很悲壮？小万回答：我当时在外面上学，没有亲眼看见。但我从家人及邻居的表情里，看得出还是很怀念老县城。那里毕竟是我们曾经的家啊。我们从小的记忆都在那里。还好，我们家是第一批搬到新县城的。

汉源新城不可谓不漂亮。譬如我所看到的由湖北省援建的文化大厦、清溪襄樊学校，特别是在花乡果都文化节开幕式上，我见到了设计时尚、大气典雅，能容纳七八千人的体育馆，使我受到强烈的震撼。试想，如果不是中国共产党的坚强领导，不是社会主义公有制的优越性，不是亿万中国人民的众志成城，一个遭遇毁灭性灾难的汶川、汉源等震灾区，能在这么短的时间又奇迹般地得到新生吗？

开幕式表演的节目，不失地方特色。最让我欣赏的是梨花仙子的走秀表演。闪亮登场的10名女子是从几百个参加选秀活动中胜出的。她们身形款款，表情清纯，落落大方，你很难看出地震给她们带来的伤痛。相反，你自始至终感受到的是她们对现实和未来生活的热爱与憧憬。演出结束回宾馆的路上，我问小万：你没参加梨花仙子选秀吗？小万说：当时工作忙，实在腾不出时间。我说：你这两天的导游很专业，也很热情周到，如果明年你参加，我们车上的人都投你一票！我的话引起大家的一阵共鸣，有的人还高喊：我投两票！

到四川不能回避麻和辣。由于调养身体，我已经基本不吃麻辣食品。但汉源的朋友说，你还是吃一点吧，我们这里的清溪贡椒已经有1000多年的历史。吃一粒能醒脑，吃两粒能通气，吃三粒能写出天下文章。我知道这是朋友在鼓励我，可我还是有些发憷，不吃花椒你体会不到汉源的麻，而吃了花椒，谁又知道我肠胃的刺激呢？

在清溪茶马古道山下，有一溜贩卖当地特产的当地农民。其中，一位老农专卖花椒。我问多少钱一斤？他说50元。我说怎么这么贵？老农底气十足地说：不贵，我们这是汉源贡椒，在城里至少60元一斤。我又问：有小包装的吗？老农说：有10元、20元的，也有40元、50元的。你要多少？我对老农说：我叫你一声“花椒大哥”，我出100元，30元的你给我四包吧？“花椒大哥”思忖了一下说：看你的样子真心想买，既然这样，我就给你4包40元的，不过回北京你可要给我们汉源贡椒扬扬名。

付完款后，我要离开时，几个同行的诗人对我说：你买那么多花椒干吗？我笑了笑答曰：没听说吗？北京的大葱又涨价了。以后炒菜炝锅我就改用花椒了。我的回答引得“花椒大哥”和周围的农人们发出灿烂的微笑。那微笑顺着茶马古道仿佛飞出了汉源的崇山峻岭，幻化成了一幅绵长的山居富民图。

北纬 30°

中国人爱做梦，甚至做一些神奇的梦。在我看来，最神奇的莫过于自己羽化成仙。人一旦成了仙，就可以过好日子，吃好的穿好的，被美女陪着，被丫鬟婆子伺候着。一句话，在这世界上爱谁谁，谁拿你也没什么办法。其实，成仙的日子，跟当了寄生虫没什么两样。

我是这么说，有朝一日，我也希望自己成为某位大仙。仙这个字，可以独立使用，其本身就很令人着魔。如果前边再加一个神字，这下更不得了，我一直粗浅地认为，神是外国的产物，只有仙才是中国的。不知什么时候，人们把东西方二圣弄到一块，造出来神仙这样一个庞然大物。

我国关于神仙的传说很多，最著名的是八仙过海。还有，仙女下凡。就是说，成仙的人不光有特殊的本事，若是女性，还得有顶好的容貌。像西施、貂蝉那样的美女，肯定是仙女下凡的了。作为老百姓，人们对神仙津津乐道，主要是研究他们爱吃什么，他们会什么法术，怎样做才能长生不老。这当然都是人的一种心理需求，世间的人谁还真能做到长生不老呢。

成仙的过程，就是一种坚定信念、始终修为的过程。那种见异思迁，三天打鱼两天晒网，半途而废的人断然是修成不了正果的。

我想要说的，是人们普遍关心的问题，假设这世上真的有神仙，那么，他们或她们将会住在哪里？聪明的读者一定会说，神仙住海里，不然怎么会有八仙过海呢！也有人会说，神仙都住山里，不然那些修行的人为什么大都选择崂山、终南山、武当山、五台山、昆仑山、嵩山、峨眉山、普陀山等等名山呢？大哲学家尼采曾经有诗曰：不站在最高处，也不站在最低处，站在半空中，世界最美好。想想那些寺庙吧，几乎都建在半山腰上，这说明东西方的圣人早就悟到了这一点。

我想这些事情的时候，此刻的我，正在重庆武隆县仙女山镇的林荫道上行走。这是数伏后的第三天，承蒙友人相邀，说不要在北京享受雾霾了，到仙女山享受享受神仙日子吧。重庆我到过多次，景点也大都熟悉，可就是对仙女山比较陌生。一两年前，偶尔从朋友的交谈中隐约听到张艺谋又在重庆搞了一台类似《云南印象》的实景剧。这些年，张艺谋们搞的实景剧真是不少，除了《云南印象》，还有《印象刘三姐》《又见平遥》《长恨歌》《印象周庄》等，这次在武隆我看到的是《印象武隆》。对于这些实景剧，人们褒贬不一。我的看法是，有总比没有好，如果有，就要有特色。就怕钱也花了，事也做了，观众不满意。以我看到的《长恨歌》《又见平遥》《印象周庄》和《印象武隆》来看，我认为这些实景剧策划导演得都很成功，不但吸引了旅游者的眼球，还带动了地方经济的发展。

“仙女山位于北纬 30°，属于喀斯特地貌。”在天生三硚景区，陪同我们采风的镇长罗维向我讲述着仙女山。想不到开头的第一句话，他竟然惊人地用地理术语向我介绍，对喀斯特地貌我不觉得惊奇，我惊奇的是这个年轻朴实的镇长敢用北纬 30° 这个地理概念来确定这个小镇在全球的位置。也许说者无意，但我听起来却觉得新奇，大气！回到房间，我在中国地图上查看了一下在北纬 30° 这条纬线上的各个城市的名字，真是不看不知道，一看吓一跳，只见从东向西依次排列的城市是舟山、宁波、绍兴、黄山、张家界、武汉、重庆、眉山、拉萨，这些城市不论是在经济、文化，还是生态环境上，在全国都是赫赫有名的。

晚上躺在床上，我感觉我的心跳在加快。30年前，刚参加工作时，我曾在北京东郊的一个乡镇工作了4年，那时的乡镇经济还是以农业为主，简单的工副业不过是满足当地农民的生活改善。记得在一个夏日的夜晚，我和党委书记一起值班。感于当地经济发展得十分缓慢，我直言党委书记，您说我们这地方什么时候能富裕起来呢？党委书记喜欢抽旱烟，他用手按了按烟灰，对我说，等哪一天地震了，震出一个湖就好了。党委书记的话令人很辛酸。在80年代那一批的干部，各个都是老黄牛，他们有的是力气，也有的是毅力，可就是苦于缺少致富的门路，他们目光死死地盯在土地上，春天收麦，秋天收稻。像今天的房地产、旅游开发这样的举措，他们想都不敢想。

重庆人说话，我大体上能听懂。但个别的词句，有时还是费解的，或者是混淆的。譬如，当他们几次跟我说“天生三硚”时，我都认为是“天生双桥”。我的出生地在北京东郊的双桥农场，简称双桥。苏州的周庄也有个双桥，因为画家陈逸飞的一幅油画，而广为人知。所以，当重庆人向我反复说“天生三硚”时，我就觉得有股乡情涌上心头。近些年，由于身体的原因，我从来是不爬山的，即使到了山地的景点，也只是在三五十米范围内活动。这次也是如此，我本想在公园门口转转，但经不住几位同行的好友鼓动，他们说我们要去的“双桥”全是下山路，到了山底就是平路，如果实在累了，不妨安排坐滑竿。

从山上往山下走，这是跟过去登山运动相反的新时尚。我小时候，读的散文是《雨中登泰山》，看的电影是《智取华山》，第一次到长城领略的是不到长城非好汉，这些看的和做的，无非都在强调山的高耸与峻峭。现在好了，不管多高的山，汽车都会把人盘山送到顶部，然后再到山下去接。虽然自古就有“上山容易下山难”的说法，可我无论如何认为，下山比上山要容易得多。不然，这世界上为什么只有登山运动而没有下山运动呢？我们感谢高科技和工业化，它们使我们节约了时间，可在某种意义上也退化了我们的肢体和意志。

没来“天生三硚”时，我猜测这里所说的“双桥”或“三硚”，无非是在一个山里的峡谷中，有两块天然的石板搭在山涧之间，给人们旅游带来了诸多方便。这样的景点，我在其他地方已经屡见不鲜，这里的“双桥”能有什么奇特的？我一路想着，一路小心翼翼地走着。沿着石阶走下不到百米，眼前突然出现无数的昆虫般的东西，像雨又像雾，弄得人柔柔的。陪同我们的县人大副主任、作家刘有法告诉我，那是泉水，由于落差大，就形成这样的景象。我迫不及待地走到那雨雾之中，感觉是那样的凉爽惬意。正当我得意尽情享受时，刘有法指着头上相当于门字顶上的部分的山说，快看，这就是第一座“桥”。我抬头一望，可不是嘛，在两山之间横空出现一座大门，而我们就在门的下边。望着四下能有上千平米的空间，我说要是战争年代，这里完全可以设伏兵一千。这时，一位当地的作者对我说，您说对了，说着，他手指山下的一座灰墙黛瓦的院落对我说，前几年，张艺谋拍电影《满城尽带黄金甲》就是在这里取的景。我看了看这个作者的表情，他跟许多当地的老百姓一样，眉眼之间流露的是兴奋与自豪。

下得山来，陪同的乡镇领导见我脸色发灰，流着虚汗，赶忙给我租来一副滑竿。我有些不好意思，因为前来采风的作家属我岁数最小。两个轿夫倒是热情，说你尽管坐上去好啦，别人走不动也可以租滑竿嘛。我问，前方还有多远，轿夫答少说也得10里地。无奈，我只好坐了上去。这两个轿夫约莫四十来岁，个子不高，皮肤黑黝黝的。他们俩倒也善解人意，走得不是很快，为的是不和后面的人落得太远。常常是，人们走近了，他们就抬我走，等走出一段距离，他们又停下歇息。这期间，我与他们攀谈起来。前面的轿夫告诉我，他们是亲哥俩，在这里已经干好几年了。我问他们收入如何？前面的哥哥说，过去不行，现在好多了，一个月能挣七八千。弟弟接着说，他现在一个人生活，几年前，由于家里穷，媳妇和他离婚，带着孩子和别的男人跑了。我问，这“双桥”小时候你们就来吗？哥哥说，你说得不对，这里是“三桥”不是“双桥”，怕我听不明白，他还伸出三个指头。哦，是“三桥”不是“双桥”，弄了半天，我还给人家少算了一座桥。弟弟说，小时候，他们经常到这里放羊，累了就找野果吃，渴了就喝天然的泉水。

过了“双桥”，我问陪同的镇党委书记卫中华，仙女山镇的开发从什么时候开始的？他说，也就五六年的样子，开始老百姓还不完全接受。镇里的干部就挨家挨户地做工作，有时还要和他们喝酒、交朋友，只有这样才能说心里话。现在镇上开发的新社区，人口能有七八万人，每到夜里，灯火辉煌，跟欧洲小城似的。我又问，据说你们的城镇化已经成为全国的样板，你能具体说说吗？卫书记说，百闻不如一见，我说好没用，关键要让你们看，眼见为实。我说，今早在酒店的房间里，看到你们这里的环境介绍，全镇海拔在 360~2000 多米，年平均气温 17℃，森林覆盖率达到 65%，当地农民人均可支配收入达 11000 多元，这太适合人类宜居啦！见我如此羡慕仙女山，卫书记大笑道：既然你认为这么好，你干脆来这里买房吧，我给你打折。轿夫听着我们的对话，也跟着呵呵地笑。我冲他打趣道：你好好抬你的滑竿，争取早点娶房媳妇！于是，山谷里又传来人们欢乐的笑声。

顺便补充一下：重庆、四川一带所说的天生三桥的“桥”实际是“硚”，而不是我说的双桥的“桥”字。字典的解释，这两个同音字，都属名姓。不同的是，硚是地名用字，多在四川、重庆；桥则特指建筑上的桥梁。

牡丹，牡丹，次第开

春天去看牡丹，不论是谁，都会觉得是件赏心悦目的事。今年的春天来得晚，真是急煞了爱花人。说来有趣，春节过后，接连有四五个地方的朋友打来电话相约去看牡丹。这其中当然包括洛阳的朋友。按说，到洛阳去看牡丹，当属天经地义。天下有谁不知道洛阳牡丹呢！可是，江苏常熟、山西古县、河北柏乡的朋友也发出邀请，就不得不让你发出疑问：今年怎么了？为何到处都在办牡丹节？我把这种密集的牡丹的邀请告诉朋友们。他们戏谑道：今年看来你要掉进牡丹国里了。说不定你要交桃花运哩！

于是，我推掉其他地方的邀请，专门到常熟、洛阳和古县去看牡丹。我想，全国各地都在争办牡丹节，都在说自己这个地方的牡丹天下第一，这足以说明我国各地早已有种植牡丹的悠久历史，也足以说明我国人民很早就有热爱牡丹、推崇牡丹的文化传统。当然，牡丹从野生到人工培育，需要漫长的发展过程。在这漫长的发展过程中，因气候、地域、欣赏角度的不同，人们对牡丹的培育也就呈现了丰富的品种。在各种花草中，我国人民在千年的演化过程中，渐渐注入人的精神内涵，最终形成各具特色的文化。如竹文化、梅文化、菊文化、兰文化、荷文化等等，其中的牡丹文化在其中占有重要的位置。在我国的戏曲、音乐、绘画、文学作品中，以牡丹为主题、命名的多如牛毛，像戏曲名作《牡丹亭》、古典诗词《赏牡丹》、当代歌曲《牡丹之歌》可谓家喻户晓，至于在民间寻常百姓家画牡丹、挂牡丹的就更比比皆是了。关于牡丹的研究，我以为绝不是从现代开始，说不定在几百年前，甚至一两千年前就有了。我不是种植牡丹的专家，也不知道在各种分类中哪一种更专业更科学。我在电脑上随便搜索牡丹词条，马上会有无数关于牡丹的信息映入眼帘。

之一：从花型上分，牡丹分三类，即单瓣类、重瓣类、重台类。十二型分为单瓣型、荷花型、菊花型、蔷薇型、托桂型、金环型、皇冠型、绣球型、菊花台阁型、蔷薇台阁型、皇冠台阁型、绣球台阁型。譬如单瓣型，花瓣 1 ～ 3 轮，宽大，雄雌蕊正常。如“黄花魁”、“泼墨紫”、“凤丹”、“盘中取果”以及所有的野生牡丹种。荷花型，花瓣 4 ～ 5 轮，宽大一致，开放时，形似荷花。如“红云飞片”、“似何莲”、“朱砂垒”。菊花型，花瓣多轮，自外向内层层排列逐渐变小，如“彩云”、“洛阳红”、“菱花晓翠”。

之二：从花色上分，牡丹系以八大色著称，如白色的“夜光白”、蓝色的“蓝田玉”、红色的“火炼金丹”、墨紫色的“种生黑”、紫色的“首案红”、绿色的“豆绿”、粉色的“赵粉”、黄色的“姚黄”。还有花色奇特的“二乔”、“娇容三变”等等，另外在同一色中，深浅浓淡也各不相同。

之三：从香型上分，一般白色牡丹多香，紫色具烈香，黄粉具清香，只要“嗅其香便知其花”了。

之四：从叶上鉴别，牡丹叶为 3 出 2 回复叶。因品种的不同，叶子所呈现出来的形状、宽窄、厚薄、颜色等方面各不相同。如“大胡红”叶大、圆而肥厚，叶面多平展。如“墨洒金”叶形大而长，但小叶较狭长，质地薄，较稀疏开展或下垂。如“状元红”全叶中等大小，小叶长椭圆形，边缘缺多且较尖、上卷，叶多斜伸。如“豆绿”叶背有一层白绒毛。如“大棕紫”叶色发紫红等。

之五：从枝干上辨别，这一方法是通过株形和分枝方式来区别品种。牡丹为丛生灌木，因不同的品种，其株形和分枝方式也不相同。直立型：枝条开张角度小，直立向上，节间长，长势强，株丛高大，如“洛阳红”、“桃李增艳”等。开展型：枝条开张角度大，向四周延伸，株形低矮。如“一品朱衣”、“赵粉”等。半开展型：介于上述两型之间，如“脂红”、“蓝田玉”等。

……

像这样的划分，恐怕罗列到之100也未必能全部包括进去。4月13日，当我走进洛阳隋唐牡丹园后，顷刻间就被满园盛开的牡丹给迷住了。要知道，这时的北京人身上还没脱掉毛衣呢！最冷的几天，还要穿上厚厚的羽绒服。同行的作家周明先生过去几次到洛阳，但一直没有很好地看过牡丹竞相开放的景象。有一年他们乘夜色到王城公园去看牡丹，看了足足两个多小时。第二天上午市领导在接见他们问及对洛阳牡丹的印象时，他们几个便兴奋地把昨晚看到的景象跟市领导眉飞色舞地描绘一番。原以为他们的描绘能得到市领导的赞许，谁料市领导听罢苦笑着说：对不起，你们昨晚看到的不是牡丹，而是芍药，牡丹花期刚过！结果，弄得几位作家朋友脸色通红，很是尴尬。

此番来到牡丹园，周明自然很兴奋，虽然已经七十大几的人了，仍然像孩童般的一脚跨过园子的绿树隔离墙，蹲在一丛红白相间的牡丹后面得意地照相。等心满意足地照过之后，正要走出花圃时，才发现一只皮鞋已经深深地陷进松软的泥土里。一位作家朋友见状戏谑道：周老师这才叫深入生活哩！而我则不失时机地占了一副对联：看一夜芍药，擦四面皮鞋。

到洛阳看牡丹，不同的人有着不同的收获。有的人会从专业的角度去考察其发展、沿革、分类，也有的人会从市场化、产业化去思考，而对于画家、摄影家则不失为很好的采风画面。但对于像我这样的写作者，我则更多的是凭瞬间的感觉去体验。在牡丹园，人们看多了各种真花后，还有人喜欢看绢花、买绢花吗？我不知道别人，在花园的中央看台上，我就喜欢看几个当地农村姑娘手中高举的扎的有些夸张的绢花牡丹。我觉得，那脸上显得还有些稚嫩的小姑娘，她们不正是一朵朵美丽的乡村牡丹吗？你千万不要以为她们文化程度低，说不定日后她们就是种植牡丹的专业户呢！在改革开放的中国，什么新鲜的事情都有可能发生，奇迹随时都有可能出现。美国前劳工部长赵小兰不就是华人的一个奇迹吗？

我想到了洛阳平乐村一个叫吕娇的农家妇女。这个被外界誉为中国牡丹画第一村的美丽乡村，过去以正骨医术名扬一方。平乐村是个大村，人口有上万人，过去世世代代的村民以种植小麦、玉米为生，虽然生活在牡丹之乡，可他们的生活并不像人们想象的那样过得“花开富贵”。是改革开放的春风，吹醒了沉睡多年的平原乡村，也吹醒了吕娇的艺术之花。吕娇今年53岁，现在已经学习画牡丹8年，在之前的30年，她一直在村里种地、放电影。兴许年轻时劳累所致，她10年前逐渐感到力不从心，经常失眠，缺血，浑身不舒服，就把工作放弃了。后来，村里兴起画牡丹之风，并逐步形成产业化，她在村里的画师启发下，便学起了画画。我问吕娇：“村里像你这样的画师有多少人？”她一边画一边回答：“能有上千人吧。我这水平一般。”“你们画的画有固定的市场吗？”“有哩，咋能没有哩！有的被外面收购，有的自己销售。”“像你这样画，一天能画几幅？”“两三幅吧。”“你能告诉我你这幅画的价格吗？”“那要看你心成不成？真的想要，100，500都可以。”“好，我就买你的这幅《富贵牡丹》，60，祝你六六顺啊！”吕娇没有说句谢谢那样的客气话，她告诉我，这七八年的学画、画画，每天十几个小时地画，非但没累坏，反而把过去许多的慢性病都治好了。我说：您这叫一壮挡百虚。

离开平乐村村部四楼的画室，在送我们一行出门的路上，一位村干部介绍：“村里如今学画画的人越来越多，还有很多的外地人也慕名前来学画画。这些农民画家的技术虽然赶不上城里人，可他们的心真诚，画出的画古朴，挂到什么地方你都不觉得丢人，因为我们就是个农民，是地道的农民画。”村干部的话让我想起一句农村的俗语：光脚不怕穿鞋的。其实，不论是城里的工人，还是乡下的农民，千万不要在市场经济面前自卑自弃，只要有那么一股不服输的勇气，何愁前面的天地不是花开富贵啊！

无独有偶。在参加山西古县的牡丹节期间，我曾经到山西的又一大宅院——古县张宅逗留了一会儿。此前，我曾经多次光顾过山西的乔家大院、王家大院以及阎锡山老宅。北方的大院有别于南方的私宅，如果南方讲究的是小巧玲珑，含蓄典雅，则北方就显得大气、庄严、威猛，大有舍我其谁的霸气。比起山西那几个大院，张宅要小得多，属于小弟弟。不过，在看过这小弟弟的发展轨迹后你又不得不生发感慨。别的不说，仅从几百年前最初的张氏父子登科、兄弟同榜，便可以知道其人有多么聪颖。至于到后来的捐资助学、诚信经商、仗义疏财、耕读传家、重修庙宇，足见其代代忠厚传家之遗风。一直以来，民间一提到徽商、晋商，都会竖起大拇指发出钦佩之感叹。我注意到张宅的私塾两侧有这样一副对联：贵有恒何必三更起五更睡，最无益只怕一日曝十日寒。想来，这种持之以恒的精神是晋商或者是山西人的真实写照。在张宅的几进院落浏览毕，临出门时在一间不起眼的厢房里，看到两名小姑娘在绣十字绣，其绣的作品既有童鞋、布艺、书包、饰物、钟表，还有两米长的《清明上河图》。我问一位叫张淑丽的小姑娘：你们这些产品是卖的吗？小姑娘说是，但主要是交到古县巧春姑手工艺制品有限公司，由他们统一经销。我继续问，你们这个公司由哪里办的？像你这样的巧春姑还有很多人是吗？张淑丽答，她们这个手工艺制品公司是由县妇联于2007年办的，主要目的是解决下岗女工的再就业。至于公司一共有多少人，她也不知道，她只知道接活、做活，偶尔有游客到屋里参观购买，她也顺手卖几件。我说，县上在搞牡丹节你知道吗？她说知道一点。见她如此的老实回答，我便不好打搅，花 50 块钱买了一台挂钟，挂钟的里边绣着她的作品：一个天真的孩子仰着头望着月亮，他在冥想着什么呢？我猜不透。

古县原名岳阳，毗邻著名的洪洞县，盛产煤、铁。历史上，古县一直依赖农业，尤其是种植粮食为主，因此经济很不富裕。改革开放后，古县也像全国很多的地方，开始向工业、开采业找出路。最多时，境内大大小小的煤矿不下 300 个，至于焦化厂更是星罗棋布，此外，还有几家规模较大的冶铁厂。这些工矿企业无疑给古县的发展推向了高峰。然而，随着资源的大量掠夺性地开采，古县人愈来愈感到危机的到来。

于是，古县人开始寻找出路，寻找可持续发展的长远之路。

于是，古县人把目光落在素有天下第一牡丹之称的三合村的白牡丹上。

牡丹有多种，白牡丹是其中重要一个品种。三合村白牡丹敢说是天下第一牡丹，主要有三点：第一，历史悠久。相传这株白牡丹生于唐朝，距今约 1300 年，与武则天有关。第二，枝繁叶茂花蓉。这株牡丹一个根系上孳生出数十枝花干，抱成一簇蔚为壮观的花群。花干最高可达 1.83 米，冠辐 5 米，丛围 15 米。叶子有柄，羽状复叶，小叶呈鹅掌形，墨绿色。花开时节一般在四月底五月初，往年开花 400 余朵，2007 年居然高达 600 余朵，当为世界之最。花朵怒放时，如同碗口大小，直径近 20 厘米。花瓣分双层 12 片，每片大小如掌，外部为玉白色，内部稍有血红色。花朵中心花蕊为金黄色，花香浓郁，沁人心脾，数十米皆可闻到。我第一眼看到之时，尽管花期未到，但仍仿佛看到一个美丽的花坛，雍容华贵，仪态端庄。其实，当地的老百姓并没有把他们心中的花神看得多么华贵，相反，倒觉得此花更具有平民性。否则，民间不会传说此花因为不顺应武则天而被贬出城的。也不会千百年来，每到花期，总会有成千上万的人前来进香许愿，希望花神能够保佑普通人家太平健康的。

在古县，关于牡丹仙子有着无数的传说。我们不管其传说的是否有真实性，但就老百姓的美好愿望来讲，我倒相信那一切都是真的。现如今，县、乡、村三级合力，以牡丹仙子为重心，全力打造文化旅游业，以期成为当地富民的新的增长点，这本身就是牡丹精神的一种美好的释放。记得在旅游节开幕式的当天，古县各界从全国各地请来很多朋友前来助兴，但不曾想到的是，由于今年天气寒冷，花期往后延长，以至很多人前来不曾亲眼看到牡丹盛开的壮丽时刻，感到非常的遗憾。有的人甚至认为今年会不会是个不祥之年？我听后感到可笑，不是笑人们在自然界面前的无知，而更多的是笑我们自己太把自己看得如何高大如何不可一世了。也许正因为如此，牡丹花才会高傲地拒绝它的如期盛开！

不管怎样，当夜晚我走在古县县城，徜徉在色彩斑斓的涧河十里长廊时，看着远处巍然耸立的一代名相蔺相如的雕像，我想说，为了国家的发展壮大，蔺老夫子当年忍辱负重同老将廉颇上演了将相和的千古佳话。那么，今天的古县党政领导和老百姓一条心，以顽强的拼搏精神，借助牡丹仙子的神威，走出了一条和谐发展的文化旅游之路，这不正是又一朵盛开在古县人民心中的巨大的牡丹吗？文章至此，你还会有什么遗憾吗？不管你怎样想，我没有，一点儿没有。

秋天去看台儿庄

因为1938年中国军队对日本侵略者的一次沉痛打击，台儿庄由此举世闻名。曾经，看过电影《血战台儿庄》后，我就想，那个被敌我双方拉锯争夺的小村庄，恐怕一户人家也没有幸存吧？

10月12日，微风，黄昏，伴着蒙蒙细雨我走进了台儿庄。

进得台儿庄，我方大梦初醒，敢情这台儿庄并不是一个普通的自然村那样的村庄，而是一个四面城墙耸立的古城。我更不曾想到的是，这古城竟然就建在古老的大运河旁。因为我曾在运河源头的北京通州居住8年，一直把自己视为通州人的缘故，每次出门经过苏州、杭州、德州、沧州等运河沿线的城市，我都把它们看作是自己的家乡。

台儿庄，形成于汉，发展于元，繁荣于明清。据《峄县志》记载："台（儿）庄跨漕渠，当南北孔道，商旅所萃，居民饶给，村镇之大，甲于一邑，被国朝高宗赐为'天下第一庄'"，呈现出"商贾迤逦，一河渔火，歌声十里，夜不罢市"的繁荣景象。二战前，台儿庄是古运河畔唯一一座南北交融、中西合璧的文化名城，八大建筑风格融为一体，七十二座庙宇汇于一城。城内3公里的古运河被世界旅游专家称为"活着的运河"。

现如今，73年过去了，能有幸亲眼目睹古城昔日繁荣景象的人们已经越来越少，而更多的人则如我一样，只能从现存的图片资料去认识去感知。夜晚，当我独自一人登上跨河而建的步云桥时，看着台儿庄新城的灯火阑珊，我问我自己：这就是二战前的台儿庄吗？

桥下的一条渡船载着几个游人说笑着经过，他们或许在议论着台儿庄的观感，或许在说着单位的矛盾纠葛，或许是说着痴男怨女的爱情往事以及手机短信上一条有趣的段子。我断定他们没有说 73 年前的那场气壮山河的台儿庄大战。

但我不能不说。台儿庄大战是 1937 年抗日战争全面爆发后，国民党军队在正面战场上取得的第一场胜利，它的胜利，极大地激发了全国人民的抗敌热情，也使日本侵略者受到极大的震慑。这场战争，与后来中国共产党领导的平型关大捷，堪称中国抗战史的经典战役。到台儿庄之前，我想象中的这片土地将是一片废墟，满目疮痍，在烈士陵园会有无数的坟茔，每天都会有成百上千的人到这里凭吊。但我没有看到，我只在古城的一隅，看到几处战争未曾完全毁坏的房屋和几棵百年的老树，上面依稀可见当年日军射击的弹孔。在清真寺外，几名阿訇一一向游人讲解着日军的侵略罪行。我在一棵古树的密密麻麻的弹坑里，用手往里按，试图能触摸到那罪恶的证据。其实，这子弹即使能摸到又能怎样？在台儿庄抗日战争纪念馆，当我发现了那面写满为国殉难的烈士名字纪念墙时，我的胸口仿佛有一种仇恨要喷出。这是有名有姓的一面墙，可埋在中国人民心中无名无姓的纪念墙又有多少呢？

中国人民无法忘记这场战争，日本人民也无法忘记这场战争！

"在台儿庄为什么不建一座大型的二战遗址公园呢？"我疑惑地问当地领导。

"战争之后，当地的老百姓还要生存，于是，人们又从各地搬回到古城。当然，古城再也不是过去的古城了。"当地领导解释道："古城所以要重建，就是要在保护遗址的同时，尽可能恢复过去的原貌，同时，加大城里棚户区的改造，让更多的古城人民享受到小康生活。"

说来十分有意思，历史出奇的巧合，台儿庄古城重建的主要提出者、指挥者是曾经在日本留学8年回来的海归市长陈伟。我们到达台儿庄的次日下午，陈伟专门给我们来自全国各地报纸副刊的编辑、记者作了一场报告，本来事先定好的时间是一个小时，结果他兴致来了，滔滔不绝地讲了两个半小时还余兴未尽。我观察了一下平日见多识广的老记们，大家并不觉得枯燥以致是讨厌。陈伟不愧是双博士，谈历史，聊建筑，讲古城的保护与开发，思路清晰，有理有据，让你的疑惑逐渐打消，最后不得不顺着他的路子去思考。

夜晚，徜徉在古城的大街上，柔柔的月光泻在文汇酒楼、翠屏学馆、大运河非物质文化遗产园、台湾商行、船形街、千里走单骑迪厅以及大大小小的客栈上，听着巷子深处传来的古琴声，仿佛真的置身于明清时期的古镇了。然而，现实的时尚人群又提醒我，我们不是走在73年前的古城，而是走在今日文化创新的古城了。

我们住宿的地方叫作台城万府酒店，又名扶风堂。前者与山西的一个姓万的晋商有关，后者原以为与陕西扶风县有关，一问店主，根本不着边。我问店主“扶风”怎么讲，女店主支吾半天说不出。我说，人来到世上，小时候靠父母扶着长大，等长大步入社会，就只有扶着风靠自己行走了。我把这个心得说与朋友听，大家说有道理。不过还有补充，那就是朋友的友谊要重长久，最好不要一阵风。

请你喝一杯南昌茶

人跟土地是有缘分的。我们热爱故乡，因为我们生活在那个地方，那是我们生命出发的所在。也许因为这个缘故，旧时的黄历上在某日上常标有不宜动土、迁坟的风俗。我是上世纪的60后，本不应该相信黄历那样的东西。但在我的内心深处，我总觉得既然老祖宗在几千年里一直延续这些风俗，想来还是有些道理的。去年下半年，我的家里竟然有4个亲人先后生病住院，最忙的时候一天要跑3家医院。当时我就想，这绝不仅仅是疾病本身的问题，肯定还有其他的什么各种原因。果然，在我同病愈后的父亲一次交流中，他对我说，在去年年初，我们家的老宅被拆迁了。我一听，马上有些埋怨地对他说，这么大的事情您怎么不事先告诉我一声！父亲说，我想着这房子早已经卖给别的人家了，拆不拆跟我们关系不大。我对父亲说，您说错了，这老宅是我们家几代人生命出发的地方，就好比是楼房的地基，如果地基发生动摇，住在楼上边的人焉能安稳？父亲听罢，喃喃自语道：我真没想到事情会有这么糟。父亲的不安，让我也感到很不舒服。在此后的几个月，由于北京郊区搞城市绿化，村子西边荒野里的大片坟地要被征用建花木公园，村里决定对土地上的坟茔进行迁址。鉴于前一阵老宅拆迁的事情，在迁坟前后我们买了冥纸、供品，又请精通这方面风俗的行家帮我们做法事，从而使迁坟得以顺利完成。

以上我所以写这些，无非是举证来说明土地和人的关系。再有，就是想通过这个关系，来记录一下我于去年 11 月初到南昌采风的些许记忆。

我是于 11 月 3 日下午 2 时从北京到达南昌的。南昌这所城市名声很大，可惜我一直没有来过。爱好写作的人，谁也无法回避一种文体，那就是游记。与游记接近的更宽泛的文体是散文。很多人到了异地，回来都喜欢将所见所闻写出来，讲给读者听。写作这行当是讲才情与缘分的。有的人有才情，但无缘分。反之，有缘分，但无才情。两厢一凑合，文章就写不好。我想我该属于有点才情与有点缘分的人吧。我们这次到南昌参加采风的作家、诗人、记者近 20 人，采风的主题为——2008 中国（南昌）第二届国际华人作家滕王阁笔会，领队为中国作家协会副主席陈建功。笔会名称既然为国际华人作家笔会，参加者当然少不得来自各地的作家朋友。本届受邀前来的有我国台湾著名诗人洛夫夫妇，我国台湾著名作家陈若曦女士，旅美诗人施雨，旅居加拿大的诗人汪文勤，马来西亚华人作家协会副主席李薏君以及来自我国澳门笔会的汤梅笑和林慧娴，祖国内地的为黄亚洲、舒婷、赵丽宏、周毅如、庄志霞、王志训，还有光明日报的漂亮女记者文艺橙和我，当然还有一位旅美的我国台湾画家张建国。这个阵容应该说规格蛮高哩！在宾馆里，我从主办方发的第一届华人作家滕王阁笔会作品集《名家看南昌》里得知，这个笔会的倡导创意者为南昌文学院老院长、著名作家周毅如先生，主办方为南昌市人民政府和中国现代文学馆。其首创时间为 2006 年 9 月，以后每两年一届。第一届参加者为陈建功、邓友梅、余光中、陈若曦、尤今、赵鑫珊、周毅如、卢岚、刘志侠、施雨、庄志霞、刘桦等人。看着第一届各路名家所写的南昌印象，当时我就想，我应该给这个英雄的城市留下点什么？如果实在留不下什么，那我则应该记住点什么？

南昌确实是谜一样的地方。如果你只知道南昌是中国人民解放军的诞生地，那显然是远远不够的。同样，你到任何一个城市，你如果要对这个城市真正地了解，你必须深入下去，直接融入到市井当中，看看在高楼大厦的下边普通的老百姓是怎样生活的。高楼大厦建得再富丽堂皇，它也不是这个城市的全部。特别是对于经常走马观花的我们来说，是多么需要那样的态度和获取真实的时间。可现代社会的节奏，把人已经消磨成机器，人们只会适应规定动作，而很难进行自由活动。如此，我们按照会议的安排，依次完成以下规定动作：一、市委、市政府招待晚宴；二、晚宴后参观南昌市红谷滩秋水广场、赣江公园文化长廊、摩天轮夜景；三、第二届滕王阁笔会开幕式、南昌国际作家写作营揭牌、参观滕王阁；四、参观八大山人纪念馆、江西名村进顺村、天香阁生态园、高新区工业园、城市规划馆；五、滕王阁下数风流——绿色南昌主题座谈。面对这样的周密安排，你不能说东道主安排得不紧凑不全面吧？可是，我们的很多作家往往去了、看了、吃了、说了，回来后并不能写出什么像样的好文章来！转眼从南昌回到北京快半年了，在我主持的报纸副刊上曾先后发表了4位作家的作品，不论是诗歌还是散文，都只能算是将将及格的印象类作品，即使是具有诗魔之称的大诗人洛夫先生也未必能写出上乘的好诗，更不要说什么传世之作！

当然，南昌市人民政府邀请我们这些所谓的名流来，其真正的目的也不一定想通过这么几天的采风交流就能收获像王勃写出的《滕王阁序》那样的千古奇文，而更多的是想让外界来了解今日的南昌。而要想让外界了解南昌，请文化名人到南昌写南昌不失为一种有效的形式。由此，我不得不欣赏此次专门提出建立的南昌国际作家写作营计划。这种形式在国外早已有之，在上海、深圳也有人提出这种类似的形式。对此，南昌文学院老院长周毅如先生告诉我，市政府对这事非常重视，在滕王阁专门腾出房子建写作营，每次接待的人虽然不是很多，但能提供方便，生活很自由，愿意写什么就写什么，当然写南昌的最好，不写南昌也可以，只要落款写上某年某月某日于南昌国际作家写作营即可。我很佩服南昌人的开放与胆识，如果有可能我将申请第一批成为南昌写作营的驻营作家。我还向周先生提出，如果在南昌小住数日，我就弄一辆自行车，每日里到大街小巷转悠，去亲身接触地道的南昌人，去感受南昌人实实在在的日子。周先生很赞同我的想法，他说如果身体允许，他愿意与我同行。

我很想建议南昌市政府把洛夫夫妇和陈若曦留下，凭他们在国际华人文学的地位，如果能住上一年半载，那将大大提升南昌在国内外的文化影响力。这样的先例不是没有，一个作家和一个城市，这是多么好的一个命题。譬如，鲁迅为故乡绍兴老家写的《社戏》《从百草园到三味书屋》《孔乙己》，余秋雨去承德写的《一个王朝的背影》等都曾给人留下强烈的文化记忆。就南昌而言，因为有了王勃的《滕王阁序》，从此谁敢小看南昌的文化底蕴。开会那天，站在滕王阁前，我突然有了这样的想法：滕王阁虽然是滕王李元婴下令修建的，名称也以尊者贵的滕王命名，但我更认为这滕王阁是王勃一个人的，甚至整个南昌都是王勃一个人的。

这自然是我的主观遐想。滕王阁永远是人民的滕王阁，南昌也永远是人民的南昌。在南昌采风的日子里，我感触最深的是这个城市始终坚持以人为本。如今，以人为本已经被叫得山响，老百姓虽然得到许多实惠，但仍有这样那样的问题得不到解决。我一直认为，看一个地区的干部好不好，政策对不对头，关键看这里的老百姓的日子好过不好过，心情是否舒畅。在这里我不得不提到南昌继王勃之后的另一位文化巨人——八大山人。八大本名朱耷，乃明太祖朱元璋的后裔。他生长在明末清初，亲眼目睹了国破家亡是如何的惨相。民间传说他也曾一度反清复明，终因力不从心而放弃，遁入空门。在一般人的眼里，他不过是个疯疯癫癫的和尚。而我总觉得，以八大后来的绘画成就揣测，他对自己的艺术生命恐怕看得比还我河山重要得多。我根本不相信他会组织明朝的旧部去讨伐清军。他可能很早就看透了人世间的打打杀杀，你争我夺，削发为僧也未必是被迫的，说不定就是他自愿的选择，这样他就可以把全部精力致力于他的每日的涂涂抹抹了。在我们的现实生活中，确实有很多看破红尘的雅士，他们宁愿孤独而死，也不愿融入社会的洪流。我很怀疑小说史料中关于清朝对汉人的残酷镇压，起码他们对朱耷是网开一面的。如果八大没有平民心态，他日后不可能创立自己的画派对后人产生深远的影响。

我不清楚别人对江西人怎样看，就我所接触的江西人，包括我的妹夫，给我的印象大都性格非常生硬，甚至是犟硬，很难与人沟通。这是不是江西多山的缘故呢？可是，这次我们的南昌之行却改变了我对江西人的印象。

我的第一印象是南昌人拥有包容自信的心态。采风的几天，我所接触的南昌人，他们的声音各个平和、温柔，不像北京人天子脚下的牛气，上海人的贵族气，广东人的商业气息。比起这几所大城市，南昌人或许比不得这三气，但南昌人拥有自己的文气与现代生态气息。不少的南昌人，提起星罗棋布的江湖水网，无不自豪地说，南昌是中国的威尼斯，是天然的水城，每条河流都是相通的。通则不痛，或许是由于水流的缘故，使得南昌人有别于广泛的江西人，尽管南昌是江西的省会。正是发现了南昌人这一特点，在滕王阁参观后不久，我与心态颇好的女导游一连照了几张合影。弄得同行的朋友们以为我是好色之徒呢！

我的第二印象是南昌人做事的大手笔。过去的不说，譬如八一广场、八一大桥，就说新建的红谷滩秋水广场、赣江公园文化长廊、摩天轮夜景这一组相连的文化休闲设施，其壮美的程度真可以用美轮美奂来形容。特别是沿赣江大堤建造的多达几公里长的文化长廊，将历代与江西有关系的名人进行雕塑并配以书法镌刻的诗词碑林，真是震撼人心。我敢说，这样的奇思妙想，这样的规模宏大，这样的艺术品位，在全国绝无仅有。不久前，在北京 798 艺术园我同几个从事文化产业的朋友闲谈，他们提出要在不同的城市建立公共美术雕塑园。我当即说，近些年在全国很多城市都建有标志性的雕塑建筑，也有的建有雕塑群，但大都设计粗糙，缺少创意。如果真想做这事，不妨到南昌看看赣江公园的文化长廊，那些雕塑群很经典。我还幽默地告诉他们，我这不是在替南昌市政府推销政绩，人家也不需要推销。我相信南昌的老百姓都会认可这个真正的世纪工程。

我的第三印象不得不说到一个人。这个人就是我前面提到的老作家周毅如。周先生从小在澳门长大，后来参军转业到南昌定居。他几十年间创作了大量的小说、散文、剧本，由他编剧的反映澳门生活的电视连续剧《阿莲》即将在澳门回归十年之际在全国播出。关于周先生的具体作品，在这里我不想过多阐述。我只想说，这个七十多岁的老爷子，长着一副弥勒佛的身子，跟任何人谈起南昌的历史、人文以及现代的生活，总是那么津津有味。在我的眼里，他就像一个说书艺人，关于南昌的未来，他有着许多超前的想法，叫你很难把他同一个夕阳西下的老人联系起来。在南昌相处的日子里，我们两个成了无话不谈的忘年交。特别是谈到南昌的文化发展，他更是想法多多。他还特别关心老百姓的日子，他给我讲了南昌市政府投资多少多少巨资三年来改造 1800 多条街巷里的泥泞小路，那些路比起丰碑似的政绩工程肯定让外人看不到，可它却通向老百姓的心里。我说你们江西不是还有一条邓小平小路吗？周先生说，小路不小，那可是改造中国由贫穷走向富裕的大路啊！

南昌还有第三条路，即生态环保之路，我们姑且叫它天路。我们在鸟儿的天堂——天香园，八大山人的栖息地青云圃，以及赣江边，到处可以看到飞翔的鸟儿。周毅如说，在南昌生活很舒服，到处是水，有水就有生命。我说赣江的水质量如何？周先生自信地告诉我，绝对好，国家二级标准，稍微处理就可以饮用。我相信周先生的话。

百闻不如一见。对于南昌的印象我曾注意到台湾、澳门的几位作家朋友的感受：来自澳门的汤梅笑女士说，南昌有一条母亲河，又有那么多的湖，有湖就有灵气，有灵气的地方幸福指数自然就高。来自台湾的洛夫先生说，南昌多梦，有梦就有希望，这希望不仅是说旧城，更寄予新城。来自美国的画家张建国则说，不论是一个人，还是一座城市，都要有自己的骨根。而南昌的骨根就在于它的文化。落霞与孤鹜齐飞，秋水共长天一色，那是何等的气象万千啊！

每到这时，我就会发现周先生总会甜蜜蜜地笑。笑过他就会对我们说：感谢夸奖，如果你们还想听我说，那就跟我到茶馆，我请你们喝一杯地道的南昌茶！

是的，等到明年这时候，我们还到南昌。南昌真的很好啊！

一拳开天

出差到山西运城，晚上会完朋友已十点多。于是，把电视打开，正好播放电影《少林寺》。这部具有标志性的功夫电影不知看过多少回，可每次看，还是被深深地吸引住。你想换台，都不忍心，索性就看下去。看罢电影，洗澡，然后睡觉，想想这一天的旅游，到关公庙，漂流黄河，放眼盐池，虽然累得筋骨有点生疼，但一想到在武圣人关羽的家乡，还看了电影《少林寺》，倒也不失一次武术之旅。当然，要是能打上一趟拳，耍上几下大刀，就更有情趣了。

我不精通武术，年轻时曾有意无意练过一阵。那时期，主要受日本电视连续剧《姿三四郎》和中国电影《少林寺》的影响。我们所谓练武术，无非跟一些民间爱好武术的人学上几招，要不就是找本武术书模仿学习。这种皮毛功夫，当然算不得入门，不过确实可以强身健体。我清楚地记得，在我练过几个月后，在与同学摔跤玩耍时，几乎很少有吃亏的时候，有一次竟然同时将两个同学摔倒。这下火了，就很少有同学再跟我动手脚了。不过，我那时倒没有到少林寺出家当和尚练武术的想法。

等我长大些，接触的事情多了，对武术的兴趣就不是很大。但对习武之人从心里还是充满敬畏的。记得在农场工作时，有位姓何的师傅武功十分了得，当地人没有人能把他摔倒的。至于跟他比试拳脚，那是想都不敢想的。关于何师傅的传说很多，说他精通八卦掌，会打陈氏太极拳。还有的人说他晚上不跟媳妇睡觉，而是半夜起来在房后站在酒瓶上打太极拳。更有传奇的说法是，何师傅白天在家里种地，晚上在一家企业值夜班，一年四季，工厂大门大开，从来没有丢过东西。我跟何师傅见过几面，他或许听说过我发表过文学作品，每次见面彼此都很客气。有次没人的时候，我对何师傅说，当地人都说您武功很好，我想领教一二，开开眼。何师傅嘿嘿一笑，说别听别人胡说，我只不过打打太极拳，锻炼一下身体而已。我说，您就别谦虚了，露一两手即可。何师傅说，我师父是城里人，他精通陈氏太极拳，我不过学了点皮毛。你如果真想学，我可以教你。

如果有机会，能跟何师傅学习太极拳，这当然是大好事。然而，几个月后，适逢市委的一家报纸创刊，我从农场调到那家报社当记者，从此再也没有见过何师傅。何师傅今天如果健在的话，想来该有80岁呢。我所以这样回顾，无非是要说，我跟中华武术，具体说与陈氏太极拳是有着一定的缘分的。尽管是擦肩而过。

在运城之前的一周，我曾到与之相邻的黄河对岸的河南焦作市进行了三天的采风。去之前，旅游局的朋友只说约我们一些散文家到云台山看看。在这之前，我去过山西的五台山、浙江的天台山，但不知这云里的台山会是怎样的出奇，别有洞天，当惊世界殊。最近十年间，焦作的云台山的名气可是不小，不论在央视新闻联播的广告时段，还是在北京地铁、京广高铁上，随处可见云台山的广告，大有你如果没去过云台山，就算不得见过中国名山的感觉。

云台山，神奇的云台山，我一定要走近你！

我们到云台山是在上午9点钟，深秋的阳光照在身上并不温暖。从汽车里出来，我被眼前的云台山的人气磅礴的画面给震慑住了。这里是太行山的余脉，跟山西平顺的太行山横断面很相似，如果你站在山巅，往西北望时，山峦起伏，可往眼前一望，从山巅到山脚几乎是垂直的，映入眼帘的竟是一马平川。这景象真是太神奇了！特别是那山的颜色，在阳光的映射下，泛着古铜的光泽，使人不由得想到那幅名噪一时的巨幅油画《铜墙铁壁》。我没问导游刘蕾小姐，那幅名画是否以此山脉为原型的。反正透过这铜墙铁壁的气势，我已经能感觉到云台山的魅力了。

看云台山需要眼光，也需要情感，更需要体力。临来之前我就不断告诫自己，要量力而行。果然，走到山里时，导游刘蕾小姐就悄悄告诉我，如果您体力真不行，就不要勉强自己。您不是特别想去陈家沟吗？那就节约点体力。我感激地看了一眼刘蕾小姐，说你们焦作女孩真会体贴人啊！

最初看到陈家沟的名字，我原以为是镶嵌在深山里的一个村子呢。等黄昏到了陈家沟，才发现这里是平原，令人想不到的是，陈家沟太极拳文化旅游区规划面积竟然达30平方公里。走进供奉陈氏太极拳创始人陈廷王的纪念馆，站立在陈廷王雕像前，我朗声说道：祖师爷，晚辈来看您来了。感谢您为我们陈姓带来了荣光！见我如此感慨，一位中年武者向我走来，旅游局的同志向我介绍，他叫陈正雷，乃国家非物质文化遗产项目陈氏太极拳第十一代嫡宗传承人，是我国当代十大武术名师。见状，我赶紧说，我要与您合张影，沾沾大师的光。

从纪念馆出来，天色已暗，我们来到武术馆，当地的陈氏太极拳高手要给我们做表演。太极拳在中国甚至世界很普及，据说世界上有150个国家都有太极拳在传播，总人口达3亿多，对此我一点也不怀疑。试想，在乡间田野，城市公园，哪一处看不到太极拳的身影呢？诚然，太极拳也分许多派，有说五六派，也有说七八派，但不管哪一派，都出自陈氏太极拳。虽然我们这些作家都是外行，可当太极高手们做出几个大的动作时，我们依然大声地叫好。三四个表演后，陈正雷和另一名大师级的高手上场了，他们的程式不同，一个急一个缓，一个气定神闲，一个潇洒自如，仿佛各自在抚自己的琴弦。这时有人悄悄说，谁敢走上去跟大师会上两合，我说我敢。因为我知道，太极高手的修养非常之高，他们才不会出手伤人的。即便如此，我也只是说说罢了。

大师表演后，气不长出，收放自如，博得热烈掌声。在我们起身之时，旅游局的同志请我和另外几位散文名家留步，说纪念馆希望我们为陈氏太极拳写几个字。我听罢连连摆手，说在祖师爷面前岂敢胡言乱语，另外我对书法也不精通啊。旅游局的同志说，来的作家中就你一个人姓陈，别人都可以不写，你必须写。无奈，我只好硬着头皮抓起了毛笔。我想到，对于武馆这样的地方，人们一般都会写“武魂”“神武”那样的词，我必须出新意，这样即使字难看也就不怕了。我以为，一个武术家，要真正地被后人所记住，他必须要开宗立派，像戏曲界的大师梅兰芳、程砚秋那样。既然陈氏太极拳是拳之一种，我何不用“一拳开天”来命名注解呢？想到此，我不假思索地挥毫写下了——“一拳开天”四字。落款陈氏红孩。我没有想到的是，我的这四个字，当场就被围观的人一阵叫好。一位陈氏太极拳高手对我说，来这里写字的领导名人很多，还没有一个像你题的词这么大气，这是对陈氏太极拳最好的肯定。我听后一笑，说，在各位行家面前献丑了。这完全是祖师爷给我带来的灵感。

我到过棋圣黄龙士的故乡

几年前，有出版社约我编一本作家与围棋的书。开始我没底，不知道作家里有多少人精于此道。于是，向朋友们打听，结果，发现有众多的文友都会下围棋，有人还专门写过散文、随笔文章。

我最早看到关于围棋的作品是电影《一盘没有下完的棋》。那时候，年龄还小，对围棋了解不多。后来，长大了，不断看到关于中日韩围棋擂台赛的新闻，那兴奋紧张的心情不亚于看女排决赛。其时，还有足球世界杯，虽然对中国人也极大地刺激了一阵子，终因国足的不争气而逐渐被冷落。

我知道江苏作家储福金是下围棋的高手，他的长篇小说《黑白》就是有关围棋的。我还知道，日本作家川端康成的纪实性小说《名人》也是关于围棋的。围棋里的奥秘很多，棋谱也不少，各地还有很多围棋学校。每年有无数的中小学生要参加不同层次的段位考试，据说可以按特长生加分。至于与围棋有关的种种传说，就更多了。

在中国围棋界，聂卫平是不可逾越的高峰。他的师父是陈祖德，陈祖德的妹妹是著名女作家陈祖芬，我们是忘年交。聂卫平有个大号，叫聂旋风，其名得来，主要是屡次击败日本、韩国高手而被观众赞誉的。每个时代，都会有每个时代的偶像。最近 10 年，人们崇拜的偶像是姚明、刘翔。80 年代则是聂卫平、郎平。他们的人气指数超过所有的歌星、影星。

某日，江苏文友约我去泰州姜堰市。泰州是知道的，最早知道那里是京剧大师梅兰芳的家乡。后来，又知道胡锦涛同志童年就生长在这里，便增加了很多的神秘感，也就萌生了非去一趟的愿望。当下，随着旅游经济的发展，各地争名人造名人的事件层出不穷。那么，此次到姜堰是不是也会让我饱受一次名人效应呢？当然。

夜宿溱湖，窗外月光婆娑，微风吹皱一湖碧水。睡梦中，一个历史老人悄然来到我的床前，向我诉说起姜堰的传说——

姜堰始于西周筑城，西汉立县，唐建仓场。其姜堰得名于北宋姜氏父子毁家纾难，除患兴利，筑起百里大堤，后人感其仁义之举，将大堤取名姜堰。至于南宋，岳飞曾屯营于此，抗击金兵，溱湖真可谓战鼓声声不绝于耳。

“可曾有文化遗产留下？”我迫不及待地问。

“不急，不急，且听我慢慢道来。”老人以吟诵的语调对我唱道，“一曲《桃花扇》，孔尚任执古代昆曲之彪炳；一盘围棋，黄龙士开后世棋坛之先路；一篇《兰亭序真伪驳议》，高二适挑战权威，为人景仰。”

哦，一代棋圣黄龙士原来竟然诞生在姜堰。

黄龙士，名虬，乃清代围棋的第一座高峰。他17岁到京城，与已享誉多年的盛大有对局，七战七捷，从此成为国手。与黄龙士对弈最多的是周东侯，流传至今约有20多局，黄约三胜其二。其他如谢友玉、周西侯、卞邠原、何闇公、吴瑞徵、张吕陈等亦大处下风。人们将黄龙士尊为棋圣，和思想家黄宗羲、顾炎武等人并称为清朝“十四圣人”。黄龙士对围棋发展的最大贡献，在于他转变了围棋的风格。在他之前，棋风局面狭窄凝重，黄龙士使棋风大变，在他之后，局面开阔，轻灵多变，思路深远。徐星友这样概括黄龙士的棋风：“寄纤农于滔泊之中，寓神俊于形骸之外，所谓形人而我无形，庶几空诸所有，故能无所不有也。”“一气清通，生枝生叶，不事别求，其枯滞无聊境界，使敌不得不受。脱然高蹈，不染一尘，臻上乘灵妙之境。”意思是说，黄龙士在对局时考虑全面，判断准确，力争主动，变化多端，不以攻杀为主要取胜手段。他与周东侯的对局，被称为“龙争虎斗”，与徐星友的三子谱称为“血泪篇”，皆臻上乘之境。据传，日本棋家认为黄龙士中盘有十三段，皆因其算路之深远，让人不得不服。

我对围棋没有研究，以上所记录的不过是有关黄龙士传说之一小部分。不过，我喜欢看这种传说。现在不是有这样一说吗——人的最高境界是：你已经远离江湖，但江湖还在传说你。我们不管黄龙士这个围棋老哥的本事究竟有多大，既然后人都愿意奉他为师，那我们还有什么可怀疑的呢？

我还想到高二适。这位书法大家在世时并不是以书法名世，而是以和郭沫若打了一场关于“兰亭序”的笔墨官司而一举成名。我们在感佩二适先生敢于向权威挑战的勇气时，也感佩毛泽东当年对这位非名人二适先生的支持与肯定。比起当下某些名家大腕，不知天高地厚地冠以什么国学大师、美术泰斗、书法大家，对于别人的学术批评动不动就对簿公堂，不让年轻人、非名人说话，实在让人感到乾坤颠倒了。

在姜堰城内北大街文化街区，有一所刚经过简单装修的老宅，当地文化部门的领导告诉我，那里就是胡锦涛同志童年生活的地方。现在，仿过去的样子想恢复，但胡锦涛同志的亲属很低调，坚决不让大兴土木，只是让游人知道胡锦涛同志曾经在这里生活过而已。在朋友们的陪同下，走进不大的院落，想象着胡锦涛同志当年在这里出出进进的样子，让人不禁留下无限的遐思与畅想。

穿过胡锦涛同志的旧居，胡同口外便是居民生活区。富裕而悠闲的老百姓们，有的在遛弯儿，有的在喝茶、下棋。我不知道这下棋的人群里是否有黄龙士的后人，如果有，那他的水平一定是不错的。不妨我们坐下来，学上几招，回到北京也好向朋友们炫耀一番，说我到过棋圣的故乡了。我这样想着。

退失菩提心

佛教中有很多偈语。所谓偈语，就是充满哲理、蕴涵禅机的话。这些话，只能感悟，不好说得太明白。如很多人都知道的我国佛教禅宗六祖惠能大师著名的偈语："菩提本无树，明镜亦非台，本来无一物，何处惹尘埃。"你能理解其中的意思吗？

对于偈语，我向来主张感悟。这些话看似简单，往往是很多禅师一生的心得。我到任何寺庙，都喜欢看高僧们留下来的偈语。至于从各种佛教书中看到的，就数不胜数了。每每观之，揣摩之，所受教益颇多。既可以出世，也可以入世。

辛卯岁末，应友人之约赴重庆闲游。重庆过去倒是去过几次，可惜没有造访过大名鼎鼎的大足。于是对友人说，这次说什么也要去大足看看。

大足是重庆的一个县，至今已有1200多年的历史。在中国知道大足县的人不多，知道大足石刻的可谓家喻户晓。石刻，也称为石窟艺术，即依山顺势在石头上开山造像，赋予文字、图画。像我国的敦煌莫高窟、云冈石窟、龙门石窟均莫如此。有人说这种艺术源于印度和中亚，我表示怀疑。在北京周口店北京猿人遗址，我就亲眼看到古人类在石壁上涂抹穿凿的痕迹。至于有没有印度及中亚之人打造的规模大、充满艺术感，那就是另一回事。不管怎么说，人类自直立行走，有了语言，知道审美后，在千奇百怪的洞穴、石壁上记录了绘画、文字及雕塑作品，无论如何是让后人自豪的事。

大足石刻不像有些石窟，只在一个地方，它遍布大足县方圆1300多平方公里范围内。据统计，大足有大大小小的石窟区100多处，光雕像就有五万余尊，铭文十万余字。其中，北山、宝顶山、南山、石篆山、石门山五处摩崖造像和多宝塔为全国重点文物保护单位。1999年12月，大足石刻经联合国教科文组织世界遗产委员会审议通过，被列入《世界遗产名录》。

由于时间的关系，到大足看石刻不可能全部尽览。我们选择了宝顶山。

到宝顶山看摩崖石刻，离不开赵智凤。赵氏于宋高宗绍兴二十九年出生于宝顶山附近的米粮里沙溪，他家里贫穷，但对于母亲很孝顺。小时候，有一次母亲生病，求医于古佛岩师。母亲身体好后，他就削发出家。16岁去成都参学求戒，后云游到大轮院，看到了柳本尊事迹，很受感动和启发，便效法以化水治病为方便法门，达到弘扬佛法的目的。三年后回到家乡，将出家的小庙古佛岩，改建为圣寿本尊殿。从南宋淳熙至淳祐年间，历时70余年，以大佛湾、小佛湾为中心，纵横五里，在宝顶山完成了一座庞大的"U"字型造像群，在当时轰动朝野，民间也有"上朝娥眉，下朝宝顶"之盛况。

关于宝顶山的摩崖造像艺术，用惊奇、慨叹都不为过。而我更看重的是这些造像艺术背后所付出的劳动和文化的律动。我以为，当时赵智凤创意主持这个巨大的工程，并不完全从雕塑美学上去考虑的，甚至他并不精于雕塑艺术。他所处的南宋时期战火不断，人民呼唤天下太平，既然皇帝没有能力抵御辽金的入侵，人们只好祈望于佛祖了。再一个原因，在赵智凤之前，以至在唐朝时期，已经有人开始在大足雕塑摩崖石像了。在中国众多的摩崖石刻中，几乎都没有创作者的姓名。即使到了赵智凤这里，也依然没有留下创作者的姓名。这大概与官刻不无关系吧。如果以今天的审美看，没有留下创作者的名字，反而更增加艺术的神秘感。我到过很多寺庙，也像很多佛教信徒那样跪下膜拜。有一次，一位佛教界的高僧问我，别人拜的是佛，你拜的是什么呢？我知道他在考问我参禅的悟性。我说，别人为什么拜佛我不知道，我在拜佛的时候，更多的是在拜前人的劳动。你想啊，那么高大的一棵树，经过木工之手，没用一颗钉子，就能雕塑出这么一尊伟岸的佛像，而且几百年不倒，你能说不是一件伟大的创举吗？听了我的话，高僧说，我们供了一辈子佛，真的不知道佛是什么。你今天告诉我们，佛是劳动，你是真正地与佛结缘了。

我注定与佛有缘。在宝顶山，可看的可道的摩崖造像很多，诸如大佛湾的六道轮回塑像、千手观音龛释迦佛涅槃卧像、牧牛证觉道场的一组长达 27 米的 10 组造像等，都会给人以心灵的启迪和震撼，使你从心底不得不发出佛大不可度量的感叹。感叹之余，我拿出笔记本记下了三则偈语。

偈一：假使热铁轮，于我顶上旋。终不以此苦，退失菩提心。

偈二：假使百千劫，所作业不忘。因缘会遇时，果报还自受。

偈三：假使热铁轮，在我顶上旋。终不以此苦，退于无上道。

此三则偈语我不是同时发现的。偈一在宝顶大佛湾北岩中部通编 17 号《大方便佛报恩经变》龛中者最为醒目。但个别字迹已经剥落。此外，在其他 16 处均有刊刻，可称作菩提。20 世纪 40 年代，有大足石刻考察团到达宝定山，人们普遍认为偈一所言为宝顶的创建者赵智凤励志之作。想想看，要完成这样一件偌大的工程，得需要多少物力财力，更为关键的是在长达 70 年的建设中，赵智凤一刻也没有离开过宝顶山。他就像传说中的愚公一样，用毕生的精力孤注一掷地就干这么一件事。尽管这有点赌博的味道，可我们除了敬佩恐怕还是敬佩吧！

至于偈二偈三，反映的是同一个内容，但在精神层次上又有所不同。我们既可以视作赵智凤一人的“自造像，面佛发誓”的誓言，也可以看作是历代佛教徒，特别是那些默默无闻的能工巧匠们的誓言。由此，让我不禁想到毛泽东曾说过的“人总是要有一点精神的”那样的话。确实如此，列宁也说过，物质变精神，精神变物质，精神一旦掌握在人民手中，就可以变成无穷的力量。就大多数人来说，究其一生还不至于遭遇“热铁轮”“百千劫”吧，既然如此，那我们何必不坚定自己的人生目标——“终不以此苦，退失菩提心”呢！

想留住让我留住的城市

这个题目听起来有点拗口，但确是我即将离开济南时的心理感受。济南我是到过几次的，遗憾的是每次都来去匆匆，连大名鼎鼎的天下第一泉——趵突泉也不曾看过。北京人说，到北京没到过故宫、长城、吃过烤鸭就如同没到过北京，而济南人则说，到济南没到过趵突泉、大明湖、千佛山也就如同没到过济南。如此说来，我还真算不得到过济南了。

我们对一个城市的记忆，大体有两个方面，一个是与这个城市有关的人，另一个是关于这个城市的物。当下，国家为拉动内需，发展旅游，出台了黄金周、小长假，再加上把清明、端午等传统节日延长假期的政策，一下子使国人对旅游来了兴趣。就大多数人而言，旅游的目标大都集中在著名的景点上。不然，怎么会有某某到此一游的题名呢?

我对济南的记忆，大概从上中学时学的地理课。记得老师曾让我们在两天内必须背诵出全国31个省、市、自治区的简称、省会，而且在地图上还要准确地标出地理位置。这可难住了同学们，几乎全班都被老师罚了站，只有我一人堂而皇之地在熟练地完成后，按时放学回家去听刘兰芳播讲的评书《岳飞传》。后来，我迷上了文学，偶然在一本现代作家散文精选的书中，看到了老舍先生笔下的《济南的秋天》和《济南的冬天》，当时就想，济南的景色真美，何时能亲眼目睹啊！然而，有经验的人却说，看景不如听景。想想也是，设若没有昔日的文人雅士写出《滕王阁序》《岳阳楼记》那样脍炙人口的名篇佳作，恐怕再好的旅游政策也很难让人们趋之若鹜。这就是文学的魅力！

每一个城市的形成都有它历史的原因。或因为政治，或因为军事，或因为贸易，还包括地域、民族、生活习惯等，但其中有一个重要因素不可回避，那就是因为有水。很难想象，一个城市没有水会是怎样。国外的如威尼斯般的水城不必说，单说中国的兰州、杭州、苏州、南京、武汉、哈尔滨、天津、重庆、上海、广州、台湾、香港、澳门，它们在国内外之所以著名，难道不是因为有水的缘故吗？没有了水，一切都无从谈起。近些年，北京缺水的呼声越来越高，于是，中央来了个南水北调的战略决策，这只是解决了人的生活问题，而离环境的要求还差得远哩。

济南的景色在历下。一部济南史，历下大约占八九成。历下得名于历山之下，历山即现在的千佛山，《墨子·尚贤中》记载："古者舜，耕历山，陶河濒，渔雷泽。"漫步历下老城区，看着那些因官府衙门、庙宇、祭祀场所、科举考场、地形、地貌、趵突泉、大明湖、千佛山等历史遗迹、事件、典故、传说而得名的大街小巷，诸如布政司大街、小王府街、贡院墙根街、半边街、秋柳园街、翔风巷、牛头巷等等，你会感觉你正走进时间的隧道。当然，作为北京人，你也会有此时正走在京城的胡同里，一切都显得那么自然而熟悉。

生活在历下的居民们是幸福的。"家家泉水，户户垂杨""四面荷花三面柳，一城山色半城湖"的市景描写，绝不是文人们的虚夸。济南究竟有多少个泉井，水利专家没有告诉我。不过，有名的泉井竟达72处之多，在全国确实罕见。仁者乐山，智者乐水，作为文人雅士，学贯古今中外，虚怀若谷，纵情于山水，当是仁智兼得之大成了。杜甫、曾巩、李清照、郭沫若、老舍、季羡林，以至康熙大帝，对历下古城留下的文字太多了，让我们后来的文人们都不好再写什么。好在我们不以文人自居，而是以普通老百姓，或者就是以一个普通的观光者来看历下，其味道也就充满了人间烟火。

济南的王府池子，像北京的王府井一样有名。不同的是，王府井如今已经成为京城商贸繁华的金融区，而王府池子则因池子里千年不变的泉水喷涌，至今仍为附近居民游览、游泳的好去处。在池子的北岸，住着一户人家，由于到此邂逅的人多，索性把自家的院子办成农家乐式的食府，美其名曰：雅聚源人家。进得院中，但见门楣两侧写着——“室雅何须大，花香不在多。”放眼小院，花团锦簇，几棵偌大的石榴树冠遮住了天空，阳光透过茂密的枝叶婆娑地映在青砖地面上。女主人微笑着端来用泉水沏成的茉莉花茶，一一为客人们送到手中，使你旅途的劳顿顷刻间消失得毫无踪影。男主人趁客人还没到齐，抓紧时间到门前的王府池子去玩几个空中跳水，待凉爽后便走进厨房为客人做鲁菜中的糖醋鲤鱼。坐在宽敞的雅座里，看着主人自拍的水边人家的专题片，使你不得不被这有滋有味的百姓日子所迷醉。

离雅聚源人家不远，有一刚装饰一新的文庙，大殿正中供奉着孔子像，两厢则是言子、孟子、仲子、曾子等众贤人像。屋顶绘有成百的飞鹤，象征着这些贤达们的理想与追求。我注意到，在门楣的上方有一匾额，上书八个大字：圣集大成，生民未有。我当即想到，人活在世上，求得一定的功名，被后人记住供奉，无疑是一种成功。反之，像王府池子旁边那户普通的雅聚源人家，虽然他们多年后肯定会消失在“生民未有”之中，但他们怡然自得地过好每一天难道就不幸福吗？

回到宾馆，正好看到央视新推出的“舞出我人生”节目。看着那一个个充满人生坎坷而对舞蹈矢志不渝的人们，我豁然明白，什么是人生，人生到底要追求什么。

窗外便是阳澄湖

车到阳澄湖已是暮色茫茫。远处的湖水送来略带苇气的风，近处的永乐大酒店灯火通明，有几位渔家姑娘正在门口笑脸相迎各地的客人。看着她们的淳朴笑脸，我怎么也不相信这就是当年为掩护新四军伤病员与日伪周旋的阿庆嫂的后人们。进得房间，我迫不及待地问一位小阿庆嫂："从这里到阳澄湖要走多远？"

小阿庆嫂并没有马上回答我，径自走到窗前，轻轻地将厚厚的窗帘拉开，顺手推开一扇窗，用手朝窗外一指说："先生，你看——"我信步走到窗前，顺着小阿庆嫂手指的方向望去——啊，透过大片的芦苇，眼前竟是碧波荡漾的百里湖泊！我不禁失声叫道："这里真的是阳澄湖吗？真的是郭建光带领新四军伤病员出没的地方吗？"

小阿庆嫂没有作声，微微含笑着点头退出房间。

我这次到阳澄湖是来参加苏州相城区阳澄湖旅游文化节的。其实，早在5月间，我到苏州吴江市的汾湖采风归来时，苏州的文友们就邀请我，10月间来阳澄湖吧，我们请你吃清水大闸蟹！

真得感谢苏州朋友们的盛情相邀！苏州这个地方，我自1999年旅行结婚第一次来过后，几乎每年都来一两次。我来的目的，并不是去再次体味最初结婚的快乐，而更多的是因为文学。2002年5月，由我具体负责实施的中国散文学会首届冰心散文奖在苏州吴江市举行。由此，揭开了冰心散文奖的序幕。此后，我还多次到苏州开笔会，讲课，开作品研讨会。苏州当地的作家吕锦华、黄霞君、范婉、葛芳等还成了我的好朋友。另外，在南京江苏省作家协会供职的苏州籍作家范小青、姜琍敏、荆歌也是我的朋友。大概基于苏州的人与物对我始终有一种亲和力，我曾不止一次对苏州的朋友们说，苏州就是我的第二故乡。

5月从汾湖回京不久，我写出了散文《汾湖归来夜何许》，先贴在自己的博客，然后又在杂志上发表，许多读者看了都称赞为美文。7月，我到南戴河中华荷园小住几日，写出了散文《女人的荷》，同样在博客和杂志上发表，读者反应空前热烈，叫好之声一片，许多散文同行，特别是有几位中学语文教师竟然拿这篇《女人的荷》与朱自清先生的《荷塘月色》去做比较，弄得我十分汗颜。要知道，我的散文创作受朱自清先生的影响相当大，说得矫情些，是朱自清先生引领我走上散文创作的。说来也巧，我们这次参加阳澄湖旅游文化节，原以为定在10月间，那可是水绿蟹肥的大好时节。但主办方出于多方考虑，大概是想在国庆60周年前夕庆祝一下吧，便把活动提前了。在我看来，选择9月，正好使我的创作形成五七九这个单数序列，而且这3次写作写的主题都与湖有关。冥冥之中，我好像预感到什么，但我又不能马上找到恰当的答案。

中国的湖很多，即使你的双脚变成飞毛腿，恐怕今生也未必能走完。比起青海湖、洪泽湖、鄱阳湖、太湖、东湖、西湖、昆明湖，阳澄湖无论如何是没有这些大腕名气大的。即使有了现代样板戏《沙家浜》的诞生，也不能让阳澄湖跻身于以上那些名湖之列。是的，一个阿庆嫂怎么能托得起一个阳澄湖呢？

我们或许可以寻找到更多答案。但有一点，你必须要清楚，阳澄湖烟波浩渺12000公顷的湖面，70%归苏州相城区管辖，其他30%分布在常熟、昆山、无锡地区。我们过去所知道的沙家浜是指靠在常熟那一带的水系。其实，沙家浜春来茶馆具体指哪一家，恐怕也是未知数。我倒愿这样认为，整个阳澄湖地区都是民族解放的革命圣地，因为新四军江南抗日义勇军的总指挥部就设在这里。

初到阳澄湖，当地人会反复跟你说“美人腿”和“莲花岛”。开始，我以为是当地人为了推动旅游经济，有意将阳澄湖 3 个半岛中的两个大岛冠以时尚甚至有点庸俗的名称呢。等我找来阳澄湖地图一看，发现这名字真的就在其中，算不得赶什么时髦。再翻阅相关资料，方知道这两个岛名早已有之，看来我是有点误解当地的经营者了。

到达阳澄湖的当日晚上，苏州女作家范婉问我何时见面。我翻阅着活动日程，见次日下午有大闸蟹开捕仪式和阳澄渔歌、水乡服饰决赛，便顺口问道：“阳澄渔歌好听吗？”

“阳澄渔歌是吴歌的组成部分，原生态唱法，你不懂吴语，很难听懂的。”范婉干净利索地回答我。

“我喜欢到各地听民歌，湖南的，贵州的，陕西的，山西的，歌词不一定懂，我就是欣赏那样一种感觉。”

“什么样的感觉？是诗，是画？”

“说不好，是那种隐隐的，搅动心灵的感觉。”

“这样吧，你先听阳澄渔歌，然后我陪你去莲花岛。”

“这倒是个不错的主意。”我想到《射雕英雄传》里有个桃花岛，于是对范婉开起玩笑：“那你当自己是黄蓉，我扮演郭靖。”

“想得倒美，告诉你，我不是黄蓉，我更不会武功！”

玩笑归玩笑，我还是期盼范婉的到来。在她过去的散文里，我不知读到了多少吴地的风情与人生。特别是她近来新创作的关于苏制明清家具的散文，更是让人感到穿越时间隧道的文化底蕴。我虽对吴地文化知之甚少，但从相关报道中得知吴歌已被列入国家级第一批非物质文化遗产，其传承人就是常熟市古里镇的普通农家妇女——被誉为故事大王的陆瑞英。

吴歌流传于吴语方言地区，俗称山歌，又称吴声歌曲，源远流长，自成体系，以清新委婉的曲调和吴侬软语的地方特色而名闻遐迩。流传在白茆塘畔的白茆山歌就是吴歌中的一种，已有千年历史。而生长在白茆塘畔的陆瑞英从小受到民间文化的熏陶，幼时就喜欢唱山歌、讲故事，童年时代就与民间文艺结下了不解之缘，而教她唱山歌、讲故事的就是她的祖母。

如今的陆瑞英已经76岁，依然活跃在阳澄湖畔。

阳澄湖人喜欢听渔歌，唱渔歌。早在清代中后期，当时的湘城（现属阳澄湖镇）山歌已经风行于民间。上世纪七八十年代阳澄渔歌也曾小火过，涌现出张阿三、胡家炳等当地著名的山歌手。90年代末，阳澄渔歌又在姑苏大地上传唱开来，清新自然，悠远深长，宛若“天籁之音”。相城区阳澄湖镇十图村，有一对“吴歌夫妇”——朱文华、蔡金娣。朱文华小时候经常随父母摇着小船到阳澄湖上打鱼，一边捕鱼，一边哼着优美的吴歌。聪明的他回到家后，还能将听到的一首首吴歌记录下来。他学唱的第一首吴歌《啥个圆，天上天》，至今记忆犹新。朱文华、蔡金娣年轻时都是镇、村的文艺骨干，后来两人以歌为媒结为伉俪，被人称为吴歌夫妇。他俩一路走来一路唱，利用一切时间走街串巷，无论刮风下雨都奔波在外面，每到一个村镇便仔细询问当地群众。五六年来，他们走遍了阳澄湖镇，还到了北桥、渭塘、太平等地，足迹遍及大半个相城区以及附近地带。听说陆巷村一位80多岁的龚老太能唱许多渔歌，朱文华便骑车赶去向老人请教，收集到了《十条毛巾》《十条扁担》等一些经典作品，激动不已的他连夜整理成文。

目前，夫妇俩已经收集到了100多首渔歌。朱文华还学着创作了几首渔歌，如《阳澄湖大闸蟹开捕节民间蟹歌》等，表现了当代渔民原汁原味的生活情态。夫妇俩还组织村里文艺爱好者办起了“歌会”，为乡亲们唱吴歌、打连厢、挑花篮。他们自编自演了吴歌新篇——《湘城十个好》等几十首曲目，并成立了蟹乡女子华龙队。

阳澄渔歌在这些老艺人的带动下，逐步被有关部门所青睐。他们先后走进了“苏州风情画大奖赛”，唱响了“苏州同里文化节”，还两次唱进了中央电视台。去年，央视《见证·发现之旅》栏目播放了《探秘阳澄湖》专题片，从头到尾都有朱文华、蔡金娣夫妇演唱吴歌的情景。

在次日上午举办的旅游节开幕式以及下午举办的大闸蟹开捕仪式和阳澄渔歌、水乡服饰决赛上，我看到听到的最多的就是阳澄渔歌。年长者七十多岁，最小者不过五六岁。遗憾的是，我没有看到陆瑞英、朱文华、蔡金娣的表演，不过我深信，在众多的渔歌表演中，一定会有他们的家人或学生。由于语言障碍，在当天的渔歌演唱中，我不可能记住其中的歌词。但从歌手的表情中，足以能看出他们是那样地热爱生活，追求爱情，向往生活的美好。随后，我请当地的一位管宣传的朋友给我发来一些渔歌歌词，看着这些行行生动的文字，仿佛又回到美丽的阳澄湖畔：

春季里来菜花黄，
摇船进湖去撒网。
捉子鱼鲜市里去卖，
菜花甲鱼顶吃香。
夏季里来荷花香，
起出塘藕顶吃香。
日里摇到城里去卖，
黄昏剥剥莲蓬乘风凉。
秋季里来蟹脚痒，
阳澄湖里捉蟹忙。
大闸蟹卖子好价钿，
买块料作送姐做衣裳。
冬季里来北风响，

迎亲官船开进浜。
渔船阿哥网船姐，
船舱里想结鸳鸯。

无疑，这是一首典型的《船家四季歌》。

黄昏湖上静悄悄，
捉蟹网船先后到；
逆风撒网顺风传，
蟹网下水做记号。
待到二更过去近三更，
忽见湖面闪灯光；
点点渔火像星星，
船来船往勒蟹忙。
月亮弯弯照渔家，
夫妻捉蟹在晚上；
勒蟹全靠手脚快，
姐摇船来郎传网。
头口蟹网是雄蟹，
二口网里是雌蟹，
三网四网有雌亦有雄，
捉满一船笑琅琅。

这首《捕蟹》歌由朱文华编唱，孙元昀整理。

姐在窗前织白绫，
郎在河边采红菱。

浅水红菱绝绝嫩，
郎丢红菱姐尝新。
旧年情哥上城回转村，
送我一条花手巾。
今年春二三月到杭州去，
亦送我两绞丝线两包针。
多谢情哥情意深，
年年吃倷早红菱。
只恨闲人夹嘴舌，
唔笃爷娘勿答应该门亲。
尝红菱，吃红菱，
甜勒嘴里苦在心。
勿知几时交红鸾运，
我搭倷情哥好配成婚。

这首情歌《采红菱》由李巧珍传唱。唱者具体年龄不详，估计在70岁以上。

山歌，渔歌，情歌，各地演唱形式多种多样，一人可以唱，两个人可以对唱，一群人也可以合唱。在民间，老百姓最喜欢的莫过于对歌。这种演唱形式活泼，生动，斗智斗勇，像歌剧《刘三姐》中的许多经典对唱，至今让人们记忆犹新。同样，阳澄渔歌也有很多经典对唱，受到当地人的喜爱，传唱不衰：

啥个花开阵阵香
啥个花开阵阵香?
啥个花开堆满棚?
啥个花开人人爱?

啥个花开朝太阳？
木樨花开阵阵香，
紫藤花开堆满棚，
白玉兰花人人爱，
向日葵花开朝太阳。
啥个花开节节高
啥个花开节节高？
啥个花开一蓬毛？
啥个花开空长大？
啥个花开满园香？
芝麻花开节节高，
玉米花开一蓬毛，
喇叭花开空长大，
木樨花开满园香。
啥个花开来花里花
啥个花开来花里花？
啥个花开来泥里爬？
啥个花开来勿结果？
啥个结果来勿开花？
棉花开花花里花，
长生果开花泥里爬，
茨菇开花勿结果，
无花果结果勿开花。

本来，观看完阳澄渔歌和水乡服饰决赛后，在刚评选出的十大阳澄丽人的陪同下，我们要去莲花岛采风的。因为范婉要来陪我去，我只好在岸边等她。趁这个空儿我同当地一位渔娘攀谈起来，我问她：

“你也会唱渔歌吗？”

渔娘约莫40岁的样子，个头不高，皮肤黑黝黝的。或许是经常跟生意人打交道，或许是有阿庆嫂的习风，她痛快地说：“我哪里会呀！唱歌是要好嗓子的！”

“你们家里人都以养鱼蟹为生吗？”

“对呀，我们一家十几口，就靠这60亩鱼塘的收入。”

“你说的鱼塘，是指湖里那些用木栅栏圈起来的水面吗？”

“是的，家家都这样。”

“我看你们蛮舒服嘛！每天上午送饲料，下午就在船里睡大觉。到了金秋十月秋风起，全家人聚在一起点钞票！”

“看你说的，我们哪里有你说的那么舒服。养鱼养蟹可辛苦哩！”

“你们当地人也有到外地打工的吗？”

“没有的。我们打小生活在阳澄湖，除了养鱼养蟹，别的活计都不会。”

“你们辛苦一年，大概能挣多少钱？”

“不多的。要交承包费，还要买鱼苗蟹苗，买饲料，扣来扣去也就十几万吧！”

好个也就十几万！渔娘的话让我既惊喜又嘬舌。当今的农民，不，应该称他们为蟹农，真是不得了，了不得！我原想同她继续聊下去，不料，范婉的电话打来了。她说她已经来到码头岸边，不过她实在没时间陪同我到莲花岛，她所供职的单位临时来了几位外宾，晚上需要她作陪。她只能陪我在湖边逗留个把小时。我一听，半做着急半做调侃地对她说，亲爱的范大小姐，你不甘心做黄蓉也就罢了。可你耽误了让阳澄丽人陪我去莲花岛的幸福之旅了。你看你看，莲花岛就近在眼前啊！

因为是彼此信任的朋友，范婉才不管我是什么样的幸福之旅。我们一起沿着阳澄湖的岸边小路徜徉着。由于从小在农村长大，对村中央河流里的芦苇记忆太深刻了。乍一看到阳澄湖茫茫的芦苇，我的心不由激动起来。

真是久违了，我的梦中芦苇！

“我知道你喜欢芦苇！”范婉很肯定地说，“你前不久送我的诗集名字不是就叫《笛声从芦苇中吹来》吗？”

“是呀，我喜欢芦苇带给人的意象。每当看到芦苇，我就想到——”

“做诗！”不等我说完，范婉便抢着说。

“不，是想到一个少女。还有丹顶鹤！”

“我知道，那是一个真实的故事。你的诗里也写到这些。”

范婉说着，信口朗诵起来：

细雨淋湿了芦苇荡
几只白色的丹顶鹤在空中飞舞
我想，它们肯定不是在捕捉食物
远处，几只船儿正马达轰鸣地远去
船舱里该有满载的鱼虾吧
在船儿的更远处
有几辆大吨位的货车已然停靠在岸边
几个鼓着啤酒肚的汉子正吸着烟说笑
不用猜，那一定是关于女人的故事
丹顶鹤依然在飞舞，在凄厉地叫着
它们仿佛是在寻找什么
或许是在寻找一只刚刚蹒跚学步的小鹤
那小家伙因为贪玩找不到回家的路
美丽宽广的芦苇荡啊
你能不能告诉我

小鹤在哪里

小雨淅淅沥沥地下着

风儿吹起层层的涟漪

一位白衣少年不停地在芦苇中穿梭

他的双脚已经开始淌血

可他的目光依旧直直地注视前方

谁知道小鹤会在哪里出现

天渐渐地黑了

贪玩的小鹤不知藏在哪里

它今晚肯定失踪了

但它不会知道

因为找它

此刻，白衣少年也迷失了方向

他用手拨开芦苇远望

眼里除了天空还是天空

丹顶鹤终于擦着芦苇低飞

它们在努力搜寻小鹤的踪迹

哪怕能听到一点细微的声音也好呀

可是，一切努力都以失败而告终

无奈，它们只好发出长时间的鸣叫

丹顶鹤的鸣叫声惊醒了少年

他很快用芦苇做成一支芦笛

于是，在茂密的芦苇中猛然传来芦笛的声音

丹顶鹤寻着芦笛的歌唱

芦笛随着丹顶鹤的身影

他们开始渐渐走出芦苇荡

只可惜，少了一只小鹤

说真的，我没想到范婉会完整地将整首诗背诵下来。我感到心头一热，真想热烈地拥抱她一下。我说：“知音难觅啊！阳澄湖也有丹顶鹤吗？”

“当然有。可惜，今天我们看不到。要等到 11 月前后。”

“不不，我看到了。就在 30 分钟前评选出的十佳阳澄丽人，她们就是我心中的丹顶鹤！”

“你呀，准是见到漂亮女孩子就动心啦！”范婉戏谑道。

“哪里，你也是我心中的丹顶鹤呀！”

“不，我是丑小鸭。”范婉为人向来谦和，“你对阳澄渔歌有感觉没？”

“好好，我喜欢那种原生态的唱法，虽然歌词听不懂，但能看出是关于生产、生活、爱情的。我觉得这渔歌就得让普通的渔民来唱。如果是专业歌手唱，就一点味道也没有了。这些渔民就像这阳澄湖里的一根根普通的芦苇，平时不出声，可一旦清风吹过，就会有美丽的笛声响起。”我掩饰不住内心的喜悦，随手折下一片苇叶，对范婉说。

“哈哈，你又在做诗啦！”范婉的笑声踏着湖水的波纹，传播得很远。

此时，天色已经渐渐暗下来。湖水的深处有几条木船正隐隐地向岸边划来。我知道，这准是辛勤一天的渔民收工了。随着船儿一点点靠近，我发现那撑船的不是粗壮的汉子，而是头上扎着蓝围巾的船娘。虽然她们没有唱着渔歌，但我从她们撑船的美丽弧线上，依旧可以看到阳澄湖人如诗如画的生活。

想到此，我把手中的那片苇叶悄悄夹进我的采访本里。

回到北京，我会时常地把苇叶取出来，端在手里，凭窗南望，我相信我家的窗外也一定会看到美丽的阳澄湖！而且透过那大片的芦苇，会听到那一首首悠远动听的阳澄渔歌。

莱阳去看梨

要想知道梨子的滋味儿，最好亲口尝一尝。现在，我就置身在山东莱阳千亩万亩的梨园当中。眼前是梨，身后是梨，头顶上也是梨，仿佛真的闯入梨的海洋了。虽然我从小在农场的果园里长大，对秋日里枝果累累的景象再熟悉不过了，但此刻我还是被这丰收的农家喜讯给深深地鼓舞了。

莱阳梨是梨中上品，声名遍及海内外。印象中，莱阳梨长得不怎么好看，老百姓通常叫它歪把梨。至于我究竟是在哪年哪月第一次吃到莱阳梨，已无从知晓。

我的家居住在北京东郊一个农场，我母亲是果园职工。我们那里的果园不种梨树，只种苹果、葡萄和桃树。春暖花开时节，果园简直成了孩子们的乐园。我的小学、初中几乎都是在果园里复习功课的。秋天刚刚来到，果园里的苹果、葡萄开始成熟，小孩子们被一米多高的铁丝网隔在外面。透过铁丝网望着满树红彤彤的苹果，一嘟噜一嘟噜悬挂在枝蔓上的紫色葡萄，是那样的诱惑人。于是，有些胆大的孩子常常趁着果园护青的工人不注意的时候，从铁丝网的缝隙中钻过去，然后像短跑运动员那样一阵狂跑，快速跑到果树下，三下五除二，装上一衣兜的果子又飞奔回到铁丝网。这时，外面接应的孩子便迅速地把果子接住，用手撑住铁丝网的缝隙，以使小伙伴顺利通过。这样的情景很是激动人心，以至于多年后，当同学玩伴聚会时，大家还总是津津乐道此事。为此，我曾经不止一次地问过许多朋友：你们说什么样的苹果最好吃？朋友们面面相觑，有的说国光好吃，也有的说黄香蕉、红富士好吃。我则说你们说的都不如我说的好吃——我告诉你们，偷来的苹果最好吃！你们要知道，那是经过惊险之后的收获呀！朋友们听罢，感到一片愕然。

我不会忘掉铁丝网的时代。铁丝网不仅隔绝了人与人之间的信任，它更多地记录着那个不堪回首的贫穷的岁月。自20世纪90年代，特别是新世纪以来，许多学校、机关跟事先商量好似的一夜之间都把过去高高的院墙给拆除了，而改换成了栅栏，有的干脆连栅栏也不用了。这似乎体现着一种高效、亲和、文明、民主、开放、平等。我没有想到的是，有相当多的果园、山林、耕田，也把昔日一家一户界限分明的铁丝网给拆除了。譬如我到过的广东高州的荔枝林，太行山区长治的枣林，包括此番前来的莱阳万亩梨园，我竟然没有看到有一米的铁丝网。问及当地的果农，他们说现在的农民生活富裕了，再好的水果也不是什么稀罕物。只要你到果园来，不管来自哪里，来的都是客，你可以尽情地吃。确实如此，在莱阳照旺庄镇闻名遐迩的芦儿港“梨树王”所在地，我就亲眼目睹了许多游客随意从梨树上摘梨痛快淋漓的吃相。当然，吃只管吃，如果你想顺手往外带几个走，对不起，那就会有人制止了。这不是梨乡人的吝啬，实在是出于食客的不自觉。

莱阳梨自然是产自莱阳的梨。但在莱阳地区，关于莱阳梨究竟产自于哪里，或移植于何处，一直有各种争论。甚至关于莱阳梨的叫法也有争论，如有的称之为茌梨，也有的称为赐梨、慈梨，还有的称为歪把糙梨。在我看来，我宁愿相信胶东黄县籍著名作家石英之说，他认为莱阳梨就是“瓷梨”，意思是指这种梨掉在地上能发出瓷器般的金属之声。老百姓愿意借象声词，叫瓷梨该是不错的。不管莱阳梨产自哪里，叫什么名字，据有据可考的文字资料记载，莱阳梨至今已有

400 多年的种植史，是胶东地区劳动人民在多年的劳作中不断积累经验培育出来的优质品种，这应当不会有人怀疑的。

中国人种植梨的时间非常悠久，许多历史文献多有记载。北魏时期，我国伟大的农学家贾思勰在其著名的农学书《齐民要术》中，就有专门论梨的《插梨三十七》篇。所谓插梨，就是果树的嫁接技术。文中提到的汉武帝御苑中的含消梨、青田官梨，与现在的莱阳梨品质极为相似，这不能不让人浮想联翩。明代医药学家李时珍在其药物学巨著《本草纲目》中对百果之宗的梨的药用价值用了 2400 多字进行了很好的阐述。如在《释名》中，将梨称之为快果、果宗、玉乳、蜜父。在《药性》中，认为梨可治疗热嗽，止渴。切片贴烫伤，止痛不烂。同时，还可治疗中风不语，解丹石热气、惊邪，利大小便，除贼风，止心烦气喘热狂等。

就我本人而言，用梨治病最多者，多属是秋梨膏了，至于是不是用莱阳梨制成的，说明书上不曾写。上网查之，发现莱阳生产一种叫作“莱阳梨止咳糖浆”的药品，功能主治：镇咳祛痰。

在我的记忆中，有一件与梨密切相关的经历。

20 世纪 80 年代初，我大约十四五岁，街坊家盖新房，需要到十几里远的砖厂拉废旧的灰砖。早晨起来，我到街坊家去帮忙，由于去得晚，大人们把油饼、米粥都吃得精光。我只好空着肚子乘坐四轮马车前往砖厂。砖厂只给半天时间，下午就不让往出拉砖了。我们来了一共 3 辆马车，每辆车配两名装卸工。我一看那架势，就有点发虚。不要说自己的身材没有大人们高大，最主要的是他们每人早晨都吃了四五个油饼、三四碗米粥、两个鸡蛋，而我是腹中空空啊。无奈，我只好硬着头皮干。这四轮马车很能装东西，我每次弯腰低头只能捡起两三块砖头，如此循环往复，没有一个小时是装不满的。开始装 20 分钟时，我觉得还可以，可干到 30 分钟，我就感到有些吃不消了。先是感到头晕，接着恶心，最后竟然发展到眼前发黑，一下子瘫倒在砖堆旁。这下，给干活的人们吓坏了。他们连忙抬起我，要送我到医院。我说没关系，就是活儿干得有点猛了，一会儿就好。半小时后，3 辆车全部装满，我借了别人一辆自行车，向路边上的一家百货商店骑去。商店里的糕点很贵，自然买不起，我把兜里仅有的 9 分钱拿出来，让售货员给我称了 4 只酸梨。在一棵白杨树下，我狼吞虎咽般地把 4 只梨全部吃进肚子里。几分钟后，我感到四肢有了力量，眼前也豁然明亮起来。后来我才知道，人早晨不能不吃饭，不然会造成低血糖。

关于梨的故事，历史有很多，最著名的当属孔融让梨了。我在莱阳采风期间，也不止一次听到关于莱阳梨的故事。一则说，1949 年 12 月 21 日，恰逢斯大林 70 岁生日。苏联政府向毛泽东主席发出了邀请函。出于多方面考虑，毛主席当即决定出访苏联。并且，他老人家对外交部准备的礼品逐一进行敲定。当时苏联最感兴趣的是中国的农产品。所以，礼品中除了闻名世界的景德镇瓷器、象牙雕刻艺术品和景泰蓝茶具外，中央特别点名要南方茶叶和山东特产莱阳梨，以及潍坊的萝卜和章丘的大葱等各五千斤。从这个礼单中，不难看出莱阳梨在当时国产水果中的地位有多么的重要。斯大林寿辰之后不久，苏联就派来专家到莱阳，进驻照旺庄镇逍格庄村，专门研究莱阳梨的栽培技术。看来，准是毛主席送去的莱阳梨让斯大林赞不绝口了。另一则说，梁实秋客居台湾后，在 70 年代感怀其 40 年前在青岛的岁月，尤其是对山东的特产情有独钟，在《忆青岛》一文中他写道："青岛不产水果，但是山东半岛许多名产都以青岛为集散地。例如莱阳梨。莱阳梨产于莱阳的五龙河畔，因沙地肥沃，故品质特佳。外表不好看，皮又粗糙，但其细嫩酥脆，甜而多浆，绝无渣滓，美得令人难以相信。大的每个在十台两以上　今之人多喜怀乡，动辄悦吾乡之梨如何，吾乡之桃如何，其夸奖心理可以理解，但如食之以莱阳梨、肥城桃，两相比较，恐将哑然失笑。"梁先生的话不错，没吃过好的就不要轻易说自己吃过的是最好的。还有一则，说的是二三十年代在上海威震江湖一时的杜月笙，他有个外号就叫“莱阳梨”。据说，杜月笙早年父母双亡，独自到上海闯天下，发迹以前一直在水果行做小生意，先给别人当伙计，后来独自出摊卖水果，也到茶楼、烟馆、戏楼、赌场里叫卖。3年的水果生涯，使他混得两个绰号，一个叫“水果月笙”，另一个便是“莱阳梨”。相传莱阳梨运到上海滩，有不少烂梨，杜月笙总能想办法废物利用。当顾客来到他的摊子前，只见他用水果刀几下就能飞快地把烂梨削出形状，并能把莱阳梨特有的香味散发出来，使得在场的人不得不买上几斤尝尝。发迹之后，杜月笙还时常为自己削梨的手艺而自得，每有朋友、弟子聚会，有人会开玩笑请他削梨给大家吃。杜月笙也不避讳，乐呵呵地甘愿做之。一时成为江湖美谈。

在莱阳采风的当晚，我到一家保健中心做中医按摩。年轻的医师是个莱阳的女孩，我问她可否爱吃莱阳梨，她说当然爱吃。我又问她：你家也种梨树吗？她说不种，想种也不懂那个技术啊。我说，莱阳梨这么有名，凭你的聪明劲儿学会种植应该不成问题。女孩说，现在的年轻人有几个喜欢种树种地的，谁不想往城市里跑。我说，年轻人都往城市里跑，那莱阳梨将来不就绝迹了吗？女孩用手在我的后背猛地拍了一下说：那就不是我考虑的问题了。

从保健中心出来，外面的天气有些阴凉。抬头看着满天的星斗，它们眨着一双双眼睛似乎在问我：你是谁？你到莱阳干什么来了？

是的，我是谁？我到莱阳真的是来看梨的吗？我觉得一时还不能找到明确的答案。我从随身携带的笔记本中取出一片莱阳梨的树叶，放到鼻子前，清新泛着暗香，浑厚延长着历史。看来，我要真正地认识莱阳梨，还需要一定时间。现在，据莱阳市第三届莱阳梨文化节开幕式还有一天，谁会知道我对它是多么的期待啊！想到此，我把眼前的莱阳梨树叶又夹进我的笔记本里。我笃信，从此后莱阳梨将会留在我的永恒记忆里。

诗的上庄

乡土诗人刘福君是承德人，我这么说，给读者提供了这样几个信息：乡土、诗人、承德。承德这地方我去过多次，与文学、旅游、爱情都有关。随着时间的流逝，现在剩下的更多的是友情。其中，不仅包括刘福君，还有他的叔叔，著名乡土诗人刘章，他的堂兄著名诗人刘向东。还有一位刘姓诗人，叫刘芳，也是刘福君的叔叔。只是我们交往不是很多。这叔侄4人都来自承德所属兴隆县的上庄村。

我与诗人刘章的交往，始于1999年，我们一起参加《诗刊》在五台山举行的诗会。印象中，我们第一次交谈是在一条小溪边，由于都是从农村走出来的作家，话题自然也就多起来。我在20世纪80年代初学写作时，就知道诗人刘章的盛名。这次偶遇，我自然抓住机会不放，问了他许多的问题，诸如他是怎样走上诗歌创作道路的，他最喜爱哪些诗人的作品。刘章先生则毫无保留地回答我，譬如他非常喜欢臧克家、贺敬之、张志民、郭小川的诗。

回到北京后，我和刘章先生始终保持着热线。每有新作，他都不忘支持我主编的《中国文化报》文学副刊，遇到重大节日，他还不时地给我写诗祝贺。特别是在2003年前后，有感于某些学院理论家对贺敬之、柯岩等老诗人故意进行歪曲攻击时，刘章先生表现出少有的愤怒，他不仅在电话中和我倾诉，还亲自撰文给予回击，表现出一个乡土诗人该有的勇敢与良知。

我对刘章先生是很钦佩的。他从一个农家子弟，在村里当过会计、党支部书记，再到诗刊当编辑当编委，最后到石家庄市文联担任作家协会主席，创立了属于“刘章体”的乡土诗，你不能不说这是一个农民的奇迹。9月9日，当我和几位作家朋友来到上庄村，在诗歌墙上看到刘章先生的代表作《牧羊曲》时，我不禁吟诵起来：“花半山，草半山，白云半山羊半山，挤得鸟儿飞上天。羊儿肥，草儿鲜，羊吃青草如雨响，轻轻移动一团烟。榛条嫩，枫叶甜，春放沟谷夏放坡，五黄六月山头转。抓头羊，带一串，羊群只在指掌间，隔山听呼唤……”

今年4月，刘福君曾约我到上庄村去看梨花。我因有别的活动，就失去了一次看遍山梨花的机会。不过，对于梨花我是看过多次的，最壮观的当属到河北赵州，那里有着上万亩的梨花，我去的时候，正赶上花农们摘谎花的季节。看着人们在树枝间上来下去的样子，让你不得不联想到蜜蜂的忙碌。我对刘福君说，我从小在北京郊区的农场长大，母亲就是果园工人，从小学到中学，我一直是在果园的花丛中读书的。我们那里虽然没有梨花，但白色的苹果花、红里透白的桃花一样绚丽无比啊！听罢我的表述后，福君说，你说的那不中，要说果花好看，还得说我们上庄的梨花。

这就是刘福君，作为乡土诗人的刘福君。

上庄村是兴隆县一个普通的山村，一百多户人家，户籍人口四百多人，而实际居住的也就一半人。从村上到乡政府能有十几里地，到县城至少三十多里。山里人虽然脚板天生结实，但昔日要走出这个山村绝非易事。在进出上庄村时，我们曾遇到一位六十几岁的村民，他说他从来没到过县城，更不要说到承德到北京了。他觉得村里有供销社就够了，实在需要买别的东西，到镇上也就够了。这种简单的生活方式，在很多人看来，或许感到不可思议。可细想起来，一个人如果不想知道山外面的事，势必要少一些烦恼，这世界上还有比缺少烦恼更好的去处吗？

然而，处在改革开放大潮的人们，谁能一味地偏安一隅呢？20世纪80年代初，19岁的刘福君告别大山，走入军营。复员后，他一边写作一边经商，他始终在思考，如何让上庄人富裕起来，诗意起来。进入新世纪，随着他们刘家叔侄4人都加入了中国作家协会，上庄这个偏远山村逐渐成为诗人们关注的热点。为此，刘福君和村里领导商议，争取利用5年时间，对村里的道路、环境、农田、建筑进行整体规划，开辟诗歌墙、诗歌园、诗歌馆、诗人之家、诗人雕塑群等，并且创办农民自己的诗歌刊物《诗上庄》。如今，几年过去了，当你走进上庄村，面对着青山绿水、农户炊烟时，你不经意间就会与诗人相遇，这其中有李白、杜甫、李商隐，也有郭沫若、艾青、臧克家、徐志摩，还有贺敬之、郭小川、李季、李瑛、雷抒雁、舒婷、北岛、顾城，更有雪莱、叶芝、海涅、马雅可夫斯基——上庄是历史的、现代的，也是开放面对未来的！

走在诗歌墙边，我问刘福君，墙上的这些诗村民都能看得懂吗？刘福君笑着说，有的看得懂，有的看不懂。就说北岛的名句“卑鄙是卑鄙者的通行证，高尚是高尚者的墓志铭”，许多村民扛着锄头在这里伫立半天，怎么琢磨也琢磨不出所以然。他们问我是啥意思，我说，一个人不给你们讲，等哪天人多了，我一首一首给你们讲。我又问刘福君，你们搞“诗上庄”，村民能理解吗？据我所知，现在的农民文化程度还不是很高啊？刘福君说，晚上有个诗歌朗诵会，你问问乡亲们吧。

秋天的山里明显比城市里寒凉得多。吃过晚饭后，我们来到村委会对面的小文化广场，广场的两面是诗歌墙。广场音响室设在“书吧”，由一名胖胖的残疾人村民负责。走进两三平方米的“书吧”，简易的书架上摆放着几十本文学书和几本县乡办的文学刊物，我问胖子，这里的书有人看吗？胖子说，咋没人看嘛，大家都喜欢。再看广场中央的扩音器旁，围着几十个村民，大多是已婚的妇女。刘福君告诉我，他们是村里朗诵艺术团的成员。有活动时，就一起表演。没活动时，就在一起切磋朗诵的方法，有的人还喜欢唱歌、跳舞。

“他们当中有写诗的吗？”我问刘福君。

“有啊，几乎都写。”刘福君告诉我，“自从建了‘诗上庄’，创立了刊物和刘章诗歌奖后，诗上庄的名气越来越大，村民们写诗朗诵诗的积极性很高，许多在外打工的人也都愿意把打工的心得写成诗发过来。”

“看来上庄村是全民皆诗啊！”我感慨着。

“我们在号召全民写诗读诗做好上庄梦的同时，也非常注重发展农村经济，明年我们就计划大面积种植玫瑰花，房前屋后，山上山下，都种上，让村民得到实惠。”刘福君掷地有声但又充满感情地说。

我知道，这些年刘福君为发展村里经济、治理环境投入了大量资金。我问刘福君，村里给了你什么好处？刘福君说，我是上庄村里人，为乡亲们做点事要啥好处啊？要说一点没有，那也不实际，最大的好处是上庄村养育了我。我很喜欢村里给我的荣誉——村文化顾问，这头衔可不是随便当的，它承载着一种责任。

诗歌朗诵会在歌曲《我的上庄》中开始，听着村民们一首一首抑扬顿挫朗诵的诗歌，我再也坐不住了，随即拿起一本村民写的散文集，挑选其中的一篇《乡情》朗诵起来。听过我的朗诵，著名作家蒋子龙对我说，你的声音够准专业水准。我说，我更喜爱乡亲们淳朴的声音，从那声音里你能真正地体味到什么叫“诗的上庄”。

第二辑

阿妈的经筒不说话

大雁情

到了一定岁数的人，谈到人生的经历与经验，总爱用阅人无数来形容。想想自己从北京郊区农场，走入京城20载，成长为知名的作家、媒体人，除了自己的努力，家庭的支持，更多的是在不同的时期得益于不同老师的帮助。

1983年，我在上高中时就开始从事文学创作。那一年，我中考失败，在重点中学、师范学校录取无望的情况下，我把希望放在文学创作上。在这之前，我的作文一直不错，小学时，也曾在三夏战报上发表过打油诗。见我整天闷闷不乐，伏在椿树下的板凳上胡乱地写东西，在农场果园上班的母亲对我说，场里有个烧锅炉的刘师傅喜欢写文章，我可以带你去找他学学。这样，我便在果园锅炉房里见到了我从事文学创作上的第一位老师。

刘师傅不到50岁，面容黑黢黢的，背有些驼。我跟他讲话，他先是冲你憨憨地笑，然后再把他的想法告诉你。几次交往下来，我发现他的神情总是抑郁。我便问母亲怎么回事。母亲长叹了一声，说刘师傅是好人，本来他是有些技术的，还会写文章，场里的广播一直由他管。有一年，场里一个作风不太好的女知青勾引他，他们在广播室拥抱时被领导发现了。这种事本来是两个人的事，可是那女知青一口咬定是刘师傅对她非礼，结果刘师傅在场里做了检查，最后被安排在锅炉房，代管澡堂子。

大约去了一个多月，刘师傅某天突然对我说，你的散文和诗写得比我好，我不能耽误你，我给你介绍几个农场机关的领导吧。

刘师傅说的几个农场机关的领导指的是宣传部长孙雨山、工会副主席刘金声和工会干事陈友福。这几个人在我最初的文学创作上，是我的启蒙者，也是我的亲密伙伴。在农场工作的 6 年，人们每谈起不务正业、一心痴迷搞创作的一群人中，我们几个人的名字是一直捆绑在一起的。我们这个农场是不缺乏文学因子的，50 年代浩然曾经专门来看过从苏联进口的康拜因拖拉机，80 年代张抗抗、陆星儿、柯蓝、柳萌、雷抒雁、陈祖芬、王宗仁等名家也都先后来参观辅导过。在我之前也曾出过两个作家，一个是《儿童文学》编辑部主任杨福庆，另一个是 1969 年到山西插队后来成名的李锐。不过，他们俩没有在农场工作过。记得 1985 年李锐在《当代》上发表了反映农场生活的中篇小说《红房子》后，我们几个人争相看了好几遍，那兴奋劲儿甚至超过了李锐本人。

如今，30 年过去了，孙雨山、陈友福等人已经退休，而刘金声则已告别人世。去年，农场局宣传部的退休老作家胡天培约我到南郊农场参观。看到农场的变化，让我感慨万千。我真有心写一部反映农场生活的长篇小说或报告文学，可我眼下因为工作的繁忙、身体的不适暂时还不能了却这个心愿。我把这个想法打电话告诉了孙雨山，他说他很期待。

1983 年 8 月，天气还异常闷热。一天，孙部长告诉我，说最近农场局《北京农场通讯》和朝阳区文化馆《芳草地》两家报纸编辑部的老师要来农场组稿，希望我能参加。说来有趣，这两家报纸来的两位负责的老师都姓刘，似乎我跟姓刘的老师天生有着缘分。

《北京农场通讯》的老师先到农场来的。老师叫刘远英，一米八几的大个子，说话十分豪爽，后来有人告诉我，他父亲解放前曾经是唐山市的市长。或许由于这个原因，他在 50 年代后期曾被打成右派。在组稿座谈会上我的发言刘老师听得很认真，吃饭的路上他悄悄对我说，你的观点很新颖，我喜欢，有稿子就直接给我。我当时感到很受宠若惊，不久便把一篇小小说《回乡》邮给了他。原想自己是初学乍练，这小说不一定能被老师看上。哪料，在 1984 年 1 月 15 日那期《北京农场通讯》副刊上，我的《回乡》竟然发了头题，还给配了插图。接到样报那天，我举着报纸在回家的路上尽情地欢呼雀跃：我的小说发表啦，我要成为作家啦！

《回乡》是我发表的第一篇作品，《北京农场通讯》虽然只是个工作性质的内刊，可在我心中是以后发表作品的任何一家报刊都不能替代的。可惜的是，由于几次搬家，这篇作品的原件已经找不到了。这将是我永生的遗憾。此后，刘老师又帮我接连发表了《农场漫步》、《一个妻子的独白》等五六篇作品，使我在农场局系统很快有了一些名气，为我多年后离开农场调到市里的新闻单位奠定了基础。刘老师如今要是还活着，该有 90 岁。

刘远英老师到农场组稿后不久，《芳草地》的刘延老师就来了。其时刘老师已经快 60 岁了，满头银发，声音清脆，很有军人的风度。熟悉以后，得知她是四川人，20 世纪 50 年代参军入藏，当独唱演员，搞文艺创作，70 年代与老伴胡然（饰演过《枪口从背后打来》等多部电影）转业到北京，先在一家工厂工作，后调入朝阳区文化馆担任文学辅导干部。刘老师来的这天中午，我从学校下课后匆匆赶来。因为天气热，弄得满头大汗。这时，不知谁从外边送来一盒雪糕，我拿起一根送到刘老师面前，说大热天您吃一根败败火，这可是我们农场乳制品厂自产的。然后，我才拿起一根自己吃。这时，孙部长他们几个人纷纷向刘老师推荐我，说我是后起之秀非常有才。

由于下午还要上课，我与刘延老师见面不足一个小时。通过这次见面，刘老师是否能记住我，还真不敢想。我试着把一篇散文邮给她，她很快就给我回信，接着又把发表我散文的报纸清样邮给我，告诉我说要等明年发出来。看着刘老师在清样上为我修改过的字迹，我感到无比温暖。果然，来年 3 月，继《北京农场通讯》首发我的作品后，《芳草地》发表了我的散文《走在故乡的土地上》。再以后，我又陆续到文化馆听了多场名家的文学讲座，如萧军、陈建功、郑万隆、赵大年、韩少华、晏明、徐放等，每次都是刘老师亲自把他们接来。

刘延老师今年已经 82 岁。前年，她加入了中国作家协会。记得她获知自己被批准入会时，她高兴得像个孩子。我理解刘老师，他们这一代人，从建国初期到改革开放，把人生最美好的青春年华都献给了祖国。等改革开放了，一切都活跃起来了，他们因为年事已高，不可能像年轻人那样去投入，更不可能大红大火了。为此，刘老师也曾感慨过，不安过。以我对刘老师的了解，她的散文绝对是可以站在当代女作家一线队伍行列的。可是，由于她把更多的精力投入到工作、家庭，尤其是投入到我们一批又一批年轻人身上，她怎么能火起来呢？刘老师退休前，只由西藏人民出版社出版过一本散文集《彩虹升起的地方》。退休后，70 岁时出版了一本散文集《跳舞去》，快 80 岁时出版了散文集《聆听岁月》。80 岁生日，我和一帮文友相约和他们一家人联合编写了《刘延八十》一书，这本书没有书号，完全属于自娱自乐，哄老太太高兴。

在《刘延八十》一书中有一篇刘老师关于歌曲《远飞的大雁》的文章。1964 年秋天，北京西苑宾馆里住着两支令人瞩目的大型文艺团体，一支是参加《东方红》大型歌舞排练的中央及北京各大专业文艺团体的艺术家，另一支是全国各地来北京参加全国少数民族文艺汇演的业余文艺代表团的艺术家。当时，刘老师在拉萨市文化局工作，经过严格政审，被选到西藏业余文化代表团担任文字编写工作。在短短的一段时间内，除了在代表团离开拉萨前刘老师和叶玉林、廖东凡两人共同创作了《好得很》《次仁穷穷开会回来了》《对歌》等一些演唱节目外，代表团赴京后的许多演唱歌词、藏戏清唱等，基本上都由刘老师一人完成。因当时形势需要，所有节目、歌词演出或发表时，均以“民歌”形式出现，而不能署作者名字。其中，就包括刘延老师作词，徐大猶记谱、填词的传唱全国的《远飞的大雁》。2010年冬天，我请刘老师和她的女儿胡滨到位于北京东五环的“红色经典餐厅”吃饭。这家餐厅的特色就是怀旧——“吃人民公社饭，听革命经典歌曲”。在吃饭过程中，一个叫刘娟的小姑娘以甜润的歌喉演唱了《远飞的大雁》，只见刘老师听得非常入神，后来还情不自禁地跟着演唱起来。演出结束后，刘老师专门到后台找刘娟攀谈。见状，胡滨神秘地告诉我：《远飞的大雁》这首歌是老太太写的。我听后感觉很诧异，这是真的吗？这么多年我怎么没听老太太提过一句呢？

回到家中，我上网搜索《远飞的大雁》，词条倒是不少，歌词也全，但没有一处标明词曲作者，这是多么的残忍与不公啊！刘老师告诉我，这首歌的原唱是藏族女歌唱家曲宗同志，只可惜她30多年前就英年早逝。

看着刘延老师的回忆文章，使我对老人家更增添了无限的敬意。30年前，著名作家黄宗英老师曾创作了具有广泛影响的报告文学《大雁情》，今天我不怕背着撞题的闲话，仍以《大雁情》为题，写下这篇散文，借以感谢那些默默无闻地为年轻人成长甘于奉献的老师们。我想，黄宗英老师若看到此文，她一定会笑着说，红孩这个小挨刀的，竟敢偷用了我的题目。

唤声姐姐叫萧红

国庆期间，正逢电影《黄金时代》热映。5日下午，我到家附近的爱琴海影城去观看，本以为这部电影上座率能有五成就不错了。结果，走进影院看到黑压压的头影才知道，几乎满场。我坐在那里就思忖，这部描写女作家萧红的电影去年才演过小宋佳版本的，今年的汤唯版本的怎么这么火，这其中的原因是因为萧红还是因为导演、编剧、演员的变化？

我没想到，这部电影的篇长竟然达3个小时。以至于在两个半小时后，妻子给我发来短信：电影完了吗？跟哪个美女在一起看的？我答复：大片，3个小时，美女熬不住，走了。事实是，在放映的3个小时中，观众没一个走的，仿佛在看一场电影欣赏课。

回到家里，还沉浸在对萧红的印象里。妻子说，去年电影《萧红》你一连看三场，今年你准备看几场？我说，先看一场，如果有可能，再陪美女看一场。妻子乜了我一眼，说，美的你！

节日后上班，单位几个年轻的记者问我，红老师，看《黄金时代》没有？我说看了啊，你们也都看啦？她们说，去年您就向我们推荐去看电影《萧红》，今年要是不看，您准会说我们的。我说，也不能一概而论。我去年推荐看《萧红》，是想让你们了解那个时代，一个女作家的传奇而又多舛的人生。今年推荐，是想让你们看一下艺术的另一种表现形式，前者是内容，后者是形式。

“红老师，您告诉我们，您究竟喜欢萧红什么？”记者 A 问道。

“红老师，如果您生在那个时代，你是否会爱上萧红呢？”记者 B 问道。

“红老师，萧红跟鲁迅先生产生爱情没有？”记者 C 问道。

面对年轻记者的提问，我陷入了深深的思考与回忆当中。

我是 1984 年开始发表文学作品的。那时我在北京郊区农场的一所中学读高一。某一天，我遇到农场幼儿园一位喜欢文学的老师，她跟我提到她正在看贾平凹的《小月前本》《鸡窝娃人家》，她还说她喜欢看丁玲的《太阳照在桑干河上》和萧红的《呼兰河传》。那是我第一次听到萧红的名字。几天后，我到学校的图书室去借《呼兰河传》，结果老师找了半个多小时也没找到。无奈，我只好到农场的图书室去问。图书室的管理员见我是个学生，就说你不是职工，图书不外借。我说，那我能看看《呼兰河传》的样子吗？图书管理员见我一脸的天真，就说好吧。他转过身走到里间屋，只用两三分钟就把《呼兰河传》找到了。我双手接过《呼兰河传》，当时的心情用激动是不足以形容的。我翻了几页，然后几乎用乞求的语气说：叔叔，您能借我 3 天吗？第 4 天我保证还您！图书管理员说，我没这个权力啊，万一你弄丢了可怎么整？！你最好能找个大人替你借一下。我听后脑子有点懵，我母亲虽然是农场职工，可她要来机关得走 40 分钟，这可把我难住了。这时，农场工会一位热爱文学的领导从图书室门口经过，因为都喜欢文学创作，我们见过几次面，于是我像找到救命稻草一样，冲他喊了一声。工会领导听到我的叫声，回头一看是我，就惊奇地问我来干什么。我把事情的原委告诉了他，他听后很痛快地对图书管理员说，就以我的名义借，书丢了我负责。

到现在我都很感激农场工会的那位领导，尽管他在与我后来的交往中有几件令人不愉快的事情。从《呼兰河传》书后的借书登记中，我知道我是农场里比较早阅读这本书的人。至于农场幼儿园里那个老师是如何看到的，我不得而知。当时只有 17 岁的我，初读《呼兰河传》时，并没有读出其中的好。或许是因为在农村长大的缘故吧，对于书中的乡村描写，觉得很是一般。当时甚至想，如果小说可以这样写，我一个月就能写出一本《呼兰河传》来。然而，等我真的写一本叫作《青春的答卷》的长篇小说时，生活阅历尚浅的我写到七八万字时，怎么绞尽脑汁也憋不出故事来了。但不管怎么说，萧红和她的《呼兰河传》在我青春年少时催生了我的文学梦。

也就是在那一年的秋天，在庆祝建国 35 周年之际，我所在的朝阳区文化馆举办了“金色的秋天”文学作品征文活动。我虽然没有投作品，可在农场一帮文友的带领下，我还是出席了颁奖会。那天，前去开会的人很多，那是中国当代文学最辉煌的时期，各地的文学活动都很热。我清楚地记得，那天为获奖者颁奖、讲话、签名的三位名家分别是萧军、袁鹰和韩少华。萧军那天穿一件劳动布工作服，像个炼钢工人，说话声若洪钟，按现在的说法，特有大腕儿的范儿。我坐在较为偏僻的地方，只能远远地翘着脖子听三位老师讲话。在萧军讲话时，有人小声议论说，萧军的第一个夫人是萧红，写《呼兰河传》的那个 30 年代女作家。我一听萧红和《呼兰河传》马上来了精神，很想对议论的人说我知道萧红，最近刚看过《呼兰河传》。可我没有那样做，我多么珍惜能够亲耳聆听到萧军的讲话啊！

如今已经 30 年过去了，当初萧老究竟讲了些什么，我似乎已记得不太清晰。我清楚记得的是，在颁奖大会结束时，许多人纷纷挤到主席台，争先恐后地请萧老他们三人签名。我或许是出于自卑，或许是从小在农村长大还不大懂得签名的意义，我只是坐在那里静静地落落地看着热闹的人群。大约过去了十几分钟，人们渐渐散去，这时萧老猛地抬头朝我坐的方向看来，我的目光正好也向着萧老，也许是某种感应吧，萧老冲我招了一下手说，那个小伙子你过来一下，我给你签个名。我随即站起身来，拿着会上发的印有“金色的秋天”字样的红色硬皮笔记本紧张地走到萧老近前。萧老看着穿着蓝色制服、头发有些杂乱的我说：小伙子，从你身上我仿佛看到我年轻时的影子。说完，他将笔用力地在本上写下了萧军二字。说实话，以当时我对萧老的了解，我还真不明白他对我说出那句话的意思。多年后，我把这话说给萧老的女儿萧耘和女婿王建中听，王建中对我说，你与萧老的缘分不浅哪，我还是第一次听萧老对一个年轻人这么赞美。

1988年，我在农场的一个乡政府做团委书记。那一年我考入北京经济学院，半脱产学习。经济学院北门斜对面分别是朝阳区文化馆和小庄新华书店。这两个地方，我是经常去的。在某天中午休息时，我在小庄新华书店意外地发现了女作家萧凤写的《萧红传》，我当即买下，回到教室便津津有味地通读。通过这本薄薄的传记，使我大致知道了萧红年轻而又多灾多难的人生，我为萧红的爱情不幸而不平，也为她的英年早逝而悲伤，当然也为她遇到鲁迅先生而庆幸。当时只有21岁的我，对一个女人第一次有了男人的爱怜，我从心底里不知不觉地把萧红看成了我熟知的姐姐。

这一年年底，我在去农场开会的时候，听说农场幼儿园有个年轻的女教师由于工作上的事跟领导发生了冲突，结果一气之下吃了大把的安眠药。幸亏发现得及时，不然就死掉了。我听后感到很惊讶，幼儿园里有十几个年轻女教师，她们和我是同龄人，有两个还是我的同学。她们都毕业于幼儿师范学校，分到农场幼儿园心里多少有些不甘心，很多同学都想通过参加自学考试取得大专学历离开幼儿园。会议结束后，我找到幼儿园的一个同学，想问问自杀女教师的情况。开始她不肯说，在我的一再追问下，她才告诉我，那个女教师自杀的原因就是想考学向领导请假，领导不批，便一时想不开做了蠢事。我问同学那个女教师是她的同学吗？同学说是，而且事情出来影响很大。我又问同学，女教师现在在家里还是在医院？同学说，在医院，她压力很大，谁都不愿意见。

我同学说的这个老师我认识，姓何，个子高高的，长得白白净净，戴一副眼镜，非常文静。和同学分手后，我没有回单位，在商场买了一些水果就直接去了农场医院。医院不大，只有几十张床位，找一个病人是很容易的事。鉴于情况特殊，医院给小何老师安排了一个单间。我敲了几下门，小何老师并没有回应。门是虚掩的，我便推门走了进去。我的到来，并没有让小何老师兴奋起来，她只是说了声“你好”，便沉默地把目光移向了窗外。见状，我对小何老师说：“我来并不是想安慰你，而是向你表达一种敬佩，为了考学，尽早离开农场，你连死都不怕，可我却做不到。”听我这么一讲，小何老师扭过身来，叹了一口气，说：“我其实挺傻的，干吗要这样呢？大多数人不都这样苟且地活着吗？”“也不都这样，每个人的环境不同，想法也就不同。比起那些在牛场、果园工作的女工，她们是多么羡慕幼儿教师这个职业呀！”“可我不想当幼儿教师，更不想长期在农场工作。我就想考学，到城里去！”小何老师的话说得十分坚定，大有宁死不屈的架势。我和小何老师是同龄人，她的想法我能不了解吗？我们这个地方属北京近郊，虽然叫农场，其实和农村差不多。尽管我们在农场上班，可大多数人的户籍还是农村户口。在城乡差别十分讲究的时代，什么样的户籍往往决定着一个人的命运。为了参加自学考试，在一年前我也曾经跟我的主管领导发生冲突，多亏关键时刻党委书记支持了我。否则，我是无法到北京经济学院上学的。

“到城里去，这没有错，可你得跟领导搞好关系啊！”我大声地说。

“我开始是跟园长好好说的，可她就是不同意。说同意你去了，别人怎么办？”

“园长说得也没有错啊。”

“问题是，不光不让我去，所有的人都不让去，难道把我们的青春都献给这个农场吗？我没有那个志向！”

“你们园长是武断了点，可以每年选择一两个人去嘛，脱产不行选择半脱产。”

“要是那样也就好办了。我问她为什么不同意，她说没什么为什么，领导班子就是这么定的。这样的话谁听了不生气。”

“于是，你就骂了园长混蛋，还摔了门——”

“我当时肺都气炸了，回办公室拿着书包就回家了。”

小何老师的话让我把事情的经过知道得很清楚。见她情绪略有好转，我说：“你这么一闹，领导肯定会让步的，他们会答应你考学的。”

“考不考学是下一步的事。我现在考虑的是要调开那个单位。”

看着小何老师憔悴的样子，我没有对她说，以你这样的脾气，哪个单位敢要你啊！但我又不得不劝她，在我苦于没有好办法时，我想到书包里的《萧红传》。于是，我对小何老师说，我最近刚看了这本《萧红传》，关于其中的内容我不想多说，我只是想对你说，你在做下一个选择时，一定要看完这本书再做决定。说好了，我只借你看三天。

三天后，我那在农场幼儿园工作的同学给我转来一封小何老师给我的信，内容很简单，大意是：感谢你那天去看我，你走后我就看了《萧红传》，我一边看一边哭，为萧红，也为自己。我现在决定辞职，在家专门复习，迎接高考。我向你保证，以后不管遇到什么样的问题，我都不会再选择自杀那种蠢事了。我要好好地生活，带着憧憬和追求去生活。最后，向你请求，你一定答应我，把这本《萧红传》送给我吧，我会永远地珍藏“她”。

看着小何老师的信，想着她开心的样子，我心里感到格外的释然。即使我心里为失去《萧红传》有点不舍。多年后，我与萧凤老师不期而遇，我把这个故事讲给她听，萧凤老师听后说，想不到一本小书能救人一条命，看来人一辈子能写出这样一本书就值了。可惜的是，这本书萧凤老师家里也没有样书了，不然，我让萧凤老师给我签名一本该多有纪念意义啊。

送您一束玫瑰花

10 月 5 日清晨，北京一片雾霾。刚吃过早点，就接到周明老师电话，我以为他看了今早的央视“海峡两岸”节目后，又有了新的感慨要同我交流。我和周老师都是“海峡两岸”节目的忠实观众，特别是周老师，对台湾的关心要胜我百倍。我知道，周老师曾以不同身份，先后六次去过台湾，他与台湾要人连战、马英九、吴伯雄以及柏杨、陈映真、陈若曦、张香华等文化名人多有交往，正因为他的努力，柏杨先生去世后才把他所有的文献都无偿捐献给了中国现代文学馆。

周明老师这次电话并没有像往日的客套，直奔主题：“你在哪里？”

“我在家里，昨天才从郊区回来的。”

“那好，你马上到文学馆。”

“什么事？”

“今天是老太太生日。”

“哪个老太太？”

“冰心啊！”

“啊？是冰心奶奶——记得记得，10 月 5 日，记得在老人家 99 岁生日时您还写过文章，就发表在我主编的《中国文化报》副刊上。”

“刚才吴青、陈恕来电话，他们已经出发了，估计半小时以后到文学馆。”

我在电话里来不及埋怨他们怎么不提前通知我，我匆匆跑下楼，这才意识到在我们小区附近没有卖鲜花的。打上出租车，我对司机师傅说，您帮我留心一下，看路边有没有花店。我从周明老师多篇写冰心先生的文章中得知，冰心老人一生最喜爱的就是玫瑰花，这殷红的花色也象征着她慈爱、坚强、勇敢的品格。

很遗憾，出租车开到现代文学馆东门也没有看到有一家花店，正在我焦急的当口，周明老师拖着拉杆箱从后边追过来，他指着路边的一家高耸的店铺说，你看，那里有家花店，不知道营业没有？我说，您到文学馆去迎一下吴青夫妇，我买完花马上过来。

等花店的小姑娘把一束玫瑰花扎好，我举着疾步走到文学馆内的冰心汉白玉雕像前时，周明老师和吴青夫妇几人已经将几束玫瑰花摆放在冰心先生的塑像前。见我走过来，周明老师笑着对吴青说，老太太的徒子徒孙代表来了。我说，我哪能代表得了别人呢，我代表一下中国散文学会吧。我注意到，吴青和陈恕夫妇所献上的花束上有一张纸牌，上面写着：

亲爱的娘和爸：

今天是娘的生日，祝您生日愉快，也祝你们在天上幸福。我们很想念你们。

你们的女儿女婿和外孙们：
吴青、陈恕、陈钢、李丹、刘丹敬祝

在吴青的倡议下，我们一行站成一排，向冰心老人深情地三鞠躬，表达我们的思念之情。周明老师说，吴青你代表我们在妈妈面前说几句话吧。吴青想了想，说：

“娘，我们今天来看您，祝您生日快乐。我们会永远记住您说过

的话，有了爱就有了一切，好好地做人，好好地工作，好好地生活，同时，也要承担起社会的责任。您放心吧。”

吴青讲完，我对大家说，我也讲几句：

“亲爱的冰心奶奶，您好！我们今天来这里祝贺您 113 岁生日。自 2000 年，中国散文学会按照您生前的遗愿，设立了冰心散文奖。现在，已经成功举办了 5 届，有一百多位作家获奖。这个奖的设立，为推动我国的散文创作，扶持、培养青年作家，起到了很好的促进作用。10 月 8 日，我将到济南市，宣布第六届冰心散文奖正式启动。请您放心，在以王巨才、周明同志为首的散文学会领导下，我们会把这届评奖搞得更成功。在未来的日子里，我们将继续秉承您的文学精神和高尚情操，把我们的散文事业做得更好。”

等我讲完，陈恕老师提醒道：“我们要不要照几张相，做个纪念。”

当然好啦。陈恕老师的提议得到大家的热烈响应，于是，我们围在冰心老人的塑像后，分别选择不同的角度留下了难忘的画面。其中有一张，吴青老师左手拉着妈妈的手，右手拉着我的手，那一刻，我仿佛听到冰心这位文坛老祖母的心跳，她是那样的火热，那样的充满人间的慈爱。

不知怎的，也就在这一刻，我突然想到铁凝在一篇文章中说过的一句话：照片如果是回忆时光，文学或许更应当有能力去创造时光。

陪吴青喂鸭

好久没见吴青、陈恕夫妇了。9月7日，到西安北郊新桃花源休闲山庄的当晚，我见到周明，他正陪邓友梅、白桦、崔道怡，当然还有他的陕西乡党阎纲、何西来、雷抒雁、李炳银、刘茵等人吃饭。饭后，周明把大家招呼到一个小会议室，郑重其事地宣布中国散文学会、中国报告文学学会赴陕西采风团正式成立。过惯了有组织有领导日子的我们，此刻非常关心团长是谁，以便有事找他们。周明说名誉团长是邓友梅、白桦，团长是王巨才，副团长是张胜友和他自己。我们笑着开周明的玩笑，说这个采风团规格老高，到底是陪周明衣锦还乡啊！

玩笑归玩笑，碰头会主要是确定大家这几天到西安的行程。其中，最重要的事情是出席9月10日举行的中国散文学会第三届冰心散文奖颁奖仪式和中国报告文学学会改革开放30周年作品大奖新闻发布会。会议本来定在9日，不料中国作协在长春开主席团工作会，王巨才和张胜友要晚上才能赶过来，这样会议只好推迟一天。我们当然希望两位作协领导莅临，何况他们还是我们采风团的头儿呢。由于时间关系，会后大家各自休息，我也忘了问周明采风团还有谁没来。

次日清晨，我很早起来在住宿的三号院门口散步。这时我才发现，这山庄里其实没有山，山庄外边也没有山。整个山庄占地有五六十亩的样子，建筑仿延安窑洞，每院分正房、东西厢房，正房上边还有二楼，大门两侧挂着玉米、谷穗，门联上书写着“纺过去日浮华，斗进来年收获”“杂粮野菜窑洞暖，桃花源里梦延安”“花红柳绿桃园景，莺歌燕舞四合院”等佳句，与距门前三四十米的湖水倒也相映成景。这个湖还没有名，姑且就叫桃花湖吧。湖水清且荡漾，20余只白鸭嬉戏追逐，给人以一种生命的活力。我随手从地上扯上一把青草扔进水里，鸭儿们摇摆着身体伴着呱呱的叫声游过来，仿佛我真的给它们什么好吃的东西似的。

正当我后悔没给鸭儿们真正的食物时，周明从另一个院落里走过来，我连忙喊道：“周副主席（周明是中国散文学会和中国报告文学学会的常务副会长，文学活动家，被誉为文学界的基辛格。我则喜欢称他周副主席），快过来，您兜里有吃的没有！”我印象中，周明喜欢熬夜，他的办公室里常备有馒头、石头馍一类的吃食，也说不定他的兜里装着饼干什么的食物。

“没有，一会儿就吃早餐了。”周明误以为我饿得不行了。

“我不饿，我想给鸭子点吃食。”我解释道。

“难得你有这么好的心境，我都忙坏了。”

“我知道，您如果不忙，这地球就不转了。”我仍然不失时机地同周明开玩笑，“您这么早干什么去？”

周明看了一眼湖里的鸭子，说：“今天我陪各位作家去参观。刚才我想起来，上午10点吴青和陈恕来，正考虑谁去机场接呢！”

“啊？吴老师他们夫妇来，您怎么不早说！”在开会之前，周明一直没告诉我吴青他们夫妇要来，我不禁有点怪罪他，“您还考虑什么，当然我去最合适。”

我说这话的意思是真诚而又非常实际的。作为已故著名作家冰心先生的女儿，吴青和先生陈恕一直秉承妈妈的遗愿，多年来一直非常关心我们中国散文学会的工作，特别是冰心散文奖的评选。冰心先生生前曾担任中国散文学会的顾问。1998年的一天，周明到冰心先生家拜访。聊天当中，冰心老人好像突然想起什么，对周明说，你不是负责中国散文学会吗？我常常在刊物上看到一些陌生的名字，大多是新人，他们的散文写得很好哇！散文学会应该设立一个奖，鼓励年轻人。我这儿有些稿费，准备拿出一些，支持你们。周明说，您有这个心情我们已经很感动了，您稿费不多，还是留给吴青他们三个子女吧！冰心老人说，他们有工资。这时，站在一旁的吴青、陈恕连忙说，我们听我娘的。1999 年 3 月，世纪老人冰心先生去世后，吴青、陈恕夫妇代表家属亲自将冰心先生的一笔稿费郑重交给中国散文学会。为完成冰心老人生前遗愿，1999 年末，中国散文学会召开会议决定，从 2000 年正式设立冰心散文奖，初步定为每两年评选一次。2002 年春暖花开时节，第一届冰心散文奖在苏州吴江市颁奖。作为中国散文学会的常务副秘书长、本届会议的主要组织者之一，我参与了全过程。也就是在这次会议上，我代表中国散文学会亲自到火车站迎接吴青、陈恕夫妇，并陪同他们游历了美丽的江南古镇同里。

第二届冰心散文奖于 2004 年揭晓。由于特殊原因，没有举行颁奖仪式。但获奖作家们都很高兴，包括后来成为中国作家协会主席的铁凝。我在后来铁凝送我的新书里，看到铁凝赫然在简历上写着曾获得全国第二届冰心散文奖。显然，铁凝对此很看重。我知道铁凝与冰心先生有着一段不解之缘。其实，第一届的获奖作家贾平凹、肖复兴、赵丽宏、阎纲又何尝不看重呢！

“你能亲自到机场接他们，再好不过。我也考虑再没有比你更合适的人选了，所以我一早就过来找你。”周明说。

没说的，一切按周副主席吩咐的去办。从机场到新桃花源休闲山庄不到 30 分钟就到了。在车里，我同吴青夫妇寒暄一通后，她问我，这次评奖女作家占的比例有多少？她说冰心先生生前非常关心女作家的成长。我告诉吴青，这次评奖女作家占 30% 还多，另外，还有几位老作家也获奖了。他们说写了一辈子散文，非常需要社会的认可。

如果能得上冰心散文奖，就是死也能瞑目了。

吴青夫妇被安排在我们居住的三号院正房。这天阳光灿烂，吴青用竹竿撑开窗户，阳光暖暖地照进屋里，显得非常的祥和。我注意到，吴青进屋所做的第一件事是从行李里取出冰心先生的照片，端正地放在床头。那张照片老人抱着她那只文坛很多人都见过的大白猫。吴青告诉我，这张照片是她去美国时妈妈送给她的，妈妈说，她去哪里妈妈就跟到哪里。如今妈妈不在了，她就把这张照片带在身边。我说，这张照片老人的神态多慈祥啊！就是在旁边站一会儿都使人感到温暖。待会儿前来参加会议的各地作家们知道你们二位来，不知该有多高兴呢！说罢，我把周明精心设计的本届冰心散文奖奖杯拿出来给吴青夫妇看，只见这尊一尺高的水晶奖杯顶部映现着冰心先生慈祥的头像，正面文字为“冰心散文奖”，背面文字为冰心老人一生所遵循的名言“有了爱就有了一切”，下方是中国散文学会落款和西安大雁塔标志。吴青看后，显得很惊喜，连声夸这奖杯设计得好。我说这都是周明的功劳。

在屋里稍坐片刻，我对吴青夫妇说，快到吃饭时间了，我陪你们到湖边走走吧。吴青说好，于是我们三人说说笑笑沿着碎石小路走向湖边。此时，鸭儿们都集中到湖中央的小岛上。我说，早晨鸭儿们还在湖边嬉戏呢！吴青说，可惜手头没吃的，如果有，一定能把鸭儿们逗过来。即使如此，她还是掩饰不住自己的童心，冲着鸭儿的方向“鸭鸭，鸭鸭鸭”地叫着。看着她如此的快乐，我在想，都70岁的人了，能有如此好的心境，除了说明她内心深处存有爱心还能说明什么呢？

我还想到，吴青作为北京市多年的人大代表，她长期为海淀区居民的人事小情奔走，她把自己家的电话向社会公开，她的家成了反映社区民意的接待室。在市人代会上，她从来不做顺水人情，她的发言每次都会成为会议的焦点。以至于有人称吴青是人代会上的铁娘子。

对此，我曾问过吴青这究竟是为什么？吴青说这是从妈妈和巴金舅舅那里学到的，人写文章要讲真话，人做事也要讲真话。否则，你就不配做人民的代表。妈妈在 80 岁的时候，为解决小学老师工资低的问题，她在《人民日报》写出了《我请求》，曾引起社会的极大反响。

在饭桌上，当服务员端来米饭、馒头时，吴青用餐巾纸包起一个馒头，悄悄问我，我想拿个馒头喂鸭子，你说山庄里的人管不管？我一听不由笑着回答道，没人管，您这是献爱心。不过您这馒头要是有毒，那可就是犯故意伤害罪啦！吴青煞有介事地伸下舌头，对我说，你跟我去喂。我说好啊，红孩陪吴青喂鸭子，多年以后，说不定会成为文坛一段佳话哩！

然而，我们没想到，吴青带来的一个馒头还不够鸭儿们塞牙缝儿的。她刚将一块掰得的馒头块丢进水里，远在湖中央的鸭儿们便一路欢叫着扭奔而来，以至吴青接连往湖水里扔了几块，招致鸭儿们一阵拼夺。为了避免拥挤，吴青一会儿将馒头扔到远处，一会儿丢在近处，她嘴里不停地喊道，不多啦，不多啦！我和陈恕在一旁窃笑，说您是孔乙己啊！当手里剩下唯一的一块馒头，吴青看看这只，又看看那只，有点犹豫不定了。最后，她将馒头投给一个最小的鸭子，说，就你可怜，就给你吧。但是，那馒头刚接近水面，就被一个大鸭子给抢了去。吴青无奈地对小鸭子说，这可不赖我，谁让你不积极主动些呢！见状，一向沉默寡言的陈恕说，你要是多带几个馒头就好了。我说是啊，晚上我们多带几个回来。

晚饭如约。但吴青和采风团的人没有回山庄吃饭，他们到华清池看大型实景舞剧《长恨歌》去了。深夜 12 点才回来。我按中午所说，偷偷带回 3 个发黄的馒头，放在茶几上。第二天一早，我尚在似醒非醒时，吴青就在门口喊，红孩，起来没有，我们去喂鸭子！我嘴里一边搭讪着起来了，一边骨碌起身子，迅速穿衣，洗漱，待诸事完毕，拿着馒头向湖边疾去。或许是昨天有一个馒头垫底儿，此刻，鸭儿们正在吴青的身前呱呱地叫着，显然以为这个老太太又给它们带好吃的来了。见我过来，吴青兴奋地喊道，快把馒头给我，鸭儿们都等不及了。我赶紧跑过去，将 3 个馒头索性都给了她。吴青高兴坏了，把 3 个馒头按远近高低不断地抛给鸭儿们，仿佛她不是在喂鸭，而是完成着一个又一个舞蹈动作。借着东方的晨曦，勾勒出一幅生命对生命的风景画。我抓紧机会接连为吴青和鸭儿照了很多照片。日后如果拿出去发表，题目就叫《吴青喂鸭》或《生命之约》。

是的，在生活当中我们约定的东西太多了。只不过有些刻意有些自然罢了。但对于这个普通的早晨，我想我们还是冥冥之中有约定的。这个约定的灵魂，就是冰心先生所言的：有了爱就有了一切。

好朋友，我们不说再见

春节前，一文友给我发来一则短信：人生的最高境界是——你已经远离江湖，可江湖还在传说你。2001年1月4日下午3时，一场主题为《与铁生最后的聚会》的追思活动在北京798时态空间画廊举行。来自社会各界和世界各地的很多作家、诗人、读者纷至沓来，人们以不同的方式来怀念我们的好朋友史铁生。看着拥挤的人群，看着肃穆的表情，听着发言者与铁生过去令人心动的往日情怀，我不由想到那则短信。于是，我把这里的情形，换了几个字，发给因事不能前来的几个作家朋友：铁生已经远离文坛，但我相信，未来的文坛永远会传说他。

史铁生以短篇小说《我的遥远的清平湾》很早成名。在他那一茬的知青作家中，我跟好多作家都有不同程度的交往，而且认识很早，譬如：肖复兴、张抗抗、梁晓声、叶辛、赵丽宏、竹林、叶延滨等，但跟史铁生直到2007年才真正地见面。这一年的9月25日晚，中秋，鲁迅诞辰日，北京作家协会在北京国际饭店举办第三届文学节颁奖大会。一个月前，北京作协就给每个会员发出通知，号召作家参与文学节活动。比如到一个乡村文学社举办系列讲座，在鲁迅博物馆举办作家手迹展，再有，评选出终身成就奖和杰出贡献奖作家各一名。可以想见，在北京作家群中能当此殊荣的肯定能列出十几位。

颁奖活动于晚6时开始。获得终身成就奖的是84岁高龄的小说家林斤澜，宣读授奖词的是毕淑敏，颁奖人是北大著名教授严家炎先生。对于林斤澜先生在短篇小说上取得的成就，文学界早已公认。毕淑敏在授奖辞中怎样溢美，人们都觉得应该。我感兴趣的是林斤澜先生在获奖感言中反复提到的“感谢文学这一亩三分地”，是文学给了他乐趣，给了他生存的希望。在北京作协发出的杰出贡献奖候选人名单中，我注意到有史铁生和刘庆邦，好像还有一位，我记不清了。刘庆邦跟我是多年的朋友，他从煤炭系统调到北京作协搞专业创作，自然增加了北京作家群的亮点。我跟史铁生不熟，甚至不认识，但非常熟悉他的作品。可以这样说，文坛上有史铁生的存在，仿佛是一种文学精神的存在，有了他，就可以制衡那些喧嚣浮躁势力的东西。所以，我投了史铁生的票。果然，评选结果也确实如我所料。后来听说在关于终身成就奖评选时，到底是给浩然还是给林斤澜发生了激烈的争议，有些人为此还伤了感情，我感到很不安。

为史铁生颁奖的是刚上任不到一年的中国作家协会主席铁凝。铁凝走上台时，步履轻盈，笑得阳光灿烂，她俯下身子，对坐在轮椅上的史铁生耳语了一番，因为远，我不知道究竟说了什么，我想他们之间是不需要什么客套的。看着史铁生抬起头接过证书后那朴实天真的样子，我感到一股暖流涌上心头，不觉有泪水在眼圈打晃。这是久违了的文学的暖流！当即，我在一张便条上写下：铁凝为铁生颁奖。

史铁生在获奖感言中说：文学的创新是必要的，但文学也必须有永恒的东西。人们丰衣足食后，为什么还要搞文学？想必是无穷的生活给我们制造无穷的疑难，无穷的疑难给了我们无穷的思考和思考的力量。人一旦缺少了思考的力量，就难免有一天会败给电脑。同前一辈作家比，我们这一辈还是想争气的。我很高兴地看到，有一批更年轻更有希望的作家已经成长起来——史铁生的声音不大，但言语里却蕴涵着厚重，充满了真情。

那天，我与史铁生夫妇在同一桌就餐。他很随意，没有什么忌口。

今天，就是史铁生去世后的第5天，也是他60岁生日的这一天，铁凝同样来到这里，她不是以领导身份，而是以作家同行、铁生多年的老朋友来的。她说：我是带了樱桃来的，我知道铁生喜欢吃这个。我很高兴，在我来北京工作的5年，每年我都能多次见到铁生。有一次到铁生家，闻到有烤面包的香味。铁生说那是他爱人希米刚烤的面包，你喜欢吃，就多吃点，也可以都拿走。于是，我就吃了起来。我觉得，铁生与希米的日子，是有尊严的，有情有义的。对文学人生而言，铁生是一个坚持文学的高度和难度的人。时间越久，越彰显他是一个有信仰的人。他不曾以救世主的面目出现，或许他不能走太远的路，可他有一颗永久的心。刚才有人称他是伟大的作家，我想，今天用伟大这个词是需要谨慎的，但我非常同意说史铁生是一个伟大的作家。诚实与善思，对一个人是多么的重要。史铁生他做到了。这正如他的诗《永在》：“我一直要活到我能够 / 坦然赴死，你能够 / 坦然送我离开，此前 / 死与你我毫不相干 // 此前，死不过是一个谣言 / 北风呼号，老树被拦腰斩断 / 是童话中的情节 / 或永生的一个瞬间 // 我一直要活到我能够入死而观 / 你能够听我在死之言 / 此后，死与你我毫不相干 // 此后，死不过是一次迁徙 / 永恒复返，现在被未来替换 / 是度过中的音符 / 或永在的一个回旋 // 我一直要活到我能够 / 历数前生，你能够 / 与我一同笑着，所以 / 死与你我毫不相干。”

有道是“不知生，焉知死”。史铁生在延安插队的一个同学说，铁生是置之死地而后生。1969年1月17日，史铁生和他的二十几名同学来到陕北延安延川县一个叫清平湾的地方插队，多年后，史铁生在《插队的故事》中写道：这日子记得清楚，永远都不会忘记。不久就过年，当然是阴历年，那儿没有人承认阳历。过阴历年，过清明，过端午，过中秋，不过“十一”和“五一”。不少人稀里糊涂地知道有个“五一”，却不知道有劳动节。我们第一回上山受苦是在大南山掏地，李卓和金涛疯狂地抡起老镢掏向山顶，不久便都像终点线的马拉松运动员，被人搀扶着安慰着拖到一边去休息。最被重视的是阴历年，不用受苦，在热炕上款盛下（即待着），喝米酒，吃大肉，吃油糕油馍，吃豆腐和漏粉，吃白馍和扁食——这才是过节。夜晚，家家窑前吊一盏油灯，在漆黑的山间如一片朦胧的星光。

对于知青生活，不同的人有不同的认识。史铁生认为，有人说，我们这些插过队的人总好念叨那些插队的日子，不是因为别的，只是因为我们最好的年华是在插队中度过的。谁会忘记自己十七八岁、二十出头的时候呢？谁会不记得自己的初恋，或者头一遭被异性搅乱了心的时候呢？于是，你不仅记住了那个姑娘或是小伙子，也记住了那个地方，那段生活。

1971年，史铁生因腰病回到北京，从此开始长达近40年的轮椅生活。他先在一家街道小厂工作7年，后由于小说的发表，使他走上创作的道路。他的昔日插友说，他们对铁生的认识或交往以他的散文名篇《我与地坛》为分水岭。之前的《我的遥远的清平湾》《奶奶的星星》等小说和散文，他们很爱读，那里有他们共同的生活记忆。而从《我与地坛》后他们就不爱读，甚至跟铁生在心理上产生了隔膜。我以为，从《我与地坛》发表后，史铁生的写作已经从生活的叙述转变为对生活和生命的追问。就是说，后来的史铁生已经不是朋友们中的作家了，而是作家中的思想家和哲学家。2002年8月27日，北师大教授刘锡庆在《文艺报》曾撰文，说史铁生因为散文《我与地坛》的发表，“他已经攀上了当代散文的巅峰”。为此，我发表了不同意见，以《当代散文的巅峰标准是什么》为题与之商榷。我的总体看法是，一个名家创作了名篇是可喜的，但名篇并不是没有瑕疵。水无定流，文无定式，与其说《我与地坛》登上了文学的高峰，倒不如说是史铁生文学高度和人生高度的由此开始。

我注意到，史铁生在很多的作品中，都涉及到生与死。这在当代作家中是罕见的。或许是曾经有过3次自杀的经历，史铁生在谈论死时便有了独特的感受。他说，要是史铁生死了，并不就是我死了——虽然我现在不得不以史铁生之名写下这句话，以及现在有人喊史铁生，我不得不答应。史铁生死了——这消息日夜兼程，必有一天会到来，但那时我还在。从古至今，死去了多少个“我”呀，但“我”并不消失，甚至并不减损。那是因为，世界是靠“我”的延续而流传为消息的。也许是温馨的消息，也许是残忍的消息，但肯定是生动鲜活的消息，这消息只要流传，就必定是“我”的接力。

是的，史铁生的离去注定是一种死亡的消息，但也是一个永生的消息。就在追思会进行时，从天津某医院特地赶来的主治医生告诉大家一个生动鲜活的消息——去年 12 月 31 日凌晨史铁生去世两个多小时后，一辆装载着史铁生肝脏的医护车风驰电掣般驶向天津。早晨 8 点钟，肝脏移植手术开始，下午 3 时手术结束。今天，这个得到史铁生肝脏捐助的 38 岁的小伙子已经能够下床了！

1 月 4 日，平常而又永生的 1 月 4 日。让我们记住这一天吧，这一天，60 年前一个伟大的生命诞生了。60 年后，又一个不朽的生命已经开始！对此，人们报以热烈的掌声。这掌声不仅是献给一个名字叫史铁生的中国作家的，也是献给一个叫史铁生的中国公民的。

我们不会忘记臧克家先生的诗句：有的人活着，可他已经死了；而有的人死了，可他还活着。对于史铁生，有的人说，史铁生的存在，代表着文学的良心。也有的人说，史铁生实现了文学与生命的完美结合。还有的人说，在高楼大厦已经十分拥挤的今天，我们还能隆重地怀念一个作家，说明我们这个民族仍然是一个充满理想的民族。而史铁生则说，人可以走向天堂，不可以走到天堂。最后的祈祷是爱的重逢。

史铁生，我们的好朋友，此刻他就在我们中间。他还是那样微笑着，面对人生。

空谷佛音

我知道这篇怀念文章早晚要写的。但我多么希望它来得晚一些再晚一些，可是噩耗还是在8月初从遥远的加拿大传到苏州又传到北京。我的好朋友，好大姐，好老师，女作家吕锦华从此就真的与我天各一方，再也不相见了吗？我问自己，也问苍天。

记得前年暑假，我陪夫人、女儿到苏州游玩，得知大病初愈的吕老师在吴江居住，我就让文联主席俞前帮我联系，问能不能跟吕老师见上一面，如果能在一起吃顿饭就再好不过了。我并不是没有吕老师的电话号码，我实在是不好打搅她，具体说，真的不知道她身体的实际情况到底怎样。

2010年夏季，同样是夏季，我到阳澄湖去采风。得知我到了苏州，吕老师专门从吴江赶过来看我，并且与我一起观看了当地渔民的演出。我对吕老师说，这么大热的天，真难为您跑一趟。吕老师说，我必须得来，你是我的小老弟啊！

那日的黄昏，我看到吕老师的身体有些憔悴。就对她说，您的身体好像很疲惫，要不要找个地方休息一下？吕老师说没事没事的，就是中午没睡觉造成的。吕老师说完，又陪我待了半个小时才离开。那天，我第一次在分别时和她做了拥抱，我每次见到她都感到非常的温暖。

然而，我不曾想到的是，没过3个月，苏州的文友就给我打电话来说，告诉你一个不幸的消息，吕锦华老师住院了，诊断为癌症。我当时一听，就感到大脑一片空白，怎么能这样呢？文友说，吕老师最近一段时间心情一直不太好，有点压抑，听说为了孩子出国，她把苏州市区的房子都给卖了。

在住院期间，吕老师的手机关机。我只能通过朋友不断地去打听她的病情。当我得知，吕老师在手术期间，她的女儿竟因孩子太小没有监护人而无法回国照顾母亲时，我感到人生好凄凉。好在几个月的生死挣扎，吕老师终于脱离了危险，让大家稍微地松了口气。不久，我终于拨通了吕老师的电话，在听到她那熟悉的吴侬软语时，我的眼泪不禁夺眶而出，深情地叫了她一声："吕老师——"

我们一家人的到来，使吕老师异常的兴奋。她对俞前说，红孩是我的小老弟，一定要见，特别要见见孩子。吕老师的外孙女和我的女儿一样大，从2001年我们相识以来，她前后送给我女儿十几件衣服，有一次竟然有五六件。我对女儿说，在苏州你有个吕奶奶，她可喜欢你呢。女儿懵懵地望着我，那意思似乎在问，这是真的吗？

当然是真的。吕老师对人的关心不是表面的，是具体的，更是润物细无声的。记得我跟吕老师的第一次相见是在2001年苏州散文笔会上，会议是由某文学刊物和同里镇政府联合主办的。我那次是以中国散文学会副秘书长的身份出席的。吕老师当时担任着苏州市文联副主席，主抓文学创作。在会议结束后，刊物的主编对吕老师说，要派车把某某领导和某某几个名家送到火车站。吕老师问，那红孩呢？刊物的主编说，他还年轻，让他自己解决。吕老师听后当时并没有直接顶撞那位刊物主编，而是专门让她的司机开车把我送到火车站。事后吕老师对我说，她当时很看不惯那个刊物主编的势利眼。她凭对我的直接印象，就断定我们可以做知心的朋友。

我这样写，仿佛吕老师只对我一个人好，其实不是这样。在苏州，被吕老师扶持帮助过的中青年作家少说也得有百八十人。其中不乏许多在文坛已经成名的作家。大约在五六年前，她向我介绍了在银行工作的女作者范婉。范婉学的金融专业，早先在上海浦发银行，后又回到苏州中信银行工作。这个女孩修养很高，对银行业务游刃有余，在做好本职工作的同时，她拿出大量的时间投入到散文、小说创作中。吕老师对我说，她年岁大了，家务事缠身，精力不如以前，希望我能代表她多关注小范。小范最初给我的作品是一部中篇小说，我看后发现她的散文语言更浓郁一些，就建议她写散文。小范告诉我，她已经写过十几篇美术方面的散文。我看过后，发现她确实有自己的独到之处。于是，我把铁凝的美术散文集《遥远的完美》邮给她做参考。小范悟性很高，一年后，她写出了81篇美术题材散文，经我介绍，百花文艺出版社为其正式出版了名为《跟着美术大师漫步》的散文集。这之后，她又尝试写苏州地域文化小说。如今，范婉已先后获得第四届冰心散文奖、郭沫若散文奖和叶圣陶长篇小说奖，成为苏州甚至是江苏有着重要影响的青年女作家。每当看到小范的进步，吕老师都会时常打电话对我说，谢谢你对小范的帮助。而在我的内心深知，真正帮助小范的恰恰是吕老师。

与对小范相似帮助的还有俞前、黄霞君、徐宏慧、阿毛、葛芳等许多人。十几年来，我亲眼目睹了她是如何热心帮助我筹备了全国首届冰心散文奖、黄霞君散文研讨会、太阳湖笔会、吴中区文学讲座等活动。这其中还不包括她向我推荐多人加入中国散文学会，在我主持的报纸副刊上推荐业余作者的稿件。听到吕老师生病和去世的消息，给我打电话来的最早的不是我们都熟悉的领导和名作家，更多的是那些普通的业余作者。

对于今天的文学读者，或许很多人并不知道吕锦华的名字。其实，在20世纪80年代，她的散文就已经广被文坛关注，和她同一时期名声相近的女散文家有李天芳、苏叶、廖华歌、梅洁等人。她出版的散文集有《何时入梦》《总想为你唱支歌》《边走边唱》等10部，另有传记文学《森林女神》等五六部。很幸运的是，在2001年的秋天，我为她新出版的散文集《空谷佛音》写了评论，也因此从深层更加接近和了解了吕老师的为文与为人。

吕锦华的散文是清丽、婉约的，尤其注重情感和意韵的表达。从交往的这十几年看，我始终不明白以她那样的文学才气为什么越写越少了呢？难道她对文坛看透了看厌烦了，这显然是不对的。如果是这样，那她又何必极其热情地把一批批年轻人推向文坛呢？难道她看透人生，对功名已经不感兴趣了？我觉得这其中有一定的道理，可她对生活对朋友的亲切真诚又让你不得不产生否定的想法。于是，我在灯下重新翻看她的书，希望在书中能找到答案。

答案肯定是有的。我以为就是她的书名——“空谷佛音”。

来不及悲伤

这一段，几位编辑同行纷纷离世，让我唏嘘不已。诚然，人固有一死，不论是谁，最终都会朝着一个方向去。可作为生者，每当想起朋友的音容笑貌，心里更多的还是无尽的悲伤与怀念。

我简单地开一个名单，近几年，以至前几天刚刚去世的李凤祥、熊元义，大致有章仲锷、雷抒雁、韩作荣、李小雨、刘茵、何西来等诸君。这些人，在生前都跟我有着比较多的交往，除熊元义长我几岁，以兄弟相称，可以说，其他人是看着我在文坛成长起来的。他们对我的帮助与教诲，有文字方面的，也有德行方面的。

李凤祥，笔名凤翔，是《北京晚报》的原副总编辑，曾执掌《北京晚报》五色土副刊二三十年，培养扶持了大批的北京作家。尤其是其中的重要栏目“一分钟小说”，在全国微型小说阵地中独树一帜。我跟李老师结识于 20 年前，那时我的第一本散文诗集《太阳真好》刚出版，我把王宗仁老师给我写的序言《红孩，你长大了》送到李老师那里，他看后当即就说，没问题，下周见报。果然，一周后，王老师的序言按时发表，很多人纷纷打电话向我表示祝贺。1995 年，我为北京通州的九洲床具公司写了本报告文学，特别请通州籍著名作家刘绍棠先生作序。刘先生当时身体已经不听使唤了，但他乡情很重，一听说我写的是通州的事，他还是给写出了两千字的序言《床与人》。在文中，刘先生除了对我作品的肯定，更多的是对通州的企业家们提出了殷殷期望，让人们不要骄傲，要经常揽镜自照。20多年来，我时刻不敢忘记先生的教诲。当然，这个序照例由凤翔老师安排在《北京晚报》发表了。

大约到了2000年末，凤翔老师到了退休年龄，离开了《北京晚报》。他在闲暇之时，经常写写散文、随笔，主要记录的是跟京城文艺界一些朋友的交往。一天，他给我打电话，说有人借三年自然灾害饿死人攻击作家浩然，还提到了我的名字。我告诉他，那是极个别的思想激进者利用浩然在炒作，不必理他。然而，在我写过一篇《遭遇盲流》给予回应后，凤翔老师还是写了一篇文章表达自己的不平。我知道，凤翔老师对浩然、刘绍棠、管桦、从维熙那一代作家太有感情了，他怎么能允许别人随意攻击诽谤呢！本来，凤翔老师在文学界是出了名的老好人，一天到晚跟笑佛似的，人们几乎很少看他发过脾气。通过这次为浩然鸣不平，使我看到了他性格的另一面。凤翔老师离开晚报后，新换的几任负责人由于编辑思路发生大的改变，北京的很多作家、艺术家就不再给晚报写文章了。华君武先生甚至公开发表文章，对晚报的改版提出批评。想必凤翔老师看后会是很尴尬的。

我写诗不多，但跟诗歌界来往很多。中国文坛说白了就是个江湖，诗歌圈也是个挺大的江湖，有的以职务、报刊自居，也有的以流派、地域自居，甚至有的干脆以自己的自恋而自傲。江湖山头固然众多，中国诗歌学会显然是个大码头。然而，这几年中国诗歌学会连续损失了雷抒雁、韩作荣、李小雨和张同吾几员主将，大伤元气，一时间弄得人们有些慌张，如果用谈诗歌学会色变来形容，恐怕一点儿也不过分。关于诗歌学会内部的事情，我不想说。我只说，走了的这几位跟我都有一定的交往。我们经常一起开会，到各地采风，喝酒、聊天、讲笑话，彼此都有深刻的记忆。2003年，我曾到鲁迅文学院第二期高级研讨班学习半年，当时雷抒雁是常务副院长，主持工作。这样，我们就有了真正意义上的师生名分。其实，我跟雷老师 1988 年就认识，那时我尚在北京郊区的农场工作。一个偶然的机会，《工人日报》组织一个文学征文活动，协办方是云南农垦局的一个农场。因此，报社提出颁奖后最好能组织评委和获奖作者到北京农垦系统参观一下。由于我是获奖作者之一，这任务自然就放在我身上。农场的领导对这项活动很支持，从而使我就有机会一次结识一大批作家，主要有柳萌、李炳银、胡健等十几人，其中自然有因写出《小草在歌唱》而闻名于文坛的著名诗人雷抒雁。

张同吾 20 世纪 80 年代到中国作家协会工作前，曾在北京通州师范学校当语文老师。我所在的农场 50 年代前一直隶属通州，我父母两家的亲属也大都在通州，更何况 2000 年到 2008 年，我在那里居住了 8 年。因此，从地域上说，我跟张同吾有一种乡情关系。有一次，张同吾告诉我，他在通州的格兰晴天也买了一套房。我听后，兴奋地对他说，我通州的家就在格兰晴天旁边的梨花园。我还告诉他，他虽然离开通州 30 多年了，但他当年播下的文学种子今天依然有着广泛影响。如他的学生胡少先、张果珍等人，每次跟我见面时会经常提到他们的张老师。虽然离开通州的张同吾名声越来越大，但当地的主流文学圈却淡化他边缘他，为此他很不爽。在这一点上，我对通州人的心胸很是看不起，尽管那里的文友对我很好。

在中国诗歌学会，李小雨和张同吾是黄金搭档。李小雨是著名诗人李瑛的女儿，我跟这对父女诗人有着 20 多年的交往。李瑛先生诗名早，影响大，至今笔耕不辍。有几次，老人家出了新诗集，他以近 80 岁高龄还骑自行车到报社给我送书。以他的级别，本来是可以坐专用军车或派公勤人员来的。小雨的职业身份是《诗刊》的编辑、主编，她在《诗刊》的几十年，不知经手发表了多少作品，发现扶持了多少诗人？小雨给我的印象是做事认真，坚持自我。我们共同担任过几个文学赛事的评委，包括一起出席文学研讨会，每次发言，小雨都是精心做准备。她常背着一个布袋子，里边放着许多稿子。发言时，她会拿着作品一件一件地说，好就是好，孬就是孬，不会像某些老江湖那样说些大而全而空的话。石英先生曾对我说，听小雨发言，是一种享受。与小雨认识多年，我没让她发过一首诗。她倒是为我主持的报纸副刊多次赐稿，多数是为青年诗人写的评论。

熊元义本来在《中国文化报》工作，1995年调到《文艺报》。我认识他时，我们都在三十上下，他那时跟我交流最多的是两件事，一是他一生所执着追求的马克思主义文艺理论研究，二是他的恋爱、婚姻问题。在他结婚前，大约有两三年吧，他三天两头给我打电话，告诉我他看上了哪个女孩，进展到什么程度。本来，我正为他高兴时，想不到几天后，他又笑着告诉我，又没戏了。我也曾经为他介绍过女朋友，但只见过一两面就黄了。也许是机缘不到吧。等6年前，元义真的结了婚，他就不再跟我打电话谈婚姻的事了。但当听他一口一句“我爱人如何”的温馨语句时，我意识到，元义终于有了自己的幸福了。去年，他以小女儿的生活素材写了一篇散文给我，大意是告诫孩子不要因为生活在北京，是城里人，就看不起远在湖北乡下的亲人。其用心之良苦之真切，至今想起来还让人心动。2001年，应花山文艺出版社之约，由我出面策划，请王蒙先生主编了一套《中国文化记者文化随笔丛书》，元义听说后主动找我，希望能加盟。当时，元义正在为自己写的《假如喜儿嫁给黄世仁会怎样》受到争鸣而兴奋。我问元义他的书名是什么？元义说叫《拒绝妥协》如何，我说太好了，就这么定了。半年后，丛书如期出版，在文化记者坊间影响很大，当然，也因此遭到个别同行的嫉妒。元义的马列文论研究坚持多年，逐步形成了他自己的认识体系，只可惜，他人微言轻，最终没有被高层和文学批评主流充分接纳。应该说，元义这些年在文艺理论方面的研究是下了苦功夫的，他所面临的苦衷也是最多的。我不能说他的英年早逝与此有直接关系，但至少人在顺利时免疫力会大大提高的。

章仲锷、刘茵、何西来是我的编辑前辈，他们很资深。我与他们这几年的交往，主要缘于环境文学和野生动物保护活动。90年代，由王蒙、曲格平、黄宗英、周明、舒乙、张抗抗、赵大年、徐刚、高桦等人士发起，成立了环境文学研究会，由此开始了环境文学的创作热潮。我是最近10年参与其中的，也因此认识了许多的作家朋友。章仲锷是高桦的先生，曾任《中国作家》常务副主编。章先生最早参与《十月》创刊，后调到《当代》，是新时期中国文学辉煌的见证者。我认识的很多重要作家，他们有影响的大作都是经章先生组稿责编终审。章先生退休后，甘愿在高桦的身后做环境文学的推动者。刘茵与何西来、雷抒雁都是陕西人，因我爱人也是陕西人，周明便把我也算作他们的乡党。陕西作家、评论家在京城是一道风景，阵容整齐、团结、影响大。刘茵曾任《当代》编委，后任《中华文学选刊》主编，她对文坛最大的贡献就是推出了一批有重要影响的报告文学。这几年，她十分关心我的创作，她多次对我说，你的作品视角很独特，但口气很大，能否收敛点。我明白她的意思，也知道她的好心，可我不怕得罪人，我仍然坚持我的文风。她走后，想到她的提醒，我觉得很温暖。何西来是文学评论家，曾任《文学评论》主编。他的整体理论体系我说不好，以我多次的接触，听他发言，知道他的评论是主旋律的，是充满正气的。何先生长得高高大大、方方正正，说话宛如黄钟大吕，秦人都喜欢称他兵马俑。何先生做文踏实，每次见面，他都抱着古书读，还边读边记笔记。他的大会发言像演讲，引经据典，口若悬河，掷地有声，用周明的话说，研讨会有西来在，你就会觉得有底。我对此非常认同。这几年，陕西的几位文友相继去世，周明很痛心，他多次叮咛我，你还年轻，要把陕西年轻的作家、评论家组织起来，不然我们回西安人太显得冷清。

周明的话让我感到很凄凉。他毕竟是80岁的人了，以他在中国文坛的独特经历，他是多么想看到新老朋友们昔日聚在一起欢快热闹的景象啊！可是，天有不测风云，人有旦夕祸福，多好的愿望也会因朋友的离去而成为悲伤。这悲伤往往是你不曾预料的，也是你永远来不及的。亲爱的人啊，好好地珍惜自己，热爱生活吧。

阿妈的经筒不说话

潘家园是北京新兴的一座文化地标。我这么说，大凡热爱收藏，喜欢古董、字画的玩家都会认同。其实，潘家园一带形成文化产业聚集区时间并不长，也就20年的样子。在过去，北京只有琉璃厂，那才是正儿八经的去处。琉璃厂有大名鼎鼎的荣宝斋，有无数的文房铺子，包括书店。

印象中，潘家园最早发起于20世纪90年代初的经商热。经商热是紧随下海热的，那下海热呢，则紧随着下岗热。大约1987年前后，人们还好端端地上班呢，不管是国营还是大集体，干劲儿十足，可谁知，老天爷突然变了脸，一夜之间许多工厂纷纷搞起了砸三铁。您要问哪三铁，铁工资、铁饭碗、铁交椅呗。

潘家园附近有几家国营大厂，北京内燃机总厂、人民机械厂、北京吉普汽车有限公司、北京东风无线电厂，稍远点的还有北京化工厂、焦化厂、染料厂，至于几百人的工厂就数不过来了。这些产业工人加起来，不会少于二三十万吧。

当时的媒体，或者说政府主管部门，还不敢用下岗这个刺激的新名词，而是用分流用市场疲软用三角债给予解释。但不管怎么说，工人终究是下了岗了。我是90年代初进入到新创刊的《北京工人报》做记者的。记得刚创刊那天，是在深冬，我和几个同事每个人抱着200张报纸到王府井百货大楼门口免费向行人发放，嘴里还不忘吆喝着

“快来看啊，新创刊的《北京工人报》，首都360万工人自己的报啊”，可是，白吆喝了半天，没有一个人主动跟我要报纸的。后来，我见一个戴着眼镜有点机关干部模样的人走过来，就走过去主动往他手里塞，哪知那老兄一听是工人报，马上就把报纸塞还给我，嘴里还很高贵地说道：“不看不看，我怎么能看这样的报纸！”瞬间，我觉得我的血液都凝固了，自己太没面儿了，真想把那家伙叫回来，狠狠地教训他一顿，质问他穿的衣服、皮鞋，戴的眼镜是不是工人生产的。没有工人，大冬天的你喝西北风去吧。可联想到当时产业工人的处境，也实在不好说什么。

两个月后，快到春节了，报社让报选题。我提出采访几家严重亏损的大中型企业，特别提出到北京手表厂，采访他们是如何兼并北京针织六厂的。据我了解，由于受海湾战争的影响，针织六厂已经连续几年亏损，最近半年接连换了三任厂长，现在的厂长由一名女工程师代理，女厂长跟纺织局领导提出，只干3个月，过了3个月爱谁干谁干。这期间，有位中央领导提出鱼和熊掌可以二者兼得，提倡企业间可以兼并重组。这样，就出现了经济效益较好的北京手表厂兼并针织六厂的典型范例。而另一名记者则提出，到潘家园鬼市去采访跳蚤市场的情况。所谓鬼市、跳蚤市场，就是一些下岗工人从工厂家里拿一些服装、百货、旧物早晨或晚上在昏暗的灯光下进行交易的场所。我记得在九十年代，这样的市场在京城里有很多家，只不过潘家园的比较有名就是了。

对于我们的选题，报社领导都觉得很好。这样，第二天我们就兵分两路去采访。原计划每个人采访两天，后天交稿，然而，当我们真的深入到企业和跳蚤市场后，并没有如我们想象得那样简单。

北京手表厂在郊区昌平一带，我记得我们家曾经买过两块他们的双菱牌手表，那表虽然比不上老上海，可戴在一般人手腕上，也足以让人羡慕的。我采访企业领导，跟他们谈企业重组，他们并没有那么兴奋，甚至有些无奈。其潜台词是，他们并不同意企业兼并重组，因为他们的收入也就勉强开工资。如果非让他们兼并针织六厂，那等于是死鸡拉活雁，既救不了你也救不了我。可中央和市里决定了，干也得干，不干也得干，主要目的是起个表率作用。尽管如此，我还得硬着头皮写，不写，怎么向报社向市里交代呢！

去潘家园的同事回来也不乐观。他们早晨五点多就去了，那时市场还没有形成，四周一片漆黑，人们在立交桥边自动地摆起了摊位，由于天还没有亮，摊主们各自打着手电筒，一闪一闪的，从远处看，就像坟地里的冥火。地摊上卖的物品有针织品，小百货，也有玉器、瓷器等手把件的，但字画还不多。那个年代，绝大多数人还是讲诚信的，所以，这里卖的东西基本是真的。偶尔有人走眼了，也没得怨，这就叫周瑜打黄盖，一个愿打，一个愿挨。起初，人们对跳蚤市场议论纷纷，说这跟投机倒把没什么两样。也有人说，这些下岗工人、无业游民整天地混在一起，容易引起社会动乱，建议公安工商介入，坚决给予取缔。一个摊主说，我们很不容易，早晨四点多就起来占地方，赶上点子正，可以卖个三五十，如果点子背，一早晨也没个进项。说得更惨的，说有一天大伙正在卖货，忽然有人说工商的人来了，人们赶忙猫腰收拾东西，有的人甚至提溜着裤子到处乱跑，跟流氓似的，极其不雅。报社领导问，当地街道没有什么好的办法吗？譬如正式弄个市场什么的？同事说，好像有这个想法，但涉及的部门比较多，得慢慢来。

按照报社的要求，我们把文章都写好了。可领导说，这两篇文章不宜公开发表，只做内参上交到市总工会，再报到北京市委。至于市里怎么决定，我们只能是服从。当然，我们的文章不会白写，照样计入工作量。面对这样的决定，开始我还想争论几句，认为媒体就应该有自己的声音，如果不这样，问题就不会很快得到解决。领导毕竟吃的咸盐比我们多，说，新闻无禁区，但发表有纪律。这是红线。

半年后，我离开了这家刚创刊不久的报社。20年后，《北京工人报》更名为《劳动午报》，据说日子过得还算可以。我很感念这家报社的几位领导，是他们把我从农场调到这里，由此成为一名职业的新闻工作者。2012年，当我的一篇文艺评论获得第22届中国新闻奖时，我的内心还是相当激动的。记得那天我从京西宾馆出来，走在喧闹的长安街上，我多想对着天空喊一嗓子，我成功啦！然而，刹那间，我又终止了这样的荒唐的冲动，我问自己，你真的成功了吗？如果那一纸证书就证明你成功了，该有多么可笑。要知道，在长安街奔流不息的人群中，不知有多少人，人家在不同的行业都取得了骄人的成绩。如果都喊成功，中国梦不早就实现了吗？

潘家园旧货交易市场成立后，我断断续续去过几次。10年前，一个偶然的机会，我陪我侄子去潘家园买刻章的石料。没想到，遇到我80年代在朝阳区文化馆一起学习的文友老田。老田原在酒仙桥一家国营大厂工作，当过销售科长，为人精明又不乏实在。老田告诉我，企业不景气，他提前办了内退，家就在附近，他没事喜欢逛潘家园，久而久之，就对石头、玉器来了兴趣。后来，他干脆在杂项市场也租了个摊位，卖起小文玩。我问他发财没有，老田一笑，说，发什么财？随便玩玩而已。我又问老田，小说还写吗？老田说，早就不写了，写出来也没地方发表啊。我劝老田，别灰心，你的京味儿语言那么好，只要题材对路子，不愁没地方发表。老田人很讲义气，给我侄子一大塑料袋的石头。那些石头虽然不是什么名贵的鸡血石、蓝田石、寿山石，但已足够我侄子学习用的。

跟老田重逢后，我们联系便多了起来。我帮他先后到几家报刊做文字工作，也介绍一些写作的活儿给他，挣钱多少不说，主要是想让他开阔一下视野。大约四五年前，老田一天突然找到我，说他现在特有写作的冲动。我说，我就等你这个感觉呢。我早就把你写作的题材帮你设计好了。老田瞪着一双牛眼望着我，说你赶紧告诉我。我说，你听好了，3年内别的什么都不要写，你就写潘家园风情录，系列中篇小说。如果你能写出十个八个，我保证你出大名。到时，我不仅帮你联系出版社出版，还帮你开研讨会。老田一听，心情很振奋，他说就这么定了。

自从听了我的话，老田就不再去潘家园练摊儿了。他一门心思写他的潘家园系列。果然，在不到一年时间，他陆续写出了3篇，其中第一篇我给推荐到《鄂尔多斯——小说精选》发表。后来，这篇小说还获得天津“文化杯”梁斌小说奖二等奖。有了这篇小说垫底，老田逐渐来了感觉，他又陆续写了几个中篇，只可惜不是潘家园题材的。这让我有点遗憾。还好，他的《天桥葛爷》等3篇以自然投稿被《北京文学》看中，先后发表，还被《小说月报》和《中篇小说选刊》转载。然而，令人意想不到的是，去年元旦刚过，传来老田因突发脑溢血去世的消息。我听后感觉头都大了，这怎么可能？前年老田还能骑自行车到天津呢！可是，接连几个朋友告诉我同一个消息，让你不得不相信。也许，这就是一个人的命运。

后来，我见到《北京文学》的编辑王秀云，聊天中得知是她从自然来稿中发现了老田，并极力向主编推荐的。特别是在老田去世后，他们还发表了老田的一篇遗作。我说，老田要是地下有知，他也该知足了。我记得老田生前多次对我说，他有两个愿望，一个是在《北京文学》发表作品，另一个是加入北京作家协会。如今，这两个愿望都实现了，他却匆匆走了。我有时在想，人干吗走得那么急呢？这人世间还有多少快乐等待我们去享受呢？

前几日，黑龙江的一位文友来北京，让我陪他去逛潘家园。我们逛了两个多小时，也没什么可买的。走到文玩杂项市场，在昔日老田练摊儿的那个地方，有位藏民打扮的阿妈，她手里摇着转经筒，两眼直直地看着过往的行人，好像在寻找等待什么。我猜想，老阿妈是在寻找她的孩子吗？或者是在寻找买家？猛地，我想到老田，说不定她真的在寻找等待老田呢？因为，以老田的性格，他有可能跟这位老阿妈交上朋友的。本来，我想上前问问老阿妈在等什么人，可我看着她僵硬的眼神，感觉她不会跟我说话。道理很简单，我终究不是她要寻找要等待的那个人。

那个背着黑色皮包的老人走了

西安的古老建筑很多，出名的也多。生长在西安和到过西安的人经常挂在嘴边的是兵马俑、钟楼和大雁塔。当然，还有碑林、华清池、楼观台等。说来惭愧，对于当了十几年西安女婿的我，这些年并没为西安写下更多的文字。印象中，写过周至的财神庙，也写过城郊的寒窑，再有就是写过华清池的实景剧《长恨歌》。

陕西是中华文化的发祥地之一，历代都有传奇人物出现。在现当代作家中，有相当多的作家是从延安走向全国的。新中国成立初期，陕西有几个在全国赫赫有名的作家：柳青、杜鹏程、王汶石、李若冰。新时期以来，陕西又出现了几个在全国举足轻重的代表作家：路遥、陈忠实、贾平凹。前些年，文坛曾有人把某个地域作家群落称为“三驾马车”“三棵树”“八骏”等，陕西没赶这个时髦，他们这些作家像自耕农一样，在属于自己的土地上深深地挖井，不断地结出丰硕的果实。

新时期以来，中国文学的发展很迅猛，有重要影响的作品很多，就长篇小说而言，恐怕没有比路遥的《平凡的世界》和陈忠实的《白鹿原》影响更大的了。或许是近水楼台先得月，陕西作家不比大都市里的先锋们玩技巧、玩主义，而是自觉地向柳青学习，走现实主义创作道路。陕西的文化厚重，黄土高坡有无尽的文学资源，一位上海作家曾说，陕西的作家题材厚重，随便抓一把黄土，就能把上海一百来年的历史给淹没了。话是这么说，陕西作家可一直不这么看，他们来到大城市，常慌张、惶恐，不知所措，以至连普通话都说不利索。贾平凹曾不无自嘲地说，普通话是普通人说的话，咱不是普通人，所以咱不讲普通话。

路遥成名早，先是小说《人生》，接着就是根据小说改编的电影。高加林和巧珍几乎成了一代人的缩影。至于《平凡的世界》，在电台播出时，可以用万人空巷来形容。他 1992 年去世，那一年我刚从农场调到城里，没有机缘见到他。不过我从陕西籍的作家朋友王巨才、阎纲、周明、白描、李炳银、张艳茜等人的口中，经常听到有关路遥的故事。去年，电视连续剧《平凡的世界》热播，我和编剧葛水平专门去了趟西安做了专题报告。

我对贾平凹的认识始于他的小说商州纪事系列《小月前本》《鸡窝洼人家》和《腊月·正月》，后来就是争议巨大的《废都》。我跟贾平凹真正的相识是 2001 年，那次是出席第六届作代会，在京丰宾馆，我参加了陕西代表团的小组讨论。那天，不仅见到贾平凹，还有陈忠实。他们都说一口不甚清晰的陕西话，让我听得头大。2006 年，我在西安出席一个散文基地挂牌活动，我在致辞中提到了“从我到我们”的散文理论，引起了贾平凹的赞许。在来年的《小说选刊》上，他用“小说从我到我们”给一个业余作者写了一封信，我看到后，感觉很有成就感。再以后，我就与贾平凹保持着断断续续的关系，他有一些活动也常邀我回西安助兴。

陈忠实是一个现实主义作家，还是一个平民作家。我与他相识有十多年了，而真正走近他是在 2008 年的 6 月 29 日。那天，我和王蒙先生应陕西省旅游局的邀请，到西安华清池观看新出品的实景剧《长恨歌》。中午饭后，我和王蒙先生在聊天中，问他到西安想见哪个朋友，王蒙先生说，熟人很多，就见忠实一个人吧。于是，省文联的和谷打电话给忠实老师。忠实老师听说王蒙先生到西安了，很兴奋，说晚上一定来看望，请我们吃臊子面。这天天气很热，下午四点多钟站在外面依然会出汗。大约四点半，忠实老师坐着一辆出租车来了，他走下车来，高高大大的，穿着黑灰色衬衫，背着黑色的皮包，头发往后背着，眼睛炯炯有神，我陪他去王蒙先生休息的房间。

在房间里，忠实老师与王蒙先生老朋友相见，异常高兴，互相通报着各自的情况。聊到兴处，两人哈哈大笑。王蒙先生并不忌讳忠实老师抽雪茄烟，说你想抽就抽吧。我看着忠实老师抽雪茄烟很享受的样子，不失时机地给他和王蒙先生照了几张照片。快六点时，我们几个人一起走出房间，到宾馆外的草坪散步，忠实老师还是手里紧捏着那圆咕隆咚黑色的雪茄烟。我对忠实老师说，您一直抽这种烟吗？他说，这种烟有劲儿，抽别的烟不过瘾。看着忠实老师铜墙铁壁的身躯，我当时心想，为写出《白鹿原》，他不知道要抽多少根雪茄烟？

晚饭间，忠实老师一一与我们碰杯敬酒，以他那样的年龄、资历，他每次和我碰杯，都会站起身来，嘴里还叫着红孩老师，我感到受宠若惊，无地自容。因为我也姓陈，他比我父亲还大一岁呢，所以，我一个劲儿地说，您是我的长辈，您就叫我红孩。话是这么说，可过后他还是这样称呼。

由于忠实老师已经几次看过实景剧《长恨歌》，晚饭后他就回去了。这次，是旅游局安排车送他回家的。来的时候他为什么要打出租车呢？以他的正厅级，完全可以让作协机关给派车啊！我让和谷给我解释。和谷说，忠实老师为人特别好，从来不愿麻烦人，他要请客吃饭，谁要替他付账，他都会几天忐忑不安的。

陈忠实的为人厚朴，在文学界是出了名的。

这几年，陈忠实在我主编的《中国文化报》副刊上，陆续发表过几篇文章，也有朋友们写他的文章。我最为感动的是，他给年轻人写字作序、题写书名，很少有要钱的。除非你非要给。不像有的名人，把自己的名字看得很重，恨不得把每一个字都掉进钱眼里。

我最后一次见到忠实老师是2014年7月，我和周明、何西来等人到西安出席纪念教育家丁祖诒教授逝世三周年研讨会。晚间时分，在喜来登饭店我看到忠实老师一路走来，他依然背着他那个黑色的皮包，只是个头比先前要矮了许多。我向他问好，问他去看谁？他说去看何西来，听说西来得了癌症。我告诉他何老师身体状况还好。

我没想到，2014年12月，何西来先生还是被病魔夺去了生命。我能想到，忠实老师和西来老师的友谊有多重！

2015年3月，我从西安朋友处得知，忠实老师得了舌癌，很是为他担心。在以后的日子，不论是西安来人，还是我到西安，我们都在关注着他的病情。听到他说话的声音，虽然有些障碍，也很为他高兴。在我和忠实老师的联系中，我发现他不会发短信，更不会发微信，每次我给他发信息，他都会把电话打过来。在他生病以后，我再给他发信息问候，在文字最后一般都要加上“免复”二字，生怕打扰他。

4月30日，听到忠实老师去世的消息，我和周明等陕西的作家朋友都感到很震惊。以至在很长的时间，大家都回不过神来。而我的眼前，则不断地闪现着忠实老师背着黑色的皮包、手里捏着雪茄烟，向你大步走来的样子！

由于是西安女婿，陕西的文友一直把我算入陕军的一员。也有人问我，你对陕西作家那么熟悉，你怎样看路遥、陈忠实、贾平凹？我说，我把路遥看作是兵马俑，陈忠实是钟楼，贾平凹是大雁塔。如今，路遥已经离开多年了，但他依然像兵马俑一样在人们心里矗立着！现在，陈忠实也走了，我感到西安的钟楼仿佛塌了。好在，《白鹿原》永远在，这个世界有了永远在的东西，就什么都可以忘记了。

女大校那一天抹了红指甲

阿里于我的童年是陌生的。等我在中国地图青藏高原橙黄色的板块上看到它时，我已经快 20 岁。那一年，我在一本文学刊物上看到毕淑敏写的中篇小说《昆仑殇》，再后来，因为市委书记孔繁森的殉职，使我对阿里充满了无限的想象和真诚的敬意。

这些年，在内地人非常热衷于房产、保健、减肥、股市时，我的目光一点也没敢离开西部。特别是 1996 年 7 月，我跟随解放军总后勤部的部分作家到青藏线采访后，我的心灵告诉我，记住那里的美丽风景吧，记住那些满脸高原红的兵吧。

我接触过许多从高原下来的官兵。2002 年 10 月，我和作家石英到济南开会。第二天，我们在去泰山的路上，开车送我们的司机在听我们的聊天中，得知我去过青藏线，他插话说，他就是从青藏线复员回来的兵。我侧过身，看了看他的脸，显然已经没有了高原红。我问，你复员几年了？他回答，快 5 年了。或许因为我们都有高原情结，一路上我们说了很多的话，都是关于雪域高原的话题。

我告诉司机师傅，我的老师军旅作家王宗仁，就是从青藏线走出来的作家。他曾经 100 余次翻越唐古拉山，从事文学创作 50 多年，大部分写的都是青藏线题材。司机师傅说，他知道王宗仁老师，不光他知道，青藏线的很多官兵都知道，他们经常说王老师如何如何，仿佛王老师就生活在他们中间。从山东回到北京后，我把司机师傅的话转告给王宗仁老师，他笑着问我，你没问问那个战士叫什么名字？他从高原上下来身体是否适应？我不好意思地说，聊着聊着时间就过去了，给忘了。

多年以后，我再去济南，过去接待我的朋友已经退休。我问他昔日送我们去泰山的那个司机怎样？领导说，他已经去世了，肝癌。我没问那个司机师傅生病的原因，我知道，长期在高原生活的人，由于气候和营养问题，很多人都患有癌症。那一天，我很难过。

前年底，某个寒冷的冬夜，一个来自阿里的电话把我从梦中惊醒。看着陌生的电话，我心想这该是谁呢？不等我先说话，一个轻柔的女声传过来：你是红老师吗？我是阿里的汪瑞。汪瑞？我并不知道这个名字。我说，你好，我是红孩，有什么事吗？汪瑞说，我刚出版了散文集《当兵走阿里》，总政艺术局的李干事让我给您邮寄一本，说您是散文家，想让您看看，帮助指点一下。我一听书名，就知道这个汪瑞是个有故事的女兵。20年来，由于工作关系，我经常到部队，跟很多部队作家成了要好的朋友。其中不乏女将军、女大校，至于小女兵就更多了。在我的朋友圈子里，没有人不相信我曾在军营生活过。记得有一年，我到总后开文学创作会，当介绍我时，一位首长开玩笑说，红孩不是外人，他是我们总后未来的女婿。

我让汪瑞把书马上邮给我。她这时才想到时差问题，歉意地说，对不起红老师，现在是晚上11点，在北京已经是深夜了，可我们这里才相当于9点钟。我说，我理解，你只要想打，几点都可以。

几天后，一本崭新的《当兵走阿里》由解放军文艺出版社邮来。封面是汪瑞穿着军装、背着药箱、骑马穿行在阿里雪域高原的照片。再看内文，十几篇写高原军人生活的散文映在散着墨香的纸上，我迫不及待地读起来。

汪瑞生于60年代，父母都是军人，她15岁参军，现在是研究生毕业，军衔为大校，曾当选为全国人大代表。15年前，她曾在大军区医院工作，一次偶然的机会，她毅然报名下基层到阿里军分区的一家医疗单位，从事官兵的心理咨询工作。

我见到汪瑞是在去年春天，她到北京的鲁迅文学院学习。记得第一次我们相见时，她没有穿军装，而是上身着一件乳白色的羽绒服，个子高高的，齐耳短发，戴着近视眼镜，说话细声细语的，跟电话里的书里的那个女大校判若两人。我送给汪瑞一本我和铁凝共同完成的《铁凝散文精品赏析》一书，并对她玩笑道，哪天你见到铁凝主席，你让她在扉页上也签个名，这样你这本书就有故事了。

由于正逢全国两会期间，我问汪瑞这次为什么没去开会。她告诉我，这届她已经不再担任全国人大代表了，不过她到代表驻地去拜访了上一届的代表朋友。我问她当代表的最大感受是什么？汪瑞说，她从西部边陲到大都市开会，感觉自己是那样的孤独与陌生，她记得第一次在代表小组讨论时，当人们大谈房价物价车改时，她想到的却是高原军人的生存问题。

这就是都市与边疆的差异。汪瑞缓缓地说。

那一刻，我感到浑身一阵的战栗。这么多年来，我们每天为这为那忙啊，可我们真正地想到那些高原红吗？记得有一次，在某个文人相聚的场合，一个从国外回来的作家说，看看外边的世界，想想那些在边疆站岗的兵们，真是不值得啊！我听后再也不能容忍，我愤怒地吼道：请你闭嘴！你对边疆军人究竟了解多少，竟敢在这里胡说八道。我不管你多么有名气，国外多么宠你，可现在我非常鄙视你！

一个月后，第六届全国冰心散文奖开始评选。在参评的作品中，有 4 部是写青藏高原题材的。其中有个女作家曾经独自开车到青藏线去了 15 天，回来后她写了一本书。这个女作家和我认识多年，她知道我主要负责冰心散文奖，就打电话给我，希望我关注她。如果说这次没有汪瑞的《当兵走阿里》，我肯定要力挺她的。可是，汪瑞出现了，我该怎么办？经过几次内心的纠结后，我对那个女作家说，你虽然去得很辛苦，写得也很辛苦，可是我现在不得不告诉你，有一个女大校，她在阿里生活了 15 年，她不幸得了绒癌，她用生命完成了一本书，不论从哪个角度，我的票都要投给她。如果不投给她，我从感情上做不到。听罢我的话，女作家沉默了一下说：我理解了，如果我是评委，我也会把票投给女大校。

过了五一，汪瑞他们这期鲁院研修班就该结业了。她打电话给我，说在离开北京前我们要见一面，她似乎有很多话要说。我们约定在鲁院路南的一家四川火锅店见面。我是提前十分钟到的，在我低头玩手机时，汪瑞悄然来到我对面，她今天刻意打扮了一下，通身穿着白底兰花旗袍，脚上踩着高跟鞋，简直可以用亭亭玉立来形容。我冲她戏谑道，你是来相亲的吗？汪瑞略带羞涩地问：你觉得我漂亮吗？我说漂亮，非常的漂亮。汪瑞在我对面坐下，我觉得她这身打扮要是不坐在热气腾腾的火锅面前或许更合适，可是既然已经来了，只可顺其自然。

在和汪瑞聊天时，我注意到，她的手指全都染了红指甲。我知道，按部队规定，女兵是不可以染发、抹红指甲的。汪瑞见我好奇，她得意地把红指甲在我面前晃，我能感觉到，她很珍惜现在的自由，无拘无束。再过一个星期，她又该回到阿里，在那里，她必须长年穿着军装，由于她的军衔和军分区司令员一样高，因此，她每到一处，人们都把她看作是首长。我对汪瑞说，你那么喜欢成为自由的女人，那你为什么不转业呢？汪瑞看了看我，坚定地说，不，我绝不离开部队，我喜欢雪域高原，我离不开那些战友！

好一个女大校！从她的身上我看到了共和国女兵的力量。转眼汪瑞离开北京已经一年多了，这期间我们经常地发短信通电话，有一阵，她一直没有音讯，我真担心她出了什么意外。后来，她告诉我，她代表我方参加和某外国军队的定期会晤去了。我想，在外国军队面前，英姿飒爽的汪瑞一定会给外国军人一个惊喜。在我的心里，汪瑞一直是最棒的。

与北戴河相关的几个人

在机关工作的人，夏天再热也不让穿跨肩背心。所谓跨肩背心，就是没有袖，只有两条带搭在两侧肩膀上。但到了家，您就随便，哪怕光膀子也没人管。

今年夏季，在早晨上班的路上，我多次见到一个穿着跨肩背心的人。不过，他不是机关里的干部，他只是一名普通的园林工人，确切地说，他是从外地招进来的农民工，既没有正式的北京户口，也没有固定的单位。他的任务，就是给社区道路两侧的闲地绿化，种草种花，剪枝浇水打药。往常，人们是不会注意他这样的小人物的，即使注意过，也仅仅是匆匆地从眼前一掠，绝不会留下什么深刻的记忆。更不知道他是老张还是老李。

姑且就把眼前的这个穿着跨肩背心的人称为老李吧。他个头不足一米六十，皮肤黝黑，阳光下映着汗渍渍的油亮，后背有些佝偻，仿佛一辈子就没直起过腰。黑色的裤子，屁股上沾着草腥味的泥土。裤脚高挽，双脚套着绿色的解放胶鞋。从我看到他那天起，他给我的记忆一直是蹲在地上没完没了地种花、薅草、剪枝。但有一次，我真正地看到了他站起身子的样子——那是在往汽车的后槽厢里装清理过的杂物。我清晰地看到他并不宽厚的胸脯上，罩着泥土色的背心上印着三个抢眼的红色大字——北戴河。不用说，这背心一定是从北戴河带过来的，它与北戴河有着千丝万缕的联系。

我猜想，这印着北戴河字样的背心与老李该有着怎样的关系。第一，老李去过北戴河。如果去过，他是以什么样的身份去的？是村里的干部，老党员，还是在北戴河当过兵？或者他是园林工人中的优秀农民工代表到北戴河疗养过？第二，老李的儿子到过北戴河，他是工厂里的先进工作者，科研人员，或者是当兵期间到过地震、洪涝灾区，立过功，到北戴河去疗养。也许是先进教师，长期扎根在偏远山区。第三，是老李亲属给他的，或者就是园林局某队长、班长给他的。还有一种可能，园林局组织正式职工到北戴河疗养，组织者在印制背心时多印了，顺便拿出一件给老李。也许老李知道这世界上有这么个旅游度假的胜地，也许他从来都不知道。反正这件印着北戴河字样的背心穿在老李身上，你怎么想都觉得它不协调。既然穿在老李身上不协调，那穿在什么人身上才协调呢？穿局长、处长身上？不可能。穿专家、学者、演员身上，也不可能。穿“80后”“90后”身上，那就更不可能。看来，只有穿在新农村建设中的新农民身上——他们的房屋和土地大都被征用、腾退、转让了，对，他们身上银行账户里有的是钱，他们最有可能去北戴河度假旅游。

那么，老李会是新农村建设中的新农民吗？假如他是，他的手里一定有不小数目的存款，他又何必到北京城里当农民工呢？假如他不是，那他的那件印有北戴河字样的背心究竟是怎么得来的？从未与我讲过话的老李，留给我许多的想象。

其实，在北京城穿印有北戴河字样背心的人，绝不止老李一个人。我的家里至今还保存一件印有“到北戴河看大海”字样的白色T恤衫。

十年前，我在京郊农场工作的一位老领导给我打电话，说他们想邀请一些老工友到北戴河疗养。我说这是好事啊！你们有什么具体的安排吗？老领导说他现在已经退居二线了，农场眼下经济不景气，恐怕拿不出钱供职工疗养，不知我能否找个北戴河的关系，少收点费用，他们准备自费去。我说这不难办，只是不知有多少人。老领导说也就十几个人，他们曾在一起养过牛，挤过牛奶，如今都奔六十上下的人了，趁年轻，抓紧出去转一转，再过几年即便想出去也难了。

老领导的话很是令人心酸。我在农场工作6年，昔日很多高中同学都分配在农场的鸡场、鸭场、牛场、猪场、渔场工作。如今，由于企业不景气，很多单位都在进行改制、转产，许多职工都被买断工龄，自谋出路。我的师傅曾含泪对我说：过去的国营农场，在全国是36面红旗单位，虽然挣钱不多，但人活得充实，有朝气，有尊严。现在成了下岗工人，你说这叫什么政策啊！对此，我能说些什么呢？不是我不能很好地解释政策，也不是工友们没有国家意识，可你说得再多，他们只坚信一条：企业倒闭，让工人回家，至死也不能接受。

我把所有在北戴河的关系过滤一遍后，找到一家培训中心的主任，他是我的一个文友，60年代在北京是有影响的工人诗人。我把情况跟他说明后，老诗人回答得很干脆，没问题，打六折，几乎不挣钱。3天如何？我说太好了，到底是老朋友。老诗人说，我今年年底就不干了，这权力只能用这一回了。

农场的工友们在北戴河玩的3天自然很高兴，我能想象得到他们在北戴河海滨欢乐的心情。回来后，农场的那位老领导送给我一件印有“到北戴河看大海”字样的背心，他说这不是给你穿的，是给你做纪念用的。你这孩子有良心，从农场出来后一直没有忘记过去的老工友。

我怎么能忘记我亲爱的农垦工友们呢？

想来我第一次到北戴河是在1991年的7月。那次参加的是由北大荒《农垦工人》杂志社主办的全国农垦系统文学创作骨干笔会，这是我从事文学创作活动以来参加的第一次笔会。此前，我已在《农垦工人》杂志发表过五六篇作品。直接跟我联系的是刊物的老主编费加老师。同时，刊物的主编王亚洲、编辑部主任李兆基对我也很关照。

经常给报刊投稿的人，都有一种本能的感觉。在刊物公开的主编、副主编、编辑部主任、责任编辑名单中，把稿给谁其中有很大的学问。我是在农场工会的书架上不经意间看到这本《农垦工人》杂志的。因为是农垦系统的刊物，读起来自然十分亲切。刊物中有关北大荒的生活，是那样的令人感到神奇，使我对那片迷人的土地格外向往而憧憬。

我本能地想到给费加老师投稿。果然，每次投稿都会收到他的亲笔回信，而且他把我的文章都以最快的速度发表。费加老师说，他喜欢我的文笔，更喜欢我的朝气。

我不知道费加老师的身世，但我迫切想见到他。

到北戴河一家疗养院笔会报到的现场，我刚办完手续，就急切地问会务人员费加老师到了没有。会务人员看了一眼四周，用手一指远处一位正与几个年轻人闲谈的白发老者，说：那就是费加！

费加，费加！我熟悉而又亲切的名字！

对于我的到来，费加老师自然非常的惊喜。晚饭后，他约我们几个年轻人到海边散步。傍晚时分的北戴河，景色怡人，海浪舒缓，海鸥低飞，远处星星点点的渔船宛如游动的列车，在我们尽情的说笑声中渐渐小去。我坐在费加老师身边，他的话语铿锵有力，声若洪钟，充满了文人的底气和生活的厚重。从聊天中得知，费加老师曾是二野军政大学的高才生、部队的文化教员，在王震将军的一声号令下，卷进十万转业官兵的洪流，来到了北大荒，在农垦报社当记者、编辑、垦局工会宣教部长，“文革”中，他因脾气耿直，敢于讲真话受到冲击。“文革”后，他一直从事北大荒的工会宣传工作，并亲自筹备创办了《农垦工人》杂志。他说，对于北大荒，可以说把一辈子感情都交给了她，不管自己在这块土地上有多少不幸，可至今依然热爱她。记得有一位美国记者到北大荒简单地采访后，回国写了一篇文章，污蔑北大荒是一所没有篱笆的监狱。费加听后，气愤地说：见他的鬼吧，是他对北大荒了解还是我对北大荒了解。你问他看过那一望无际的稻田、豆田和麦田吗？那是几代农垦人靠双手一锹一镐干出来的。现在北大荒有人提出来想把集体大农业变成一家一户的个体经营，他无论如何不能接受。

这就是费加！北大荒的费加！

谈到自己的家庭，费加说老婆因承受不了“运动员”的生活，而患上了精神分裂症。他自己带着三个儿子一起生活。前几年，两个儿子先后结婚。在婚前，他对两个儿子说了同样的话：你们跟我这些年福没有享受多少，罪却没少受，爸爸对不起你们，如今你们就要结婚了，我没有更多的钱给你们，我这辈子留给你们的只有一点做人的德行和骨头。

费加的话或许也感染了大海，大海的浪花这时莫名地大了起来。我的心潮起伏澎湃着，多好的一位老人、一位父亲啊！当时，我真想扑进他的怀里让他温暖一下。

在北戴河的几天，我们生活得无比快乐。我知道，这与费加老师有关。后来，我从京郊农场调到《北京工人报》工作，后又不断地换了几家报社，渐渐地就与《农垦工人》杂志少了联系。偶尔，从农垦系统的朋友那里得到一点《农垦工人》杂志的信息，说《农垦工人》杂志停刊了。费加老师退休回家，主编王亚洲到深圳发展去了。这一切的一切，似乎都成了过眼云烟。可是，我们的感情呢？我们有关这一段历史的记忆呢？难道都不算数了？

再后来，从北大荒的文友的口中得知，费加老师因病去世了。具体哪一天，埋葬在何处，他们也不知道。我听后感到很伤感。我突然地责备起自己来。这么多年来，我为什么不主动关心他一回呢？他家难道没安装电话，通信真的没有详细地址，如果这也算得是理由，这又算得什么理由呢？

2010 年 7 月，应北大荒作家协会的邀请，我终于来到了魂牵梦绕的北大荒。红兴隆农场、853农场、前哨农场、友谊农场、大顶子山、雁窝岛、万亩大地号……多么熟悉而久违的名字！在佳木斯农垦总局机关留守处，我见到了北大荒著名作家丁继松、窦强，拉着他们的双手，我的双眼噙满泪水，仿佛我敬爱的费加老师此刻就在他们中间。在北大荒采风的十天里，我每天都在被北大荒的创业精神鼓舞着。离开的最后一天，我对送行的总局领导说："因为同是农垦人，我来这里仿佛到家一样。如果说以前没来北大荒，国人只知道大寨精神、大庆精神，那么，从今天起我要说，我们中国还有了不起的北大荒精神。别人来到北大荒，可能会记录很多的文字，而我要带走的则是一捧北大荒的泥土。这就是我来北大荒的最大的收获。"

在北大荒的日子，我几次打听费加老师的情况。他们当中有的人知道他，有的人根本没有听说过。是啊，北大荒那么大，你不能要求所有的人都知道在这片神奇的土地上有个费加。可是我知道，我会永远地知道。

2011年7月，又是7月，我所效力的中国散文学会与秦皇岛市文联在北戴河举办了作家创作营活动。驻地外国专家公寓环境幽雅，离海边很近。夜深人静时，都能听到海潮的声音。承蒙朋友几次邀请我到海边散步，我都没去。因为来之前，我就打算一个人到海边静静地坐会儿，想想费加老师，想想与北戴河相关的几个人。

人生无常，记忆永远。对于过去的人偶尔想一想，应该是一个人不难做到的。不仅为了感恩，也是为了对自己以及这个多动的社会进行思考与梳理。然而，又有谁能做到了呢？

心里为爱着的人点亮一盏灯

4582哨所在西部沙漠某国防基地西北角的一座小山上。哨所里有6个兵，一个是班长。他们的任务有两个，一个是担任基地外围的警戒，另一个是负责每天巡路。从基地到100公里以外的县城每天要开过一辆列车，列车一半装的是人，另一半是生活和军事物资。在中途的50公里处，还有一个哨所，代号为4583，里边有10个兵，一个是班长。当然，城里是连队所在地，那里在火车站也设一个6个人的哨所，代号为4584。按照要求，3个哨所每天清晨5点，各派两个战士沿着铁路对行，一边走路，一边检查铁路的路况。

巡道工的行走不同于城里人休闲散步，沙漠地区早晚温差大，早晨还穿着大衣，等到中午就要脱掉。最可怕的是到了八九月以后，天气逐渐寒冷，狂风暴雪是常有的事。3个哨所约定，以中间4583哨所为中心，往另两个哨所各行25公里处为界点，每天中午11点双方见面，一个小时吃饭、聊天，12点返程，争取下午4点前到达各自的哨所。如果11点没有等到对方，就在原地等。超过12点对方还没来，等待的一方就要沿着对方的路线走下去，直到见到对方的人。否则，就以违规处理。

从县城发出的火车时间是中午11点，中途在50公里处4583哨所停留5分钟。第二天上午11点，火车再从基地出发，中途在4583哨所同样停留5分钟。在这5分钟里，人员的换防，生活用品的补给，特别是军地往来的信件，都要在瞬间完成。

过去，当兵服役时间长，后来改为3年，现在又改为两年。兵们起初来到军营时，常怀着远大的理想和抱负，甚至想将来成为一名将军。等到了连队，特别是来到基地哨所后，他们才知道，他们这两年所面临的并不是影视剧里的战斗大场面，更不是男兵女兵的罗曼蒂克爱情，而是要面对茫茫戈壁上两条永远平行的坚硬而冰凉的铁轨。从班长到排长，从排长到连长，每一个老兵在欢迎新兵的动员会上都会说："到基地当兵，就要打消过去的种种理想，更不要想那些不着边际的浪漫，在这里条件艰苦不可怕，可怕的是每天的寂寞，每月的寂寞，每年的寂寞。只有耐得住寂寞，才能够成为一名真正的中国军人！"

沿着铁路行走是寂寞的，寂寞得有些吓人。兵们最初的几天还有话说，可时间长了，话也就越来越少了。偶尔讲几个荤段子，因为太熟悉，连嘴唇的胡须都懒得动一下。某日，4583哨所的甲兵对乙兵说："咱们这地方太荒凉，连个母兔子都看不见。"乙兵说："我不想母兔子，我想女歌星。要是咱们总部的歌唱家白薇来就好了，我太喜欢她了。"甲兵说："看你美的，做梦吧你！"

寂寞的日子一天一天过着。某年春节三十，戈壁滩又迎来了一场多年不见的风雪。4583哨所的甲兵和乙兵照常早晨5点去巡路。他们走到去基地方向的半路，突然从对讲机里得知，总部首长今年春节将安排文艺小分队到基地慰问演出，队长就是乙兵非常喜欢的白薇。而且，他们还得知，文艺小分队在火车经过4583哨所停留的5分钟时，要给在家值勤的战士表演两首歌。听到这个消息，甲兵和乙兵异常激动。乙兵狠劲地拍着甲兵说："要是不值勤该多好，那样我就可以看到白薇了。"甲兵说："我们想个办法，让火车经过咱俩时让它停下来，这样不就可以见到白薇了。"乙兵说："除非是铁轨出了毛病。"甲兵说："咱们就说螺丝松了，需要紧紧。让火车速度慢下来。"乙兵说："你就是不说螺丝松了，这冰天雪地的，火车也不敢开快！"

甲兵和乙兵正在说话间，一阵狂风吹来，大雪迷住乙兵的双眼，他脚下一滑，身子重重地摔了下去，头部刚好磕在铁轨上。乙兵霎时感到天旋地转，天好像忽的只那么一闪，就仿佛拉大幕般的黑了下来。甲兵抱起乙兵，大声地呼唤着："兄弟啊，你可不能睡过去，白薇很快就会来的！"

狂风吹打着戈壁，发出尖厉的吼叫。时间一分一秒地过去了，甲兵把耳朵贴近铁轨，火车还没有到来的声音。乙兵经刚才的一击，他开始说起了胡话："天黑了，快把手电筒打开。灯，灯——给白薇，白薇！"

甲兵左手抱着乙兵，右手从挎包里取出手电筒，将开关上推，对着乙兵的眼睛照了照说："兄弟，灯亮了，挺住，火车马上就开过来。我带着你去见白薇，我们一起听她唱歌，唱你最喜欢的歌。"

再长的火车从远处开过来也是从小变大的。等火车在甲兵乙兵身边停下时，甲兵并没有看到白薇。据车上的一位战友说，白薇此刻正在途径的4583哨所等待甲兵和乙兵们归来。还有一位战友说，乙兵曾经有个过世的姐姐就叫白薇。只是他很少对人说。

番禺飘色

南国的雨向来比北方的急。此刻，2010 年 5 月 15 日凌晨 4 点，透过汽车窗外遥看夜色中的番禺，除了漫天的雨水和远处的雷声，你什么也不会看到。12 个小时前，我从家到首都机场的路上，给热情的番禺朋友讲，你们不必等我，大约 10 点半，我们就可以见面。番禺的朋友讲，你快来吧，我们专门请一位美丽的陈小姐在广州机场迎接你。

哦，美丽的番禺女孩，多情的番禺人，我们马上就要见面了呢！

然而，几个小时后的一场大雨，瞬间将整个广州笼罩在一派汪洋的世界里。我在空中看电视导航，发现飞机在长沙的上空已经缓缓地绕了一圈，可以推测广州还没有传来何时降落的指令。这时的时间已经是晚上 11 时左右。本来，按 17 时 55 分起飞，应该在 21 时 20 分到达。可在北京起飞时就已经是 21 时 20 分。不用说，今天的航班已经是严重误点了。气候多变，飞机误点本是正常的事，但误点如果超过几个小时就有点让人心里焦急。我在机场曾不断地给接机的女导游发短信，告诉她飞机可能要晚点 30 分钟，60 分钟，90 分钟，120 分钟，甚至是 180 分钟！陈小姐心理素质极好，她总是安慰我：您不用着急，我会一直等着您！

但是，现在，晚 11 时，11 时 30 分，24 时，12 时 30 分——不，应该是 15 日凌晨零时 30 分，我们还在广州的上空盘旋，在广州附近的香港、澳门、珠海盘旋。哦，珠海，珠海！凭直觉，我估计飞机一定会在珠海降落。然后，再想办法回广州！果然，在我的脑海正在浮想联翩时，广播员发出遗憾的声音——“刚刚接到广州地面通知，由于广州暴雨，飞机无法降落，大约30分钟后在珠海停留。”

15日1时15分，飞机终于停落在珠海机场。透过舷窗望去，外面雨雾蒙蒙，给人的感觉是今夜将雨雾绵绵无绝期了。这时，几乎所有的人都站了起来，大家不约而同地打开行李架，接着又停了下来。因为，机长并没有发话，乘客将到哪里去。于是，人们议论：要么安排乘客住机场的宾馆。要么给乘客一笔钱，自己想办法。要么请机场安排3辆大巴把乘客拉回广州。要么等待时机，等广州雨小了，再飞回广州。

要么！要么！一切的要么都在情理之中。

要么！要么！一切的要求机长也都会想得到。

可以想象，机长的热线与机场管制中心肯定频繁通话。同时，你也应该想到，遇到这样的天气，自然不会只有你一架飞机被迫降落在珠海。因此，你必须学会冷静，学会耐心，学会等待。当然，你也得必须跟家人跟朋友跟接机的人通电话，告诉他们飞机已经晚点，已经安全降落在珠海，机长已经在想办法。

于是，我再一次，二次，三次发短信给广州机场接机的陈小姐：我在珠海机场，情况不明，实在不行你们到珠海接我。

于是，陈小姐一次，两次，三次地回复：您不用着急，我会一直等着您。如果定下到珠海接，我们随时可以出发。

于是，我和几个乘客不停地问机长，我们是否在珠海住下来。机长回答：不要急，我们正在和地面积极联系。现在飞机开始加油，一旦广州雨小了，我们马上就飞回去，最多40分钟。

有个别急躁的乘客实在忍无可忍，冒着外面的中雨，一溜小跑跑进机场大厅。既然有人带头，就会有人效仿。很快，又有几人拖着行李跑进雨中。这时，邻座的一位番禺人问我：你下不下？咱们两人包一辆出租车，两个小时就能到广州。我说好，可以考虑。于是，又是于是，我们两个人从行李架上取下箱子走向舱门，正碰到机长迎面过来。机长说，我希望你们不要下去，广州来通知已经可以降落，飞机马上加完油，20分钟后起飞，估计30分钟到达广州。我说，你说话算数？机长用手往里推了我一下，说：算数，你赶紧回座位吧。

于是，我们回到原座位坐好。我再一次给广州机场接机的陈小姐发短信：飞机大约20分钟后起飞，2点40分到达广州机场。陈小姐兴奋地回信：太好了，您出来不用着急，我会一直等着您。

果然，飞机如机长所说，20分钟后起飞，30分钟后，也就是2点40分安全降落在我们千呼万唤的广州机场。飞机刚一停稳，我马上打开手机联系陈小姐，告诉她我已经到达美丽的广州机场。陈小姐说，我已经知道你们安全到达，我在出口等您。我说，我穿一件长袖便装，平头板儿寸，拉一个拉杆箱。陈小姐说，我在网上已经查看了你们所有人的有关资料，我能认得出您的模样。只怕您认不出我来。

怎么会呢？从14日晚21时到15日凌晨3时，已经足足等了我6个小时的陈小姐，每次短信都以一句“您不用着急，我会一直等着您”来安慰我温暖我的美丽女孩，我哪能认不出她来呢？我可以自豪地说，广州的女孩，番禺的女孩可能有几十万上百万，但在我的心目中，这个姓陈的小姐无疑是今晚最靓丽的女孩！

然而，当我真的走到出港口，竟没有发现接我的如亲人般的陈小姐。于是，今晚我已经不知道用了多少个于是，用手机联系她在哪里。陈小姐说，外边还在下雨，她正联系司机将汽车开到最近的门口。我一边跟她讲话，一边朝她所说的门口走去。当我走到大门的刹那，只见一个身材纤弱的女孩双手捧着一束鲜花向我走来，我知道，这个女孩一定是迎接我的天使。我在接过鲜花的同时，右手情不自禁地挽住了她的腰，像久别的亲人多年后重逢那样拥抱在一起。女孩说：您一路辛苦了！我说，不苦不苦，真正辛苦的是你和司机师傅。女孩说：只要您没到，我就会一直等着您。

……

又是一句“我会一直等着您”。女孩今晚不知说了多少这句话，尽管它是重复的，可每一次听到我的内心都会感到很温暖。由此，我不禁联想到流传于广东及附近沿海地区的一种民间艺术表演方式——“飘色”。所谓“飘色”，就是把人打扮成各种艺术形象在街上出“色”游行，像北方的小车会、高跷会。据说番禺的飘色在广东享有盛名。我刚到番禺，还不得其个中奥妙，更不知其精髓，但我总觉得眼前的这个陈小姐就是番禺的别一种飘色。我想，在番禺像这个陈小姐一样的飘色佳丽肯定不在少数，正因为有了她们的辛勤劳动，番禺一定能成功举办好一届出色的广州亚运会！而且，我的番禺之行也一定会硕果累累、绚丽多彩的。

百花深处

人的大脑就像坐标，横竖一交叉，就能准确地把你要记住的事物定位。我很佩服那些脑子好的人，以前总觉得自己记忆力差是因为学习不用功。现在终于明白，人脑的先天坐标精准度是有差异的。

半月前，我的文友，房山作家凸凹给我打来电话，说约我给他主编的《燕都》杂志写一篇关于房山印象的文章。我当时连想都没想，就说，没问题，10 天内交稿。谁承想，第二天我就因身体不适住进了医院。我这个人，心里搁不住事，在医院治疗期间，我的脑海里一直在琢磨关于房山的印象。

还好，我的病友正好有一个与国际象棋大师谢军同名的人，他的工作单位就在房山的燕山石化总公司。晚上没事，我与他就一些与房山有关的话题拉呱儿，诸如周口店北京猿人遗址、石花洞、云居寺、十渡等。谢军问我，你第一次到房山是哪一年？我想了想说，是 1987 年，那一年我 20 岁。

其实，我对房山的最初印象，是我在三四岁的时候。在 20 世纪 70 年代初，北京郊区的人们过的苦日子比偏远的农村也差不多。1972 年，我家里要建房子，需要二百块钱。母亲在村里借了一圈，也才只借到四五十块，无奈，母亲找到七八里地外的二姨家，希望二姨能给想想办法。二姨很痛快，从她家的衣柜里爽快地给取出二百块钱，说，这钱你们先用着，过一两年我家也要盖房子，你们急先用。

母亲回来了，父亲多日紧锁的双眉豁然开朗起来。我问母亲，二姨家咋那么有钱，母亲说，你二姨夫是工人，在房山的燕山石化上班，每月四五十块呢！从那时起，我就记住了，在北京有个叫房山的地方，那里的人有钱。

我正式接触房山人，是在1984年。那一年我上高中一年级。1983年中考失败后，我没能如愿考上一所重点中学，只能在农场上普通高中。说是普通高中，前面还要加上畜牧职业4个字。这就意味着，我们毕业后将被分配到农场当畜牧工人。对于更多的农家子弟来说，我们毕业后就能到国营农场当工人，是一件令人非常羡慕的事。可我不这样想，我立志要离开农场。于是，在1983年的暑假，我拼命地写诗写小说，小说的题目叫《青春的答卷》，大约写了8万字，费尽脑汁，实在写不动了。1984年1月15日，我的第一篇小说《回乡》，发表在《北京农场报》上，我的兴奋之情简直可以用范进中举来形容。我把样报拿给语文老师看，老师看后一脸灿烂，对我说，她教语文20多年，我还是第一个写文章在报上发表的学生。老师把报纸分别拿到我们高一两个班，顺便也拿到高二两个班去让同学们观看。一时间，我成了学校的名人，师生见到我都爱主动跟我打招呼。我当然心里很得意，心想，当了作家就是不一样啊。

很快就到春节了。过了春节，我们高中两个年级有个小型活动，应该是足球比赛吧。我记得是在下午放学时分，打扫完卫生，我正要去操场看球时，高二一班的一位姓周的女孩正好走到我们教室门口，见四下没有别人，她猛地将一个纸团塞给我，脸一红就跑开了。在那个年代，男女同学之间是有界限的，不要说彼此聊天，即使在一起走路都要引起同学的起哄。我还好，因为是本校生，又长期担任班干部，对男女同学的事并没有那么敏感。但在男女同学之间写纸条的事我倒是听过，也曾在初三时亲眼目睹几个女同学为一个男同学争风吃醋大打出手的骇人场面。我不曾想到的是，今天的我也会遇到收纸条这样的事。女孩走后，我把教室的门关好，坐到最后一排，把纸团小心翼翼打开观看，只见上面娟秀的字迹写道：

> 我是高二一班的语文课代表周雪艳，兰老师把你发表的文章给我看了，我很羡慕你。我也喜欢写诗，希望我们能互相帮助。如果你愿意，我们可以保持书信来往，或者每天放学后到操场聊一会儿。

看着这张用单线本写的纸条，我的心怦怦乱跳，心想，这就是情书啊！

周雪艳人长得很端庄，个子要比一般女生高一些，留着两条长辫子，眼睛特别来电。她要跟你说话，你好像无论如何不能拒绝。听他们班上的男生说，周雪艳学习特别好，可惜不是本地人。这里所谓的不是本地人，特指不是农场这一地区的。我们这个农场，建于 1949 年初，人口有 5 万人，其中农场下辖的 5 个农村分场（乡政府）人口就有 4 万多人。农场的人优点有很多，最大的缺点就是欺生、排外。我从小学到中学的 10 年，接触过不少借读生，他们在学校几乎都受过当地学生的欺负。

我跟雪艳的事没有告诉任何人。我们三天两头地互相交换作品，下一次见面除了交新作品，还要把对上次作品的读后感写出来。从雪艳的作品中我得知，她的家在房山百花山的一个山村，每到春天，那里到处草长莺飞，百花飘香。她说，由于家里穷，父母就把她放在农场的舅舅家寄养上学。今年高考，如果考上了，就上大学。如果考不上，就回老家帮父母种地。我鼓励她，只要努力，什么奇迹都会出现。在前后二十几封信中，我们俩丝毫没有触及爱情这个话题。我或她，也许内心很脆弱，生怕一旦触及这个词，就会把我们纯洁的友谊扼杀掉。如今想起来，那是多么纯洁而残酷的青春岁月啊！

五月过后，学校接到上级指示，为迎接国庆35周年，要我们高中一年级两个班同学到农场集训，训练游行方队。集训最初在学校边学习边训练，后来就停学到农场的操场练，几乎很少回学校。这样，就使我和雪艳见面的机会越来越少，即使见面了，也不能做到互换作品，只是找个话题随便说几句什么。

六月底，我们的集训非常的紧张，常常是要练到晚上六七点才能结束。而雪艳呢？再有一个星期就要参加高考。我真替她捏一把汗。据我所知，我们是这所中学最后一届高中，以后就只有初中了。在我以前的连续七八届高中，没有一个正儿八经考上大学的，最好的是中专。我跟雪艳约定，不管她这次高考考得怎样，我们会一直做朋友的。

高考前三天的一天中午，雪艳托她的同学给我捎一个口信，说下午4点在学校操场见面，她有话要对我说。那天中午，我找到训练的部队教员，问他下午训练紧张不？如果不紧张，我找老师请假，就说我生病了，提前回去。教员说，应该没问题，请假你们老师批就可以。本来一切都按计划进行，可谁想，下午两点，集训指挥部突然接到通知，市区国庆指挥部的领导要在4点到农场视察，要求300人的方队必须保证人数，任何事情都不得请假。听到这个消息，我的心一下凉了半截，心里说，雪艳，对不起，我不能履约了。

等集训方队接受完领导视察，又对领导提出的不足进行改进训练后，时间已经到了晚7时30分。我骑上自行车紧赶慢赶赶到学校时，学校的铁栅栏门早已经关上。我问看传达室的大爷，您看见高中二年级的一个叫周雪艳的女生没有？大爷说，你是说那个高个子女孩吧，她好像六点多才从学校离开。我没继续问大爷，问了，大爷也不可能说出更多关于雪艳的话。就是说，从下午4点到6点，雪艳在操场竟然等了我两个小时，而我却一点儿消息也不能让她知道。

高考结束了。从兰老师的口中得知，今年高二的学生依然没有一个考上大学的。雪艳呢？自然也是落榜生。我真想跟她见上一面，好好安慰她，以至建议她复读，明年再考。可是，自那个下午我未能履约后，她再也没有见我。想来，她是生我气了。最重要的，是她高考失败，她的命运也许真的就如同她的父母一样继续在百花山劳作一辈子了。想到此，泪水打湿了我的眼睛，为雪艳，也为我自己，更多的是为我们这一代农家子弟。

多年后，当我以记者的身份到北京农村的先进典型——房山的窦店、韩村河去采访时，我很为那些村里的农民骄傲，他们虽然不离乡土，却在自己的脚下用勤劳和智慧创造了美好的生活。只可惜，我至今还没有去过一次百花山，可每次到房山，或者见到房山人，我都要有意无意地问，百花山那边的农民生活怎样？他们问我为什么这样问，我没细说，因为在我的内心深处，实在不愿把那个美好故事告诉别人。有时我曾设想，假如有一天，我来到百花山，中午在一个农家乐就餐，如果农家乐的女主人就是雪艳，那将是多么激动人心的一幕啊！亲爱的朋友，在此请别怪我多情，如果在你心灵的百花深处，你也有一个如我一样的秘密，我相信，你比我还会想象呢！

所有的墙都是门

“我们的每一天都会遇到各种的墙和门。墙和门的作用就是阻隔，只是墙是死的，门是活的。”说这话的人不是我，是我的朋友老G。时间定格在夏日午后的两点，在一家叫作黑松白鹿的日式料理店。

本来这顿饭在5年前就该吃的。但不曾想到的是，在5年前约定聚会的时间的前一个星期，老G被公安莫名其妙地带走了。我跟老G之间有共同的朋友，我向他们打听，他们也不知道老G犯了什么事。

老G是一个搞家装的包工头。他个头不高，白脸，戴一副金丝宽边眼镜，挺有学问的。记得他和我第一次相见是经鲁迅文学院一个老师介绍的，老师说有几个函授学员酷爱文学，想在报纸上发点散文诗歌，你如果有时间不妨见见。我本是业余作者出身，对草根写作者向来具有同情心，我知道发几篇作品对一个人的一生意味着什么。只是当时老G还没有告诉我他在北京经营着一家装饰公司。

自从第一次相见后，老G就经常给我打电话。聊的内容无非是他读了什么书，又写了什么作品。更多的是他十分热情不断给我推荐天南地北的作者跟我见面，给我邮寄稿子，让我给批改、斧正。我当时就纳了闷儿了，老G一个包工头从哪认识那么多的文学写作者。我问他，他只是嘿嘿地冲你傻笑，并不多解释。

某日，老G找我，说他愿意出钱，准备把山西的一个文学刊物的经营权买过来，希望我能给当个挂名主编。我由于身有公职，兼职终究会遭人议论，就婉拒了，但答应经常给他们写稿子。这个刊物老G干了约有两年，后来因为里边的关系扯不清，就不再掺和了。不过，老G这个人好交，在山西办刊的两年，他一边办刊，一边交朋友跑工程，弄得倒也热闹红火。

我挺佩服老G这个人。别看他白天出入于楼群小区建材市场，可他的书包里永远装着几本书，其中不乏有关弗洛伊德、尼采、萨特的。我对老G说，你可真够牛的，可着全北京城的包工头，也没有一个像你这样的。老G听罢，仍旧冲你嘿嘿的一笑。

老G写小说，也写散文，语言挺京味儿。他告诉我，在20世纪80年代文学热的时候，他就经常到丰台区文化馆去学习。在那里，他认识了已经小有名气的理由、毛志成、肖复兴、夏有志、宗介华。宗介华后来到文化部少儿司投奔了司长、著名儿童文学作家刘厚明。老G说："我至今得感谢宗介华，80年代他在丰台区文化局当副局长，他曾对区图书馆的负责人说，小G这孩子好学，以后他来借书，可以不用借书证，随便借。"

宗介华是我的朋友。他的豪爽我跟老G有同感。

尽管5年未见，想说的话很多，可我还是想知道老G到底为什么被弄进了局子。老G说："你不问我也会告诉你，我被人暗算了。具体说就是出书。"

"出书？当下以各种名义出书的人很多，怎么就你出事了呢？"我表示不解。

"我不想具体说谁害了我，我只能说交友不慎。"老G无奈地喝了一口清酒。

见老G如此，我就说："咱不说具体孰是孰非了，你给我谈谈在里边的感受。"

老G说："我想真实地说，我得感谢这两年的大牢生活，它使我学会了思考，也学会了该怎样生活。"

“具体点。比如想不想家？”

“当然想家，想亲人，想朋友。”

“你那小媳妇经常看你吗？”老G的媳妇我见过，极朴实，话语不多。

“来啊，开始一周一次。坚持了3个月，我就不让她来了。”

“为什么？”

“她比我小十几岁，我在牢里要坐3年多。等我出来就奔50了。我不能耽误人家。”

“就是说你要求和她离婚？”

“对，离婚。”

“真的离啦？”

“离啦。这样在里边我就少了牵挂。”

老G的话让我不好接受。人是有感情有思想的，不是什么事情都可以随便放弃随便忘记的。尽管他与现在的小媳妇是二婚，可他们毕竟一起经历过五六年的日子。我知道，老G试图在通过这样的选择来解脱自己的压抑。我问老G：“我知道里边的日子很苦闷很压抑，你心里有委屈，可又说不出，你怎么做才能解脱呢？”

老G沉默了一下，说：“解脱的最好办法就是认命。时间长了，我干脆把监狱的日子也看作一种深入生活，在一般人眼里，四面墙的日子是没有希望的。而我却把墙看成了门，当我把所有的墙都看成了门的时候，就超脱了，仿佛在炎炎的夏日里海风吹来。”

“看来是文学拯救了你。”

“或许还有其他。”

其他是什么呢？老G没说，他留给我很多的想象。这时，我的手机响了。在我接电话的当口，老G又要了一瓶啤酒。他喝几口酒悄悄地告诉我，他由于在里边表现不错，被减刑9个月。而且，出狱后经过他的申诉，还获得了国家赔偿。具体多少钱，对于他对于我都不重要，重要的是让人们应该知道，老G其实是个好人。

她舞出了精彩人生

知道资老师去世的消息，已是她离开这个世界一周后。清楚地记得，在十几天前，曾做一个梦，好像资老师为了一篇稿子跟我在电话里交流，这次她的声音很柔，不像以往声音那样清脆，甚至为一个问题我们还时常讨论或者说就是争论。这次具体说了些什么，因为是梦，所以记不太清。清晨起来，我把梦中的事情告诉我爱人，爱人说，资老师想你了，抽时间你给她打个电话。最近一段时间，由于不断地为母亲联系医生，治疗折磨她多年的腰腿病，根本没想到跟资老师通个电话。现在回想起来，资老师在她弥留之际，她在“过电影”的过程中，一定想到了我。

资老师是新中国的第一代舞蹈家，比我整整大了30岁。我第一次知道资华筠的名字，是在1995年。那一年我从团中央的一个刊物调到中国文联刚创刊的《中国艺术报》负责要闻版工作。这张报纸因为是面对艺术界的，那时我们一帮年轻人从各个单位拼凑而来，对艺术界还不是很熟悉。对于舞蹈界更是两眼一摸黑。一天，报社领导召集我们开会，让汇报各自的选题。大概我们这帮人都属文学青年，大家谈的选题和作者的名字均与文学有关，作者的名字也基本上是王蒙、刘绍棠、邓友梅、赵大年、毛志成等作家。见状，副总编辑晓光老师慢条斯理地举着烟斗说，这可不行啊，大家不能总盯着文学，我们是《中国艺术报》，艺术门类很多，作者队伍要广，譬如你们可以请舞蹈界的资华筠、曲艺界的常祥霖、美术界的何韵兰、书法界的林岫等人给我们写稿，你们不认识我可以帮助联系。晓光老师我们是非常敬重的，他以歌曲《在希望的田野上》《那就是我》《采蘑菇的小姑娘》等享誉音乐界，是名副其实的名家，有他给我们坐镇，心里自然有了保证。

不久，报社的一个小女孩就主动联系上了资华筠老师。资老师不仅人长得漂亮，文章写得也漂亮。我当时很是嫉妒呢。也许是命中注定，偶然的一个机会，我在参加舞协的一个会议中，竟意外地见到资老师。短暂的交流后，资老师把家里电话留给我，说有事可以随时找她。这次近距离的接触，资老师给我留下的印象就是一个词——“爽快”！

我跟资老师的真正交往，是在1995年年底。一天，资老师给我打电话，说上海《艺术世界》杂志多次打电话要发她一个专访，推托足有一年，这次主编急了，说无论如何明年第2期要上，字数8000。无奈，资老师给我打电话，希望我能配合一下，完成这个“活儿”。我当然不能推辞，我把这个机会当成一次资老师对我的一次考试。在一个黄昏时分，我如约来到西坝河中里3号楼18层的资老师家，听她给我讲舞蹈，讲人生，足足聊了两个多小时。今天回想起来，那个冬季的黄昏，是多么的温暖啊！几天后，我把写好的稿子拿给资老师看，她看得十分认真，对十几处词语都进行了更正，然后才说，你已经写得很好了。

接触一段时间以后，我发现资老师是个十分较真儿的人。她对艺术较真儿，对文字较真儿，对生活看不惯的人和事也较真儿。1996年底，因为诸多的不顺心，我想调离《中国艺术报》。资老师知道后，很义气地对我说，你到《中国文化报》吧，我跟社长王文章是哥们儿，要不要我给你说说。我一听，说有您这么大的面子，我当然愿意去了。很快，我就办理了调动手续，据说在当时的报社还算一个新闻。

很多人还以为我有高干家庭背景呢。

从1996年至今，我在《中国文化报》已经工作18个年头，主要的时间和经历都是在主编文学副刊。这期间，约写的名家稿件能有上千篇，其中就有资华筠老师的很多作品。资老师是《中国文化报》的老作者，在我来之前就为报社撰稿。1994年到1995年，应当时报社社长王文章之约，已经担任中国艺术研究院舞蹈研究所10年所长的资老师，先后写出了《“上学”与“上任”》《“舞畴”与“人畴”》《昂头“化缘”》等7篇“所长手记”专栏文章，引起业内的好评与关注。我到报社之后，她不因对我有“恩”，就任意地让我在自己负责的版面上帮她发文章。十几年来，经我手发她的文章总有二十几篇吧，我不敢说篇篇是精品，但每篇她都是精心写就的。

资老师对舞蹈的较真儿我没亲眼看过，但从多年的交流中我能知道一些。在“文革”当中，已经靠边站的她扫过厕所，也干过重体力活，但她只要有时间早晨起来仍然会跑到仓库里做舞蹈训练，她觉得舞蹈是她心中永远的女神。今天不让跳了，不等于明天不让跳，如果把基本功荒废了，那可就什么也做不成了。我的一位邻居跟资老师曾在一个单位，提起“小资”，她说资华筠在那一代演员中天赋不是最好的，模样也不是最漂亮的，可她的刻苦精神的确是别人不好比的。

我真正体会资老师的较真儿是她对文字的苛刻。在舞蹈界，从演员到舞蹈理论家，到作家，到非物质文化遗产的重要推动者，资老师是绝无仅有的。我因为是编辑，是写作同行，更多的是与资老师的文字之交。最初期，她给我的稿子基本上不愿意让人改，即使改也要经她同意。为这事很多报社的编辑是吃过苦头的。我也同样如此，我清楚地记得，我们之间常常为一个词一个标题的改动而争论不休，有时甚至把电话扔了。时间长了，我们彼此都熟悉了，也就宽容了很多。有时，为一篇文章观点争论后，隔几天她会打电话对我说，那天你说的是对的，我就是这个脾气，你别在意。我说，您的大腕脾气也得改一改，不然哪个编辑都不敢跟您打交道。资老师说，岁数大了，这么多年一直这样，看来江山易改，秉性难移了。

2004年，我应中国文联出版社之邀，主编一套5卷本的“中国艺术家自述丛书”，除资老师外，还有李光羲、吕远、黄宗英、石维坚4人。我跟这些老艺术家是忘年交，我把这个创意跟他们交流后，他们都觉得好，很愿意配合。在这5位艺术家中，黄宗英老师以作家身份早名震中国文坛。资老师在之前也已出版过《华筠散文》《人世婆娑》《舞蹈生态学》等学术著作和文学作品。其他3位则没有出过自述这样的散文集。书稿交齐后，我就送给了责任编辑。这期间，资老师几次找过我，希望我能在文章顺序、小辑分类以及照片上帮她把把关。也许我太自信了，或者是工作忙，身体生病，包括对责任编辑的过度信任，这5本书的清样我只匆匆浏览一遍就返回出版社了。谁料，图书出版后，资老师的《过电影》一书出现了两篇文章与小辑名称不符的现象，资老师看后很恼火，打电话问我看没看。当时，我真的有点蒙了。后经与编辑核实，是她自作主张调整了，但没把小辑名称改过来。没有办法，我只能向资老师表示道歉，把责任全都揽在自己的身上，并责成出版社重印。为这事，资老师好长时间都生我的气，说我把她的事不放在心上，还批评说我名气大了，有点自以为是了。虽然我多少感到有点委屈，但这件事对我的教训是深刻的。

这件事后，我跟资老师联系便相对少一些。忽然某一天，中国艺术研究院的一位朋友给我打电话，告诉我说资华筠老师不幸得了白血病，正在医院接受治疗。天哪，怎么会这样呢？放下电话，我的脑子一片空白，眼泪禁不住流了下来。回想这些年，我和资老师交往的往事一幕幕出现在眼前——还好，几个月后，我和资老师通话中，她表现得很坚强，也很乐观，特别说院里对她照顾得非常好，用了最好的进口药。我也为资老师感到高兴，祝福她身体早日好起来，好继续为我们报社写文章。

我跟资老师最后一次见面，是2010年12月在香格里拉饭店，由学生们为她举行的“资华筠从事舞蹈艺术六十周年”纪念活动上。那天来的人很多，我在一个角落里静静地观看着。资老师很幸福，动情地讲话，和她的舞蹈同行、亲人、朋友问候、交谈，我是在散场的时候才走上前向她老人家祝贺、拥抱。当晚，我又补写了4行小诗发给她，再次表示祝贺。从那次以后，我就再也没有见到资老师，电话倒是时常打的，随便交谈一些文艺界的事。我几次问她还有精力为报社写文章吗？她说，现在身体不如从前了，基本不写了。不过，他老伴王寿印老师近来对写作颇有兴趣，王老师是中央歌舞团老人，知道的事多，可以约他写写。果然，在最近的两三年，王寿印老师陆续给我们报纸副刊写了几篇，文章发表后，反响挺好。

说来也巧，2004年报社分了我一套房子，就在资老师所居住的那个塔楼。不巧的是，等我2008年搬进去的时候，资老师已经搬到别处去了。我跟一些文化部系统的邻居聊到资老师，他们都说，咱们这栋楼有没有资华筠可不一样。她在的时候，没人敢欺负咱们，楼道的卫生打扫得干净着呢。据说，从东直门到东土城路到西坝河到望京新开的一条公交线路，就是在资老师担任全国政协委员期间给北京市政府写的一个提案促成的。我没有核实，我相信资老师能干出这样的事。

痛哭国真

这个世界每天都会死人的。人死了，就预示着一个人的生命开始结束。对于生命的结束，我们向来无法预知。因此，每当听到亲人、朋友的去世，我们都会感到突然，感到伤痛，感到不可思议。一旦经历过死亡，到八宝山那样的地方一次次地向亲人、朋友告别后，对死人的事情似乎有些麻木了。有时事后想，人活得不要那么悲伤，早晚都是要去一样的地方。话是这么说，心可以这样想，可当我们真的再一次于某个不经意的日子听到亲人朋友离世的消息，我们往往还是充满无限忧伤。道理很简单，因为我们是人，是有感情活动的人。

4月26日中午，我正在做午饭，手机忽然接连有人打电话、发短信，告之我的好朋友诗人汪国真去世了。对于这样的消息，我自然感到很突然，这怎么可能啊？老汪他才多大啊？他体壮如牛比我强百倍！我勉强把饭菜做好，摆到桌子上。在家人围坐在一起吃饭说笑时，我一个人躲到书房里，脑海里不断浮现着国真的音容笑貌。想着他温和谦逊的样子，我想哭却哭不出来，我甚至想笑，说老汪你别搞怪，你怎么能到远方去了呢！

我最早知道汪国真的名字，始于1990年。那一年，一本名曰《年轻的潮》的诗集悄然出现在图书市场，不到半年时间，很快风靡全国。我那时在北京经济学院读书，发现有很多的学生中午都爱到学校北门外的小庄新华书店去买此书。说实话，在这之前，我并不知道作者汪国真的名字。在我们那一茬文学青年中，当时满嘴的诗人名字是北岛、舒婷、顾城、杨炼、芒克等所谓的朦胧诗人。不久，中央电视台的一档青少节目举办全国首届主持人大赛，我没想到大名鼎鼎的青年诗人汪国真也被拽去凑热闹。无疑，这肯定给大赛增加了不小的收视率。然而，汪国真并没如愿以偿地拿到金奖，只获得了三等奖。第二天，媒体上就有很多批评之声，主要意思是说，一个人在某些方面可以有所长，甚至是超长，但不可以通吃。从那以后，老汪的声音就小多了。不过，在接下来几年的几本畅销刊物上，如《女友》《辽宁青年》《中国青年》上，仍然可以看到汪国真的专栏和他的哲思短语。只是诗歌很少看到了。

我和国真的第一次相见，是在中国文联的招待所。那是1995年的夏天，我和张虎、晓光、傅溪鹏几位老师正筹备《中国艺术报》的创刊。一天中午，傅溪鹏给我打电话让去他办公室，说有个人一定要见。我们当时在策划报纸的稿件，非常需要一些名家。傅老师他们几个是资深前辈，认识人多，每有名家到报社，他们都会让我们几个年轻编辑去见见。进得门来，见有一个帅气的中年男人坐在沙发上，我与之一打照面的瞬间，不由得脱口而出：你是汪国真！见我们很熟悉的样子，傅老师说你们过去早认识啊。我说不是，是我认识汪老师，汪老师不认识我。这样，我们三个人就开始了短时间的交流。时间长了，具体聊的什么，似乎已记不起来。我只记得在分手时，我对汪国真小声说，我不管别人怎样评论你，我认为你是继徐志摩之后，中国当代最会用白话写诗的人。听了我这样的肺腑之言，国真很是激动，他紧紧地握住我的手说，你是我这几年遇到的真正的知音。

知音远胜过朋友。自从有了一面之交，我和国真的交往逐渐加深起来。我们不是经常见面那种，有时最长一年多都没见，但每次通电话、发短信，都很热烈。不论是报社副刊约稿，还是我组织的社会活动需要他助兴，每次联系，他都积极参与，哪怕是参加别的活动少去几天。回想起来，我们一起到过的北京昌平、辽宁阜新、陕西延川、河北易县、广东番禺等地，每到一处，不管是参观、开会、吃饭，我们俩总是形影不离，彼此有着说不完的话。

国真这个人活得很真很纯粹，他待人处世也十分简单。他身上既有文人的豪爽浪漫，也有老北京人的礼数规矩。交往这么多年，很少听他议论文坛是非，对于外界对他的各种不敬，他几乎不予理睬，他相信一切靠实力说话。他说，人一旦有了实力，你就会有无数的机缘在等你。他过去没成名前，他不认为是编辑不识货，而是自己的诗没有写好，甚至是字没有写好。等自己成名了，当别人攻击他的时候，他首先想到的是自己抢了别人的饭碗和地盘。人家肚子里有气，骂几声消消气也就没事了。话是这样说，我相信国真内心深处也还是有很多烦恼的。

自古文人相轻。既然诗歌界对自己层层阻挡，国真则默默选择了书法、绘画和音乐进行了生活的拓展与尝试。国真的书法有点像毛体，再加上他的名气，社会上有相当一批人喜欢。国真做人实在，写字也实在，有几次我们一起外出，本来事先说好只给当地政府和接待单位写两幅字，可毛毡笔墨一备好，国真就被人绑架了。写二三十幅也未必挡得住。有人事后对国真说，你可赔大发了。国真说，咱又不是书法家，人家要那是看得起咱，管他那么多。也有几次，国真曾像孩子似的悄悄对我说，他最近有几幅字分别被什么景区、宾馆收藏并且刻在石碑上了。我说你火啊，再练练，过几年我专门给你当经纪人。说实话，这几年我也给国真介绍几个写字的活儿，原想让他挣点，可谁知人家一说跟我如何好国真就不好意思再收钱了。

国真是个艺术通才。2000年后，国真开始玩音乐，他先写歌词。我觉得国真有很多的诗本身就是好歌词，无非就是遇到一个好作曲。记得好像是2002年冬天的那场雪后，国真找到我说，白雪最近唱了一首他作词的歌，感觉还不错。如果作曲者要能领会他的歌词，兴许曲子还会优美些。我说，你是个天才，你干脆自己作词作曲得了。国真说，那得先找个作曲家拜师学学入门功夫。他问我有认识的老师吗？我说有啊，现成的。几天后，我和国真便找到一位在北京的山东作曲家去求教。我们在作曲家家里谈了大半天。之后，国真还跟那位作曲家联系了没有，我没有问他。反正半年后，国真拿着一盘磁带给我，说里边有 10 首歌，全都是他一个人作词作曲的。你可以先听听，给提提意见。这就是汪国真，想干事就能成事的汪国真。

这些年，国真的故事、新闻一直不断。一会儿是说他和吴欢、张宝瑞几个人搞了一个什么沙龙，一会儿又说他的书年年遭遇盗版，还有的说他的字画卖到每平尺多少万元，更有甚者传说有几个真粉儿为他争风吃醋等等。我听后，大都轻轻一笑，这些新闻或许都是真实的，而在我看来，那都不过是汪国真吸引人们关注的策划效应而已。

去年 11 月，报社文化财富周刊委托我带领一批名作家、诗人到河南焦作采风。从办公室开出的名单中，我看有汪国真的名字，就对具体联系人信誓旦旦地说，跟汪国真说我带队，他肯定会去。可等我们出发那天，汪国真竟推托有事去不了了。我感到很诧异。现在看来，那时的他已经生病了，只是他不想让朋友们知道。春节时，我们俩互相发短信问候，他丝毫也没有流露他生病的消息，要知道他得的是肝癌，无论如何我要到医院好好陪陪他。以我对国真的了解，他在生病住院期间，说不定还会研究怎样治疗癌症呢？我相信他有这个智慧。无奈，天不假年，上帝这次不肯给国真机会了。我好无语，好无语，我真不知道该怎样再写下去，只好就此打住，长歌当哭吧。

影　子

一个人对一个人的记忆，最直接的就是那个人的影子。随着时间的流逝，你可能记不起曾经的往事，但影子随时都可以出现。

京城文学界的名编章仲锷老师去世一年多了，很多朋友都写了纪念文章。我在本人主编的《中国文化报》文学副刊上先后发表了高桦和张守仁两位老师的两篇相关文章。高桦写的是她同老伴章仲锷率领京城有心致力于环境文学的作家到江西婺源的采风文章，发表后不久章老师就去世了。据高桦老师说这是她写与老章一同出去的最后一篇散文。

而张守仁老师的则是怀念文章。因为这篇文章写得比较早，转到我手上大概是章老师离去一星期后，我以为是张守仁老师专门给我写的。我几乎没改一个字就全文发表了。发表后有人问我，你在编发这篇稿子时没遇到什么阻力吗？我说没有啊，单位领导思想很解放，他们相信我的判断，一般不会枪毙。于是，有人告诉我，这篇稿子最早给的是上海《文汇报》，因写了章仲锷当年支持白桦小说《苦恋》而被退稿。我听后感到可笑，这都是多少年的事了，为什么个别人思想还那么僵化。

通过这篇稿子，不难看出，章仲锷老师做事是有原则的，而且骨头挺硬。这和平常他所表现的大智若愚的样子有着截然的不同。章老师是京城文学界的名编，在 20 世纪 80 年代他与人民文学出版社《当代》杂志社的龙世辉、《人民文学》杂志社的崔道怡和《十月》杂志社的张守仁，因经其手推出许多在全国产生重大影响的小说，同时发现推出许多的名作家，一度被誉为京城“四大名编”。这四大名编虽不是经什么权威机构认可的，但在文学界确成了约定俗成的叫法，以至成为京城文学界的风景。

就我个人而言，我的任何一篇作品都未曾经他们四位名编编辑过，因此也就无法感受他们编辑的高妙之处。不过倒是经常从别人的文章中看到他们过去的爱岗敬业之精神。由于出道时间晚，龙世辉我无缘见到，家里倒是收藏着他写过的一本童话集。对于其他三位，我是非常熟悉的。主要集中在三个方面，一是我们经常共同出席文学界的聚会，主要是研讨会；二是我经常约请他们为我主编的《中国文化报》文学副刊撰写文章；三是我们一起经常参加环境文学方面的社会活动。

环境文学是在我国环境保护不断发展过程中应运而生的新兴文学。在北京有个环境文学研究会，成立于1991年，是由当时的国家环保总局领导和京城部分作家、诗人共同倡导发起的。其主要的实质负责人是高桦老师。她当时担任《中国环境报》《绿叶》副刊的编辑，在此前曾在北京作家协会担任副秘书长，跟京城的诸多作家建立了很深的友情。我加入这个组织，是高桦老师把我拉进来的，一则我负责报纸副刊，对环境文学作品可以多发表一些；二则我比较年轻，高桦老师希望环境文学事业能够有人接班，她有意识地培养我们一些年轻的作家。我最初参加环境文学研究会的活动，感到十分的震惊，因为参加活动的全是文学界的名家大腕，如王蒙、邓友梅、袁鹰、陈建功、舒乙、黄宗英、周明、阎纲、何西来、张抗抗、赵大年等，约有四五十位，我几乎是最小的一个。我们这些人在高桦老师的带领下，经常到湿地、环保企业采风，到野生动物园参观，到郊区植树，为濒危野生动物代言，编辑环境文学书籍，开展环境文学学术研讨、交流等等，多年下来，竟也自成风景，逐渐影响到全国，甚至到国外。

我一直想写一篇文章——《一个人和一个研究会》。这不仅是为高桦歌功颂德，也是在为环境文学研究会树碑立传。我觉得这没什么不好意思，环境文学事业就需要我们不断地宣传，而最好的方法就是不断地推销我们自己。在我们这个不大的组织，很多场合都是夫妻同时出场，譬如舒乙夫妇、赵大年夫妇、何西来夫妇、崔道怡夫妇、石湾夫妇、李炳银夫妇、查干夫妇，包括已经离婚的而又保持亲密关系的阎纲与刘茵夫妇。当然，最抢眼的莫过于高桦与章仲锷夫妇了。请原谅，在这里我必须把高桦老师排在前边！因为，在环境文学研究会，高桦老师是我们最热心的组织者，更是我们拥护的头！章老师尽管是名编，退休前担任着《中国作家》杂志的常务副主编（主编多年空缺），被无数年轻的作家供着，可在这个圈子，他不过是高桦老师的跟班，是高桦老师的影子。熟悉他们的朋友都知道，章老师在家里是甩手大爷，大小事一概不管，只是专心地在他的磨稿斋编写稿件撰写文章。也有人不这样看，说章仲锷表面不声张，肚子里的主意多着呢，他是高桦的幕后指挥。在我看来，这些都不重要，我看重的是他们多年奔走于作家中间，为他们的成长，为环境文学这个方兴而又壮丽的事业乐此不疲地忙碌着。特别是近些年，他们二人不顾年事已高，身体多病，依然在坚持着对环境文学的执着。以前，包括我在内，有很多人对他们有些不理解，总以为他们这样做，是不甘寂寞，不甘退出文坛。其实不是这样，真的不是这样！特别是章老师离开我们以后，我越发觉得我过去对他们夫妇还缺乏了解，更谈不上深刻的认识。这也是我迟迟没有为章老师写上几许记忆文字的直接原因。

应该说，章仲锷老师的存在，不仅对自己的家庭，而且对整个环境文学事业都有着非同寻常的意义。我知道，这些年有关环境文学的书籍都是由高桦老师主要策划，最终由章仲锷老师修改编辑定稿的。现在，章老师不在了，高桦老师该向谁去交代任务呢？我并不是说今后环境文学事业就没人做了，而是说像他们如此妇唱夫随的默契恐怕再也不会出现了。记得5月间，高桦老师给我来信，约写纪念章老师的文章，准备出个专集。在信的结尾，高桦老师坦言自己的年龄大了，身体已不如从前，很难再为作家们服务了。看后我感到很伤心。由此，我想到我的父母。每次回家看着母亲趿拉着痛脚，灶前灶后地操持，为我们准备一大桌的午饭，我就觉得心痛。看着她日渐苍老的身躯，我不禁想，这就是我那个曾经在农村稻田里插秧，在农场果园里树上树下采摘苹果的母亲吗?

但我又觉得，高桦和章仲锷夫妇其实也不必遗憾。在人的一生中，人能选择干一件自己喜爱的事业已经很难得。更何况他们干得有声有色！我敢说，假如有来生，他们夫妇一定还会选择文学，选择他们挚爱的环境文学！他们也因此而实现了人生的辉煌。

关于他们生活的细节，关于我们之间的交往，我的眼前时常会浮现许多生动的东西。可我真的不愿写出，写出来会让我心痛。我最愿意的，是永远记住他们的影子。道理很简单，我们的一生储存的情感记忆太多，为了亲人，为了友人，也为了志同道合的同志。因此，在本文的结尾，我情愿说一声：章老师，您如果还记得一个叫红孩的孩子，来生我还陪您在采风的列车上打牌!

我要蜗牛

波音737平稳地着陆于首都机场的停机坪上，在那硕大的胶皮轮子与地面接触的瞬间，我竟没有听到一点的声音。我想，此刻所有的乘客没有人不佩服飞行员的技术有多么的美妙。那美妙也夹杂着对几位空姐空哥的赞美。就在我从座椅马上站起来的时候，在我身后五六排的座椅上再次传来声音凄厉的叫声——“我要蜗牛！”

声音来自于一个五六岁的小男孩。从上飞机他就断断续续地这样叫喊，弄得飞机上的人们很是烦躁不安，但碍于是个孩子，谁也不好说什么。我看到孩子的母亲很尴尬，她不好冲孩子发作，只是一遍又一遍地重复着“别哭啦，到北京奶奶家我就给你买。”母亲的话并没有奏效，孩子照样哭。看来，那蜗牛真的扎入孩子的心里了。

孩子和他的母亲是不是上海人，他们到上海是旅游还是出差我不得而知，我刚见到他们是在浦东机场的安检通道。当时，因为是几个朋友一同安检，我们只顾得跟送站的朋友们挥手告别了，并没有注意到我前面还有 对母子。等我把行李箱推进检测机走到安检员面前时，这时看到惊人的一幕——在安检台上放着一个碗口粗的矿泉水瓶子，里边装着一只肥大的蜗牛，一边站着一男一女两个安检员，一边是一个五六岁的小男孩和他的母亲。小男孩哭道：“妈妈，我要我的蜗牛！”母亲说：“机场有规定，不允许携带小动物。”小男孩看了看瓶子里的蜗牛，加大声音哭喊道：“我就要我的蜗牛！”面对孩子的满眼泪花，两个安检员面无表情，只是直直地看着孩子的母亲。那意思很清楚，这是民航的规定，我们也没办法。

那一刻，我真想求两个安检员，让孩子把蜗牛带走吧。热爱小动物，是每一个孩子的天性。我们不能因为人为的制度，而破坏孩子的天性。可这样的话我实在说不出口，我毕竟是中国野生动物保护协会的会员，国家林业总局还聘任我为全国未成年人生态道德委员呢！我心里十分清楚，蜗牛是没有被列入国家野生动物保护名录的。或许它身份太低，到处都有，不像大熊猫、丹顶鹤那么稀有金贵吧。我也十分清楚，这只蜗牛即使被小孩带走了，也不会活很长时间，离开土地的生命注定不会长久。当然，如果小孩不带走，这个幼小的生命很快就因安检员随手往盛杂务的塑料桶里一掷，一两个小时之后就会死亡。

死亡，又是面对死亡。或许因为人到中年，经历的事情比较多了，对生命现在看得越来越重。就在几个小时前，从诗人周庆荣的口中得知，青年诗人卧夫因精神抑郁在北京怀柔山里绝食而死。生前，他曾筹资为自杀而死的诗人海子修了墓地，而且沿着海子的生活轨迹行走了一次。周庆荣说，卧夫生前一个月在一次诗歌活动中，跟他谈到死亡，他当时没有意识到这有可能是一次真实的表达，如果知道，他一定会重重地擂上卧夫两拳，把这个对生命不负责任的家伙打醒。可是，现在一切都晚了，诗人伊沙当年的一句“饿死诗人”竟然一语成谶。想来是多么的悲哀与恐惧！

我还想到，30 年前，我在京郊农场工作时，亲眼目睹了养鸡场里一夜之间成千上万只鸡死亡的惨状。看着工人们用双轮车从鸡房里往外推死鸡的情景，我发现所有的工人都目光凝滞，仿佛一场充满血腥的战役刚刚结束。农场的技术员研究了半天，怎么也找不出鸡群死亡的原因。后来，请来市里的专家，经过逐一排查，最后得出的结论是：由于鸡场里的一位技术员出国到日本，回来时带回一只鹦鹉，而那只鹦鹉则带有一种弓形体病菌。这种病菌导致鸡群整体传染而死亡。听到这个消息，全农场的人都感到很震惊。想不到一只小小的鹦鹉竟有如此的巨大威力。

这样的经历和联想，我能对孩子去说吗？即便我说了，孩子也未必听得懂。善良的心提示我，孩子还小，在这个年龄最好不要跟他谈有关死亡的话题。更何况，在常人的眼里，一只蜗牛能有多大的事？可是，如果我不说，我又该对孩子说些什么呢？我又能对孩子说些什么呢？看着两个安检员目光凝滞的眼睛，我觉得此刻我的眼睛也该是那样的吧。

共一壶秋水

这个题目我喜欢。它源自一个朋友的短信问候。它使我不由想到"落霞与孤鹜齐飞，秋水共长天一色"，想到"我住江之头，君住江之尾，日日思君不见君，共饮一江水"那样的诗句。

10月中旬，我到台儿庄去采风。夜晚，独自一人漫步在汇通天下的运河谯楼上，我不禁回忆起北京通州的一位女歌手。通州是运河的源头，我于1999年至2007年在那里居住了8年。因此，我在很多人眼里就成了地道的通州人。承蒙通州文友们的抬举，还把我推举成当地作家协会的副主席。其实，从严格意义说，我就是通州人。我过去居住的农场与通州毗邻，1954年前曾是通州管辖的第8区，而且我的母亲和我父亲的姥姥都居住在通州的同一个村庄。前些年，通州文联出版了一本《通州作家群作品选》，我的名字很荣耀地与刘白羽、刘绍棠、高占祥、王梓夫等通州籍名家列在一起。

女歌手是一位盲人。我与她相识是在2003年秋天的城铁列车上，我刚到通州居住时，城铁八通线还没有开通。等开通时，城铁沿线的居民区已经星罗棋布了。当然，房价也翻了几番。城铁列车共3节，约10米长，每节能运载150人，实际运载200人也不止。在列车上，每天都会遇到形形色色的人。而要饭的人——确切地说，是要钱的人，谁都不愿看到。但你又无法回避。这些人有架着拐的残疾人，有双腿在地板上爬行的人，有装成一副可怜相儿穿着破棉袄的老人，还有拖着孩子的妇女。对于这一类的人，媒体时有报道，说这些人当中大部分是骗子，白天他们在列车上骗钱，晚上则用骗得的钱在酒馆里喝酒。有了这样的认识，乘客对车上要钱的人也就变得非常冷漠了。我这人心肠还算软，除了对中青年不给钱，对老人、妇女和儿童还是多少给上三块五块的。

我最见不得孩子祈求般的眼神儿。

我与女歌手第一次相见是在一天晚上的城铁列车上。从城铁四惠站到临河里全程一共 14 站，时间总计 35 分钟。我家在梨园站旁边的梨花园小区。那天，我去北京音乐厅看了一场音乐会。从西单到四惠站出来转乘八通线，刚好是最后一班车。由于是最后一班，车上的人很多。我刚好坐在中间车厢的一个角落里，我把衣服整理了一下，便微合双眼休息。大约到了北京广播学院站，突然在车厢的后端传来一位女子的歌声，歌的名字是电影《闪闪的红星》插曲《映山红》。这是我非常喜欢的一首歌。我知道，这唱歌的女子肯定又是一位要钱的。《映山红》唱完了，停了有 1 分钟，女子又开始唱《南泥湾》，这次的声音明显比刚才的声音大了许多。就是说，她与我的距离开始靠近了。渐渐地，随着歌声的结束，女歌手终于出现在距我一米远的两节车厢连接的过道上。我这时才发现歌者竟是一位盲人。我有些不好意思地要站起身，想给她让个座位。但马上又想到她来到这城铁列车不是为乘车，目的是为挣钱，便又坐到座位上。这时，我身边的一对恋人悄声议论："这个盲人会不会是假的？""不会的，这么年轻，长得也不丑，怎么会装成盲人呢？""要不是假的，我们就给她几块钱。""先不忙，我们看看别人再说。"与此同时，我对面的一名妇女把其五六岁的女儿揽在怀里，仿佛女歌手的眼睛会把女孩吓坏似的。其他的人则自动往两边挤了挤，在中间自动形成一条过道，意思好像在说，你赶紧走过去吧。

女歌手并没有马上离开，她又开始唱《我的祖国》——"一条大河波浪宽，风吹稻花香两岸。我家就在岸上住，听惯了艄公的号子，看惯了船上的白帆……”我注意到，女歌手打扮得并不像某些要饭的把自己弄得破衣烂衫，以通过最大的弱来获取别人的怜悯之心。她的皮肤白皙，齐耳短发，上衣是一件黑色高领衫，下身是一条牛仔裤，脚上是一双白色半新的旅游鞋。五官很周正，只是眼睛上罩着一副大墨镜。她的胸前贴着一个“心”字型的纸牌，上面写着一段话：我的弟弟是大学生，学习费用我来提供。如果我的歌声您喜欢，请您帮助我。祝好人一生平安。

听过几首歌，用专业歌手，或者用唱歌老手的水准来评价女歌手的歌唱水平，她显然算不上很好。但她唱得很认真，特别是她那向前伸出的手势，非常的自然，没有一点的拘谨，更没有自卑感。我不知道在前边别人给了她多少钱，仅凭她那短短的一段话，一个手势，我便将一张百元大票毫不犹豫地放到她的书包里。女歌手并没有看到我的举动，兴许她唱得过于投入了。见我如此，我旁边的那对恋人以及周围的人，纷纷拿出三块两块十块八块的钱往女歌手的书包里送。看到这情景，我的脑海里突然有了另一种想法：这些随我一起给钱的人，难道就没有人认为我是女歌手的托儿吗？我想肯定有，只是人家不说出来而已。但我又多么希望这社会的人都不相信有托儿的存在啊！

梨园站到了。我下车时，竟然发现女歌手也下了车。只见她沿着盲人路线走得很熟悉，出了站台后，在站台外有个60多岁的妇女在等待着她。从模样上看，岁数大的女人很像女歌手的母亲。这样的一幕真是感人啊！

回到家里，我把刚才在城铁列车上的见闻说与妻子听。她说她也看到过这位盲人女歌手。听人说，这母女俩是江苏淮安人，在附近的一个小区住。母亲白天负责小区的卫生，同时承包小区里的废旧垃圾回收，女儿白天在城里的一个残疾人福利企业上班，早晚在地铁唱歌挣钱。于是，我从书柜里取出中国地图在明亮的灯下查看，发现淮安跟通州都在运河上。就是说，我们曾经饮用的是一壶运河之水。也说不定我们的祖辈在运河之上还有过交往呢！

在以后的日子里，我在城铁八通线上又陆续遇到过几次女歌手。几年之后，我从通州搬到北京城区，就很少再坐城铁八通线了。然而，每当有从通州乘城铁的朋友跟我相见时，我总会不经意间问到女歌手的情况。起初，有人还能多少说点女歌手的情况。后来，就不再有人知道女歌手的消息了。

从 2009 年到 2011 年，每年的 5 月 20 日我都要到淮安参加漂母杯全球母爱散文颁奖活动。在运河漕运码头，我时常会问，那盲人女歌手一家如今是在北京还是在淮安呢？她们不论在哪里，我都会衷心地祝福她们：好人一生平安。

我不知道那个女孩是否姓陈

摆渡船在发动机急速的抖动声中终于离开了码头。此刻，站在船头遥望川山群岛山顶上随风转动的风力风车，我下意识地举起相机，快速地按动了几下快门。我知道，今生今世我与这个小岛的命运将连在一起了。

就在一个小时前，也就是太阳刚刚照到海面的时候，《香港商报》的一位女记者问我：红先生，你这次岭南之行有什么新鲜的感受吗？看着女记者一双纯净的大眼睛，我说：要问我此番岭南之行的感受么，我还真不能用一句话简单地回答你。女记者说，难道你心里有什么秘密？我说是的，你还记得5天前我们在广东省旅游局主持召开的"品鉴岭南——中国作家广东行"新闻发布会上我说过的话吗？女记者回答：当然，你是最后一个发言的，虽然只有一句话，却让我牢牢地记住了。你说的是——旅游的一半是文化。

"没错，你的记忆真好。"我赞许地对女记者说。这次"品鉴岭南——中国作家广东行"活动是由广东省旅游局主办，《香港商报》承办的。同行的还有蒋子龙、高洪波、陈世旭、关仁山、肖克凡、葛水平等写作同道，我在这群人里算不得什么名家大腕，但我很看重这个绝好的学习机会。在广州报到的当晚，我们一行沿珠江饶有兴致地游玩了一番，特别是登上了广州的地标性建筑——600米高的广州塔，当地人戏称为"小蛮腰"后，我在心里就给自己许下一个心愿：这次岭南之行，一定要记住一个或几个美丽的南方女孩。

哦，亲爱的读者，在前面我忘记向您交代了。就在2012年第6期《福建文学》杂志上，发表了我的散文《我的美丽南方女孩》。在文中，我记录了自20世纪90年代以来，我所交往的留下印象颇深的5位南方女孩。其中，有厦门、广州的，也有深圳、澳门的。许多朋友看后，都不由得为我与女孩们之间产生的故事所感动。后来，在广西北海举办的一次笔会上，一位广东的女编辑对我说，你写了那么多楚楚动人、心地善良的南方女孩，可惜这么好的散文没在我们刊物发表。如果你再有写南方女孩的故事，一定要支持我们刊物一下。我说好啊，你就等我再去南方时与另一个女孩结缘吧。

时下所谓的女孩跟女人没多大区别。在我看来，年纪在45岁以下的女性都可以称为女孩，当然，有岁数大的女人愿意让别人这么叫也不是不可以。陪同我们这次采风的省旅游局和《香港商报》的女孩有东田、盛芳龄、杜洁菡、李斌和张长征。东田是旅游局的一个副处长，性格内敛，喜欢安静，她总是以一双善于发现的眼睛审视周围的世界。她曾让我看她写的一本书，是她到欧洲旅游的见闻杂记，其中有许多篇章曾在《羊城晚报》连载。开始看到东田的名字，我以为是她的笔名。彼此熟悉后东田告诉我，她本该姓陈，由于小时候淘气，父亲就把陈字的耳朵摘下来，她只好姓东了。听罢东田的解释，我觉得很搞笑，天底下竟有这么做事的父亲。不过，东田说她父亲后来对她很好，她也很少埋怨父亲。尽管如此，作为陈姓的本人，对东田父亲的做法还是不肯认同。

我相信，跟我同姓的江西作家陈世旭也不好接受。这位在20世纪80年代以短篇小说《小镇上的将军》而蜚声文坛的小说家生性性格刚硬，处世机敏果断。采风的第三天，我们到达江门参观著名的侨墟——"陈家庄"的陈家祠堂时，在创建这个村庄的陈氏祖像前，陈世旭一边拉着我的手一边说，我们在老祖宗面前留个影。我觉得此举甚好，便在众人面前无比自豪地腆胸叠肚地照起相来。这时，东田不知什么时候也凑到我们的近前，我说东田你也过来一起照吧。陈世旭对东田说，尽管你父亲只赐给你半个陈姓，但终究还是陈家人。所以，我们还是一家人。

这个陈家祠堂所在的村子有1000多人，多数人姓陈。村里人告诉我，由于村里人家家都有海外的亲属，所以，平常村里只有很少的人居住。我顺着几条悠长的胡同走进去，轻轻叩动紧闭的院门，竟没有一户人家做出反应。此时，我多么希望有个上了岁数的老人把门打开，尽管他或她满脸的皱纹，可我还是亲切地唤他（她）一声老爷爷或老奶奶，并且告诉他，我也姓陈，500年前我们曾经是一家。可是，没有，一个也没有，只有远处的一条黑狗在汪汪地叫着。也不知道它是在欢迎我们还是在驱赶我们。

在广东、福建、台湾，姓陈的人绝对是第一大户。来广东之前，河南作家陈峻峰把他的一本历史文化散文《三炷香》送给我，我一看，吓了一跳。这本皇皇巨著是关于陈氏家族变迁的书，重点写陈氏的一个分支如何从河南固始到福建、台湾、广东一带的。记得我去台湾的彰化鹿港龙山寺，从寺中的历史记载了解到，这个寺的建筑者就是昔日陈姓官宦人家，而这个官宦人家恰恰是从河南固始南迁而来的。因此，我在江门"陈家庄"的陈氏祠堂伫立沉思时，就多了无限思考与遐想。

我想到了在川山群岛下川岛海边见到的一个女孩。我们入住的酒店位于王府洲度假村，走出去几百米就是大海。此处的海滩有成片的沙滩，沙土很柔细，蒋子龙等人兴奋地赤脚走进海水里，还不停地呼喊着叫我们也下海。我和关仁山以及《香港商报》的两个记者没有下海的兴趣，就在沙滩上散步、聊天、照相，渐渐地我们与蒋子龙他们就拉开了距离。在照过几张照片后，我对关仁山说，这么美丽的地方，要是能有几个美女陪着就好了。关仁山说，南方的美女不多，要是真有，你也不一定能接招。我说，关主席，你也太小看我了。正说话间，从度假村方向走过来一个戴白色遮阳帽的女孩。陪同的摄影记者对我喊道：美女来了，来啦！见摄影记者惊喜的样子，我说：你先过去搭讪一下，看是干吗的。摄影记者犹豫了一下，假装找角度，跟我们保持一定距离。走过来的戴遮阳帽女孩个头不高，穿着黑色的裙子，站在沙滩上面对大海凝视着。等摄影记者靠近，不等摄影记者先说话，那女孩竟抢先搭讪起来。由于距离较远，我们很难听清那女孩在说什么。估计彼此也就说了五六句，女孩便背向摄影记者向前方走去。摄影记者回到我们面前，我问：那女孩怎么走了？摄影记者说，那女孩是个三陪，她说要陪我在海边散步，一小时100元。我说，那你干吗不去啊？摄影记者说，我不敢，要去你去吧。我听罢笑了，说，人家没看上我，要是看上了我就去。

傍晚回到酒店，我问一位女服务员：海边陪人散步的女孩是你们酒店的吗？女服务员说，不一定。不过前一段有个从澳大利亚回来的女孩来这里找工作。我说，他们在国外不是都生活得很好吗？女服务员说，也不一定啊。我们这经常有好多大款老板来，他们一来就带着漂亮的女孩子。有的是广东的，也有的是北京、东北的，当然也有国外的。见女服务员面相很好看，我开玩笑说：如果让你去傍大款，你愿意吗？女服务员看了我一眼，俏皮地回答：可以啊，请问您是大款吗？女服务员的回答让我面带窘相，我只好苦着脸说，哪里啊，你看我连三陪都不敢找，还能是大款吗？我的话让女服务员爽朗地笑了起来。就在这时，我看到了海边那个戴遮阳帽穿黑裙的女孩携着一个人肚便便老板模样的人走进大堂，我当时的直接反应是：猎物终于上钩了。我的间接反应是：这个女孩是哪里人，她为什么要干这个？当然，我还有一个说不出来的感觉：这个女孩会不会是从那个侨墟——"陈家庄"里走出来的女孩呢？我不敢多想，又不能不这样想。

一个月后，2012年的12月31日，陈世旭在发给我的新年问候中说，他已经与河南的作家朋友联系好，2013 年一定要约上我们几个陈姓作家到周口的颍州去看一看，据说那里是陈氏家族的发源地。我说好啊，我期待着那一天的到来。

烟头烫手不一定疼

天上没有掉馅饼的好事。这是常人都懂得的道理。可在实际生活中，往往就有意想不到的事情发生。某天，外地来一个女记者，我多年的朋友，中午饭后闲谈时，她突然问我：假如有一天，当你正吃得口眼歪斜时，忽然从外边闯进一个男孩儿，叫你一声爸爸你会做出什么反应？我说这很好办，明确告诉那个男孩儿你认错人了。女记者说，问题就出在那里，我要说的那个男孩儿真的没认错人，他就是你20年没见的儿子，你会怎么办？

我能怎么办？把事情搞清楚了，是，就认下。不是，也甭给自己找麻烦。我这样想着，但一看到女记者失望的表情，仿佛我这么说并不是她要找到的答案。于是，我问女记者究竟听了什么离奇的故事。

女记者说，她最近见到她的大学老师。老师今年快50岁了，5年前离的婚，没有孩子，一个人过着一人吃饱全家不饿的日子。同事和同学看着他一个人孤独的样子，都想着帮他介绍女朋友。老师这人脾气有点怪，对女人采取不主动不拒绝的态度。然而，等人家女人急得火上房时，他又突然以各种理由把人家的火苗给浇灭了。这样如此反复，对于老师的婚事人们也就爱莫能助随他去了。

事情本来就这样平淡着有一搭无一搭地挺好。谁知，喜从天降。某一天，老师接到法国女同学的电话，说要回国和他见面，说有重要的事相商。老师自从二十几年前大学研究生毕业，与这名女同学再也没有见过面。女同学论长相，谈不上倾国倾城，也算得上有几分姿色。或许因为太熟了，或许因为不来电，他这么多年来在梦里一直没有梦到过她。后来，他从别的同学那里知道，她去了法国，嫁了一个法国华裔，10年前离了婚，再也没有嫁人的意思。老师接到电话就想，20年都没联系，突然来了电话想见面，究竟有什么重要的事呢？

他们约好在一家新岛咖啡厅见面。彼此打量了一通聊了十几分钟闲话后，女同学开门见山地说，我约你见面，是想告诉你一个惊天的秘密。老师说，你又准备嫁人了，而且你要嫁的是我们80岁的老师，也玩一把翁杨恋？女同学说，你严肃点好不好，我在跟你说正事。我要说的是，你有一个20岁的儿子，现在就是你的学生。老师一听，觉得这玩笑开大了，说你别胡说，你准是韩剧看多了。女同学说，你还记得毕业时我们分手联欢的那个夜晚吗？老师说，怎么不记得，我们十几个人喝了大半夜，都高了。女同学说，喝高了，我们俩就抱着倒在一张床上——那晚的事你一点记忆都没有了？

老师被女同学的话给问住了。他哪能没有记忆呢，那可是他平生第一次和一个女孩做那样的事，虽然做得不太熟练，但毕竟完成了全过程。本来，他想为这事向女生道歉的，可这事是道歉能解决的吗？他也曾想借此机会去追求女生。可女生已经很明确她将要去法国了。多年后，老师也曾想，事后他如果大胆地去追求女同学，也许女同学就不走了。可他没有这个勇气，他出身于大山，在城里人面前天然地就有一种自卑，甚至是委琐。因此，他只可任其自然了。

老师没有想到的是，就是这一次的偶然，成了20年后今天的必然。儿子生出来后，一直放在江苏老家的外婆家抚养。去年，儿子高考考入了老师所在的大学，而且成为老师的学生。这并不是女同学精心设计的。也许，这就是命中注定，就是所谓的缘分吧。

老师听着女同学的叙述，他一支烟接一支烟地抽，以至于烟头已经烫到他的手指他也不觉得疼。他看着女同学说，你说的怎么跟讲故事一样，你觉得我能相信吗？女同学说，你也许会说，我下面该讲，我得了绝症，我要编个理由把这个孩子托付给你。因为你是他的老师。但我要告诉你的是，你错了，这孩子就是你的儿子，不信你可以做亲子鉴定。

“你的老师做亲子鉴定了吗？”我问女记者。

“没有。”女记者坚定地说，“我老师对孩子一年多的了解，他确定是他的儿子。”

“那现在怎样呢？”我好奇地问。

“我见过这个孩子，问他恨爸爸妈妈吗？”女记者看了我一眼，“孩子说，他不恨，他从小就知道，他肯定有爸爸妈妈，只是他们在很远的地方还没有出现。”

儿子的话让我感到很震惊，多么文学而又充满禅机的话啊！

回到家，我把这个听来的故事讲给上初中的女儿听。妻子问我，你给孩子讲这个干什么？难道你外边也有一个儿子不成？我一听，笑道，要真那样敢情好了，省得咱女儿一天到晚总喊孤独。哪料，女儿听罢连连摆手说：“不行不行，他要是来了，将来要分我一半财产的！”女儿的话让我不知所措，真庆幸自己没有凭空多了一个儿子。要不然，还真不知道怎么办才好。

划着一根火柴就能照亮整个天空

因为写文章有了点名声，家乡的中学便邀请我去讲讲成功的经验。按年龄，我足可以做学生们的叔叔，但我还是愿意同他们以师弟师妹相称，别的不说，我过去的班主任此时此刻就坐在学生中间，极其认真地听我讲话。本来，我事先一再要求老师不要坐在下边，那样我会感觉很别扭，但老师仍很固执地坚持，而且告诉我这样做可以进一步增强现在学生们的学习自信心。

班主任老师的言行，使我的喉咙有些发咸。尽管她只做过我半年的班主任。回想起来，我们师生之间已经有十几年没联系了。我这次来，她还是打听了几个同学才问到我的电话。我所以没跟她保持联系，或者说是我不愿跟她联系，直接的原因就是我在初中二年级时一段有关入团的经历。1981 年 11 月的一天，班主任老师把我找到办公室说，按学校的要求，学生在初二就可以申请加入共青团了。你是班长，作文又写得不错，我推荐你到校团总支担任咱们班入团工作的联络员，第一批争取多发展几名。

就这样，带着班主任老师对自己的信任，我开始履行联络员的职责。团总支书记姓李，人长得很漂亮，高中毕业被留校，她姐姐是我们初一时的英语老师。由于是英语课代表，李老师对我一直很好，最明显的是每次英语课堂朗读都让我第一个，这样便激发了我敢大声说话的勇气。或许是李老师的原因，小李老师从第一次见到我就对我关照有加。按规矩，我们必须先当入团积极分子，而且还要听几次团课，然后再写几次听课感想。我的感想只写了一遍，就顺利通过。而其他的同学大都写上两三遍才勉强过关。当时我很得意，按这样发展，即使班里就发展一名团员，也应该是我。

但我万万没想到，等发展团员大会那天，不论是班主任老师还是校团总支书记，竟没有一个人通知让我参加。那是一个星期六的下午。天气格外晴朗。以往的星期六，我们都要补习外语，学校将我们这一届八个班分成一个重点班七个普通班，从初中二年级起普通班的同学就不再学习外语，如果有人想学外语，只能在星期二下午放学后和星期六下午半天学习。开始，同学们学习外语的积极性还挺高，报名者能有 60 多人，但几个星期下来，就剩下不到 20 人了。等到了初二下半学期，仅仅剩下我和一个叫杰的女同学。尽管如此，老师依然肯教我们，我们俩也非常用心学。这很像如今的家教，不同的是老师从来没收过我们一分钱。昨天下午，我就得到消息，说星期六下午要举行发展新团员仪式。我问其他几名写入团申请的同学，问他们接到通知了吗？他们都说没有。我感到事情很蹊跷。

星期六整整一上午，我始终没有等来下午开会的通知。我开始怀疑消息的准确性。下午一点三十分，我像往常一样早早来到学校。我细心地观察着每一个人。渐渐地，我发现那几个和我一同写入团申请的同学陆续来到学校，见到我，他们都老远地走开了，好像怕跟我说话似的。我知道，他们一定在有意地回避着我。还好，终于有个胆大的女同学问我，你下午干吗来了？我说我学外语啊？！她说，你真勤奋。说罢，她便径自向一个偏僻的教室走去。那个教室不是我们的教室。看着同学远去的背影，我的心情异常的怅惘，眼泪直在眼眶四周打转。我暗自咬紧牙关，我不能就此落泪。

正当我一个人在操场发呆的时候，外语老师从办公室门口冲我喊道——“你快来帮帮我，我的钥匙好像忘记带了。”我赶紧跑过去，接过老师手中的皮革书包，她把几个衣兜都翻遍了也没找到钥匙。她开始嘟囔起来：这可怎么好，教室的钥匙也在那串钥匙上哪。我说您别着急，一会儿别的老师就会来。老师说不会的，下午其他老师都到电影院看电影去了。这时，我的同学杰来了。看到我们很狼狈的样子，她说，不行我们今天不学了。哪想，老师一听马上急了，说不行不行，一个大班就剩你们两个好孩子了，我不能让你们失望。咱们就是在大树底下也要学！老师的话很坚定，弄得我挺心潮澎湃的。

接下来老师更干脆，她走到窗户下，几下就把窗纱上的图钉拔掉，然后揪住我的胳膊，噌地一下迈上窗台，然后冲着我们说，咱们从窗户上跳进去。我有些犹豫，对老师说，这合适吗？老师说，不管那些，你帮着杰一起跳进去，咱们马上上课。

那节英语课究竟都讲了些什么，如今我是一点也想不起来了。但老师领着我们一同跳窗户的情形我至今也没有忘记。至于入团为什么没有被批准，日后我没有问过任何人，任何人也没有告诉过我。我想那已经不重要了。而真正重要的是我在那样小的年纪，在遭受到巨大的挫折时，竟然万分幸运地遇到那样一位勇敢的老师。她不会知道，她那惊人的一跳，于我简直就像一根划着的火柴，刹那间就将整个阴霾的天空照亮了。由此，改变了我的思维，也改变了我的人生。

二十余年过去了。往事匆匆。看着台下的同学们，以及掩映在学生中的班主任老师，此刻我的心情很复杂，我不知道我是该感念她还是怨恨她。至于那位好心的外语老师，我已经久无她的消息了。屈指算来，她如今该到退休的年龄了。也不知她的身体会怎样？我好想她！真的，好想。

所有的春天都在春天开放

3 月初，我和几位朋友一起讨论关于春节的有关话题。随着话题的深入，我的眼前仿佛又回到了历年春节的画面。那画面美好吗？那画面凄然吗？那画面充满希望吗？我想，不同的人会有不同的回答。但不管怎样，我坚信所有的春天都会在春天开放。

一个朋友说道：这个春节他阔别 20 年的叔叔从遥远的青海回到他们家。这个家因为奶奶的存在，叔叔才会回来。20 年前，叔叔因为跟人打架而被劳改。出来后他没脸再见自己的家人。他发奋自己非混出个人样才肯回来见母亲。如今，老母已经 84 岁，按民间的说法，她是到了坎儿上了。如果这一年平安过去了，再以后老太太就有可能活到九十岁甚至是一百岁。但问题是，在 73 岁那年，老太太在那个坎儿上曾经得过脑血栓。那时，她的小儿子，也就是朋友的叔叔还在监狱服刑。5 年前，叔叔服刑期满被释放，他只和他的大哥——即朋友的父亲见过一面，意思是自己暂时和母亲先不见面了。他不愿让母亲看到自己艰难落魄的样子。母亲知道后，便埋怨大儿子，说你怎么就不留住三儿呢？他混得再不好他不也还是我儿子吗？你跟他说，当妈的不嫌弃他。今年春节前，父亲给远在青海打工的弟弟打电话说，今年务必回来啊，老妈今年 84 岁，说不定会遇到什么事。你回来了，老人家 高兴，倒霉的事就会被冲掉。年关腊月二十八那天傍晚，当叔叔如约出现在奶奶面前时，叔叔一下跪在母亲面前，抱着老人的双腿竟然像孩子一样号啕大哭。奶奶一面用手捶打儿子的肩膀一面哭骂：没良心的，你怎么就这么狠心呢！妈都80多了，真以为到死都不会看到我的小三儿了。叔叔用这几年在青海淘金挣来的钱，给奶奶买了一枚金戒指。不料竟然被奶奶扔到了地上，她说，她不要戒指，她只想看到她的三儿好好地活着。

另一个朋友说道：今年这个春节，她是以一个后妈的身份走进崭新的家庭。丈夫上边有70多岁的老人，下边有一个弱智的儿子。而她自己，则是一个离过婚又再婚的女人。她喜欢这个男人，她在电视台上看到对这个男人先进事迹的报道。在与男方见面前，母亲对她说，你虽然是离过婚的女人，但你没有孩子。这几年你自己靠做服装生意挣了不少钱。你如果到了那个男人家，非但他们帮不了你什么忙，你还得把自己的积蓄往里搭，你这不明摆着往火坑里跳吗？朋友回答，这年头嫁一个有钱的人容易，但要找一个对老人好对孩子负责的男人难。她所以找这个男人，看中的就是他的德行。春节期间，她同家里人一起剪窗花、贴春联、包饺子、串亲戚，特别是听到弱智的儿子第一次喊她妈妈时，她感到这是她作为一个女人最幸福的一天。

亲爱的朋友，你不要以为我在给你讲故事。这都是发生在我身边的事。不妨，我也给你讲一个发生在自己身上的事。

正月十五那天，我去参加一个朋友的聚会。晚上9点多钟，我悄然退席。在饭店门口的公交车站，我和两个年轻的姑娘一同等公交车。大约三四分钟过去，一辆公交车都没有过来。远处，有几个放鞭炮的小孩在拿着烟火互相追逐嬉戏。我喜欢在节日放些花炮，没有花炮的春节实在没意思。

正当我百无聊赖之时，忽地从斜路上飞过一个火球，瞬间将我胸前的羽绒服烧焦了。我赶忙用手拍打，火虽然没着起来，但还是把羽绒服烧成了核桃大小的一块白，而且在袖口处还留下两个小洞。我顺着火势袭来的方向望去，只见路边有一对夫妻在放闪光雷。我当即喝道："谁让你们在这放炮的，看，把我的衣服都烧着了！"我的话并没有引起小夫妻的注意，他们仍旧肆无忌惮地放着。见状，我几步蹿过去，站到小伙子面前大声说："别放了，看看，把我的衣服都烧坏了！"小伙子看了我一眼，没说话。倒是一旁的女人搭了腔："我没看见烧着你啊，烧你哪了？"我一听这女人说话怎么横着出来，便很生气，指着我的羽绒服说："你看清楚了，两处，你闻闻，还有烧焦的味道呢！""你说是我们放的炮把你衣服烧焦了，谁能证明呢？"我连忙回头向车站找刚才一起等车的两个姑娘，哪想她们已然乘刚来的车走了。我感到很尴尬，只得说："不用找人证明，这附近就你们俩放炮，别的人离这儿远，根本崩不到这里。""这就有意思了，没人证明，我不能负责。""你怎么这么不讲道理。我问你，政府有规定，不允许在车站、公路、高压线下放炮你知道不知道？""知道怎么啦，又不是我一个人放。你看看，都在放呢！""你要这么说，我还就真跟你较这个真儿了，我马上拨110。"我们的激烈争论，一旁的小伙子一句也没搭腔，依旧放他的花炮。这时，我们的周围已经围满了人，更多的是附近小区里的人。见我真的拨了110，有人便站出来说话了："哥们儿，差不多就行啦，大过年的。让他们赔你俩钱吧。"我说："这不是钱不钱的问题，你看这两口子的态度。我今天非等警察来把他们拘了不可，看他们还敢嘴硬！"

或许今天晚上报警的特别多，大约等了5分钟也没见警察过来。于是，我又拨了一遍110。正当我与值班警察通话时，从人群中突然闯进一个60岁左右的妇女，她一下抓住我打电话的手说："您别打了，我给您赔不是。都是我的错！"我关闭了手机，一脸惊诧地看着眼前这个如我母亲一样年龄的妇女。好像在问，你是谁，你要干吗？见我如此，妇女对我说："同志，真对不起，放炮的是我儿子，他是个聋哑人。本来今年不让他出来放的，可是他姐姐非要拉他出来放，结果给您的衣服烧了。真对不起，赔多少钱我出。"看老人一脸真诚的样子，我的气消了一半，指着她女儿说：“您儿子我可以原谅，可您女儿太过分，明明是您儿子放炮把我衣服烧了，她硬是不承认，还跟我争辩。”这时，围观的人冲着老太太的女儿喊：“快给人家道歉，要不警察来了，就不好办了。”到底是群众的力量，老太太的女儿态度瞬间变柔和了：“大哥，真对不起。平常我弟弟经常遭别人欺负，我是真的有点忍不下去。刚才，我还以为有人又乘机嘲笑我们，真对不起！”

说话间，警车到了。警察问谁报的警，我说是我。警察问放花炮的人呢，我看了一眼哑巴一家人，又将目光投向远方，说：“刚才还在呢，或许趁着人多跑了。”警察一脸不高兴地说：“开什么玩笑，以后注意点。”

看着警车呼啸着开走了，几个围观的人对我赞赏地说，哥们儿够意思。老太太则从兜里拿出几百块钱一边往我手里塞一边说：“您真是个好人呐！警察要真把我儿子带走，我这年可没法过啦！”老太太的话让我觉得很感动也很温暖，到底是当母亲的。我赔着笑脸说：“您才是真正的好人！如果有可能，明年正月十五我还从这里路过，看您儿子放花炮。”

传媒人王晓青

到山西走一走，到处都是煤醋酒。这是我 2014 年 6 月初到山西采风一周后留在脑海里的印象。我想，只要到过山西的人或许都有这样的感受。

山西我是到过多次的。最早的一次是在 1992 年，那时我刚到北京的一家报社工作，领导让我们到山西同行业的报社学习取经。随着时间的消逝，对那次的山西之行给我留下深刻记忆的事情已经不是很多，模糊间还能记得到过乔家大院和晋祠。给我留下印象最深的是最后的一天晚宴，热情好客的山西同人把我们一行带到一家面馆，说要让我们好好品尝山西的面食。以前，我只知道山西的刀削面、猫耳朵两种面食有名。等各种面食都陆续上来了，数了数，竟有 20 余种。山西朋友说，这还不是多的，最多可以到 100 多种。那一晚我们吃得目瞪口呆。

去山西、陕西次数多了，我开始总结他们的面食为什么做得好。其主要原因是，黄土高原终年少雨干旱，蔬菜自然不能四季供应。于是，人们在面食的做法上下功夫，变着花样地做。这样，即使吃一碗面也会有享受人间美味的感觉。当然，吃面食离不开陈醋、辣椒和大蒜。我的一位陕西画家朋友对我说，吃辣椒大蒜的人都是英雄。我对此信以为然。

外出采风、旅游可见的风景多了。我不知道您首先想到的是哪一处。我想说的是，再美好的风景也是因人的情绪而决定的。尤其是组团参观旅游，与你同行的人是否气场合拍颇为重要。到异地旅游，往往第一次会感到很陌生，这时候如果有导游在一旁解说，就会让人清晰可见。导游的水平有高低，这与掌握的知识与游客的互动有着直接关系。还有更为重要的一点，就是导游是否带着感情去解说。

这次到山西采风，我们前后接触了五六位导游，他们分别给我们留下了不同印象。为了使我们这个作家采风团更深入地了解山西，省旅游局专门派了一位资深的“导游”王二生，他的正式职务是某旅游公司的经理，不然旅游局的人不会一口一句王总那样地称呼他。王二生属于稳重、儒雅型中年男人，每到一个景区前，他都会对这个景区进行启发式的介绍，而且能恰到好处地说上一两个与之相关联的故事，让你浮想联翩。这与很多年轻的导游不同，这一行 6 天中，他没讲过一段黄故事，也没讲过领导干部的段子。但大家都对王二生非常认可赞叹，认为他是山西导游中的 No.1。我在几个景区对王二生都仔细地留意着，发现他十分尊重年轻的导游，人家在讲解时他一句话也不多说。等导游讲解完了，他才以自己的所学所悟与我们交流。遇到不同的观点，他从来不反驳，只是笑笑表示我在听。我们这些写作者，在他们眼里带有几分神秘，毕竟背着著名作家的名号。其实，我们心里明白，就一个地区的地理、历史而言，再有学问的人也比好的导游强不了多少。与我而言，除了思维形式的奇思妙想外，真的究起学问来，我还真得给王二生们当小学生。记得在壶口瀑布，王二生几次提出要和我合影，并且他在瀑布溅起的水雾中始终一丝不苟地为我们照相，一会儿让我们面向瀑布，一会儿让我们面向天空，生怕他的照相水平影响了我们的形象。对此，我们除了感动还有什么可说的呢？千万不要以为王二生跟我们照相人家沾了多少名人的光似的。在我心里，这几天他是我们这个采风团里最有名的人。

与王二生判若两人的是我在晋祠见到的一个女导游。采风的第一天，我们先来到晋祠。晋祠已有三千年历史，是为纪念晋国开国诸侯周武王之子唐叔虞而建。晋祠我是来过的，由于时间较早，记忆的东西已不是很多。对于唐叔虞我兴趣不大，倒是对唐朝李渊和李世民父子与山西的故事感兴趣。看来，我这人也不能免追星的俗。尽管导游把晋祠的建筑结构讲得天花乱坠，我的脑海里总是想，李世民来过这里没有？正当我们一行从正殿出来，沿左侧屋廊行走间，忽听有人招呼，快到这里来，里边有李世民的画像。寻声望去，只见台阶上有一小院，一丛人跟着一女导游正往里走。陪我们的省旅游局的同志说，你们来得很是时候，这个展厅一般不对外开放。我们尾随着进去，里边不透阳光，很昏暗，在中堂可见李世民的楹联——“文章千古事，社稷一绒衣”。读后感觉话里话外真是那么回事。在楹联的右边，是一处刻有李世民像的石碑，我看了看，清晰可见一轮廓，究竟是不是李世民的真模样，恐怕只有李世民自己知道。这时，外面进的人多了起来，女导游有些不耐烦地说：快看快看，只给一分钟的时间。说是一分钟，女导游是边说边往外走的，而且她手里拿着房门的钥匙。见此情景，后边的游客只能望而止步了。我从他们的脸上自然看到些许的不悦。这不悦既是冲导游的，也是为了没能一睹李世民尊容而惋惜的。我觉得很可笑，看看李世民像又能怎样呢？回到家中，你不还得洗衣做饭，为孩子上学老人看病东奔西走吗？

山西多山，有山就有煤矿。但我不曾想到的是中国煤炭博物馆不是建在某个矿区，而是建在太原这个大城市里，而且里边还有一个偌大的煤矿模型。煤矿我见过很多，也曾多次到井下去参观。然而，当你真的问我对煤了解多少，我还真说不好。对于我这般 40 岁以上的人来说，大都有过烧煤生火做饭取暖的经历。

我母亲 18 岁就进了我们陈家的门，她至今仍然耿耿于怀的是，她以那样小的年龄每周都要到五六里地远的煤站去买煤，家里没有手推车，她硬是靠扁担挑着两个竹篮给挑回的。她不曾想到的是，街坊因为贫穷，烧不起煤，就每天提着水壶到我们家里烧热水。母亲对奶奶说，炉子整天烧着，很费火，您能不能跟街坊说别来了。奶奶当家，但从来没有计划，一切顺其自然，对于街坊来烧水这样的事，她向来采取迁就的态度。她对母亲说，人家过日子比较紧巴，烧两壶水算不得什么，要是把人得罪了，那事情可就大了。母亲一听，感到很委屈，带着怨气说，您说说没事，可那煤我得从五六里远的煤站一篮一篮地往家挑，肩膀都磨红了。奶奶并不买母亲的账，照样让街坊们来。一日，母亲实在忍无可忍，对一个本家街坊下了逐客令，结果弄得本家好几门街坊都到奶奶那里告状，害得奶奶和母亲吵了一大架。也就是从那时起，母亲与本家的街坊开始结怨，直至 50 年后的今天，也没完全化解。如今的母亲已然是快 70 岁的人了，她的脾气仍然很大，我劝她，她说改不了，全是叫你们老陈家给逼出来的。我一听笑了，说您娘家也姓陈，看来姓陈的人家没好人了。母亲听罢，咯咯地笑了。

20 世纪 80 年代中期，全国各地还是计划经济时代，粮油米面布料缝纫机自行车等生活必需品都要凭票供应。我记得当时一个户口本每月只有 115 斤煤球，勉强够烧半个月的。剩下的半个月就得用柴火接济。为了能多买一点煤球，父亲不知要跟卖煤的说多少好话。等我到农场工作后，由于负责鸡场的鸡蛋向供销社的供应，很快就与供销社的经理混熟了。几个月以后的一天，我回家正赶上父亲和母亲吵架。原因是母亲爱干净，不爱烧柴火，让父亲想办法去多买煤。尽管父亲是村干部，可他向来是懒得求人的，死活不去找关系。于是母亲骂父亲没用，气得父亲在院子里跟母亲吵架。我听后，觉得好笑，就对他们说，你们别吵了，不就是买点煤吗？包我管就行了。父亲说，你刚参加工作能认识谁？我说我认识供销社的经理。父亲半信半疑地看着我，那意思是你可别说大话。我当然不能说大话，第二天一早我就去找供销社的经理，经理说这好办，他抄起电话对煤站的负责人说，以后陈 ×× 到你那里买煤，可以买到 300 斤。天哪，出手真大方啊！我很感激地看着经理，这是我参加工作后为家里做的一件最为露脸的事。

中国煤炭博物馆的负责人听说我们是《香港商报》组织的一批全国知名作家前来参观，特意安排他们的金牌女导游王晓青前来负责讲解。王晓青，大个子姑娘，浓眉大眼，身材健硕，口齿伶俐，她对博物馆里的每一个环节每一个展品都能说得头头是道。最重要的是，她讲解的不是那种工作性的公事公办，而是从心底里带着感情的那种，大有我要把知道的全部都告诉你们的架势。本来我们准备参观四五十分钟的，可在王晓青热情的讲解下，没有一个人觉得她讲得近两个小时是多余的。从她的讲解中，我们知道了煤是怎么形成的，什么叫烟煤无烟煤，山西为什么盛产煤，全国各地的煤的储量以及中国古代、近现代挖煤采煤的历史，等等。在隧道里，我用矿灯发出的昏黄的灯光照耀着王晓青的脸庞，并几次选择最好的角度想为她留下精彩的瞬间，可是由于手机照相的原因，照片出来都是模糊的。或许是见我听得十分认真，王晓青在许多场景几乎都是在朝着我的方向讲解着。在走路的空隙，我问王晓青，你讲得为什么那么动感情？王晓青自豪地说：因为我是矿工的女儿！

因为我是矿工的女儿！多么坦率的表达。要知道，在富二代、官二代被人们叫得漫天飞的时代，一个女孩子居然不因为自己的父亲是矿工而显得低微，而且在众人面前理直气壮、无比豪迈地大声说出——“我是矿工的女儿！”这该具有多么大的勇气和底气啊！我不由得对王晓青刮目相看，甚至从心底里对她产生了浓浓的爱意！

请原谅我的多情。可我知道，这种情是花多少钱也不能买来的。由于时间的关系，接下来我并没有问王晓青的父亲在哪个煤矿工作，也没问她在哪个大学毕业，只是从她讲述的煤矿故事中，隐约得知她的家至今还住在煤矿。其实，这些都可以忽略不记，只要记住她所说的“我是矿工的女儿”就足够了。

在山西采风的日子，不论走到哪个景区，见到哪个导游，我都愿与王晓青做比较。同行的作家阿成见我如此钟爱王晓青，说你为王晓青写篇散文吧，题目我都替你想好了，就叫传媒人王晓青。我觉得这个题目很好，就写了上面的文字。我知道，这篇文章不仅仅是写给王晓青一个人的。尽管在我心里，已经把王晓青看作山西的一道风景。

第三辑

脸对脸呼吸

女人的荷

此刻，已经是午夜，天边的满月斜斜地挂在头上，没有星光，间或有一盏流动的夜明灯从眼前隐隐地划过，同行的童姐说那是祈福之人燃放的。我不知道那祈福之人是男是女，也不知道他们是祈求生命的健康还是爱情的永恒，总之我们6个文学上的善男善女面朝月色，已经表情庄严地同那陌生的朋友一起祈祷了。为了他们，也为了我们自己。

然后，我们徜徉在悦荷广场，开始了一场没有约定的月光晚会。晚会的形式自然是用歌声、朗诵与舞蹈，主题需与月亮、荷花有关。3个女士，当仁不让地成了今晚的夜莺，古典的，现代的，中国的，外国的，知道的，不知道的，它们像潮水般地倾泻而下，似乎要把这千亩荷塘给填满似的。侧眼看着那些被冠以小碧台、宁娃、碗莲、香睡莲、彼得、克罗马蒂的莲花们，有微笑绽放的，也有羞涩含苞的，还有隐在荷叶下面的，像大企鹅下面的小企鹅，温暖而又多情。听着我们的合唱——“月亮走，我也走，我送阿哥到村口——”，那些高高低低的花冠们也不再矜持了，渐渐地开始摇曳，与远处堤岸上的垂柳连成一幅多彩的夏日风景。

“要是有把小提琴就好了。”童姐说。“哦，是的，如果现在我们真的有把小提琴就好了。”我想童姐此时一定想到朱自清在其散文《荷塘月色》中所描写的那句“光与影有着和谐的旋律，如梵婀玲上奏着的名曲”了。其实，没有音乐也罢，任何乐器都是人手的操弄，而控制人手的恰恰是人的心灵。只要有了心灵的歌唱，连路边的小草都会和我们共鸣的。

不知怎的，我突然忆起我的少年往事了。

我的家乡在北京郊区，那里过去也曾有过很多的河流与池塘，虽然没有种植藕荷，但茂密的芦苇总还是有的。少年读书，当读到“小荷才露尖尖脚，早有蜻蜓立上头”时，我就思忖，小荷是什么？它长得什么样？这样的猜想一直持续到上了中学。印象中第一次见到荷花，是在北海公园，那是一个晚秋。晚秋的荷花，宛如结过婚的女人，从叶子到花蕾都显得丰满而颇具神韵。记得班里有个叫荷的女孩，生得天生丽质，脸上略施淡粉，雪白的衬衫领翻在绿色的确良上衣外面，两眼晶莹剔透，怎么看都像一朵亭亭玉立的白荷。因为时代的缘故，我们同桌已经 3 个多月了，说过的话，还未曾超过 3 次。

第一次是我的作业本掉在地上，由于家里穷，我穿的布鞋大拇指那个地方已经露出窟窿，正好被荷连同作业本一起看到，这使我很局促不安。荷说：“你的作业本掉地上了？”我假装没有听见，两眼直直地盯着黑板。见我不动声色，荷稍微挪动桌子，弯腰将本子拾起来，用手轻轻地掸了一下，顺手放到我桌子的右上角。我偷偷地看了她一眼，脸倏地一红，连个谢字都没敢说，双眼又朝黑板望去。

第二次是我在一节语文课上朗读茅盾先生的散文《白杨礼赞》，由于我天性爱朗诵，再加上之前已经阅读过几遍，故朗读起来就充满了韵味。当朗诵完最后一句，全班同学都情不自禁地给我报以热烈的掌声。下课时，荷对我悄悄地说了句：“我还想听你朗诵一遍。”我怔，脸红红地回答：“你其实比我朗诵得更好！”荷的脸瞬间也闪过一点点的红。从这次以后，我的心好像已经装满了荷。这是不是初恋呢？

第三次就发生在今天来秋游的路上。原定一个班一辆车，谁料早晨汽车公司少发来一辆，说那辆车发生故障，来不了了。无奈，我们班的学生只好分插在另几辆车上。我跟荷刚好被安排在同一辆车上。人很多，大家拥挤在过道，人贴人，荷挨着我的后面。我怕挤到她，便努力和一侧的男同学挤着。车开动以后，由于路途颠簸，我的身体一次又一次地和同学碰撞着，有几次险些碰到了荷的前胸。荷没有说话，只是用涂了脂香的手绢不停地擦汗。忽然，一个急刹车，我的身子先是一个大大的前倾，而后又大大地来个后仰，重重地撞在荷的前胸上。我感到荷紧张得抽搐一下，但她没有发出任何的声音。我不好意思地回头冲她看了一眼。荷轻声说："没关系，你要是站不稳，就往我这边靠靠。"荷的声音不大，但已让我暖流涌遍全身。在接下来的路途，我放松心态，身子自然贴紧了荷，任汽车怎样的颠簸，我们谁也不说话。多年过后，在我接触过无数的女性中，我再也找不到当初荷的感觉。

"红弟，你在想什么呢？"身后传来霞姐的声音。

"哦，我在想少年时代的一个女孩，她的名字叫荷。"

"我想那女孩一定很好看，不然你怎么会那样的专注，连我们的歌声都不听了！"

"对，那真是一朵漂亮的荷。我们已经二十余年不见了。"

"你很想她，她是你的初恋吗？"借着朦胧的月色，我感到霞姐很好奇。

"怎么说呢，就算是吧。不过我们之间从来没有表露过。"

"真正的爱情是不需要表露的，彼此留在心里已经很美。"

一只白鹭从远处的荷花中鹊起，不知是我们的歌声惊扰了它，还是它受我们的刺激也去寻找它的那一个去了。我不再顺着霞姐的问话交谈下去，我对朋友们说，我给你们朗诵我的一首田园诗吧："我站在田头看日落，落日的余晖把笑脸给你。晚霞捎走了你的愁绪，你留给月下一个甜蜜。"(《日落》)

“哇，你什么时候写出这么美的诗？”童姐以前只知道我写散文、小说，乍一听到我的诗她自然感到惊喜。

“那是在我少年的时候，对什么事尚在懵懵懂懂。突然有一天就来了感觉。”

“我想肯定与爱情有关。”童姐今天晚饭后在大海里畅游了两个多小时，她现在还处于兴奋状态。在我们6个人中，她唱的歌最多，且大都与爱情有联系。

“你说对了，刚才红弟若有所思，就是在想他的初恋。他的那个女朋友的名字就叫荷。”霞姐解释着。

“真的，太浪漫了。那后来呢？我是说荷的后来。”童姐开始追问。

“后来，后来荷成了别人的新娘。”我淡淡地回答着，但心里已经很不是滋味。

“不好，不好，霞姐，我建议我们6个人结成3对，彼此牵着手走，要不多遗憾哪！”

“我们已经都牵过手了。心灵之约。”霞姐非常认真地回应着，“你要是非想牵，我建议你跟红弟牵一下。”

“我们何止牵手，我还想来个拥抱呢！”说着，童姐向我伸出手，我们不仅手牵在一起，而且很温暖地真的来个拥抱。虽然时间只有十几秒钟，但我们已经能够感受到对方真实的温暖。我相信，真实是能感动一切的。

又一盏夜明灯划过天空，那些祈福的人还在燃放着他们的梦想。漫步在这南戴河的中华荷园，我不由得联想到曾经到过的西湖、太湖、微山湖、昆明湖，大凡有湖的地方都会有荷，有荷必然会有花，有花又怎能不会产生爱情呢？但我总觉得，这荷花天生是为女人长的，大诗人杨万里在《红白莲》一诗中不是有“红白莲花开共塘，两般颜色一般香。恰似汉殿三千女，半是浓妆半淡妆”么？我以为，这应该是最好的佐证。

相思无因见

时日已到仲秋了，南戴河的朋友打来电话说，再来荷园看看吧。我说好啊，但不知荷园里的荷花是否依然盛开，我可不愿看到满目凋零的景象。朋友说，你那么喜欢荷花，为了迎接你，荷花们一致商量好了，一定要保持最好的容颜等待你。

南戴河的朋友就是这么热情，特别是2009年夏季我到南戴河中华荷园小住三日，写出了《女人的荷》后，文友们都说我终于有了自己成名作了。我当然也十分兴奋，在心里不止一次地感谢中华荷园。关于这篇散文，我写了创作谈《朱自清先生教我写散文》，文章发表后，许多读者、同行除了欣赏这篇散文的写作特点外，更多的则关心我文中所写的我的初中女同学——“荷”，她到底是谁，她如今过得怎么样，我们有无进一步的交往？

初恋，如果这也能叫作初恋的话，那一定会记录着我的伤痛。

此刻，仲秋的荷园清晨，我约上同行的女画家DH一起到此漫步。来荷园之前，我就对她说，你不是喜欢画牡丹、荷花吗？现在是8月末，看牡丹是不可能的了，但我可以带你去看荷花，你如果不到南戴河中华荷园，你就枉称是画荷的丹青妙手了。DH人长得端庄，大气，不染风尘，置身于五六百亩荷塘之中，俨然就是一株亭亭玉立的荷。由于前年来过的原因，我非常关心那些曾经熟悉的地方，以及我曾观赏过的名曰一捻红、佛琴娜莉丝、洪湖红莲、尼赫鲁莲的花儿们，DH 则用相机不失时机地在荷花丛中发现属于她眼里的美景。看着 DH 如此的热情，我不由想到了我少年的荷。

来中华荷园之前，我曾与荷做了短暂的相见。

这是一次 20 年后的相见。20 年前的夏季，我在农场担任工会干部。一天，机关通知下午 2 时到文化宫电影院看电影《开国大典》。我哪里会想到，自高中毕业后，我跟荷竟然在这里相遇。电影开演前 10 分钟，我随着人群找到自己的座位刚要坐下，想不到荷突然出现在我前面的座位上。当我们两个人四目相对时，谁也不知道说什么好。后来我问她：你是一个人来的，还是单位组织来的？荷说，她的票是她妈妈给的。见旁边的座位还空着，我便试着对荷说，你能到这边坐吗？荷犹豫了一下，说：就这样吧，有机会我们约个时间再谈。荷的话让我感到很尴尬。

高中二年级时，我与荷一同参加了国庆 35 周年游行队伍集训的排练。训练的地方一会儿在学校的操场，一会儿到农村的场院，一会儿到部队的驻地，很是折腾人。当时，荷不会骑自行车，她只好频繁地搭乘同学的自行车。道近的地方还可以，可道远的地方就真够累人的了。就内心而言，其实我是很想接送荷的。可那时的中学生不要说男女共用一辆自行车，即便两个人走在路上一起说几句话，也会遭到同学非议的。尽管荷与我之间从来没有什么障碍。可在这么公共的场合，断然是不敢有过于亲近的想法和做法的。每当看到有同学载着荷从我身旁走过，特别是看到荷的有些幽怨的眼光的一刹那，我感到我的脸一阵发红一阵发热。现在回想起来，我很是自责，当初我为什么不能勇敢地承担起接送荷的重任呢？假如我能勇敢地去做，说不定我与荷就能真正地走上婚姻的红地毯了。

集训排练的中途，有两天荷没有来。班里的一个女同学告诉我，荷患了感冒。又过了两天，荷仍然没有来，这次没人告诉我荷的感冒好没好。作为集训排练的学生方队的队长之一，我完全有理由到荷的家里去探望她。可我没有去，甚至连去的勇气也没有。5天后，荷终于出现了——不是以往日的样子，而是以爆炸式新闻的形象出现了：接送她的是一个工厂里的青工。据说是荷父亲的徒弟。我看到后心情变得更复杂，像打倒了一个五味瓶，内心非常苦涩。自那以后，荷就每天只坐那个青工的自行车了。与此同时，我的耳朵里则不断地被“荷和那个青工谈恋爱了”的议论所充塞。或许是由于精力不集中的原因，在走队列时，我几次走成一顺腿，不得不被教官处罚围操场跑10圈，而且辞去了集训队长的职务。

这一切的一切都因为荷。都因为荷的不会骑自行车。都因为我为什么不能勇敢地去接送荷。

《开国大典》放映结束时，荷告诉我她在农场制药厂化验室工作。我说我经常到她们厂检查工作，说不定哪天会在厂里碰到。因为有荷和她父亲的徒弟谈恋爱的说法，那天我没有问荷是否已经出嫁了。从此，我再也没有见到荷。虽然我多次到过农场制药厂，我也侧面向厂里的领导打听过荷的情况，可我最终还是没有去见她。

不久，我离开了农场，到市里的一家新创刊的报社工作。虽然离开了农场，偶尔从同学的聚会中，我还能依稀听到关于荷的一点消息。再后来，随着农场企业纷纷地关停并转，同学们也就很少再聚会了。如今，都已经是过40岁的人了，似乎一切都已经成为定局。于是，在夜深人静的夜晚，许多少年时期的往事不由得像过电影一样浮现在眼前。我当然要想到荷，也不知道她过得怎么样。

我曾经给荷所在的制药厂打过电话，厂里的人说荷早就调离这个单位。具体到哪儿，他们也不知道。我感到很失落，也很惆怅。

前几年，有同学又发起聚会。几次聚会荷都没有来。甚至有个别同学谈到学生时代的往事时，还提到我跟荷是如何天生的一对那样的话。也有同学猜测我现在一定跟荷生活在一起。这样的话让我心酸，那是多么好的想象与祝愿啊！可是，我眼下连荷的一点音讯都没有，真是急煞人了。

半个月前，几个初中同学小聚，有个同学突然问我：你多长时间没有见到荷了？我说有20年了吧。同学戏谑地看着我说：想不想见？我说：你跟荷有联系？同学说他没有荷的具体联系方式，不过，几天前他在农场的一家超市买东西时看到了荷。荷说她在一家乡镇医药公司做销售。我说这就好了，那个乡镇的宣传部长跟我很熟，估计很快就能查到荷的电话。

听到荷的消息使我感到很欣喜。第二天我就迫不及待地通过114查号台很顺利地查到荷所供职的那家医药公司的电话，又通过医药公司办公室查到荷的手机号码。当我拨通这个得来不易的千呼万唤的号码后，我特别期待着荷发出的惊讶的声音。

然而，荷的声音显得很平静。尽管我在5分钟内语速飞快地把我的情况一一告诉了她，可她并不急于告诉我她的近况。我对荷说："我们尽快见面吧。"荷答："我下半月很忙，要到医院要账。你还是哪天顺路过来再见吧。"我说："你怎么能这么平静呢？老同学20年不见，你知道我想你想得有多么辛苦吗？"荷说："那又能怎样！见面看到我的样子你会后悔的。"我说："什么都不要讲了，你等我电话联系吧。"

我与荷相约是在次日上午的11时。快到时，我告诉她在公交车站等我。这天天气很热，我想象着荷一定会像当年那样，穿着时尚的碎花连衣裙，左手拿着手绢，右手撑着遮阳伞，在路边翘首以盼地等我。我还设想，我们俩会不会像电影里那样见面彼此来个热烈的拥抱呢？哪料想，当我走下公交车时，发现车站四周竟一个人都没有，我误以为下错站了。抬头看看站牌，没错啊！我不禁看了看手机上的时间，现在已经过去了10分钟，难道她还没有到？我不由拨通了荷的手机。荷说天气太热，她躲在不远的一家电器城里等着呢。

荷迎面向我走来时，我还真有点不敢认她了。比起过去，她显然胖多了，脸上少了粉黛，而多了些许的斑纹，流露着岁月的年轮。而且，她的手里既没有拿着手绢，也没撑着遮阳伞，很本色地站在我面前。我不禁自问：这就是我昔日的同桌，老师让起立回答问题时用手遮住嘴巴的那个羞涩的女孩吗？我对荷说："咱们先不急着吃饭，看附近有没有街心公园，我们一起走走吧。"

"为什么要到公园走走呢？不好吧？"荷的回答让我一怔。往常每当有朋友约我见面，如果时间尚早，我很喜欢同朋友一起到附近的公园或公路的林荫道去散步。那可是对生活的一种享受啊。

"难道你怕别人说什么闲话，我们可是快30年的老同学啊！"

"我可没你那么浪漫，中午吃完饭我还要出去要账。"

"我们能不能不谈工作，说点工作以外的事。"

"你哪知道，一个小时前公司还催我交货款呢！"

这就是生活。荷的真实让我感到她的生活压力很大，而且很乏味。于是，我随她到就近的一家餐厅。在上菜前，我把自己的诗集和一本收录《女人的荷》的散文年选送到荷的面前，并且对她说："诗集你拿回家看，散文选中有篇我写的《女人的荷》是为你写的，有你的影子，你不妨先看看。"

荷接过书，随手翻了翻，我告诉她《女人的荷》在哪一页。荷翻到那一页，并没有我想象的那样细看，只是简单地读了开头就把书合上了。然后问我："你出几本书了？"我说："8本。其中有一部长篇小说，里边也有你的影子。"

荷深深地看了我一眼，说："你上学时作文就出奇得好，你今天能取得这么大的成绩，真为你高兴。"

"你这话说得像领导似的。你上学时学习成绩不也一直不错嘛！如果不是赶上那个特殊年代，我们都能顺利考上大学的。"上初中时，荷是学习委员，我是体育委员，在班里排名我们总是前两名。

"你孩子上大学啦？"荷问。

“哪里，小学五年级。你的呢？”

“大学二年级，北京邮电大学。”

“好啊，你终于熬出头来了。”

“哪有头啊。孩子虽说考上大学了，可我明年就要退休，难道我45岁就变成老人了？”荷一脸的迷茫，望着我。我很清楚，荷从事的医药行业按特殊工种，可以提前5年办理退休手续。

“别担心，你会有很多事可做。譬如开个商店什么的。你不知道吧，咱们初中时的英语老师几年前就辞职下海了，现在是一家台湾食品公司在北京的总代理，业务做得可红火哩！”

“你又不是不知道我的性格，我能做得了那个吗？”

“让你爱人帮你啊。我忘了问了，你老公就是当年用自行车接送你参加游行集训的那个青工——你爸爸的徒弟吗？”这个问题在我心里萦绕了很久，我一直想知道个究竟。刚一见面我不好直接问荷，现在借助这个话题，我巧妙地问了出来。

“不是的。当初你们都那样猜。他倒是有那个意思，可我爸妈不同意。后来就不了了之了。”

“那你现在的老公是谁？”我有些迫不及待地想知道。

“是我在药厂的同事。过去总接我下夜班。”

“那你为什么要放弃国营企业而跑到乡镇上呢？”

“怎么跟你说呢，我的主管领导是个色迷，总是缠着我，我非常讨厌他。况且我和他的爱人都在一个厂里，成天低头不见抬头见。我找厂领导要求换岗位，可领导就是不批我。没办法，我只好要求调走。”

“那你爱人呢？”

“他还在药厂。企业不景气，他也不怎么上班，白天睡觉、喝酒，晚上打麻将。我觉得很无聊，就养了两条狗，也算是排遣生活的空虚吧。”

荷的话让我提不起一点精神。我们这个农场，当年在全国农垦系统可是一面响当当的旗帜。而荷在初中、高中期间，也一直是班干部，学习成绩优异，而今却陷入了对生活的困惑与无奈当中。社会就是这个样子，你能抱怨谁呢？

好在荷的生活倒也无忧。她指着窗外远处的几幢正在建设中的高档住宅楼说，她婆家的房子赶上拆迁，按政策可以分给他们家两套房，按现行房价，少说也得价值五六百万。她最担心的是退休后没事干。我玩笑般地安慰她说："实在没好地方去，你就给我当经纪人，让我也体验一下当老板的感觉。"

荷听后苦笑了一下，说："你还是上学时的那个样子，总是那么开心，乐观。"

"生活就是这样，开心也一天，憋屈也一天，人干吗跟自己过不去呢！服务员，埋单！"

我跟荷走出餐厅时已是下午二时。以往这时我正在家睡午觉！而此刻，看着荷略显疲惫的身影，我多想让她在我的肩头靠一靠。可是，我能说出口吗？荷愿意吗？她敢吗？

"快过来，你看远处朦胧的阁楼多有意境，我给你照张相吧。"看到我立在荷塘前若有所思的样子，DH 用手指着阁楼的方向招呼着我。我顺着 DH 手指的方向望去，那荷塘中间的水道笔直地向远方伸去，而水面的尽头正是烟波浩渺中的阁楼，宛如海市蜃楼般的美轮美奂。

啊，美丽的中华荷园，你竟是如此的仙境！

谈笑间，DH 无意中进入我眼里的镜头。她的柔发的右侧是依依的绿柳，身后是争奇斗艳的荷花，荷花中那一颗颗圆圆的莲子头好像一个个麦克风，随时准备着歌唱，歌唱这东方日出的黎明！

蓦地，我仿佛有了一种开悟：我与其反复去寻找当年的荷的原始美，莫不如抓住这身边瞬间的美。更何况眼前的 DH 就是我多年要寻找的美的化身呀！想到此，我的眼前豁然明亮起来，真的是"接天莲叶无穷碧，映日荷花别样红"了。

寻找黄秋菊

半月前的一天，是本人的生日。我像很多的男士一样，从来不给自己过生日。然而，今年的生日，我却意外收到来自秀秀的速递礼物——一件圣大保罗品牌的红色T恤衫。打开包装，里边还有秀秀的字条。上写：祝亲爱的红老师生日快乐，好作品多多。

秀秀是公安系统的小警花，前几年到北京参加一个文学活动跟我认识的。秀秀在公安局政治部工作，搞外宣，她白天写新闻，编警情反映，晚上写散文写小说。这几年，她在全国报刊发表了几十篇作品。我跟他们省里的好多作家都很熟悉，他们都说秀秀特别知道感恩，走到哪都说她是我的学生。

我不大同意秀秀的说法。咱就是个报纸副刊编辑，帮人家发几篇作品，给人家的稿子提点建议，怎么就成了人家的老师，这也太逗了吧？我始终认为，作家写作，是一种天赋，任何人都没有把别人培养成作家的可能。

这让我想起北京某名刊的一个老编辑。80年代文学热的时候，一个默默无闻的业余作者，要是能在这个刊物上发一篇作品，很快就能引起轰动效应。如果是农民作者，可以转户口吃商品粮；如果是工人，可以调到机关，或者进入专业文艺单位。话说这位老编辑，在当年从北京某钢厂发现了一位业余作者，经过他多次帮助谈话、修改小说原稿，不到几年的工夫，这老兄在京城里就出人头地了。很快，他被调到宣传文化部门，90 年代，竟然当上了副部级。也许是官当大了，见得人太多了。自从在那个名刊火了以后，副部级就很少跟老编辑联系，开始几年，还寄几张贺年卡。后来，索性连贺年卡也不寄了。去年的春节，在首都文艺界春节茶话会上，老编辑远远地看到了副部级，他对我说，我想和他握握手，30 年前我还发表过他的小说呢。你说他不会拒绝我吧？看着老编辑忐忑的样子，我说应该不会吧，人咋能这么健忘呢？

老编辑听了我的话，趋步向副部级走去。等他快到副部级近前时，副部级的秘书左手举着领导的呢子大衣，右手搀着领导的胳膊，对几个走过来寒暄的人说，对不起，领导还要参加下一个活动。然后，一一和寒暄的人握手。老编辑是最后走上前去的人，他在和副部级握手时，礼貌地说了句“× 部长您好”，他想副部级一定此刻会认出他，甚至会激动地叫他一声“× 老师！”然而，老编辑的想象错了，副部级只是和他象征性地握了一下手，那力度可能还不如之前的几位。最为重要的是，副部级一句话也没说，不，是一个字也没说。

老编辑晃动着身子回到原来的座位上。他失落地喃喃自语道，他怎么能这样呢？我难道真的变得让人一眼认不出来吗？我目睹了老编辑刚才的全过程，我给他倒了一杯茶，说，这个世界的人和事本来就不是让我们都记住的，记得多了，烦恼就会多。就说这个副部级。当初您帮他，是出于编辑的本能，您是没指望人家将来飞黄腾达来报答您啊。如果他今天还是个无名的作者，您会像在乎副部级一样在乎他吗？

我的话让老编辑顿开茅塞。他连忙说，对，对，喝茶。

话虽这么说，从茶话会回家的路上，我在想，这么多年来，我是不是也有一个或几个特别在乎的人呢？回答当然是肯定的。

譬如，三十多年来，我一直在寻找一个叫黄秋菊的女知青。

黄秋菊是 70 年代末到我们京郊农场插队的女知青，她被分配在果园。我儿时住的村子，与这个果园只隔一条公路。一年四季，我都是伴着果园长大的。我记忆最为深刻的，一个是在春季，苹果花、桃花盛开的时候，我每天早晨都要到果园里去读书，那花香、蜂鸣、蝶飞，如诗如画。另一个是冬天，我会在白白的雪野中寻着野兔的足迹，去发现它们的归巢。我只是好奇，绝没有伤害它们的意思。还有一点，让我记忆深刻的，就是捡树枝。

那个年代，不论农场还是农村，烧煤气还不能普及。绝大部分家庭，还是靠烧煤和烧树枝的。记得1978年冬季，我在小学三年级的时候，就开始到果园捡树枝了。这捡树枝也是有规矩的，大些、粗些的，一般工人们剪完后他们会打理成一捆，然后绑定在自行车行李架上，等下班时在我们艳羡的目光中带走。而我们只能在他们走后，将剩下的细小的树枝捡在一起，再用竹筐背回家。有些胆大的孩子，往往趁工人在树上剪枝时，他们会将一些粗大的树枝快速地抢走。为此，工人和我们捡树枝的孩子经常会发生纠纷，甚至出现果园工人打孩子的事件。

捡树枝人少的时候还好办，人多的时候，你就得早早地来，在几棵树下等，经常一等就是两个多小时。冬天的果园不比夏天、秋天，冷极了，尤其是刮风下雪的天气，常把人的脸冻得通红通红。我们那时家里穷，通身穿着薄薄的青布棉袄，里边什么衬衣衬裤也没有，冷风吹过，能从头凉到脚。有几次，我真想不来了。可不来又怎样呢？家里还真需要树枝烧呢！

大约捡了半个月树枝，忽然来了一个高个子果园女职工，同事都亲切地叫她小黄。这个小黄不仅个子高，而且长得漂亮，圆脸，大眼，皮肤圆润而白净，特别是两条长辫子甩在脑后，别提多漂亮了！或许是出于对漂亮女职工的好奇，我们一帮小孩子都老远地围在树下，看着小黄剪枝的样子。那个年代，别人我不知道，对于女知青我还是很熟悉的。因为1972年到1975年，我家就住着3位女知青，人长得虽然没有小黄漂亮，但也不难看。至于村里知青点的女知青，我也都熟悉，她们经常到我们家来串门儿。我所以写这些，无非是想告诉你，小黄也是女知青，我是听果园工人聊天时知道的。我还知道，她还没有男朋友呢。

小黄剪树枝的身段煞是好看，她剪树枝的声音清脆得很，我们想形容像啄木鸟，但又觉得那声音比啄木鸟的还好听。这大概出于每个孩子都被小黄的美丽给迷住了。一天，有同伴问，谁敢到小黄的树下去偷树枝？伙伴们你看我，我看你，谁也不吱声。同伴又说，他发现一个秘密，每次小黄下班，她都不要任何树枝，骑车就走。这话我听在心里，第二天我想第一个就到小黄剪枝的树下等。

印象中，70 年代的学生寒假要比现在的时间长，留的作业要比现在少。即使这样，在捡树枝的空隙，我也愿意拿本书读。第二天早晨 8 点半，我第一个来到小黄剪枝的树下。再过几分钟，我发现陆续又有几个伙伴往这边走，见我在这里，他们失望地转向别处。我两眼看着小黄上树灵巧的样子，有些地方实在够不到，她还要搬梯子。这时，我便自然地跑过去，用通红的双手帮她扶梯子。这人字梯子四角杵在地下，一般很牢固，即便这样，人潜意识地也需要有个人帮她扶一下梯子，即使扶梯子的是个小孩。小黄见我认真的样子，她问我："小同学，你多大了？"

"11 岁。"我怯怯地回答。

"哦，你和我小弟弟一般大啊！你叫我姐姐吧。"小黄爽朗地说。

"你为什么不要树枝啊？"我很关心这个问题。

"我家在城里，烧煤气，不用树枝。"

小黄说这话时口气很轻松，但并没有居高临下、盛气凌人的劲儿，这让我内心里非常喜欢她。

"你弟弟在城里寒假玩什么呀？"我好奇地问。

"去北海溜冰，去胡同里玩打仗。"

“我爷爷家也在城里，”我想努力与小黄拉近距离，“可是——只有春节时我爸爸才带我去。”

“你爷爷家住在哪里啊？”

“白塔寺。”

“哦，离北海不远。我家住在北新桥。”

小黄家住的北新桥在哪里，当时的我一无所知。不过，她说她弟弟溜冰的地方北海离白塔寺很近，无形中增近了我们之间的距离。此刻，我真的想叫她一声姐姐啦。

10 分钟后，小黄将南面一侧的树枝剪完，她在歇息的空当对我说，从明天起，你不用这么早来，天多冷啊！你在家好好读书，等快 11 点半你再来，下午 5 点以前来，我会把树枝理成捆给你留着。

小黄姐姐的话让我很感动，很温暖，只可惜我那时还不会说“谢谢”二字。

从那以后的二十多天，我每天都按小黄姐姐说的时间去背树枝。有几次我提前到了，她会冲我甜甜地暖暖地一笑。我若是去晚了，她会坐在捆好的树枝上等我。每次我把树枝绑在筐上，接着费力起来的时候，小黄姐姐都会在后面用力地帮我抽起来。对于小黄姐姐对我的好，许多村里的伙伴都很嫉妒，他们背后总爱对我说“大美妞看上你了”。我知道他们没怀好意，我开始还跟他们争执几句，再后来我理也不理他们了。

春节到了。果园放假了。过了正月十五，学校就要开学了。我多么希望天天能见到小黄姐姐的身影啊！可我们上学放学的时间，跟小黄姐姐永远不在一个点上。最初的那几天，我的心里头落落的。我何时才能见到我的小黄姐姐呢？

1979 年，传来高考和知青返城的消息。村里的知青蠢蠢欲动，农场里的知青也在摩拳擦掌，看着知青们一个个离开村里，父亲和乡亲们是那样的依依不舍。很多知青纷纷到我们家串门，一天不行两天，似乎有说不完的话。我妈对我说，到多天儿都不能忘你有一帮知青好哥哥好姐姐啊，是他们帮咱们家盖房子打家具啊！任劳任怨，起早贪黑，没吃过一顿饭啊！

我记住知青与我们家之间的情谊。那时，我还没有告诉我父母，在那年寒冷的冬天，有一个知青姐姐，她用一双剪刀给了我一个温暖的冬季。

这年夏天，农场请来一个城里的评剧团到果园慰问演出，我们学校也请假前去观看。中午天气很热，用苫布围成的临时剧场里边更热，很多人都忍不住跑了出来。我没想到，就在我跑出来的瞬间，正看到小黄姐姐从对面的马路过来。夏天的她，上身穿白底红花的衬衫，下身是标准的黑色筒裤，脚蹬白色高跟凉鞋，头发散着飘在脑后，咋看都跟电影明星似的。我不由得大声喊道："小黄姐姐！"听到突如其来的喊声，小黄姐姐一怔，但很快认出了我，她兴奋地叫道："是你？小红。"我再也忍不住，一下扑到小黄姐姐的怀里，任泪水扑簌簌地流下来。小黄姐姐说，小红不哭了，姐姐也挺想你的。她接着问了我一些学校和学习的情况，临分别时，她特意买了两根雪糕冰棍给我。

等到了10月，农场招工，我母亲被安排在果园食堂。在食堂工作好处很多，其中重要的一条是认识人多。大约一个月后，我向母亲打听，你们单位有一个姓黄的城里知青吗？母亲说，有啊，不过我来几天她就调回城里了，那女孩挺漂亮的。母亲的话让我几乎崩溃了，我多想对我母亲喊，您怎么不早告诉我，我多想再见小黄姐姐一面啊！

人世间的事情就是这样，所谓的缘分，有的往往仅仅是匆匆的一瞬。你想永远地抓住它，它给你的永远是后悔是思念。三十多年来，包括以后进城的二十多年，我一直思念着小黄姐姐，每当自己有了一点进步，或遇到什么挫折，我多希望跟她说一说。哪怕是在公交车、地铁站、百货商场，我总希望她能出现，哪怕一分钟也好啊。可是，没有。机缘这个狐狸精再也没让我碰到。

几天前，我听一个朋友说，你要找一个人很容易，公安系统有内网，只要把姓名、身份证号码一输，很快就能知道那个人所在的位置。我一听，立刻来了精神。我打电话给秀秀，希望她能帮忙查找小黄姐姐的下落。我告诉秀秀，小黄姐姐的名字叫黄秋菊，身份证号码不知道，她应该属于 50 年代生人，家住北新桥一带。秀秀说，你等我半个小时，查清楚马上告诉你。时间一秒一秒地过着，我想象着秀秀一会儿告诉我后的惊喜样子。大约过了一小时，秀秀打电话过来说，你说的我给你反复查了，有两个，一个是 1952 年的，在北京郊区。另一个是 1957 年的，在北京某部队大院。我问秀秀，你能把她们的照片传给我吗？秀秀说可以。几分钟后，我一看秀秀传来的照片，顿时傻了眼，这两个人不论是气质还是外貌，比我的小黄姐姐都相差甚远。我不禁追问秀秀，就这两个人的信息吗？秀秀肯定地回答，没有，就这两人，再有就是 70 年代出生的了。秀秀反问我，你是不是把名字记错了吧？我说，这怎么可能呢？准是有特殊情况，你帮我分析分析。

秀秀说，人失踪有三种可能，一种是这个人出国了，加入了新国籍，或者去了外地。另一种是犯罪，被判刑，户口被取消。还有一种，就是这个人已经死亡了，户口已经被注销。秀秀的话说得很专业，我无法相信也无法猜测是哪一种情况。但就我的内心而言，就是给我十万个理由，我也不相信我的小黄姐姐属于第三种情况。我始终坚信，她那样的好人，怎能不长寿呢？我期待着今生今世与她的重逢。真的，好期待。永远地期待。

到荞麦园去焖得儿蜜

民以食为天。现如今虽然人们的腰里鼓了，吃的东西多了。可真的要是来了朋友、同学、战友，到哪里摆桌请客还是要费些心思的。近些年，私家菜盛行。人们所以趋之若鹜，除了饭菜高档好吃，给请客人抬点外，最为重要的就是隐蔽性。我这么一说，老百姓自然心知肚明，这地方不是给工薪阶层准备的。

然而，自去年以来，中央开展群众路线教育，狠抓四风，一夜间，许多私人会所纷纷关门，这其中也包括许多的私家菜馆。我觉得这些私人老板，也别叫唤，这些年你们也没少从公家人手里赚到一桶或几桶的金子。

我这么说，肯定会有个别的私家菜老板站出来向我拍砖，说你小子不要这么幸灾乐祸，我们这些买卖人也不全像你想象的那样两眼就认钱，我们也有自己的精神追求。我当然相信这话不假。

几天前，到西安参加一个文学活动。会议开始前，有个挺文雅的女士走到我近前，她将手里的一本《新陕西》杂志送给我，说她是荞麦园的老板。我问右边座的陕西评论家李星可否认识这女子，李星说不认识。我再问社科院文研所的女评论家刘宁可否认识，刘宁说她也不认识，但她从手中的杂志上看到封面上正是荞麦园的老板时，她又找补了一句，这女人的气质倒是挺好的。

参加一个活动，认识几个企业家，接到几本杂志，这是当下再正常不过的事了。可我万万没想到的是，第二天中午快到饭点时，贾平凹艺术研究院的秘书长马莉对我说，真不凑巧，本来贾老师要陪你一起吃饭的，他上午临时有会议脱不开，让我们陪你到荞麦园正儿八经地吃一次地道的陕北饭。荞麦园？我马上联想到昨天见到的女老板，于是对马莉说，昨天在会议上我见到过荞麦园女老板，好像叫薛莹巧。马莉说，对，就是她，不过我们一般都称她薛总。贾老师则给她起名叫荞荞。

荞荞！多好听的名字，亏得贾平凹想得出来。

看着荞麦园的名字，使人不禁想到西贝西北面食和晋风饭庄一类专营山陕特色菜的饭店。巧的是，一个月前我曾到山西去采风一周，吃遍了山西的面食。山西和陕西虽然都以做面食闻名全国，就面条而言，我还是喜欢陕西的风味儿。面食中有一种不是以小麦粉做原料的，而是以荞麦面做原料的，如栲姥姥、碗托儿等。近些年，随着各种慢性病的大量增加，人们逐步开始注重生态饮食。医学研究，像荞麦这种高寒地区的农作物，长期食用确实有降低血脂、胆固醇、糖尿病、高血压作用的。

荞麦园的主人荞荞选择荞麦饮食作为饭店的主打不是随意想出的。她从小生活在陕北榆林地区，其爷爷就是1948年毛泽东率领中央机关东渡黄河时的船长。“那条毛主席当年坐过的船至今保存完好，就在我们4楼的美术馆阳台陈列。我们给它起名叫东渡船，老乡们则亲切地叫它龙船。”提起爷爷当年送毛主席东渡黄河的情景，荞荞一脸的无限自豪。见状，我把背着的印有毛主席头像，上面书写毛体“为人民服务”的军用书包举到荞荞的眼前说，你看多有缘，我今天把毛主席请来，就是想让他老人家看看昔日老船长的后代是怎么成为企业家的。

“不不，我哪里称得上企业家呢？不过经营个小餐馆而已。”荞荞谦逊地说，“不过话要说回来，我经营荞麦园，就是想引导社会提倡健康生态饮食。”

知道我要来荞麦园，荞荞给我安排的是冰镇凉皮、荞麦饸饹面、荞麦皮水饺，喝的是自酿的米酒和自产的南瓜汁。我说，这对于偏素食的我再合适不过了。荞荞说：“我们还有更独特的呢！”说着，我还以为又要上什么特殊的菜品呢，只见门一开，从外边走进几个头扎羊毛肚手巾、腰戴红兜兜的俊俏姑娘小伙，我扑哧一笑，说这不是阿宝和王二妮现身了嘛！荞荞说，客人都是从北京来的，给唱几首地道的陕北民歌吧。小伙冲我问，您点啥子嘛！我想想，说，先唱一首兰花花吧。

于是，伴着琴声，一对男女歌手尽情地唱起来：

青线线，蓝线线，蓝格英英采，
生下一个兰花花实是爱死人。
五谷子，田苗子，数上高粱高，
一十三省的女孩儿数上兰花花好。
红绣鞋，金莲子，好比两盏灯，
兰花花穿上搅乱年轻人——

听着那熟悉的旋律，我仿佛又一次来到陕北高原。我对荞荞说，我都想到陕北了。荞荞说，秋天我陪你到东渡岸边望黄河，那是个风景如画的地方。我相信荞荞的话。我多么希望明天就是秋天啊！

歌手和我们互动唱了《南泥湾》《山丹丹开花红艳艳》五六首陕北民歌后，准备告辞去别的房间继续演唱。这时一位同去的文友从兜里掏出几百块钱当作小费硬要往歌手的手里送，歌手看着荞荞脸上露出非常为难的样子。荞荞说，她这里的歌手一般不接受客人的小费，她对所有的员工要求都很高，譬如每人每月必须看一本书，而且要交书面学习心得。每月至少存款 500 元，逢年过节必须给家里父母寄钱。“我不希望我的员工在荞麦园干七八年后还是小工，他们必须有出息。”荞荞自信地说。

饭菜快上齐时，马莉提醒道：“红老师一会儿要赶到机场，咱们抓紧吃，然后到楼上美术馆看看。”

由于在中央文化媒体工作，我到过全国很多的美术馆参观过。这其中也包括许多的私人美术馆。或许是因为荞麦园美术馆就建在西安美院的大门南侧，我担心这里会有人看吗？如果想看，美院里的美术馆里该有多少珍贵的藏品呢？

可是，当我顺着电梯步入 4 层美术馆时，我被震惊了。这座仿陕北窑洞的建筑，高有 8 米多，里边悬挂着近百幅各种风格的画作，其中不乏刘文西、杨晓阳、王西京等当代重量级画家的力作，还有贾平凹、萧云儒等文人雅士的书画作品。在贾平凹为荞麦园所题写的“鼓腹而歌”书法前，我不由得会心一笑。荞荞问我笑什么，我说，以前只听演员爱说“饱吹饿唱”，现在老贾却反其道而行之，到底是大人物的思维啊！

“你收藏了这么多的名家字画，你是出于怎样的考虑呢？”我问荞荞。

荞荞把我带到 4 楼外阳台处的龙船旁，充满感慨地说：“每个人都有自己的梦，在少年时我就有自己的艺术梦。每当站在黄河岸边，面对滔滔黄河水，我的眼前总会情不自禁想到爷爷当年在黄河上摆渡船只的画面。那是英雄的画面，也是苍凉的中国男人的画面。可惜，我目前没有能力亲手去给爷爷们画像，但我可以为那些有能力的画家去服务，提供交流、传承的平台。”

为英雄的爷爷画像！这是一个女子的声音，这又不是一个女子的声音。人一旦有了这种毅力与信念，还有什么事情做不好呢？倏忽间，我从荞荞的背影中似乎悟到了我向她探寻的答案。

这个午后的对话时间很短，虽然有几个人陪同，也热闹了一阵子，可我却有了一个独享的快乐。在北京，人们把这种感觉往往形象地称作是“焖得儿蜜”。我想告诉荞荞，不知她是否喜欢。姑且自己先得意吧。

向八十年代致敬

几天前，在一个文学活动中，见到诗人、报告文学作家徐刚，我说在最近的《上海文学》杂志上看到罗达成写你的文章了。徐刚问我罗达成写什么了，我说在 1986 年 10 月号的《文汇月刊》上，发了理由的一个专辑，其中有一篇是你写理由的印象记，据说这篇文章是理由等了 3 年才算满意的文章。徐刚听后笑了，他问我跟罗达成有联系吗？我说没有，我只是喜欢他记录的那个年代的文坛往事。

经历过 20 世纪 80 年代的作家，现在大都在四五十岁以上。提起那个时代，人们喜欢用轰动这两个字来形容文学的繁荣。如我所知道的小说《乔厂长上任记》《人到中年》《大墙下的红玉兰》《小镇上的将军》《新星》《陈奂生进城》《哦，香雪》《你别无选择》《肖尔布拉克》，报告文学《伐木者，醒来》《扬眉剑出鞘》《胡杨泪》《中国姑娘》《人妖之间》，以及北岛、舒婷、顾城、杨炼、梁小斌等人的现代朦胧诗，这些作品几乎一问世，马上就会引起社会的强烈共鸣。

当时，我正在北京东郊的国营农场上学和工作。我很庆幸家居住在北京的近郊区，这使我可以骑车 50 分钟就可以到朝阳区文化馆参加各种文学活动。在那个文学爆炸的时期，全国各地到处都可以看到文学的活动，如讲座、朗诵会、笔会，办各种刊物。1984 年 10 月，朝阳区文化馆搞了一次“金色的秋天”文学作品征文颁奖，我那时还是个高中生，虽然没有参加征文，但还是以文学青年的身份被通知参加会议。就在那一天，我见到了大作家萧军和袁鹰，还有言谈举止非常儒雅的散文名家韩少华。也就是从那时起，我和萧军一家有了交往，以至后来通过萧军的女婿王建中的介绍，使我从农场调入刚创刊的北京工人报社。

朝阳区文化馆的文学活动在当时的北京区县文化馆算是多的。我参加的最多的是文学讲座，给我们授课的老师主要有萧军、袁鹰、从维熙、陈建功、郑万隆、韩少华、张辛欣、杨炼、晏明、徐放等。每次讲座前，从四面八方来的文学青年老早就来占座位，熟悉的还要三五成群地互相交流。讲座后，尽管已是晚上九十点钟，人们在会场门口、路灯下还要聚在一起讨论个把小时。那样的夜晚，在我的人生记忆里永远是那样的美好，如今已经30年过去，每每想起，心情还是无比幸福激动。

文化馆里吸引我们这批文学爱好者的还有一张名曰《芳草地》的四版小报，每两个月出一期。就是这样一张小报，在我们内心格外的神圣。我的处女作虽然不是在这里发表的，可我一直视她为文学的摇篮。记得在1985年，有两件事在文友们中间震动很大。一是在3月，经文化馆辅导老师推荐，有王云华3人的散文经韩少华老师以“芳草地小辑”刊发在《散文世界》上；另一是在10月，我和另外两人的小说在《丑小鸭》杂志发表。为此，我们这些文友激动了好长时间，背地里我不知拿着《丑小鸭》杂志看了多少遍。我的心里十分感谢朝阳区文化馆的辅导老师，没有他们，很难想象我会插上文学的翅膀飞翔到今天。

在这里，我必须要说说文化馆的老师们。在80年代，文化馆一般都设有文学辅导老师，有的还是兼职创作员。现如今，有很多成名的作家，他们都有过在文化馆工作的经历。即使没有在文化馆工作，也被文化馆文学绿化过。我们的朝阳区文化馆，曾有过7位文学辅导老师，他们是陈祖芬、杨福庆、刘延、沙小青、刘增哲、唐军生、谭宗远。我到文化馆开始学习的时候，陈祖芬已经成名，到北京作家协会当专业作家，但她曾几次到我所工作的农场去辅导文学创作。我到《中国文化报》主持副刊后，十几年来她多次把重要的作品提供给我，使我的工作很有面子，这也应该算作老师对学生的具体支持。杨福庆跟我都是从一个农场走出来的，他主要从事儿童文学，从文化馆出来后调到《儿童文学》杂志担任编辑部主任，后来担任《中国校园文学》杂志的主编。刘延50年代从四川入藏，在部队文工团从事文艺创作，其代表作是歌曲《远飞的大雁》，尽管至今为人们所传唱，但很少有人知道作者是谁。刘老师自70年代末调到文化馆，一直做我们的辅导老师，80年代的文学活动几乎都是由她张罗完成的。她的散文写得很清秀、凝练，如果她把自己的经历都投入到个人创作上，她的名气比现在要大得多。据我所知，从我们朝阳区走出的几个有些成就的作家，都与刘老师有直接关系。沙小青是位漂亮的高个子大姐，写得一手好诗，只可惜我们刚结识半年她就出国了。后来我认识了很多女诗人，但我始终觉得沙小青气质最好最漂亮。刘增哲，也就是现在的当红作家曾哲，我们认识的时候，他还是纺织厂的工会干部，80年代中后期，经刘延老师极力举荐，调到文化馆做文学辅导老师。90年代初，他曾只身一人历时两年多到西藏、新疆、青海等地游历，回来后开始写他的西部文学，引起文坛的关注，后调入北京作家协会成为专业作家。唐军生早些年写诗，沉默寡言，后来写电视剧，他给我的印象是极其的忠厚，甘愿躲在别人后面做事情，近些年没有了他的消息，想必退休后有了新的生活。谭宗远，是著名演员谭宗尧的弟弟，早年到内蒙古插队，80年代调回北京到朝阳文化馆工作，这老兄性格各色，嫉恶如仇，擅写散文，喜欢淘旧书，编着同名为《芳草地》的一报一刊，为业余作者为同人奋斗到退休。时下，还喜欢当演员，偶尔在电视上看到他演的角色，常让我忍俊不禁。我所以写这些，无非是想告诉读者，这些文化馆的文学辅导干部，他们个个都是能人，都有那么几把刷子，如果他们当初都对自己自私些，或许都会成为名作家大腕的。可是，既然选择了为他人做嫁衣的职业，就意味着要付出要投入要牺牲。昨天，也就是12月15日，刘延老师到了85岁生日，五六个文友张罗小聚为老太太庆祝一下。看着刘老师推着轮椅走出小区的身影，我的内心百感交集，心说这就是当年穿着灰布风衣在寒风中请萧军、袁鹰先生为我们讲座的那个时尚的中年女人吗？

岁月催人老。转眼间我都快到50了，尽管老师见到我还亲切地叫我小红孩。这使我不禁想到，在一个月前，我参加了全国文化系统文化馆馆办刊物的评选颁奖活动。作为这次活动的评委，在翻阅几百本大小不同的馆办刊物时，我首先想到的不是刊物质量如何，而是想到几年来、十几年来，甚至是30年来，我们的许多文化馆干部，在本职岗位上兢兢业业、辛辛苦苦、任劳任怨地为群众文化做着默默无闻的工作，特别是那些编刊人，几乎都是兼职，为了提高刊物质量，为了发现扶持业余作者，他们不知要花费多少心血和时间。当其中的有些人，通过文化馆的平台，走向省里，走向全国，以至走到国外，跨高原、登高峰时，又有多少人会想到群众文化这个基石呢？因此，在颁奖发言时我说，此时此刻，我以一个被文化馆文学绿化过的作者身份发表一点感想，我想说，我必须说，我要向长期工作在文化馆工作的老师们表示由衷的致敬！不要小看我们编辑的内刊，虽然它只是供内部交流，出版周期长，发行也有限，可是它却承载着无数人的人生梦想。当下的中国，人们似乎什么也不缺，又什么都缺，我看最缺的就是理想。人一旦没有了理想，干什么都会没兴趣。而一旦有了理想，你就会有使不完的力气和勇气。

我的发言自然赢得了与会者的热烈掌声。我知道，我的情感和他们的情感在那一瞬间达到了最大限度的共鸣。我还知道，这掌声不仅给我们曾经过去的80年代、90年代，也是给进入新世纪的新一代的群文人的！群文人，我们为自己鼓掌！

再见时先说再见

这个标题是一首台湾的歌曲名字。具体谁唱的我已经记不清，但我对这个歌名很有感触。人不论活着还是死去，对亲人或朋友，都希望不断地再见。再见有两种意思，一种是希望下一次再见到（在很大程度上是一种礼节性用语），另一种是告别的意思。

前年岁末，我父亲经过两年与病魔的斗争，终于熬到了和我们说再见的时候。记得在他生命垂危时，我曾问他，还想见什么人吗？他摇了摇头说不见了。同时，我对前来探望的我母亲娘家的亲属问父亲还有什么要说的没有，父亲摇了摇头，费了很大的劲才说出 3 个字——“不说了”。我理解父亲的话，在他生病前，具体说在他当干部期间，他曾对我母亲那边的亲属帮助做了很多的事，等他退下来以后，或者说在他生病期间，这些亲属因为各种原因却表现得很生疏。父亲对他们有过怨气，开始一直埋在肚子里，或者说一直表现得很宽容，使我们不易发觉。自从他生病后，我们在医院病床前聊天时，他才逐渐地向我流露出来。我知道父亲很委屈，他以自己多年的厚德，多年的付出，竟没有换得别人的温暖，哪怕是出于虚假的问候。为此，我曾安慰父亲说，我们是干部家庭，人家都是普通的农民，从很早他们就认为干部家庭肯定日子过得好，不愁吃不愁穿，说不定家里还会有巨额存款。其实，他们想错了。父亲做了 30 多年的干部，从来没有什么大的经济问题，至多是家里盖房子时人手不够，让村里派几个劳动力干几天义务工。我五六岁时，曾亲眼看到家里因为没有粮食父母抱在一起痛哭的情形。长大后，我多次回想到那情景，甚至做过多少次假如的设想：假如父亲像村里很多人那样去偷，假如父亲到城里找到在医院做厨师的父亲去要，假如父亲利用权力让插队的知青从城里弄点粮食——总之，老实的父亲一个假如也没有做到。

既然父亲谁也不想见，什么也不想说了，看着他痛苦的样子，我强装着笑脸对父亲开玩笑说：那您就给大家敬个礼，说声再见吧。父亲没有说出再见，他的右手下意识地往头部扬了扬，就算和大家告别了。我所以这样说，是想让父亲体面地走，是他先说的再见，这样会满足他内心的想法。至于我母亲家的亲戚，他们无论如何看不出我和父亲配合得有多默契。如今，这个告别的方式虽然已经过去了两年，每次想起来，我都觉得我干了一件挺大的事似的。当然，这件事我始终没有跟我母亲讲。

再见时先说再见，这是一种先机的做法，他能使自己免受伤害，而且还是一种达观与大度。记得20年前，我在郊区的一个乡政府工作。我刚到乡政府报到的第3天，父亲就拉着我到城里见我的爷爷。父亲对爷爷说，老二有出息，到政府机关工作了，担任团委书记。从小在外边闯荡，一直凭手艺吃饭的爷爷听后，眼含热泪地拉着我的手说：咱家也有在衙门口工作的了，好好，这样就不会被人家瞧不起了。爷爷的话让我很是激动些日子。在乡政府工作期间，我百般努力，总希望能提个一官半职，给祖上增光。在机关里，我和党委副书记在一个办公室工作，最初我们的关系很好。但在两年后，因为我的清高，跟当地的干部很难打成一片，渐渐地就有点被边缘。以至于在4年后，当我提出要调离这个单位时，党委副书记跟我谈了一次话。他大致的意思是，你小子很有才，但你不会团结人，特别是你仗着跟党委书记关系好，就不把我这个副书记放在眼里。所以，我不能发展你入党。如果你入了党，早晚你会端我的锅。党委副书记直率的话让我目瞪口呆，我当时真有点被他说蒙了。但经过飞快的思考，我马上回答他，您说的都是事实。不过我也坦率地告诉您，我是个不喜欢按规矩出牌的人。譬如，我们党委办公室有 6 个人，这就好比您是一把茶壶，我们 6 个都是茶碗，成天都得围着您转。您对我们，要尽可能都照顾到，每个碗里都要倒点水，结果哪个都倒不满。我是个工作能力很强的人，在很大程度上我一个人可以干他们 5 个人的事，可在考学、农转非、评选先进等问题上，您哪次让我抢先呢？一次也没有。因为您要摆平衡，要讲关系，还要讲资历。结果，大家都对您有意见。如此，我只好跳出来，我不需要您给我的那点水，党委书记欣赏我，他的一把壶会专门对我的一个茶碗，我会幸福地喝不了。我也深知道，如果长期这样下去，我会影响你们之间的关系。因此，我选择向您先说再见。听罢我的话，党委副书记无言以对。他说，请你原谅我，我过去所做的真是出于无奈。

多年以后，当地的朋友告诉我，你离开不久，党委副书记就改任工会主席，后来主动提前退休，回家开商店去了。我听后一点也不觉得遗憾。相反，我倒觉得他很聪明，他终于知道什么最适合他。

以我多年交友的经历，我觉得再见时先说再见也很适合于男女交往。我曾经为别人当过媒人，男女交往几次后突然不联系了。过了约有一个月，女方问我男方啥意思啊？我说不知道啊，我以为你们交往得很好呢！于是打电话向男方询问，他说他们俩不合适，就不想再交往下去。我说不交往没关系，你倒给我个痛快话啊！男方说，我不想先说再见，要不女孩多没面子啊！我说你真是的，你这样温暾着女人更烦你。

至于我自己，也难免遇到这样的尴尬状态。我知道我是个有女人缘的人，不论婚前还是婚后，总有一些女性同我保持着密切的交往。用一个女友的说法，红老师花心，爱到处种山楂树。我说这有什么不好啊？山楂多了我可以做罐头。然而，时间长了，我发现很多女友都对我产生怨恨，她们总埋怨我感情不专一。最后，不得不对我先说再见了。我当然感到很伤心，我一直认为，人来到世界上，除婚姻之外，一定还会有真情存在。只要这种真情它真实，不彼此之间欺骗，不做出家庭的伤害，是可以长久存在的。事实上，这只是一厢情愿，绝大多数人绝不会陪你玩到底。特别是女人对男人，她更多的是需要你是她的唯一。

我想到一个女作家的一本书，书名叫《我是你的》。我读后感觉这书名真的很好。正像这首台湾歌曲《再见时先说再见》，不管人与人之间怎样相处，该分手时就分手，再见对谁都是一种超脱一种解脱。如果本来不想见，却始终还在纠缠，对谁都觉着没意思。细想之，我们的一生有意思的事能有多少，恐怕连人的五分之一都没有。与其如此，不如我们提前对无聊说一声再见。你说呢?

父亲的农民帝国

10月初，到山东开会，偶遇乡土作家刘玉堂。我兴奋地对他讲，我非常关注你的乡土小说，一直期待着与你见面呢。刘玉堂听罢满脸喜悦，他说，我听山东的王兆山、刘玉栋几个作家给我讲，你特别喜欢我的作品，我们今天终于见面了。席间，我还告诉刘玉堂，不光我喜欢他的乡土小说，我父亲更喜欢。

刘玉堂写小说始于20世纪80年代，我看到他的小说集《最后一个生产队》是2000年前后的事。记得那是从作家出版社副总编辑石湾办公室抄来的，他的书架上常堆着出版社新近出版的书。与《最后一个生产队》同时出的还有刘玉堂的另外两本小说集。我父亲那时刚从村党支部书记的岗位上退下来，他得闲常邀几个戏迷唱戏或看一些文学书籍。父亲对京剧的爱好可以用酷爱来形容，只要收音机、电视上播放京剧，他都会静下来细听。在我儿时的记忆中，父亲对文学和历史很有研究，想必与他爱听戏有关系。父亲究竟懂得多少出戏，我没有统计过。我只记得，只要电视上的演员一出场亮相，才唱上几句，父亲就会告诉我哪出是《乌盆记》《四郎探母》《贵妃醉酒》，哪出是《霸王别姬》《遇皇后》《二进宫》。后来我到报社工作，有机会结识了孙毓敏、李维康、耿其昌等戏曲前辈，父亲知道后颇为我自豪。

我最早接触的乡土小说是周立波写的《暴风骤雨》，那是80年代初从广播里的小说联播听到的。80年代中期，广播里先后播讲了浩然的《苍生》和蒋子龙的《燕赵悲歌》，这两部小说都是中篇，虽然那时我还是个中学生，可听起来同父亲一样，如醉如痴。记得1984年夏季，我在京郊怀柔参加了北京郊区青年的一个写作培训班，为我们讲课的老师就有浩然。由于时间久远，浩然老师那天究竟讲了些什么，我已记不清。唯一记得在讲课过程中，浩然老师突然说，你们先等会儿，我出去方便一下。说着提着裤子便急匆匆地出去了，那神情非常自然，就像我们的父亲那样，让你觉得一点也不外道。1990年，我参加了《农民日报》文艺部搞的文学作品征文活动，我的一篇散文有幸获奖。前来为我们颁奖的嘉宾里有浩然老师，还有正因写《塔铺》《新兵连》而名噪一时的文艺部编辑刘震云。那天，我同浩然老师真正地实现了零距离接触。在与浩然老师聊天时，他对我说，在50年代，他曾经光着脚从通州走十几里地到我所居住的双桥农场去看从苏联进口的大型康拜因拖拉机。回家后，我对父亲说，今天我见到了浩然老师，是他给我颁的奖。父亲说，你还真不简单呐！

1998年5月，我开始负责《中国文化报》的文学副刊。当时，副刊有个面对基层作者的版面，名曰《绿野》。我想，如果有个名家能为基层作者题词写几句鼓励的话就好了。在北京的作家中，属刘绍棠和浩然两位老师对农村基层业余作者感情最深。可惜，刘绍棠老师已于1997年3月英年早逝。这样，我只好请浩然老师了。我知道，此时的浩然老师虽然挂着北京作家协会主席的名分，可他的心早已经回到他的乡土——河北省三河县的泥土巢，这泥土巢与其说是浩然老师的书房名，莫不如说是中国乡土文学的一面旗帜。我到三河的泥土巢拜访了浩然老师，说明来意后，他二话没说，很快就写了一幅题为“努力创作出繁荣社会主义文艺的优秀作品”的题词。然而，令人遗憾的是，2004年到2007年，报社出于经营的考虑，一度取消了文学副刊，自然，《绿野》基层作者版也就不存在了。（我被安排到报社所属的《艺术教育》杂志）这给很多《中国文化报》的老读者，特别是很多作家，造成了恶劣影响。一个报社，特别是文化部主办的《中国文化报》怎么能没有文学副刊呢？

2008年，新的报社主要领导上任不久就找到我，希望我恢复文学副刊，把报社断了脉的文气找回来。这一年，我们副刊的美文、纪事、人物和“文化系统作者专号”（基层作者版）4个版面轮流上阵，很快就得到报社内外的好评，文化部时任副部长、著名词作家晓光还特意代表孙家正部长专门做了批示，对副刊给予了高度评价。同时，文化部办公厅新闻阅评小组还发了专题简报，对文学副刊进行充分的肯定。2011年，文化部副部长杨志今，总政治部主任李继耐上将，又分别对副刊的文章进行多次批示肯定。特别是4月26日，时任中共中央政治局委员、书记处书记、中宣部部长的刘云山同志在美文版面专门用毛笔书写了大段批示，对美文副刊给予了褒奖和希望。在文化部杨志今副部长办公室，杨部长把云山部长的批示送到我手里时，当着报社的社长、总编说，祝贺红孩，红孩为报社和文化部赢得了荣誉。

1999年5月22日，我结婚的那天，浩然老师带着三河市文联的朋友专程到我郊区四合院的家里登门祝贺。父亲见到浩然老师很激动，不仅因为浩然老师的到来给我们一家带来很大的面子，还因为父亲一直是浩然乡土文学的铁杆粉丝啊。那天，忙碌的父亲没有时间跟浩然老师一起畅谈文学。想来该有多么的遗憾！如今，父亲和浩然老师都已经去了天堂，我相信在那个世界他们老哥俩一定会成为文学的知音。

再说蒋子龙老师。我对蒋子龙的知晓，是源于他的成名小说《乔厂长上任记》。而事实上，我是在听完广播小说《燕赵悲歌》后，才找到他几年前就已发表的《乔厂长上任记》看的。在一般读者眼里，蒋子龙是以写工业题材著称的。谁料，他写乡土题材也是那么大气、熟稔。2008年，蒋子龙推出了他的长篇小说《农民帝国》，又一次震动文坛。本来，这部小说在2009年的茅盾文学奖的角逐中开始是一路领先的。但在最后的环节上，因为人为的因素而被挡在门槛之外。一时间，读者和有识之士纷纷表示了不满。这部小说我是在2009年年初从书摊上买的，买完之后便直接交给身患重病的父亲，我对父亲说，您身体不好，尽量少出门，有时间看看这部长篇小说吧。父亲看了看书的封面，一看是蒋子龙写的《农民帝国》，脸上当即露出了难得的兴奋，说他要好好看。

父亲看《农民帝国》时身体还算硬朗，虽然看了将近一个月，可他却得到了人生的最大满足。记得在这期间，我和父亲结合这本书，围绕三农问题还进行了几次讨论。我对父亲说，从60年代做村干部，一直到您退居二线，一共干了38年，连村里的大喇叭都舍不得您。您想啊，您往话筒前一站，一讲就是一两个小时，那是何等风光的事啊！父亲说，比起村里同他年纪相当的人，他感到人生很知足。特别是改革开放的这30年，他亲眼目睹了农民们是怎样一步步脱贫致富的。他为乡亲们能过上新农村的好生活而感到自豪。同时，他对新农村建设中出现的问题，诸如土地的被荒废他用，农村干部的管理缺乏制度保证等也心存忧虑。我说，这些问题中央会考虑的，您还是踏实养病吧。

2009年12月14日，父亲带着他对乡土和亲人的热爱离开了这个世界。我知道，在他的心中，其实也早就完成了一部属于他自己的《农民帝国》。父亲热爱中国戏曲，热爱文学，他有良好的文笔，根据自己的经历他完全可以为自己为乡亲们写一部乡土文学。可父亲终究没有写，他是在有意把这个重任要留给他的作家儿子吗？我不得而知。父亲走后，我陆续写了一组乡土题材的散文和小说，今年发表在《岁月》《黄河文学》杂志上的小说《大先生》《传达室》还被《小说选刊》和《新华文摘》转载。很多读者看后，都说乡土气息浓郁。我想，父亲要是地下有知，他一定会为我高兴的。

2010年夏季，我和蒋子龙等作家应邀到广州番禺去采风。在大巴车上，我与蒋子龙老师邻座。因为是多年的忘年交，我们在一阵闲谈后，很自然谈到他的长篇小说《农民帝国》。对于《农民帝国》最终没能获得茅盾文学奖，蒋子龙老师当然是充满遗憾的。我说，这不是您的遗憾，而是中国乡土文学中国农民的遗憾。在汽车的颠簸中，我给蒋老师讲了我父亲在生命的最后日子，是一部《农民帝国》陪伴他的。我代表我父亲真心地感谢他。如果没有这本书，父亲的生命说不定会提前结束的。听我讲完父亲是如何喜爱《农民帝国》这部小说的情形后，蒋子龙老师眼含热泪地对我说，你讲的故事很感动我，我可以自豪地说，这部书即使没获奖，但为了你父亲这样的一个人，我觉得也值了。

蒋老师的话让我心潮起伏。我的嗓子感到咸咸的。是的，蒋子龙老师的写作值了。我真的好感谢他，他帮助我为父亲的人生画上了一个完美的句号。尽管父亲去世的年龄算不得高寿。

日日相忆何处忆

入冬后，逢立冬、小雪时节，民间有给过世之人送冬衣的风俗。不论在城市还是在乡村的路口，傍晚时分，便有很多的人带着冥纸立在路边，先用粉笔画一个圆圈，有的还将去世者的名字写在上边，然后将冥纸一张张打开，用火柴点燃，在呼呼啦啦的火焰映红人们的脸庞后，烧纸之人便对逝者说一些祝福、嘱咐、叮咛的鬼话，也有的由于内心的悲伤还要哭上几声。以前，父亲在世时，这些事情都由他去做。记得每次做完回来，他就如同一块心病落了地。但父亲不曾想到，今年的冬天，他却失去了这个权利，而我——他的儿子，竟在寒风中为他送去添置棉衣的冥纸。

我向来不把烧冥纸看作是迷信，我知道那是生者对死者的一种寄托。这就如同有很多的人到寺庙去烧香。我不止一次在寺庙内看到许多衣着褴褛、满脸皱纹的老人在佛像前烧香祷告，有的人甚至将额头都叩出了血渍。每当这时，我都毫不犹豫地掏出几块钱送给他们。有的人对此却不以为然，他们认为老人很愚昧，烧香叩头不会给人免除疾病，更不会带来钱财。我说，你们千万不要这样想，我们不管结果如何，我们要尊重他们的权利，那是他们对灾难与疾病仅有的一点权利。如果我们把这一点权利都不留给他们，那他们就真的什么都没有了。

父亲在世时，在农村担任过 30 余年的村干部。可以说，自 20 世纪60年代以来，40年间他是我国农村发生天翻地覆的见证者。他经历过历次运动的洗礼，他曾斗过别人，也被别人斗过；他曾长期被别人领导过，也长期领导过别人；他曾饱尝过贫穷带给家庭的苦难，他也曾享受改革开放给农村带来的富裕生活；他曾领略过在村广播喇叭前滔滔不绝讲话的神气，也曾为自己退居二线而苦恼甚至是抱怨过。这一切的一切，不断丰富着他的生活，我曾对他说过，假如老天爷再给您10年时间，说不定您能像当年的柳青一样写出一部不朽的《创业史》来。可是，苍天无眼，他只给父亲留下有限的时间，他除了看蒋子龙的《农民帝国》和周同宾的《皇天后土》，只写了不足万字的散文。看着被发表的文字，他是那样的激动，仿佛看到秋后金黄的稻米一样。今年5月，我在广东番禺采风时，见到蒋子龙老师。我告诉他说，我父亲生前看到的最后一本书是您写的《农民帝国》，他是带着一个农民的理想走的。蒋子龙老师听后很感慨，说："你的话让我很感动，一个作家能有这样的读者，哪怕就是只有一个读者，这本书写得也值了！"

人一辈子总是生活在矛盾当中。不同的人有不同的矛盾。打我记事起，就发现父亲经常陷入矛盾当中。譬如，在年轻的时候，他和村上的几个年轻人就向老艺人学会了糊烧活。后来其他的年轻人陆续到了城里，村里便只有他一个人会这门儿手艺了。而且，他还非常懂得农村中的婚丧嫁娶等一些繁琐的礼仪。因此，村上有些大事小情的总少不了他去张罗。我们当地人称他为"大了"(即能处理大事的人)。"文革"中，他白天当红卫兵、村干部，演戏，破除迷信，宣传政治文件，晚上则经常悄悄给办丧事的人家糊烧活。当时，由于他担任的不是主要干部，也就没人背后讲究他。但"文革"后，他在入党，特别是担任村党支部书记后，就不断有人背后议论，甚至是告到乡党委那里去。其实，告人的人也不光棍，你既然告了别人，可等你家里出现了丧事，干吗还要登门求父亲给糊几件物品呢？对此，父亲也不计较，他说老百姓有嘴无心，谁还没有个难处，该帮还得帮。

父亲不再糊烧活，是他退居二线以后。这不仅是因为他年龄大了，而是附近的几个花圈店专门有卖的。尤其是随着新农村建设的兴起，很多村庄都被整体拆迁住上楼房了。想来已然住进宽敞明亮的楼房，听着悦耳的京剧，吃着新鲜的瓜果，再糊烧活显然是不合时宜了。尽管如此，我有时还是愿意跟父亲聊聊有关农村的风俗，包括糊烧活这等事，不是为别的，主要是为我写乡土文学作品增加素材。每当至此，父亲总是乐此不疲。我知道，这是父亲的乐事。在农村，像我父亲这样的人，是极受人尊敬的。

父亲走后，有很多的人哭道——老书记，您可不能走啊，您走了，村里有个大事小情的谁给我们了啊！然而，父亲还是走了，带着他的理想，带着他的快乐，也带着他的遗憾与留恋，永远地走了。留给我的只是每天的记忆，然而，我又向何处记忆呢？有人告诉我，好人走后是要上天堂的。可谁能告诉我，天堂的门从哪里打开，我多想再看看我的父亲，看看他继续躬身缩背为乡亲们糊烧活的身影。那是一个平凡而又伟大的身影啊！

父辈的生意

现如今，做生意已经是再平常不过的事了。市场经济嘛，人们想办法开动脑筋，找项目，寻资金，大把大把地挣钱。现实的人们很明白，钱多了，有很多好处。我们无意于有钱可以任性，也无意于金钱万能，更不应仇富蔑富，只要是从正道来的钱，我们都应该给予肯定，给予支持，给予响亮的掌声。

20 世纪 70 年代，我那时尚小，记得在村里有个叫杨德印的生意人，年龄在 70 开外。杨家解放前在村里开一家杂货铺，由于东西卖得全，不光村里人爱来，就是附近十里八村的人也来。在那个兵荒马乱的年代，杨家的日子过得倒也红火。解放后，到了五四年公私合营，五八年实行人民公社后，一切个体经济都充了公，杨家的杂货铺也就关了张。我父亲那时在村里当小干部，他们提出让老杨到村里的合作社去干，熟门熟路，可人家老杨就是不干。老杨说沾公家钱的营生容易出事。见老杨执意不干，村支书便提出找村上的贫下中农家庭子弟来干。可找了几户人家，大家都说做生意的活儿不是正经人干的，谁也不愿意干。无奈，村支书便对我父亲说，你初小毕业，有点文化，就由你来干吧。父亲虽然从小在农村长大，可对庄稼活儿一窍不通，他最喜欢的就是当个宣传干部，整天介在村里跑跑颠颠，贴标语，开群众大会。多年后，当父亲病危时，看着他憔悴的面容，我那时多想再来一次政治运动啊！我相信，如果政治运动来了，父亲一定会一骨碌从病床上下来，投身到汹涌澎湃的政治洪流中去的。有道是生命在于运动，没有了运动，人的生命也就行将结束了。

父亲的合作社起名叫“春耕”，和他一起搭伴的还有一位姓杨的大叔。大叔的杨姓和杨德印的杨姓没有血缘关系。春耕合作社位于村子西头的娘娘庙附近，店面只有四五十平米，主要卖柴米油盐酱醋茶和针头线脑等农家常用的必需品。父亲他们二人有分工，父亲负责站柜台，杨叔则负责到十几里外的三间房供销合作总社去批发货物，每月底盘货一次，看看盈亏。

当时的村里除了种植玉米、小麦，没有其他的副业。春耕合作社是社员们每户攒三五块钱集资建成的。村里的领导要求父亲，这个合作社不以赚钱为目的，但也不能亏损，如果亏了，村上是拿不出钱来补贴的。

父亲在春耕合作社当售货员时年龄才 18 岁。他父亲，也就是我爷爷在城里工作，不常回家。家里的生活由奶奶当家，奶奶过惯了大手大脚的日子，钱不够花了，就朝爷爷要。时间长了，爷爷就烦了，便不情愿再给奶奶钱。奶奶只好到村里的富裕人家去拆借，借的多了，久而久之，就给家里留下一个大窟窿。

父亲的春耕合作社最初的几个月还不错，货多，来的顾客也多。按最初讲好的规矩，不管什么人，一律概不赊账。父亲和杨叔一直努力守着这规矩。可到了 1959 年，由于天灾人祸，老百姓的日子越过越穷，眼瞅着家家揭不开锅。人们没办法，就把心思放在了春耕合作社上。不知道是村里的干部带头，还是什么人起意，人们到春耕合作社买东西都开始赊账，不到一个月的工夫，合作社的东西就都快赊光了。父亲拿着欠条找村支书诉苦，村支书说那堆欠条也有他家的。他问父亲，能不能到供销社也赊一些物品，比如油啊盐啊。父亲说，那得问小杨，他负责进货。

杨叔听了父亲的话，说跟供销社赊点油盐没问题，但必须在所要求的时间内把钱还上。父亲说，那就先试仨月再说。货从供销社赊回来了，杨叔把酱油倒入缸里，然后又把一桶清水也倒进去，他用手指在酱油上蘸了一点，然后抹在舌尖上，轻轻抿了一下，对父亲说，可以再加半桶水。父亲说，为了补偿损耗，我们每次只加半桶水，现在多加了一桶，伤天害理啊！杨叔见父亲认真的样子，说，你没看出来吗？现在全村人有几家不赊账的，咱赊一家也是赊，赊 10 家也是赊，这时候你不多挣点，啥时候多挣点？父亲说，就你歪点子多，可多挣钱也变成不了现金，咱还是本分点好。杨叔说，你啊，一辈子也不是做生意的料。你想想，我们如果多涨出 10 桶酱油 10 桶醋那是什么概念？这样我们就可以从中往家拿多少，这不秃子上的虱子明摆着，你咋就不开窍呢？

杨叔还告诉父亲，只要把账做平，谁查也不怕。可是父亲胆小，给他豹子胆他也不敢。父亲的性格可能与我爷爷有关。爷爷从小在京城里学徒，解放后在积水潭医院做厨师。父亲对我说，不论在三年困难时期，还是“文革”期间，爷爷从来没有利用工作之便往乡下的家里送过粮食。为此，母亲曾不止一次地向我叨唠，你爷爷太自私，从来不顾家，他但分脑子灵活一点咱们家也不会挨饿。

父亲决定找杨德印去讨点经验。听了父亲的介绍，杨德印惊慌失措地对我父亲说，大兄弟啊，你怎么跟我说这个呢？我告诉你，我没这方面的经验。从这个门出去，如同你没来过，我也没听说过。父亲被杨德印给干得够呛，他闷闷不乐地回到春耕合作社。

见父亲无精打采的样子，杨叔问父亲，老兄，你去杨德印家了？他告诉你什么妙招了？

“怎么？你跟踪我？”被杨叔那么一问，父亲感到脊背冒凉气。

“我怎么会跟踪你，实话告诉你，我也去了趟杨德印家。”

“你也去讨招儿了？”父亲反问道。

“没有，我就是去探探杨家对眼下日子的看法，杨德印说了，别看眼下穷，可一穷就能把很多人的真实想法暴露出来，譬如偷摸拐骗，这时候最盛行。”

“既然如此，你还干赚公家便宜的事！”

“你不能这样讲，我这用的是智慧。再说，我家里的人也都饿得嗷嗷叫啊！”

“你把你的想法跟杨德印说啦？”

“刚说一点就被他喊住了，他说他什么也没听见，就好比我从来没到他家去过。”

“这不是一样的话嘛！”听了杨叔的话，父亲心里琢磨，这个老杨很不简单呢。

不知道是杨叔后来胆小了，还是杨德印的话让他心有余悸，杨叔从此再也不往酱油缸里多兑水了。既然如此，春耕合作社就不能不亏损了。到了年底，父亲和杨叔拿着一堆的赊账白条和欠供销社的欠条送到村支书那里，村支书一看亏了近千元，急得两只手直抖落，说这可咋整。我父亲说，没说的，让各家各户还钱。村支书道，这还用说，可你看看，这村里人穷得上下叮当响，连擦屁股纸都没有，哪还有钱还你的油盐钱！说着，村支书用眼睛还狠狠地瞪了父亲一眼。

村支书瞪父亲，并不全是怨，也包含着他对父亲的爱。他原本通过办合作社，让父亲得到锻炼，待三五年后对父亲重用。可现在父亲非但没把合作社办好，还给村上弄了近千元的债务，他能不生气嘛！

村里的春耕合作社不办了，父亲又当他的生产队小干部去了。这一当就10年，直到70年代后才当上村贫协主席、生产队长和村支书。我和母亲、哥哥、妹妹也就自然地成了村高干子弟。

在六七十年代最困难的时期，要说村里人家家都穷，也不绝对。我记忆中杨德印家的日子就比较好过。他肥胖的老婆子一天农业活也没干过，当然，她也没给杨德印生个一儿半女。即使这样，我也没见过他们夫妇吵过嘴。

至于割资本主义尾巴的事，在我们北京郊区似乎没怎么搞。我从记事起，就见家家养猪养鸡，而且每家还有几分地的自留地。自留地种植的农作物五花八门，有西红柿、辣椒、扁豆、茄子、茴香、韭菜、胡萝卜、大白菜等蔬菜，也有种小麦和玉米的。因此，每当在电视上看其他的省份割资本主义尾巴如何如何时，我就觉得像闹剧。

杨德印虽然建国后再也没开过什么铺子，可他私下里一刻也没停止买卖，用今天的话说，他始终没有停止市场经济的运行。我曾不止一次看到他非常神秘地出入于村里的人家，他的布兜里永远是鼓鼓囊囊的。我七八岁的时候到他家玩，亲眼看他偷偷地从包里往一个盒子里放鸡蛋。我当时就想，在家家不舍得吃鸡蛋，拿鸡蛋换零花钱的岁月，杨德印家竟存有成箱的鸡蛋，这是多大的物质和精神的落差啊！

我把杨德印家藏鸡蛋的事告诉了母亲，母亲一听很紧张，说小孩子家嘴要严，不得胡说八道，有些事即使看到了也不要说出去。我当时不明白究竟为什么，只得装糊涂。后来，我看见杨德印也经常到我们家来，母亲会将葫芦瓢里的鸡蛋放到杨德印的布袋里，几次之后，杨德印便将几块钱塞到母亲手里。有了这钱，母亲便一次次地让我去邻村的合作社去买油盐酱醋。偶尔，我也会偷偷地买几块水果糖吃。

杨德印很少在村里干活，他经常往他城里的姐姐家跑。村上人说，杨德印在城里有好几个表姐，家家有钱，有的家里还是当大干部的。因此，每次杨德印从城里回来都会带些新鲜玩意儿，比如杂拌儿糖、花色袜子、混纺毛线。村里的妇女最爱往杨德印家跑，男人们常常装作不知道。村里有个别人到村支书那里反映，说杨德印整天干投机倒把的事，村支书便打岔说，他杨德印是什么出身，哪有那个胆子，他既然不爱在村上劳动，就让他多往城里跑跑，反正也不误长庄稼。

等到了80年代初，随着改革开放的日子好起来，杨德印也就不跟城里的表姐走动了。他去世时，村里很多的老人都哭了，说在那困难的日子里，多亏杨德印，如果没有他，乡亲们的日子还不知过成啥样子呢。

忏悔是否有门

当我把35只雏鸡深埋掉的时候，夜色已经笼罩了田野。这一天是1985年3月16日。回家的路原本只需10分钟，而我竟然用了40分钟。眼泪一直噙在我的眼眶里，是羞辱，也是不安，还夹杂着某些难以说得清的东西。

1983年，中考失败后，我考入了本校的职业高中。我们这所中学，建在农场里，那个年代我们那里的高中生考大学几乎是一种奢望。自从我1980年9月进入这所中学，耳濡目染的不是良好的学风，更多的是打群架，拍脖子（谈恋爱）。我清楚地记得，有一次一位化学老师和一个初三学生打架，老师竟然从腰里拿出一把菜刀，而学生则从书包里取出两块方砖，尽管双方被老师和学生给制止了，但那一触即发的场景至今还浮现在我的脑海。以至多年后，我见到这对师生，心里还十分紧张。

20世纪80年代，在中学里创办职业高中，这在全国也是比较早的。我们这个职业高中是两年制，畜牧兽医专业。具体方式是，农场出畜牧兽医老师，学校出文化课老师，农场每年给学校10万元管理费。所有的毕业生，即每年招生的40人，全部定向分配到农场所属的猪场、鸡场、鸭场、牛场和渔场。1983年9月，我考入职业高中畜牧兽医时，这个班已经办过3届。也就在这一年，我开始从事文学创作，先写诗，后来写散文和小说。

畜牧兽医班的学生，全部是农家子女。第一届40人当中，有师兄也有师姐，从第二届到我们这届就全部是男生了。学校里的其他学生，私下里管我们叫“秃子班”。虽然难听点，倒也形象贴切。不过，我们这个班有很多优势，足球比赛，可以组成甲乙两队；篮球比赛，可以派甲乙丙三队；拔河比赛，学校里任何一个班级都不是我们的对手。即使遇到学生之间的打群架，也没人敢惹我们。当然，我们也不是那种没事找事的人。

自幼生活在农村的人，对鸡鸭猫狗再熟悉不过了。可是，当真有人问你这些动物的生活习性、肌理构造以及营养学方面的内容，你就还真的有点丈二和尚，无论如何说不清楚。记得我父亲曾跟我说，他有个同学由于文化程度低，去参加农场畜禽防疫员考试时，当问到“请详细说出猪的体貌特征”时，这位仁兄憋了半天终于憋出了“猪头下货”四个字，结果弄得考场笑翻了天。

关于家禽家畜，老百姓有句俗话，叫作“家有万贯，带毛的都不算”。就是说，不论是鸡猫猪狗，这些动物都有生命，有生命就有生死。过去，在很多文学作品和影视剧中，经常看到家里来了客人，憨厚的农民大叔大婶准会毫不犹豫地宰一只鸡款待。这其实一点都不真实。我在五六岁时，曾亲眼看到隔壁邻居三奶奶家的大公鸡丢了，她坐在碾盘上哭天嚎地的景象。三奶奶甚至对偷鸡贼骂得很难听。听着这种痛快淋漓的叫骂，谁能相信她会宰杀一只鸡款待客人呢？

我第一次宰杀的鸡是一只芦花鸡，那一年我9岁。其实，那只鸡是一只即将死去的病鸡。父亲把它浸到热水里，取出放置在案板上，我帮助把鸡毛拔掉后，趁父亲到小卖部买酱油的空当儿，用刀狠狠地向鸡腿剁去。由于力气小，几次都没有把鸡腿剁开，在我用手撕扯时，一个不小心，手指碰在刀刃上，顿时鲜血滋了出来，当时的我被吓得眼前一黑，几乎晕倒在地上。后来，父亲背着我到村上的医务室包扎好，才长长地舒了一口气。从此，我再也不敢杀鸡了。

然而，命运却偏偏让我选择了畜牧兽医专业。杀猪宰鸡在今后的日子里，我将无法回避。特别是我们学过解剖学后，了解了各种禽畜的生理构造，再宰杀起来就容易多了。可是，我还是不忍下手。在学校实习期间，我几乎一次都没有亲手实践过。我那时还有一个秘密的想法，就是毕业后当作家。因为，在学校期间，我已经有五六篇作品见诸报端了。

1985 年春节过后，学校通知我们到农场的各个畜牧场实习。我和几个同学被分配到鸡场。最初的日子，也没什么事，主要是跟饲养员一起给鸡喂饲料。3 月 16 日那天，鸡场的技术员突然通知，下午要给一批小雏鸡打防疫针。我们说，上学时没有干过。技术员说，很简单，到时你们模仿我的样子就可以了。同学们自然很兴奋，有点过六一的感觉。大约下午 4 点，技术员把药品带来，将疫苗针剂配好，分给我们每人一支。然后，饲养员开始抓雏鸡往我们手里送。这种雏鸡叫来航鸡，长大后羽毛很白，下的蛋是白皮。眼下只有十几天，雏鸡的羽毛大都还带着黄褐色。我们这次接种疫苗大约有 2000 只鸡雏，平均每人 250 只左右。刚开始，由于有技术员带着，我打过的十几只状况很好。打完随手往地面一丢，雏鸡们便蹦蹦跳跳地跑远了。可等技术员离开后，我一个人独立操作时，我发现我打过的几只鸡怎么蹦跶了几下后，竟然全都倒在了地上（一周以后我弄明白，应该是皮下肌肉注射，而我则选择了心脏注射）。我开始紧张起来，心里直说这可怎么办？现在回想起来，假如当初我直接问技术员或同学，就不会产生后面的后果。看来，还是侥幸心理和死要面子害死人，以至于使我在接下来的七八分钟里竟然使 35 只鸡雏死于非命。而我却始终没有停止的意思。还是一个饲养员眼尖，她突然尖叫起来：“别打了，别打了，你们看雏鸡都死了！”于是，所有的人都放下手中的工作。目光先是盯向死去的鸡雏，然后再互相观望对方，似乎要从各自的目光中发现凶手。我当时感到脸红胸闷，我说你们不用看了，雏鸡是我打死的！说完，我拿起工作服就往鸡舍外边走。这时，鸡场场长从后面追上我，他说："你不能走，你必须把事情说清楚。你要知道，我们是生产单位，要讲经济效益的。你可倒好，一针一个，35只！真痛快啊！也就是现在，要是'文革'时期，我非弄你一个破坏生产罪！"场长的话太刺激了，我感到五雷轰顶，我满脸臊得通红，赌气地说："您也不要这么严厉，我知道我错了，我赔偿。"我的话并没有让场长止住火气，他说："赔偿？你拿什么赔偿。这可是35条小生命啊。多亏你学的是兽医，你要是人医哪，你简直就是刽子手！你告诉我，你为什么不提前停止打针？！"

是啊，我为什么不提前停止打针呢？这个问题让我思考了20多年，也让我痛苦了20多年。每当想起这件事，我的心里都要经过一次次折磨和蹂躏。我信仰佛教，我相信生命轮回，我多么希望那35条小生命能真的复生啊！可是复生的门在哪里？这些年来，我曾无数次地忏悔过，可我的话那些小鸡雏们能听到吗？我不知道，我真的不知道，我只能祈求灵魂饶恕。假如，这个世界真的有灵魂存在。

那“榆荫”下的一潭

几次到淮安，几次到淮安的吴承恩故居，几次回来后都说要为吴承恩写上点文字。毕竟淮安的朋友太盛情了，毕竟小时候读看《西游记》上瘾，以至多年后仍在回忆那崇拜孙悟空的少年岁月。可直到今天，终究没有写出来。不是我对吴承恩没有感觉，而实在是感觉多了无从下笔。

最近一次去吴承恩故居是在 2013 年的 8 月。记得那天天气闷热，由于胸闷，刚走进院子，我就径自在吴承恩看书的院落里选择一片阴凉处坐下。这院子不大，院子当中种植着两棵桂花树，树下镶嵌着一座十几平米的水池，姑且可以称作香潭吧。听讲解员说，吴承恩晚年写《西游记》就在这里。

吴承恩公元 1500 年出生在一个商人家庭，他后来通过考试考取了县丞一级的职务，相当于今天的副处级。后来干得不开心，就辞职在家当专业作家了。不过，他那时没有什么稿费收入，也不会有什么讲课费，估计是吃家底了。人就是这样，家境越贫穷，越能充满想象。不然，在交通不发达的明朝，吴老师怎么能创作出《西游记》那样的神话故事呢？

坐在香潭的旁边，我不由得想到徐志摩的那首《再别康桥》。特别是诗中的那几句“那榆荫下的一潭，不是清泉，是天上虹；揉碎在浮藻间，沉淀着彩虹似的梦”让我不由想到远在北京郊区我曾经居住过的几处宅院。尽管，我们家的院落里不曾有过什么香潭，但“榆荫”总还是有的。

我所居住的乡村位于北京通惠河的南方五六里，南北走向的通惠河支渠紧邻村庄的西侧，小时候我们一群伙伴常到渠水里游泳，胆大水性好的还敢从三五米高的闸桥上往下跳。每到开春的季节，通惠河里的水就会被抽水机抽上来，顺着十几里蜿蜒的沟渠流进大小的麦田里。等到麦收之后，麦田就变成了稻田。那可是孩子们最喜欢的季节，因为稻田里有的是蜻蜓。我特别喜欢公母蜻蜓交配连在一起的样子，它们一会儿前后平行地在水面上飞行，一会儿蜷缩在一起落在稻秧上。我们管前者叫作“排子”，后者叫作“车子”。谁要是运气好，凭双手抓住一对“排子”或是“车子”，那种幸福、自豪比吃上一只炖老母鸡还得劲儿。

村子的中央有一条河。河没有名字，其实就是连接村西通惠河支渠的一条水渠。水渠解放前不是渠，而是一条大道，这大道西至北京广渠门，东到通县的张家湾。早年间，通惠河没有开通前，从通州到北京的土路主要是从通州西门到北京朝阳门和从通州张家湾到北京广渠门的两条路。天气好些，马车、轿子、木轮独车纷纷从东西两路驶来，人来人往，络绎不绝。听村上的老人讲，解放前夕，村中的黄土大道还人流不断，等通惠河北侧的油漆公路正式开通后，人们就渐渐不走这条雨天泥泞的土路了。70 年代，村中河流里的水十分清澈，鱼虾随处可见。等到了 80 年代，随着通惠河被严重污染，村中的河里也就什么也见不到了。

我家门前二三十米，就是村里的无名河。离无名河不远处，位于村中央有一口井，井台上有两个磨盘样的井口，村上人都喜欢到这口井里打水。关于这口井有一个传说。1949 年初，北平解放前夕，人民解放军的一个团入住村里。本来村里有六七眼井，供二三百户人用水。突然来了一个团，一千多棒小伙子，不要说吃住，喝水都成了问题。正当村干部们为此焦急时，忽然有人说，村中央的井水比原来上涨了一米多，几十人轮流打水，水就是不减少。村干部一听，这可是意外之喜，连忙跑去观看，果然如此。村上一位懂点阴阳八卦的人说，这是天意，解放军乃天兵天将，看来这天真的就要亮了。

我是1967年出生的。我喝的水自然是村中央的那口井里的水。村里有了自来水是1975年的事。在以前的8年中，我每天都会看到父亲去村中的大井打水。家里有一口大大的水缸，夏天就放在院中央。里边可以蹲着一个大人。这水缸可以放三挑半水，也就是7桶水。夏天水缸里的水除了做饭饮用，还可以用来晚上洗澡。1972年夏天，家里住进3个女知青。天气热，她们一直想洗个澡，便问母亲村里有洗澡的地方吗？母亲一听笑了，说农村没那个条件，要洗就在傍晚擦黑的时候，在院子里弄一盆水，从头到脚浇个透。知青们听后，说那多难为情啊！母亲说，村里人都这样，你们慢慢就习惯了。那一年我5岁，知青们大约十七八岁，开始知青姐姐们洗澡，母亲还让我待在屋里不许往外瞧。父亲则挑着水桶到村中央大井。村里的男人们每到夏天，都喜欢到大井去打水。井台四周很宽，足够二十几个男人在那里洗澡，聊天。男人们这时都赤条条的，打上一桶水，身上涂上胰子，然后拼命地搓。如果一个人搓得不起劲，就让旁边的人帮助搓。搓到痒痛处，便会夸张地叫上几声。我们一帮小孩子常常站在下边的石头上看着他们的样子开心。

父亲往家里挑水，很少有挑满的时候，他一般只挑两挑水，说够用的就行了。母亲为此常抱怨父亲偷懒。比起村上的壮汉，父亲力气肯定不如人，但父亲比他们有文化，尤其对历史、民俗、戏曲有着很深的研究。他十五六岁就在村上当干部，等到知青来到村上，父亲已经当上贫协主席了。后来长大了，我在接触的父辈人群中，发现像父亲一样热衷政治的人相当多。自从家里来了女知青，父亲再忙也得抓时间去大井挑水。有几次，父亲因为参加村上的会议，没有挑水，害得母亲和女知青们在院子里团团转。无奈，母亲只好让街坊帮助挑两挑。晚上父亲回来，母亲也不管知青们住在家里，没头没脸地给父亲骂了一通。父亲自知没理可讲，只得在夜色中挑着两只水桶去大井打水。时间长了，知青们也觉得难为情，先是找男知青帮助打水，最后则干脆自己锻炼去打水。自然，刚开始的时候，常常会出现把水桶掉进水井的情况，等慢慢熟练了，找到了窍门儿，就很少发生那样的事了。

我家的院子很大，足有一百多平方米。右侧是西厢房，里边不住人，放煤球和农具等杂物。左侧靠墙的地方有两棵枣树，高大茂密，春末夏初枣花飘香，秋天硕果累累，常常吸引好多的小孩到树下垂涎欲滴。那时的农村，家家院子里都种蔬菜，茄子、豆角、黄瓜、韭菜、菠菜、芹菜、冬瓜、倭瓜、丝瓜等等，竞相开花结果。由于我们家东墙边两棵高大枣树遮阳光的缘故，这院子种什么都长不好。起初，我父母并没意识到枣树的问题，他们总抱怨对方不会种菜。他们最爱说的一句话是：看你笨的，你看谁谁家那茄子、豆角种得多好。结果，对方听烦了，便回敬道：谁家种得好，你跟谁家过去！这样不友好的话，听起来十分刺激，于是，他们彼此不得不发生一次争吵漫骂。

父亲不会干农业活是有历史原因的。听父亲说我们祖上是随清军入关的，应属满族人。在我曾祖父那一代，家庭开始衰落。据说在北京前门一带，我们家还有一家钟表店。等我记事时，这些都只是传说。我只知道我爷爷在北京积水潭医院做厨师。爷爷喜欢京剧，偶尔也到风雷京剧团客串一把。我奶奶是通州人，解放前嫁给我爷爷，大概图的就是我们家有一定的家业。20 世纪六七十年代，中国人的日子过得都比较贫穷。我奶奶在 1967 年我出生后不久去世了。隔了一年，爷爷在城里与北京安定医院的一个护士结了婚。这护士家里有两个女儿，都还未曾出嫁。在过去，爷爷每月给家里 20 块钱，买米买面买煤基本够用。自从爷爷续弦之后，每月的 20 块钱就不再给了。每年我同父亲到城里爷爷家要去一次，临走时爷爷一般给我们买上几块钱肥肉，然后再给父亲手里 10 块钱，就相当不错了。为此，母亲常对我们埋怨爷爷不顾家，把钱都给人家的孩子了。

在农村，过去很少有买瓜子花生吃的。瓜子一般都是自家种。瓜子当然是葵花子。我们当地人把向日葵都叫转日莲，即随着太阳从日出转到日落的莲花，我觉得很形象。大约是 1973 年清明过后，母亲突然来了兴致，在一天早晨突然把院子里的硬土翻挖了一遍，说要种满转日莲。父亲中午回来后，看到满院子已经种满了转日莲，他很生气，怒斥母亲说谁家过日子满院子种转日莲。母亲不甘示弱，说我就喜欢种，我家的院子谁也管不着！父亲见母亲如此针尖对麦芒地顶撞他，就气愤地把那些刚种上的转日莲小苗全拔掉了。这下，彻底激怒了桀骜不驯的母亲，她大骂着与父亲在院子里撕打起来。我和哥哥、妹妹被吓得哭成一团，不知道怎么劝才好。

后来，在街坊们的劝说下，这场青苗之战才告结束。在当时，我们谁也没问母亲为什么要下决心种满院子的转日莲。多年后，我和父母没事聊天问及此事。母亲说，那一年的春节前夕，她到一本家大妈家借笸箩筛面。进得院子里，大妈就迎了出来。听了母亲的来意后，她就说笸箩在屋里。母亲说我跟您去取，可大妈却拦着不让进，说屋里太乱，不好看。这样，母亲只好站在院子里等。约莫过了 5 分钟，大妈才从屋里出来。出来时，大妈迅速地把门关上，好像里边有什么事情不好示人。黄昏时分，大妈的孙女和我妹妹一起玩，妹妹见大妈的孙女兜里装着好多瓜子，嗑起来啪啪作响，就伸手去要。然而，大妈的孙女却吝啬不肯给，而且说这是我奶奶刚给我炒的，说不许给别人吃。妹妹央求说，你就给我几个嘛。大妈的孙女说，不给就不给，我奶奶要知道就再也不给我炒了。妹妹见大妈的孙女如此小气，便赌气不跟她玩了。妹妹回到家后，便闹着让母亲给她炒瓜子吃，母亲说，咱家今年的转日莲没长好，等过几天到姥姥家给你要点再炒吧。妹妹对此并不接受，嗷的一声大声哭了起来，母亲因为正忙着做饭，便没好气地顺手用沾面的手给妹妹一巴掌。结果，妹妹哭得更凶了。这时，母亲才想到，她今天下午到大妈家借笸箩人家为什么不让她进屋里。也就是从那天起，母亲一直暗下决心，等春暖花开时她要种满院子的转日莲。

这就是母亲。一位为了孩子可以种下仇恨的母亲。

好日子越过越短，贫穷的日子却总觉得漫长。在我少年的记忆里，我家的院子里几乎没有什么快乐。我记忆最深的当属 1976 年。那一年中国发生的事情太多了，以至到今天很多人回忆起来仍然心有余悸。

7 月 28 日凌晨两三点，我们一家人正在大睡之时，忽然听到玻璃发出哗啦啦的巨响。以前，黄鼠狼晚上到鸡窝抓鸡，也曾让我们一家人惊恐万分。但这次比那刺激要强烈得多。我只听得母亲大叫——有贼啦！有贼啦！（在农村，把夜晚家里来了小偷流氓，就叫有贼啦。）父亲听到后并没有马上起来，他先愣了一下，很快意识到这不是有贼，而是发生地震了。他二话不说，两只胳膊夹着我和妹妹就冲到院子当中。此时，满村的人都动了起来，人们高喊着地震啦地震啦！父亲把我们一家人安排在水缸旁边，一再叮嘱我们不要动，他说他要到村上看看。我们自然理解父亲，谁让他是村上的干部呢！一个小时后，父亲从村上回来，还好，村上没有什么损失。他和村上的其他领导商量后，挨门入户通知都暂时不要回到屋里睡觉了，以免余震发生。第二天，根据上级通知，家家开始在院子里搭防震棚。或许是少年不知愁滋味吧，我们一帮子小孩住进地震棚感到非常的开心。大家互相串门、玩耍、打牌。过了一周，消息渐渐传来，唐山发生了 7.8 级大地震，死亡了好多人。这时，我们才知道自己有多么的无知。

9 月中旬，一天下午放学回家，我见院子里围了很多人。走近前一看，母亲正坐在地上哭呢。再往旁边一看，只见在我家的饭桌上平躺着一头已经把毛剔得精光的猪。桌子的旁边，是一潭还冒着热气的污水。啊，杀猪了！我失声叫道。见我回来，母亲哭得更伤心，说这日子可怎么过啊，眼看猪就长到一百多斤，再过些日子就可以长到120斤，那样就可以卖了。这一年的挑费全指望这头猪呢！父亲毕竟是村干部，他张罗着杀猪的小伙子，动作麻利点。长这么大，我是第一次看人杀猪。我惊愕地看到杀猪人是那么的勇敢快乐，他第一刀就是直捅猪的哽嗓咽喉，目的是为了放血。第二刀便是在胸膛直直地划一个大口子，即所谓的开膛破肚。然后，杀猪人熟练地把五脏六腑统统地扒出来，一一放进脸盆里。接着，就是对猪通身进行分解，先割猪头，再分割四肢。按农村人宰猪的规矩，猪大肠要归屠夫所有。我们家人口少，那个年代又没有冰箱，一头猪断然是吃不了的。父亲就对街坊们说，既然大家都来了，就人人有份，每人割一块，给孩子留点排骨就行了。母亲的哭声，哪里阻止得了街坊们对猪肉的渴望，不到10分钟，整整一头猪就被瓜分得一干二净。至于这头猪究竟怎么死的，能不能吃，村上的人是无人问津的。事后我问父亲，这头猪到底是怎么死的，父亲说他也说不明白。在农村，不明白的事情多着呢。

这一年的秋天，学校开运动会。我没有报名参加。因为我没钱买一双只有一块八毛钱的白球鞋。

运河的桨声

京杭大运河是因南北通航南粮北运而得名的（这有点像今天的南水北调）。在全长1700多公里的流水中，其拍打的浪花要惊醒沿途35个城市。此时，2014年12月11日下午5时，当我站在夕阳中的枚乘故里，望着眼前平静的运河，我不由得思绪万千，许多古今之事浮现在我的眼前。

我是喝运河水长大的。我的家乡在北京的东郊双桥农场，这里1954年前曾归属通县，也就是现在的通州区。我考证过，我们所说的双桥，在通州北运河到北京东便门之间的通惠河上，其中靠东端有座桥曰八里桥，靠西端有座桥叫花园桥，在这两桥之间的两岸地区统称为双桥。众所周知，通惠河是连通京城与运河的重要河流，乃明朝水利专家郭守敬所建造。从通州的运河北关码头，到京城东便门，这一通惠河水陆要经过五闸二坝。我所居住的双桥中间就有杨闸、花园闸和高碑店3个闸。传说过去的运粮漕船在经过五闸二坝时都要留下一定的粮食给驻守的官员，否则别想顺利通过。

运河沿线城市我是到过一些的。譬如沧州、德州、济宁、台儿庄、无锡、苏州、杭州等。从2009年起，我所兼职的中国散文学会与淮安市淮阴区共同开展漂母杯全球母爱散文征文活动，便每年都要去淮阴颁奖。淮安是江南运河漕运的中心，其淮阴区码头镇更是古代漕运咽喉，治水重地。码头镇境内水网纵横，京杭大运河、淮沭新河、张福河、古黄河四河相汇，构成一片水乡泽国。洪泽湖大堤亦是起于码头镇，境内有惠济、通济、福兴三闸遗址，为码头烙上深深的运河文化记忆。

首届“漂母杯”散文大赛颁奖仪式就在码头镇的漂母祠前的广场上举行。当时，漂母祠景区还没有完全落成，偌大的漂母墓像小山一样，显得很突兀，也很肃穆。或许是已经多年没有来过这么多人，十里八村的乡亲从四下里云集漂母祠前，看着我们一双双陌生的面孔，他们似乎在问，你们这些人到漂母祠来干什么？

说实话，在来淮阴之前，我只知道一饭千金（也称一诺千金）的典故，但并不知道韩信的恩人漂母——那个在淮阴城下终年浣纱为生的老妇人就是淮阴人。当地的朋友告诉我，相传在秦汉时期，韩信少小家境贫寒，常遭他人欺辱，偶尔到城下钓鱼，以改善生活。某日，韩信又来钓鱼，饥饿难挨，险些昏倒在河里。这时，恰逢老妇人到河边浣纱，见状，她急忙把自己带来的粥让给韩信吃。韩信吃饱后，看着慈祥的老妇人，联想到一直以来的被人欺辱，暗自发誓，将来自己一旦混出个人样，一定要加倍报答这个像母亲般的老妇人。多年后，跟随刘邦打下江山的韩信被封为楚王，率领大军驻扎在合肥。想到自己当年的承诺，他于是派人带着千两黄金去淮阴寻找老妇人。可惜，此时的老妇人早已仙逝了。韩信闻听非常悲伤，遂命令十万将士，每人带一包黄土，赶赴淮阴，将黄土堆撒在漂母坟上。从此，人们开始记住了漂母。

立足传统，开展母爱主题教育，这也许在很多的党政官员的业绩中算不得什么大事，可淮阴区却坚持了下来，而且已经被越来越多的大众所接受。如今，在淮阴区城区还修建了母爱主题雕塑公园，看着那一尊尊根据母爱故事雕塑成的形态各异的雕像，你能不为之赞叹吗？

韩信是属于码头镇的，也是属于淮阴、淮安的，更是属于中国的。据说，国外有机构把世界上的军事家做了排行榜，韩信高居榜首。虽然我们尚不知他们的评比标准，但韩信在世界军事史上的地位是谁也动摇不了的。比这个排行榜更为人们津津乐道的是根据韩信的故事而形成的象棋以及京剧名段《萧何月下追韩信》。至于韩信的“胯下之辱”，更是人们卧薪尝胆、励志图强的典范。

码头镇的历史从秦朝开始历经2300多年，名人雅士众多。同样是在汉代，继韩信之后，还曾出现了汉赋的代表人物枚乘、枚皋父子。特别是枚乘的名作《七发》，首开汉赋之先河，同时开创了赋体文学中的“七体”。2010年夏季，我曾到四川的蓬安采风，那里是另一位汉赋大家司马相如的故里。对于汉赋，我没有具体的研究，但对于前人所创造的任何文体，我都是佩服之至的。记得在1995年，我在北京南郊的北普陀影视城游览，无意中碰到河南新乡的作家张心豪先生。晚上在席间，他即兴高声朗诵了他的几首赋文，我听后为之一震，发出多么讲究的词句的感慨！几天后，我专门采访了张先生，写出了《众里难寻一赋人》的专访。文章在《北京日报》发表后，引起了极大的反响，很多古典文学爱好者、企业家、文化机构纷纷通过报社和我寻找张先生，有一家文化公司还专门为张先生成立了新赋文学研究院，每个月为张先生开3000元工资。张先生逢人便说，我是他的伯乐。最近几年，赋体文学盛行，很多城市、景区都不遗余力地请文人们写赋。我深知，当今用白话写赋是很艰难的，更对那些文白不分之赋感到尴尬，我真想请枚乘、司马相如先生出世，能在中央电视台百家讲坛来个说赋讲座，说不定听众之多比易中天、于丹还要火呢！

码头镇之所以以码头命名，想必与漕运有关。近些年，随着大运河申遗成功前后，许多以运河文化为着力点的机构、项目纷纷诞生。我所供职的中国文化报社也顺应这个潮流，成立了大运河文化研究院和大运河文化专刊，由我负责。平心而论，我虽出生在通惠河畔，又在通州居住8年，可要是真的说起运河来，还真的道不出个所以然。

要说研究运河，写运河，有两个通州籍的作家不能回避，一个是刘绍棠先生，另一个是王梓夫先生。刘绍棠先生是神童，少年成名，蜚声海内外，一辈子写运河，被誉为大运河之子。王梓夫先生是绍棠先生的晚辈，在通州出生工作，后来调到北京人民艺术剧院担任编剧。梓夫先生人虽然到了京城，但心却一直在通州。他早些年写作以乡土为主，后来在其他题材又多有尝试。退休之后，他把所有的精力都放在写大运河上。我们相交20年，彼此很了解，我总觉得他要继刘绍棠之后成为写运河的标志性作家，一定得有大部头作品。还好，我这种期待并没有等待太长时间，大约在2003年，王梓夫突然之间推出了60余万字的长篇历史小说《漕运码头》，好评如潮，很快就获得了第二届曹雪芹长篇小说奖，并改成了同名电视连续剧。王梓夫在接受采访时说，他为写这部书准备了将近20年，他几乎走遍了大运河沿线所有的城市。我问他到过淮安吗？王梓夫说，他多次到过淮安，写运河漕运史，淮安是无法逾越的。聊起码头古镇、河下古镇以及运河漕运博物馆，他说得头头是道。他还说，《漕运码头》只是他运河三部曲的第一部。

2014年11月28日，我带领一批作家到通州采风，专门到漕运码头公园进行了参观。站在运河的源头，凝望着燃灯佛塔，我的脑海不禁把我所去过的运河城市连接起来。刹那间，我的心潮起伏奔涌，美丽的大运河，千余年来，你该承载华夏子孙多少的艰难与困苦、富庶与繁荣啊！

我这次到码头镇，很想写一篇散文。尽管来之前，从省里到区里、镇里很多的朋友都希望我能为码头镇写点什么，可我始终不敢动笔。因为，通过几年我与淮安市、淮阴区以及码头镇人的联系与交往，我早已把这片土地看成是我的家乡。不是有那句话吗？近乡情怯，越是熟悉的越是充满感情的反而不好下笔。这天下午的3个小时，我又重新来到我多次到过的漂母祠、韩信故里、枚乘故里、御码头，不仅如此，我还参观了蝴蝶兰生产基地、金针菇生产基地，尤其令人不敢相信的是，我还看到了台湾农民创业园。请允许我在这里必须再次提到“漂母杯”散文大赛，经过我们多方的努力，这个母爱主题已经叫响祖国大陆，甚至走进我国台湾以及德国。我不知道这个台湾农民创业园的建成是否与“漂母杯”有关，不过我深信一点，海峡两岸的人民一定有一个共同的母亲，她的名字就叫中国！我还深信，运河的桨声将继续承载着历史的辉煌，伴着中华民族伟大复兴的春潮，定会奏出世界的交响。

脸对脸呼吸

自90年代从农场出来，进京城已经20多年了。随着时间的流逝，有些人和事大都忘记了。6月的一天，同学老梁给我打电话，说好几年不见，想我了。我问，你不卖你的保险啦？老梁说，卖，咋能不卖呢。我说，咱们丑话说在前面，如果见面你再向我推销保险，我们就永远不见面了。

老梁是我的初中同学。上学的时候，他的个子只有一米五几，座位永远是第一排的中间。初一的时候，老师让他当班长。可只当了3个月，他就当不下去了。先是男生欺负他，后来女生也欺负他。有一天，上早自习，同学们聊天聊得很热闹。梁同学便站起身大声喊道：同学们请安静，不要影响相互学习。这时，一个姓黄的同学站起来走到梁同学近前，用手胡噜着小梁同学的头说，大家请安静，谁再大声说话，就影响小梁同学长个啦。结果，教室里掀起一阵哄笑。

老梁和我一起分到农场的猪场。干了一周的壮工后，领导给我们找老职工拜师傅。我和梁同学拜同一个师傅，姓张，个头比梁同学还矮，瘦小枯干，脸皮黑黑的，一笑露着几颗大黄牙，很恶心。干活的第一天，张师傅发我一把铁锹，让我清理猪圈。梁同学呢？则分到一辆两个轱辘的双轮车，负责拉饲料。按说我们都是农村孩子，高中学的又是畜牧兽医专业，干点力气活实在没什么了不起。可那天，我就是悖气，怎么也不想干活。原因是，我在高中期间，已经在报刊上发

表十几篇作品，老师、学生都称我大作家，甚至他们都开始习惯叫我的笔名天宇了。毕业前夕，猪场的书记到学校找到我，说我是政工人才，希望我毕业选择到他们单位，而且保证我进办公室。在这之前，其他如牛场、鸭场、鸡场的有关领导也找过我，都欢迎我到他们单位去。可我万没想到的是，等我到猪场报到的第一天，从场长的嘴里得知，我认识的书记已于一周前到市农场局职工大学上学去了。我想到我将和那些没文化的工人甚至跟我的同学一起喂猪，简直羞辱难当，心都快要憋屈死了。

农场的畜牧饲养水平很高，我所分配的这个养猪场在全国农垦系统赫赫有名。猪场不仅有自己研究的北京黑猪，还有从国外进口的杜洛克、长白、约克夏，这些都是瘦肉型品种。由于农场采用的是科学饲养，饲料全部是全营养配方，这里的肉猪 5 个月就可以长到 200 多斤，而地方的猪要养到一年。尽管如此，已经迷上文学创作的我，无论如何是不想干这种体力劳动的。至于老师昔日所说的好好干，将来可以当上车间主任、技术员、场长一类的话，我是连想都不会想的。

我决定磨洋工。我把工作服往休息间的铺板上一扔，四脚朝天往凉席上一躺睡觉。等到快中午时，我用自来水管把每个猪槽蓄满水，然后回家。下午依然如此。而我的同学老梁呢，则天天累得满头大汗，浑身骚臭，我都懒得挨他。一周过后，猪场里做小结，老梁他们 6 个同学自然被领导和师傅表扬了一番。轮到我，首先是张师傅告我整天磨洋工，就知道睡大觉。然后，主管领导也批评我劳动态度不积极，直接表示如果继续这么吊儿郎当，就延期给我转正。我一听急了，慷慨激昂地说：你们刚才说的我不完全接受，你们不想想，现在的猪肉价格连续下降，而饲料价格却上涨，连老百姓都知道，高价粮，低价猪，谁养猪谁是猪！我们这种盲目生产有意义吗？简直是劳民伤财！想不到，我的话还真把那些攻击我的人震住了。

那天晚上，同学们在猪场附近的酒馆聚会喝酒。在喝酒过程中，大家都把猪场上下骂了个够，老梁说今天就是老红够爷们儿，给咱们同学长了脸，出了气。从心里，我他妈的也看不起那个姓张的师傅。什么人啊，活脱脱的一个武大郎。这时，有人举着酒瓶对老梁喊，你别净说别人武大郎，你其实是乌鸦落到猪身上，只看到别人黑，看不到自己黑。同学的话激怒了老梁，他顺手抄起一瓶啤酒，冲着同学喊，孙子，别老他妈的挤对我，有本事今天看谁把谁喝趴下，谁趴下谁就是猪。

那一晚，所有的同学都喝多了，包括喝半截从别的畜牧场赶过来的同学。酒馆老板见状，就问还算清醒的我，这么多人都喝多了，这可怎么办？我说好办，你这里有空余的房子没有，如果有，我们把他们弄到一块，今儿晚上就让他们痛快地睡吧。

老板说，在旁边有一间放杂物的屋子，里边有一土炕，你们要是不嫌弃，就在那里凑合一宿。我说，人到这份儿上还嫌弃个啥，再说，整天跟鸡鸭猪牛一块混的人，还有什么不适应的。老板说，那也是。即便如此，他还是在炕上给铺了一领炕席，还用笤帚给扫了几下。于是，我和老板连架带哄地把十几个人都弄到炕上。都折腾完了，已经是夜里十一二点了。我闲着没事，趴在饭馆的饭桌上看书，看着看着就不知不觉睡着了。

等我醒来时，天光已经大亮。我问老板，我的同学都醒了吗？老板小声说，你自己去看看吧。我小心翼翼地推开屋门，瞬间被眼前的一切笑翻了：只见同学们有的脸对脸呼吸，有的头枕着别人的脚，有的则屁股对着别人的脸。只可惜，当时没有照相机，如果有，这将是多么值得记忆的一幕。甚至想，假如过去 30 年、50 年，大家还能聚到一起，看到这张照片人生该有多少感慨啊！

时光匆匆，我在猪场工作一年后就到机关了。5 年后，当我正式调入北京一家刚创刊的报社，在我从农场人事部门拿到调动手续的刹那间，我情不自禁地哭了。如果你问我为何落泪，我自己也说不清，这其中肯定有爱，有恨，有怨，有很多的说不清。

进入90年代，随着农场产业结构和为首都服务功能的调整，农场的许多工业企业和畜牧企业纷纷重组、转制、倒闭，而我的那些同学呢？有的担任了干部，有的下岗，有的自谋职业。过去我所到过的诸如牛场、饲料厂、乳制品厂、制药厂等许多单位已经没有了，在那些曾经辉煌的土地上矗立起来的则是被冠以康城、温泉别墅等好听名字的居民社区。

在这期间，我和农场里的同学见面已经很少了。偶然的一次，在通州新华大街上，我见到了老梁。当时，我正在一家工业企业采访，想不到一出厂门，正看到老梁从门口经过。如今的老梁，个头已经蹿到一米八几，个头比我高半头，穿着西装，扎着领带，手里提着黑色的皮包。我急忙叫司机停车，对老梁的背影喊道："老梁！"

听到我的呼喊，老梁猛回头，见是我，惊喜地向我跑过来。我连忙下车，哥俩激动地互相拥抱了一下。毕竟10年没见了，百感交集。我对厂里的司机说："您不用送我回城了，我遇到老同学了。"

我和老梁在眉州东坡酒楼的一隅坐下。老梁告诉我，他从猪场出来后，又去乳制品厂，后来办了停薪留职，他现在在通州的一家保险公司做业务员。我说，卖保险这活不好干。老梁说，开始是这样，时间长了，就摸索出点规律，他现在有几十单大客户。老梁问我，你女儿上保险了吗？我说，他们学校给统一上了。老梁说，学校上的是普通的，我给你说，保险一共有××种，你们家孩子最好选择××、××、××险种。你看啊，咱们同学×××，他的儿子因为没上我说的保险，结果去年溺水身亡，索赔就很少。相反，咱们同学××，她的女儿因为买了我提供的××、××险，结果她女儿出车祸致残就获得了80多万的赔偿。

老梁说起他的业务来，跟口吐莲花似的，你想插话都很难。最后他说，你回家跟你媳妇商量一下，最好还是把我说的险种买了。如果不买，将来后悔都来不及。当然，我这不是在咒你，我们是同学是哥们儿，买不买都由你。

与老梁分手后，在接下来的一个月，我几乎天天都能接到老梁的电话或短信，要么发个笑话，要么介绍险种，核心还是买他的保险。开始，我碍于老同学的面子，还是接他的电话，回短信，但时间长了，我实在忍无可忍，便把他的电话号码给屏蔽了。从那以后，老梁就不再跟我联系了。

为这事，我常犯嘀咕，我这么对待老同学究竟合适不合适呢？我爱人一天对我说，看你这么为难，不行咱们就买一点儿吧，就如同捐希望工程了，说实话，老梁也不容易。话虽这么说，可我还是下不了决心，我担心老梁有了第一次成功，他肯定还会有第二次。这就是老梁，跟过去截然不同的老梁。即使这样，无论如何，我还是不能对今天的老梁说再见。因为，我们毕竟曾经是脸对脸呼吸的同学。

个人问题

“山喜鹊，尾巴长，娶了媳妇忘了娘。老娘要吃干烧饼，没有闲钱买笊篱……”我最早听到这首民谣，是80年代在农场工作时，一个农村老太太唱给我的。这个老太太我不认识，她住在附近村子里，她的儿子在牛场当工人。

我那时在农场的畜牧分场担任工会干事，那天工会主席不在，领导让我接待这个上访的老太太。我问老太太有什么事，老太太说她儿子已经有半年没给她生活费了。她现在连煤球都买不起了。我问老太太您没找儿子要吗？老太太说，儿子本来工资不高，可最近找了个对象，女方的爸爸是个酒鬼，老让儿子给买酒喝。我说，让您儿子劝劝那未来的老丈人少喝点不就行啦。老太太说，依着我，跟那闺女吹了就算了，可我那儿子是媳妇迷，非要娶不可。说着，老太太就哭了起来。

见状，我一边给老太太倒水，一边给牛场工会的主席打电话。我有意大声地对主席说，快把你们那个 ××× 给我找来，这还了得，敢不给老人生活费，把他的工作停了，罚他半年奖金！老太太一听我这么严厉，马上就不哭了，连连对我说，别介啊，小伙子，我儿子没犯法啊！我说，您儿子不给您生活费，这事可大了去了，我要报告给场领导，非把他当成反面典型，狠狠地处分！于是，我假装拿起笔，伏在桌子上写上报申请。这下，真把老太太吓坏了，她扑通一声给我跪了下来，嘴里喊着——你可不能欺负我儿子，他可是个好孩子，我不告了还不行吗？求求你了，放过我儿子吧！

我把老太太搀扶起来，跟她聊了会儿家常，见她情绪好多了，便把她送到门外，明确告诉她，3天内一定让儿子把生活费给她。老太太听了很高兴，感激地说我给你唱支歌吧。我原以为老人要唱《翻身农奴把歌唱》《绣金匾》一类的歌曲，想不到她竟唱出了“山喜鹊，尾巴长，娶了媳妇忘了娘。老娘要吃干烧饼，没有闲钱买笊篱……”那样的当地民谣。我听着听着，感到一阵心酸，当即就决定去牛场找老太太的儿子谈话。

在农场里，有很多的畜牧场，如牛场、鸡场、鸭场、渔场。我在80年代中期，曾就读于农场中学的畜牧职业高中，毕业后40个同学全部被分配到各个畜牧场。畜牧场的工人，分两部分，一部分是50年代建农场时从附近农村及通县招工来的，也有小部分是湖南来的，据说是农垦开拓人王震家乡的人。还有一部分，就是我们职业高中毕业生。农场畜牧职业高中创建于1980年，在全国属于比较早的一批。在我们那届之前，已经毕业三届。第一届很有意思，一半男生，一半女生，等到了第二届以后就全部是男生了。学校里的师生私下里都叫我们秃子班。秃子们虽然过于阳刚，但也有好处，踢足球可以组成四队。至于打架嘛，别的班是想都不敢想的。

农场里的生产单位，基本上是干力气活的。在我们上班之前，已经能感到农场里的男光棍多了起来。听老职工说，在50年代他们也曾经遇到这个问题。解决的方法，就是到附近农村招工。多年前，我在看有关描写新疆、北大荒农垦的报告文学里，也多次看到这方面的详细记录。为了让屯垦戍边的战士能够安心工作，王震曾亲自给湖南省委写信，要求支援女工。后来这个难题还反映到周恩来总理，于是出现了山东、河南、上海等地女青年纷纷报名到新疆工作的热烈景象。再后来，王震的老朋友，著名诗人贺敬之写出了长诗《西去列车的窗口》，更是极大地鼓舞了青年人奔赴新疆的热情。当然，在这些所有的政治热情、行动、措施中，没有一句说明这是为了解决个人家庭问题的。人们所相信的除了贡献还是贡献。

职业高中毕业后，我被分配在农场的猪场工作。当时，我已经在全国的报刊上发表文学作品了，为了虚荣心，也为了自尊心，我从来不在信封上留下 ×××× 农场 ×× 猪场的详细地址，而是留下 ×××× 路 ×× 号的家庭地址。

猪场里的职工大部分没什么文化，人们在一起说黄色的段子是家常便饭。农场机关的领导都知道，畜牧场里的工人都性成熟，也有说他们性生活旺盛的。我开始不明白，等到猪场工作几个月后就被耳濡目染了。一天，我到种猪舍去找老职工王老眯。王老眯个头不高，也就一米五左右，黑胖黑胖，有骨子牛劲。听别的职工说，王老眯一个人能放倒一头七八百斤重的美国棕毛杜洛克种猪。我见到王老眯时，他正赶一头杜洛克种猪往一头北京黑猪身上趴，那意思是要实行杂交配种。这时，一个女职工走了过来，她看了一眼王老眯和两头正起劲儿的猪说——忙着哪！王老眯则说，刚配上，得个十分八分的。女职工说，不行你也上去帮忙。王老眯听了一点也不恼，回敬道：你回屋里等着，一会儿我就 × 你！女职工也不示弱，说，指不定谁 × 得过谁呢！

王老眯个小力气大，他有 5 个儿女。

畜牧场的工人没文化，嘴臊，长得也怪了吧唧，在当地谈对象比较困难。尽管如此，畜牧工人也不愿到农村去找个挣工分的。没有办法，场长和车间主任就有意识地进行暗地里撮合。他们采用最简单也是最有效的方法就是让一男一女两个职工组合去喂猪，或者去到田地里收割玉米、大豆、胡萝卜。这一男一女甭管长得是否般配，时间长了，哪有不动感情的。我刚到猪场的日子，不懂其中的奥妙。一天晚上，场里加班，给小猪进行分栏。干到 10 点钟左右，工作做完了，人们陆续乘着夜色回家。由于我们几个青工是单身，回家也没事，就集体留在宿舍住。晚上宿舍里热，我借撒尿的机会到猪舍里胡乱地走动起来。忽然，我在靠东南角的一栋猪舍值班室里，发现有灯光，我寻着灯光蹑手蹑脚探去，只见有一对比我大五六岁的男女工人正抱在一起互相亲吻，那男职工的叫声比公猪也好听不了多少。那一刻，我趴在猪圈墙上一动不动了，我想走，又想看，不想看，腿又不听使唤。

过了一星期，场里突然来了一伙人，是通县农村的，他们在场门口把车间主任给打了。其中，有一位自称是猪场某女工的哥哥，他说车间主任把他妹妹给睡了，可这车间主任不认账，既不回家和媳妇离婚，也不愿掏青春损失费给那女工。车间主任双手抱着头，血从鼻子里直往下流，他嘴里嘟囔着，跟你妹妹睡的又不是我一个，要赖上我这不公平。主管安全保卫的副场长，让我到车间里把那女工找来，我去了一圈，终于在一草垛旁找到独自哭泣的女工，我没想到，那女工就是我一周前那天晚上看到的女子。我清晰地记得，那个和她拥抱的男工真的不是车间主任。

可我不敢跟场领导说出我看到的一切。

3 天后，场里做出决定，给予车间主任撤职处分，降一级工资，并取消半年奖金。女职工的哥哥仍旧不满意，说她妹妹的精神损失费怎么补？场领导说，你说咋补？全猪场的人都明白，这是两厢都乐意的事。你说你妹妹有精神损失，那男人也同样有损失。这事也就是你们告上门了，为了不影响场里的工作秩序，我们才不得不管。否则，我们才懒得管，这纯属他们之间的个人问题。这样的事，发生在畜牧场的多了，以后不要再烦我们了。

女工的哥哥见找场领导没有什么油水可捞，就直接找车间主任私了。车间主任怕再挨揍，便答应给女工两千块钱，这事才算了结。等我一年后离开猪场，那个女工很快跟我那晚看到的那个男工结婚了。我问当时处理此事的副场长怎么看，他说，他早就知道那个女工跟其他男工的风流事，只是他不便直接说出罢了。

从家乡到故乡

写下这个标题，觉得颇有创意。那天，也就是 2008 年 9 月 27 日一早，当我们一行十几人离开木兰围场御道口牧场时，看着晨曦下的草原牧场，我在心里默念着，故乡啊，我还会回来看你的。

我们是应承德市作家协会的邀请，参加第九届承德国际旅游文化节来的。承德我过去多次来过，留下的记忆好坏参半。到承德来，印象最深的莫过于闻名于国内外的避暑山庄。作为世界上最大的皇家园林，里边的建筑和绿化没说的，绝对的 No.1。据说，这避暑山庄有北京颐和园两个大。我想这一定是指山庄围墙所包揽的全部。其实，游人到山庄来，主要看的是低矮和谐的宫廷建筑以及那些供皇帝妃子们漫步徜徉的湖畔。比起北京的故宫，我打心眼儿里更喜欢承德的避暑山庄，这里的一切让我舒服。而故宫给人更多的则是威严，威严的有点让人喘不过气来。尽管如此，我还是在想，当年建造这些世界之最时，我们的老百姓会承受多少苦头？可惜，那些大大小小的石碑、牌匾所记录的文字竟没有一个是关于老百姓的。

同样，我们在看外八庙时，给我的感觉依然如此。外八庙同避暑山庄一样，到处充满着皇家的气味。建庙既是宗教信仰的需要，也是当时政治的需要。其目的主要是“备边防，合内外之心，成巩固之业”。可谓用心良苦。我想到 1998 年，也是在这个季节，我曾在承德的普陀宗乘之庙——“小不达拉宫”亲眼目睹了晒大佛的宏大场面。

晒大佛是藏传佛教所独有的，就是将印有宗喀巴图像的巨幅挂像在阳光灿烂的时候升起来，寓意“佛到人间，吉祥如意”。那挂像长宽各约 30 米，由十几个僧人扛在肩上，先在寺庙四周绕 3 圈，然后像升国旗一样缓缓升起。在挂像完全打开的刹那间，金光四射，万众欢腾，许多人激动得热泪盈眶。更多的人则举起照相机争先恐后、争分夺秒般地按动快门，生怕大佛瞬间离去。但人们不曾想到的是，不管你的照相机有多大的角度，你所照到的也不过是大佛的一只脚，一颗肚脐眼，一面额头。当时我就顿悟到，不论你是什么人，在佛面前你永远是渺小的。然而，我这顿悟也仅仅存留几分钟。就在我看罢大佛升起后，正欲往他处之时，只见有一簇人聚在不远处的一扇铁门前，有人说那里边供着财神爷，可灵验了。于是，招徕很多人往这边簇拥。可是，寺院管理处的一纸“因内部修缮，暂不开放”却挡住了人们的去处。结果，令很多人非常失望，其表情比死了爹妈还痛苦。这时，我又心生悟性：人在佛面前是渺小的，但佛在人的贪心面前同样渺小。

第二年的秋天，我第三次到承德。陪朋友到避暑山庄和外八庙游玩后，我们在中午时分登上了棒槌山。顾名思义，棒槌山因其外型似棒槌而得名。此山海拔 596 米，槌峰与台基高 59.42 米，槌峰净高 38.29 米，上部直径约 15 米，下部直径约 10.7 米，体积约 6508 立方米，重量达 16205 吨，远胜过非洲纳米比亚的“上帝拇指”，无疑又是承德呈现给世界的一个 No.1。然而，就是在堪称世界之最的地方，我见到了一个算命先生。其时已是正午，阳光充足，人们在亲手抚摸棒槌峰后便纷纷往回走。路不是很宽，算命先生索性就在路边一坐，对过往行人张罗着命运，前途，爱情，钱财，富贵。有些爱凑热闹的人掏上三块五块的让先生算，算得好的哈哈一笑，算得不好的皱皱眉头，一脸焦虑不安地离去。本来我是无心搭讪算命先生的，但当我正要经过时，算命先生突然对我说，这位先生你要不要算一卦？我说你的卦肯定不准，我知道自己的命运。算命先生说，别人我也许算不准，但我对您可算得准。如果没说错的话，您是吃文字饭的人，而且名声不小。算命先生的话让我为之一愣，虽说我当时的名声远没有现在大，但在当地在业内也是个人物啊！于是，我问他，我还有什么特殊的地方吗？说完，趁势在他的对面盘腿坐下来，双眼直直地对视他。大约有两三分钟的样子，正当我要继续问的时候，不料算命先生突然拿起身旁的小布包站起身来就走。我说你还没给我往下接着算呢，怎么就走了？算命先生说，你是个贵人，有来头，我算不了。说罢，就匆匆下山了。他这样一来，反倒把我弄蒙了。我算什么贵人，我哪里有什么来头？可笑嘛。更有意思的事还在后面。算命先生走后，我刚要站起来，只见一妇女领着一女孩，扑通一声在我面前跪下，非让我给孩子摸顶。我说你找错人了，我不是算命先生。那妇女说，我找的就是你，刚才在上山时，我遇到算命先生，他说你长得一脸佛相，如果孩子被你摸顶，将来一定会有福气。我说我不是什么佛，也不是神仙，你还是等那算命先生来吧。见我不肯摸顶，那妇女眼泪立马流了出来，她说大师你就行行好吧，我这孩子从一出生就接连生病，算命先生说这孩子命硬，必须请高人给调理，否则长大也是问题。今天遇到您了，我这孩子就有救了——妇女说得有些哽咽了，此时的我真不知道该说怎样的话才能劝住她。这时，我的一个朋友凑在我的耳边说，你看她的虔诚劲儿，你就成全她吧，管不管用放一边，关键是对她有个安慰。本来我是真的不想这么做的，无奈，在当时特定的情境下，只能违心做了一次大师，学着高僧的样子，很认真地摸了一下孩子的头，嘴里还叨念着“菩萨保佑你，健康吉祥”。事毕，那妇女带着一脸的满足下山而去。至于那个孩子后来的情况怎样，我无法知道。但从心底里，我真心地祝愿她们母女平安幸福。

这次到承德采风，作协的同志考虑到大家都来过避暑山庄、外八庙和棒槌山等景点，就特意安排我们到木兰围场御道口牧场去游览。

木兰围场是很有名的地方，因昔日是皇家的狩猎场而闻名于世。此前，我曾两次到过其中的塞罕坝机械林场，分别写了散文《千山万叶红霞飞》和《月光下的塞罕坝》。塞罕坝林场和御道口牧场在地理上分布在围场满族蒙古族自治县，在行政上分别归属于河北省林业厅和农垦局，后者现在直接隶属于承德市，同围场县一样是个处级单位。也就是说，御道口牧场在政企管理上有相对独立的自主权。

我们到达御道口牧场宾馆时天色已晚。中午从承德市区出来，人们还穿着单衣，现在则不得不换上了毛衣和稍厚些的棉衣。下得车来，近些的地方灯光闪闪，远处的地方则繁星闪烁，至于草原、林海一点影子都没有，看来只好等明天了。说老实话，在此之前，我还从来没听说过御道口牧场。晚饭后闲暇没事，顺手拿起书桌上的一本御道口草原森林风景区简介看起来：御道口牧场位于坝上，总面积 1000 平方公里，海拔 1200~1800 米，属寒温带大陆性季风型高原气候，景区内有原始草原 70 万亩，湿地 20 万亩，天然次生林 50 万亩，天然淡水湖 21 个，泉水 47 处，河流 13 条，著名的滦河就发源在这里。丰富的自然资源，使得这里成为人和动物生活的乐园。不论是在承德市区，还是在草原牧场，这里的人们总是骄傲地称之为“水的源头，云的故乡，花的世界，林的海洋，珍禽异兽的天堂”。面对这样的诱人文字，你不可能不产生联想。当然，你更不可能不产生冲动，恨不得马上去草原深处看一看。

没到过草原的人，对草原都有着无限的神往。尽管我有着多次到草原旅游采风的经历，也数次看到像歌声中所唱的“风吹草地见牛羊”的景象。可我总有不满足。因为，我所见到的草不过如铅笔那样的高度，羊群最多的也不过二三百只。我理想中的草原应该是草长莺飞，湖水荡漾，蓝天白云下成千上万的羊群悠然自得地啃食着绿草，牧羊姑娘骑在枣红色的骏马上挥舞着鞭儿，远处的毡房前阿妈在炊烟下煮着芳香的奶茶，甚至还有一条大黄狗静卧在一旁。我把这样的想法讲给当地的女导游小王听，她说，您的想法太浪漫了，那景象谁不稀罕呢！如果您真想看，恐怕要到草原深处，比如呼伦贝尔草原。不过您到我们这里也不必灰心，我们这坝上草原也有它独特的魅力。只可惜你们来得稍晚了些，假如七八月来，我管保您不愿回到大都市。您没听说过吗？香山枫叶红似火，怎比围场一条川。我笑着说，不好这样比较，香山的美丽是天下皆知的。即便如此，我还是相信了女导游的话。不然我怎么会写出两篇感受坝上草原的散文呢！

次日一早，霞光初绽，我们就走出宾馆，去寻找各自心中的牧羊姑娘。毕竟是仲秋了，坝上的空气寒冷袭人，我在草地上只匆匆站了几分钟就跑回房间。饭后，我将随身携带的棉袄罩在身上，挨着大巴车窗，这才感到暖意。女导游小王告诉大家，今天要去的地方很多，包括塞罕坝的塞罕塔、林场、太阳湖，御道口牧场的月亮湖、桃山湖、大峡谷、八旗大营以及蛇山、龟山、康熙练兵台等景点。我说，天哪，这么多，有点吃自助餐的感觉。随行的一位牧场负责人说，这话你算说对了，我们这里的景点全部是自然风光，是真正的生态旅游。每到夏秋时节，来自北京、天津和承德的游客，开着自家的私家车到这里休闲度假，真是说不尽的享受哪！我说生态旅游是现代人的时尚，但如果游客比草地上的繁花还多，那就另当别论了。我的话引起车上很多同仁的共鸣。是啊，我们经历的这样的事情太多了。

平心而论，塞罕坝林场和御道口牧场的景点远不像青藏高原对人有着强大的震撼力和感染力，就说那些大大小小的湖，宛如星星般点缀在茫茫的草原上，说是湖，在我看来颇似我从小玩耍的鱼塘，唯一不同的是这里的湖水非常湛蓝，湛蓝得让你心旷神怡。至于蛇山、龟山，无非是根据其象形或那里有着有关此动物的传说而命名的。就个人而言，我最受触动的是八旗大营和那片至今没有名字的大峡谷。

八旗制度是清朝的一种社会组织形式。听我父亲讲，我们家祖辈曾是旗人，跟多尔衮一起入的关。至于是满八旗还是汉八旗，由于不是名门望族，也没什么家谱，今天就无从考证。随着近些年清朝戏的不断推出，从我的内心深处很是为先人的创业之举而自豪。正因为如此，当我们走进大营的正门，蒙古族少女为我们献上洁白的哈达和真诚的美酒时，我的眼里不由噙着泪珠，这是我故乡的亲人在迎接自己的孩子归来啊！望着那一座座写着黄、白、红、兰、镶黄、镶白、镶红、镶蓝的八旗大帐，我仿佛置身于先人居住的营房！这里的一切于我此刻变得是那样的熟悉而亲切。以至于后来在回承德的路上，中央电视台国际频道的英国记者马克在采访我时，问我对坝上草原的感受时，我禁不住脱口说出我这是从家乡到故乡。对于我的回答，对汉语尚不精通的马克感到无所适从。我告诉他，我的先人是旗人，他们曾经在这里生活战斗过，我把这里视作我的故乡。我出生的地方是北京，我把那里视作家乡。马克听后说——原来如此。在御道口采风的当天晚上，牧场的敖书记在介绍牧场的历史及现状时说，牧场1953年建场，是我国较早的国营牧场之一。我告诉敖书记，我曾在北京双桥农场工作，也是农垦系统，由此可以说咱们是一家。我深知农垦系统的发展历程。在计划经济时代，农垦系统为国家的农牧林业经济和城市的副食品供应作出了巨大贡献。在市场经济时代，由于政策的调整较慢，再者由于企业负担较重，致使很多农垦企业举步维艰。像御道口牧场，辖区1000平方公里，人口4000多，在职职工1100人，离退休职工竟然高达700多人，其工作难度有多大可想而知。眼下，牧场经济发展除立足牧业，更多的则倾斜到旅游经济上来。毫无疑问，这种选择是对的。但问题是，要想让长期从事牧业生产的人们转变经营观念，特别是要引进现代旅游经营理念，恐怕还需要相当长的时间。但我相信，勤劳的农垦人，他们既然能把昔日荒凉的草原变为美丽多姿的牧场，也会把牧场建成北国的旅游乐园。

我想到了坝上疯长的干枝梅，还有路边杂生的山丁树。这些草木，虽然不像牡丹、荷花那么名贵，可它们在贫瘠的沙地上照样开花结果。在这里我不得不提几句女导游小王。采风的下午最后一站是到大峡谷。这里的大峡谷，远没有想象的那么大，那么深。我没想到的是站在峡谷的高处远望，这里的景物非常有层次感，尤其是连片的白桦树，让你产生艺术的想象。在四周的山坡上，隔几步远就会有一簇簇叫不上名字的灌木，上边长满红红的果实。女导游小王告诉我，当地人管这种灌木叫山丁树。山丁树？怪好听的名字。趁着他人纷纷走下峡谷时，我跟小王攀谈起来。小王说，她是牧场职工子弟，毕业于河北省林业学校，学的是旅游专业。本来，她可以选择到城市工作，可她却偏偏选择回到御道口牧场，而且把自己的男朋友也给带了来。我说这是为什么呢？小王说，我觉得我们御道口挺美的，虽说没有大城市发展得那么快，但我们有潜力，我相信我们这里在不远的将来一定能像北京的香山那样。我说，不，像承德的避暑山庄那样。小王没有接我的话，或许她不认同。其实，我也觉得我的比喻很蹩脚。是的，避暑山庄是好，可它体现的是皇家的奢侈与威严。而对于众多的老百姓，人们所欣赏的还是那些自然的山水。想到此，我的眼前豁然明亮起来，直到这时我才真正认识到什么是人世间真正的大峡谷。本来，我曾想向敖书记建议在民间征集大峡谷的名字，现在想来真是有点多余的了。无名的大峡谷，给了我无尽的想象。

与雷锋对视

3月5日早晨，春风和煦，当爱人送女儿回来时，我问她：可觉得小区里的雷锋塑像干净否？爱人一边换拖鞋一边回答：光忙着送孩子，忘了看了，等中午给孩子送饭时再留心看吧。我说你怎么能这样呢，今天可是学雷锋纪念日啊！爱人没搭理我，嘭的一声关上门，打开电脑继续关注她的股票K线图去了。

我没有埋怨爱人的意思。她一天两次接送孩子，中午送饭，虽然每次都要经过雷锋塑像，难道每次她都能注意到雷锋塑像的变化吗？我敢说，居民区里的任何一个人，如果你拦住他（她）问：你发现雷锋塑像有什么变化吗？人家准会用眼白你一下说：有病啊，不知道。

小区里的雷锋塑像是一座半身的汉白玉雕像，能有两米高，由一所职业高中学校于20年前在学校大门口塑立的。自5年前我们一家搬到这里，每天上班、遛弯儿、买菜、上学都要打此经过。起初，小区里的汽车不是很多，学校和幼儿园门口是坚决不让停靠的。这样，雷锋塑像每天就可以堂堂正正地任由过往的人们观看。学校偶尔也会派学生给擦拭一下。但最近两年，小区里的汽车骤然多了起来。一些没有规矩的司机索性将汽车见缝插针地乱停，也有人趁着夜色将汽车停靠在学校和幼儿园的门口，弄得学校和幼儿园很有意见。可意见归意见，车照停，谁又能把谁怎么样！

我最不能容忍的是有好几辆汽车，每天都停在雷锋塑像的周围，以至于从塑像正面只能看到雷锋的半拉脸。我为此曾专门找过学校的领导，问他们怎么不制止汽车在雷锋塑像前乱停乱靠呢？学校领导一脸无奈地说：学校里边的事我们管得了，外边的事想管也管不得，司机们说话都理直气壮，说他们也不想停，如果你们学校能给找地方，我们马上就挪走。你说我们有什么办法，我们总不能把操场供他们使用吧？

3 月 4 日下午，天空很阴沉，寒风吹打着树梢。女儿放学回家，问我今晚电视上是否有纪念雷锋叔叔的文艺晚会。我说问这干什么，前几天北京电视台不是演过一场吗？女儿说，老师让我们写一篇纪念雷锋叔叔晚会的观后感。凭经验，纪念晚会一般在纪念的当日举行。我说，今晚不可能有。女儿听罢一脸的愁容，说明天老师让必须交，这可怎么办？

我也觉得为难。猛地，我想到楼下中学门口的雷锋塑像，灵机一动，兴奋地对女儿说："咱们不看晚会了，来个学雷锋见行动。"说着，我让女儿帮我打上一桶温水，拿着两条干净的毛巾，匆匆走下楼去。

此时的小区非常安静。我们来到被几辆汽车围住的雷锋塑像前，我对女儿说："与其晚上在家里看纪念雷锋叔叔的晚会，不如我们一起给雷锋叔叔洗去身上的灰尘。你看，明天就是学习雷锋的纪念日，今天他身上还落满这么多的灰尘。雷锋叔叔要是能说话，他该有多难过啊！"

雷锋塑像估计有 2.1 米高，擦头顶时我得踮起脚尖去擦。下边的底座和雷锋的双手女儿都能擦到。由于长时间没人擦洗，塑像上的油渍必须涂上洗涤灵才能擦干净。在擦拭过程中，我感觉眼前的塑像已经不是静止的，也不是寂寞的，昔日热心微笑的雷锋仿佛就在我的眼前。我真想和他说说话。说什么呢？我能猜透，又不想猜透。

不知不觉，我们擦拭竟用了半个小时。看着崭新洁净的雷锋塑像，我对女儿说："把你胸前的红领巾解下来，给雷锋叔叔戴上吧。"

女儿乖巧地把红领巾取下，双手递到我手里。我把红领巾展平，又叠加起来，然后围着雷锋的脖颈给他专业地系上。一切完毕，我拉着女儿的手，肃立在雷锋像前，深深地鞠了三个躬。然后，眼睛与雷锋的眼睛又直直地对视了良久。我在想什么，女儿在想什么，我们都不得而知。我和女儿相约，明年这个时候，我们还会这样做。

因为，雷锋永远是属于我们的。

哦，那三双红蓝套色的拖鞋

女儿的月测成绩出来了，语文95分，作文得了38分。我问女儿作文题目，女儿说，记一件让你感动的事。我问她，你写的什么事，有没有把我写进去？女儿忽闪着大眼睛，调皮道，等下一次你做一次让我感动的事吧。

几天后，语文卷子发了下来。我迫不及待地拿起作文看起来。

女儿记录的故事很简单。我由于工作的性质，经常出差，顾不得做家务。日常的卫生就由妻子做。有时她也忙碌，或身体不适，她就会给小区里的一家家政公司打电话，找一位小时工到家里帮助收拾。这样的事情，一般都发生在双休日，而我当时都不在家。偶尔在家遇到一个小时工来干活儿，我几乎也很少和她搭讪。我总觉得，这女人之间的事，男人最好不介入。

我印象中，家里来的小时工一直是一个姓张的四川女工，个头不高，说话声音有点嘶哑，据她说她家离三峡不远。有一次，她在我房间里擦地，当她看到满屋子的书时，不禁问了句，你家的书真多啊，你看得过来吗？我反问，书多了难道不好吗？小张说，在我们四川农村老家哪里会有你这么多的书，你家是我在这个小区里见到有书最多的。听得出来，小张是很羡慕我的。

跟妻子没事闲聊，她偶尔也会提到小张。小张和丈夫双双到北京打工，她做家政，丈夫做小生意，他们有两个孩子。大的上中学了，小的也上小学五年级了。当然，两个孩子都属于借读生。我问交赞助费吗？妻子说，没问过，估计多少要交一点儿的。

有一天，小张到我家，说要借几本我女儿用过的课本。妻子问，你们孩子学校不给孩子准备吗？小张说，她想让孩子提前学点。妻子又问，有人辅导吗？小张回答，她给一个老师做家政，老师在家里每周都给几个学生做辅导，她跟老师商量了，她给老师家免费做家务，老师免费给她孩子做辅导。我说，这个小张蛮会算计的啊！

像小张这样的人我见过很多。在我工作的报社，有个卫生员，她很有眼力见儿，每次见我废弃的书报多了，她都会很热情地对我说，红老师，您的房间需要打扫一下吗？如果我说“不忙，过几天再说”，她就会说，我知道您忙，没关系，您忙您的，我一会儿就打扫完。卫生员干活很麻利，十几分钟就把房间搞得干净利落。而那些喜欢把报纸攒起来自己去卖的人是享受不到我的快乐的。当然，我这样说，并没有批评别人小气的意思。我所以这样做，只是基于我们双方都互为满意，用最时髦的话说，这就叫双赢。

小张究竟在我家干过多少次活儿，我实在说不清楚，十次八次总会有的吧。我最后一次见到小张到我家干活，是前年春节前的一周。那天，小张一大早就来了，我因为要赶年三十的稿子，也没顾及跟小张说几句祝春节快乐的话。大约在我家干了两个多小时，等她快要走的时候，妻子从钱包里取出300块钱给小张，说100块钱是工钱，另200块钱是给孩子的压岁钱。小张推辞不肯要，说这怎么好意思。妻子说，过了年，孩子就要转学回老家念书了，再见到你指不定哪年哪月呢？！小张说，您真好，大姐，我如果再来北京打工，我还到你家来干活儿。

妻子心善，她这样做是再平常不过的事。我还是那句话，女人间的事，男人最好不介入。

在以后的这两年中，我们家里不定期地请小时工帮助打扫卫生。

虽然有的也见过几面，但终究记不得她们姓字名谁，即使妻子跟我聊上一句半句，我也是有一搭无一搭地搭讪几句。我心里知道，在北京做家政服务的人群多着呢，几万几十万都是有可能的。这些人，在城市人眼里或许算不得什么，她们无非是在干着你出钱我出力的活计，几乎很少有人会记得她们每个人的名字、相貌，哪怕在24小时能记住也是一种奢侈呢。可是，你不会想到，在她们每个人的内心，她们对曾经劳动过的每一户家庭却记忆犹新。在这个城市里，她们对于冷酷和温暖比任何人都能深刻体会到。

女儿在文中写道：今年国庆节前夕，母亲突然接到一个电话，来自四川的。母亲平常很少与外界交往，更没有四川的亲戚、朋友、同学，她以为又是各种骚扰电话呢，马上就给挂了。想不到，又是那个来电显示四川的电话打过来，母亲正要说我不认识你，打算把电话挂下时，只听得里边传来略显耳熟的声音：大姐，你不记得我啦？我是到你家做卫生的小张啊，我在四川哪！这回母亲听明白了，她很高兴地说，小张你好，全家都挺好吗？小张说，好，好得很，只是快两年没来北京，有点想念喽。母亲问，你有什么事吗？小张说，我现在在当地的集镇上开一家百货店，我自己用毛线织了一些拖鞋，卖得很好。母亲听罢，心头一惊，以为小张马上让她帮助销售拖鞋呢，连忙说，卖得好就好，祝你年年发财。小张说，我在北京打工期间，你对我和孩子很好，我无以回报，打算给你全家每人送一双拖鞋，请问你家还是北京 ×× 小区那个地址吗？母亲说，不要客气，你就好好做你的生意，有时间就带孩子到北京来玩，我们真诚地欢迎你。

电话挂了，母亲原以为事情也就说说过去了。谁知，3天过后，顺风速递突然将小张说的3双拖鞋送来，母亲又惊又喜，只见那3双拖鞋鞋面是用红蓝两种毛线套色织成，鞋底是黑色橡胶的。母亲穿上一双，在地板上走了走，觉得很舒适。她不禁说道，这小张的手还挺巧的。晚上，父亲回来了，他看到地上的毛线拖鞋，问，新买的？母亲说，不是，是小张送的。父亲问，是哪个小张？母亲说，过去在咱们家做小时工的那个小张。父亲惊喜道，小张回北京啦？母亲说，没有，人家在三峡开了个百货店，这些就是她自产自销的。父亲听罢，感叹道，这个小张不简单，还挺念旧情的。

女儿最后写道：尽管父亲、母亲十分喜爱小张送来的漂亮的拖鞋，可我对小张真的没什么印象了。在这个人人都忙碌的时代，我们被忘记的恐怕还不只小张一人，或许还有小李、小王什么的。那么，我们都记住了什么呢？我不知道。

于家围进入了中国文学史

每个人都有自己的家乡。对于那个地方，不论你走多远，总要情不自禁地经常去望一望，想一想。80 年代，有一首叫作《我家住在黄土高坡》的流行歌曲，每当听到其中的“我的故乡并不美，低矮的草房，苦涩的井水”，我的眼前马上就会想到我从小生活的地方——北京东南郊一个叫作于家围的村庄。

于家围并不是一个很有名的地方。打开北京市地图，顺着长安街往东快速地移动，在城铁八通线双桥站往南大约四公里，紧邻五环和京沈高速公路交界的地方，就会跳出于家围三个小小的字眼。这三个字，跟王家庄、马各庄、十里堡、五里桥、三间房等地名一样，没有什么特殊的地方。我们说一个地方有名，一般是与这个地方是否诞生过名人，发生过重大事件，或有什么重要的建筑或非物质文化遗产项目有关。不幸的是，我们这个村子似乎还没有什么足以让人记住难忘的人或事。

不过，话又说回来，村里也还真有一段让人津津乐道的事。记得我很小的时候，父亲就对我说于六于七闹土匪的事。我听得挺神，但不知这事是真是假。等长大一些，我问父亲于家围村子的来历，父亲总说在村子西北小楼那个地方，有个于老公坟。传说中的于六于七就是于老公家族的后人。我再问此说法有没有出处，父亲说，在一本叫作《永庆升平》的古书里有记载。

父亲所说的《永庆升平》是清代公案狭义小说的代表作品，大约成书于清代后期，是在说书艺人口头创作的基础上，经过多人加工整理而成，真正的作者已经无法考证了。《永庆升平》分前传与后传，现在一般认为《永庆升平前传》的整理者是清代的郭广端，《永庆升平后传》的整理者是清代的贪梦道人（见华夏出版社2013年版前言）。而我见到的另一版本《永庆升平》（山西古籍出版社1996年版），其作者署名为（清）燕南居士。在其出版说明中写道：一代宗师的鲁迅先生，在其开山巨著《中国小说史略》及讲稿《中国小说的历史的变迁》中，曾指出明代小说以讲神魔之争和讲世情者为两大主题，清代小说则是以拟古、讽刺、人情、狭义四派，各擅胜场。也就是在《中国小说史略》中，鲁迅提到了明清小说的重要代表作品《永庆升平》。换句话说，鲁迅是读过《永庆升平》的。至于鲁迅是否记住书中所描写的于家围（村），就不得而知了。

《永庆升平》书中所描写的是清朝康熙年间以经济繁荣、国力强盛、政局稳定为背景，以镇压天地会八卦教（白莲教衍变而来）的武装起义为主线，宣扬了康熙皇帝的圣明及清王朝的太平盛世，儆惩人民不得“叛逆作乱”，以达到“警愚劝善、感化人心”的目的，使封建统治长治久安、永庆升平。当然，这种思想带有明显的时代局限性，我们当以辨证的史观加以分析。

八卦教，中国民间宗教之一。清康熙元年（1662）由山东单县人刘佐臣创立。刘佐臣按《八卦图》“内安九宫，外立八卦”的组织形式收徒设教。所谓八卦九宫，即认为世界被乾、坤、震、巽、坎、离、艮、兑八卦分成西北、西南、正东、东南、正北、正南、东北、正西八个方位，这八个方位又都围绕着中央方位。八卦即八宫，加上中央宫为九宫。自刘佐臣创教之日起，刘姓教首历来都位居中央宫，其他各教，则由刘姓教主委派卦长掌教，如郜姓掌离卦教、王姓掌震卦教。各卦教的力量大小不一，分布也并不严格遵守八卦所定方位。八卦教多传布于河北、河南、山西等地，强调儒释道三教合一、修炼内丹，八卦教专以敛财为主，富甲一方。八卦教的主要经书有:《五女传道书》(亦称《五圣传道书》)《禀圣如来》《锦囊神仙论》《八卦图》和《六甲天元》等。其中最重要的经典《五女传道书》，则是一部讲修炼内丹，追求长生不死的传教书。炼内丹(气功)修长生的教理，深受下层民众广泛信仰，使八卦教在山东、山西、河北、河南等地蔓延滋长。八卦教在创教时并没有明显的政治色彩，目的只在于传教敛钱。乃至第二代传人刘儒汉时，教主的“圣库”收入已成千累万，竟至富甲一方。而清朝统治者一直认为民间宗教是产生社会动乱的重要根源，故对其发展一贯采用严厉镇压手段，致使八卦教不能公开发展，一向处于地下秘密传布状态。某些农民起义，往往利用八卦教作为组织纽带。乾隆三十九年(1774)山东清水教起义，嘉庆十八年(1813)天理教起义，都是八卦教异名教派组织的造反行动。近代义和团运动，也与八卦教有着密切关系。

《永庆升平全传》的产生不是偶然的，是社会变革和文学发展的必然产物。一直以来，中国的公案小说和狭义小说是两种不同类型的文艺作品。到了清代后期，这种情况发生了变化。首先，在现实生活中，清官遇到的已不仅是一般的奸夫淫妇和小偷小盗，而是越来越多蓄养打手(拳师、保镖)的恶霸、桀骜不驯的绿林好汉和成帮结伙的秘密会社、起义队伍。这样，单凭清官的吏役已难以解决问题，而势必需要本领更为高强的英雄的帮助。其次，老百姓最大的希望是生活在执法公平的社会里，一旦受人欺凌和遭到困厄时就有侠客来解救他们。这时公案小说和侠义小说经历了各自的创作高峰，但仍然徘徊在老套路上，不能满足读者的新的审美需求。于是，公案小说和侠义小说出现了合流，产生了一种新的艺术类型——公案侠义小说。

华夏出版社 2013 年 1 月出版的《永庆升平全传》分上、中、下三卷，总字数 831300 字，定价 110 元。书中描写的康熙御封二品护卫顾焕章到于家围暗访缉拿八卦教教主四庄主于珍列于目录的四十一回《于家围四庄主见色起意 河西务大英雄入都逢凶》、四十二回、四十三回、四十四回，实际上从出现于家围的名字到火烧于家围结束是在四十四回到四十七回，想必是编辑在编辑过程出了差错。

于家围虽然有相当多的人对《永庆升平》津津乐道，以至传得神乎其神，其实真正见过读过此书的人没有几个。80 年代末，一个偶然的机会，我在双桥农场图书室无意见到了这本书，便迫不及待地拿回家去看。当时，我家里正建房，白天要帮父母张罗建房的诸如买菜做饭之事，看书只能等到夜深人静了。我大约看了 100 多页，正要往下看时，村里一个我称作二哥的人见我看的是《永庆升平》，说什么也要借去先看。说实话，当时我是极不情愿的。但是，我家建房，他当时正帮着出力，我若不借，似乎有点不近人情。于是，我和他约定，只借他三天，三天后必须完好无损地还我。然而，我万没想到，三天后，当我跟二哥要这本书时，他开始说没看完，再等几天。五六天后我再要，他竟然说找不到了。我为此感到很气愤，我真的不想搭理他了。从那以后，我就再也没看到《永庆升平》了。

2009 年，父亲生病住院，我们爷俩在一起聊天时，他在跟我谈到村里的历史时，又一次把话题扯到《永庆升平》上。我说，要找到这本书并不难，等我有机会去国家图书馆，我就不信找不到这本书。父亲是在这一年 12 月 14 日离世的。在去世前，他看了两本有关农村和农民的书。一本是河南作家周同宾写的散文集《皇天后土》，这本散文集曾获得鲁迅文学奖。我和周同宾虽然没见过面，但彼此间很熟悉，曾经有过书信联系。另一本是著名作家蒋子龙写的长篇小说《农民帝国》。我与蒋老师是十几年的忘年交，他曾以《乔厂长上任记》蜚声文坛。我和父亲于 80 年代曾在广播电台里听过蒋老师写的农村题材的小说《燕赵悲歌》，留下很深的印象。近些年，我和蒋老师一起经常参加各地的采风、颁奖活动。2010 年，我和蒋老师一起去广东的番禺采风，在车里我们邻座。当时，文坛对《农民帝国》没能获得茅盾文学奖议论纷纷，更多的是对这事愤愤不平。因为在初评、复评时这本书一路领先。我对蒋老师说，这次见到您，感到很亲切。蒋老师瞪着一双大眼睛，笑问我为什么？我很郑重地告诉他，我想到了我才去世不久的父亲。我父亲在农村做了30多年村干部，他对农民有着特殊的感情。在他最后的日子，是《农民帝国》陪他走完的。父亲非常喜爱您的作品，他知道我跟您很熟，他让我一定代他谢谢您，为亿万中国农民写了这样一本好书。我的话令蒋老师十分感动，他噙着眼泪说，你给我讲的这些是我听到的对这本书的最好评价，人一辈子能有你父亲这样的一个读者值了。

我没有跟蒋老师提《永庆升平》这本书。这是父亲一直想看到的，可因为我的疏忽，却至死也没能让父亲看到，想来这是多么遗憾的事。

转眼，父亲离开我们已经6年多了。今年初，我在网上寻找《永庆升平》，竟意外地发现有几家出版社都出版过这本奇书。我通过收藏网，从各地买了10本，拿出几本送给了我信得过且爱读书的几个村上的乡亲。但愿他们都能好好地保存。半月前，我回绿丰家园母亲家里（自2008年奥运会后，于家围陆续拆迁搬到东南一公里的绿丰家园社区），闲暇从书柜里取出《鲁迅在北京》一书，从书中得知，1919年到1923年，鲁迅与周作人曾居住在北京西直门内八道湾11号一所大院里，在这里鲁迅写出了著名的代表作品《阿Q正传》《故乡》《风波》等8篇小说，后收入小说集《呐喊》。另外，鲁迅在八道湾还编订了《中国小说史略》一书的上卷。在这期间，《永庆升平》被很多民间艺人改编成评书、故事在市井中频繁演出，具体鲁迅听没听过，没有史料佐证，但可以肯定的是，鲁迅肯定看过《永庆升平》。既然《永庆升平》收入了《中国小说史略》，我在此断言说于家围进入了中国文学史，也就在情理之中了。

鲁迅作为中国白话文学，或者是中国现代文学的奠基人，近百年来一直为后人所敬仰。大凡上过初中、高中的人，谁没读过几篇鲁迅的作品。我说，鲁迅是我们的文学乳娘，恐怕也不会有人反对。我很幸运，自己的文学成长之路与鲁迅先生有着天然的文脉关系。熟悉现代文学史的人都知道，在二三十年代的中国文坛有个“二萧”，一个是来自黑龙江的萧红，另一个是来自辽宁的萧军。他们作为两个进步文艺青年，最早写出了抗战文学作品《生死场》和《八月的乡村》。如果说他们的文学创作有天生的资质，但在上海假如没能遇到鲁迅这个伯乐，他们也不会获得今天的名声。

我去年和前年分别看了电影汤唯版的《黄金时代》和小宋佳版的《萧红》，而且每个版本都看了三遍以上。前年看完，我没有写文章，我只是跟我年轻的同事讲了二萧的故事，特别提到萧红在文学史上的地位。去年看了《黄金时代》后，我动心了，写了《唤声姐姐叫萧红》，分别刊于《中国文化报》《天津日报》《陕西日报》等十几家报刊，影响颇大。在文中，我讲了萧红作品对我的影响，也包括我和萧军一家的交往。如果没有萧军先生的女婿王建中的推荐，我不可能在 20 世纪 90 年代初由农场调到刚创刊的《北京工人报》工作，从此走向专业写作的道路。很多朋友看了我的文章，说，你选择的角度很奇特，你把萧红视为自己的姐姐，光看标题都叫人心酸。

是的，我很关注二萧，他们一直在影响着我。再往前，我更尊崇鲁迅先生，我的枕边常放的就是鲁迅先生的小说或散文。自从知道鲁迅先生看过《永庆升平》，并把其收入《中国小说史略》后，我的身体里仿佛融入了先生的血液，使我的创作增添了永不枯竭的力量。我知道，这种幸福并不是每个人都会有的。

海棠花儿自己开

小时候吃海棠，是很奢侈的事。记得读过一篇散文，讲周总理在中南海西花厅庭院里种植两棵海棠树，虽然结的果实不是很多，但总理年年都要给宋庆龄、冰心等一些领导和知名人士送去一些，尝尝鲜。前几年秋天也曾到过位于北京什刹海北岸的宋庆龄故居参观，在宋先生招待客人的院落里，也种植着几棵年头久远的海棠树。由此得知，宋先生家是不缺海棠吃的。周总理把自己家的海棠送与宋先生，完全是出于对宋先生的敬重。

长大以后，特别是参加工作后，偶然在一次文友聚会时，听老作家萧军的女儿萧耘和丈夫王建中先生合作演唱了一首内蒙古民歌《敖包相会》，才知道了“如果没有天上的雨水呦，海棠花儿不会自己开”。我当时也心存疑窦，海棠花是什么花，怎么要靠雨水浇灌才开花？如果没有雨水，那海棠花就没法开了？既然花开不了，又怎能结果呢？这件事让我思考了很长时间。后来与萧耘、王建中夫妇成了朋友，特别是知道了他们俩在“文革”中患难相交、不离不弃，尤其是在 90 年代毅然申请提前退休，一心一意整理《萧军文集》时，我才真正理解了《敖包相会》这首歌的深刻内涵。

2007 年夏天，我从北京郊区通州搬到东北三环的西坝河社区居住。我们这个社区包括东里、西里、南里、北里、中里 5 个小区。我所在的西坝河中里 3 号楼，是文化部的产权。我最早走进这个楼，是

1996年采访著名舞蹈家资华筠老师。那时，我居住在郊区，晚上9点多从资家出来，看着满天的星斗，我感慨着：什么时候我也能居住在这栋楼里啊！

由于心理的失落，我那时连路边盛开的海棠花也没注意到。我注意它干吗？它们又不是为我而开的！这当然是我多年后的想法。

2004年，在报社最后的一次福利分房中，我有幸分到了西坝河中里3号楼的一个小两居。这是我多时的梦想啊！尽管这时的3号楼已经是老楼了。搬进3号楼后，我才发现以前文化部的许多住户（演艺界人士居多）大都已经择新居而栖了。当我于2007年带着马上上小学的女儿走进楼道黑乎乎室内不足60平米的斗室时，发现孩子的脸上有些不悦。不用说，孩子不满意。我们郊区的房子毕竟有近90平米啊！

几天后，一位尚在3号楼居住的东方歌舞团的老演员对我说：你可别看这房子小，当年李谷一、姜文、韦唯等许多明星都在这里居住呢！我说，是的是的，我已早有耳闻。我的房子前身就是著名指挥家卞祖善和京剧表演艺术家胡芝风在此居住。自从有了这个重大的发现，我就对妻子和女儿说：以后谁要到咱们家串门，嘲笑房子小，你就告诉他，房子虽小，这里居住的曾经都是大艺术家。看谁还敢小看咱！

某日，我突然心血来潮。我想找文化部房管部门，查查昔日究竟有哪些明星大腕在3号楼居住过，然后按图索骥，找一笔钱把这些房子都租过来，把室内装饰得艺术气息浓郁，四壁挂上艺术家的照片，门口赫然写着"某某明星于某年某月某日至某年某月某日在此居住"的字样。我相信，这样的房子再转手租给那些做明星梦的艺校考生、三流演员，以及那些明星大腕的粉丝钢丝们，一定会得到不菲的收入。我把这个想法告诉了妻子，她说，你还是把自己打造成明星吧。我听后一笑，心说，明星就在眼前，你们怎么还不知足。

人要是知足，看什么都是顺的，心情也好。自从我们搬到了西坝河中里小区，邮局、银行、菜市场、居委会、卫生站、幼儿园、小学校、公交车站近在咫尺，极大方便了我们的生活。更让我得意的事，女儿从一年级至五年级学习成绩在学校一直名列前茅。

或许是因为人内心的和谐，茶余饭后，我们一家三口常在西坝河附近散步。每年清明过后，小区四周的海棠花疯野般的怒放，白色的高洁，粉红的典雅，与早绿的杨柳形成了春天的暖色，让人精神抖擞，信心十足。

“十五的月亮升上了天空哟，为什么旁边没有云彩？只要哥哥你耐心地等待哟，你心上的人儿就会跑过来……如果没有天上的雨水呦，海棠花儿不会自己开。”这首歌我不知听过唱过多少回，我以为这首歌不单单是一首情歌，它也应该是一首激励我们如何自信的劲歌。

何日能来共竹房

出差到各地，彼此询问的话题常涉及楼市的价格。前年，中国的房价突然提高了很多，去年下半年房价又开始回落，弄得很多的中国人心惊肉跳。

仅以我自己为例。我现在居住的是单位分的一套小两居，60几平米，在北京的东北三环边上，毗邻国际展览中心，距离首都机场非常近，机场大巴经过的第一站就是我们小区门口。我刚分到这套房时，花了47000元。当时，即2004年，如果按每平米4000元计算，约值24万元。记得花了30000元简单装修后，让一个女孩租住，每月2200元，共租了两年，收入52800元。这时，女孩提出，她要结婚，能否把房卖给她。我说不行，两年后，女儿大了还要到城里上学，房子坚决不能卖。而其时的价格已经到了每平米8000元。就是说，这套房子价值48万元。于是，我又将房子出租两年，价格不变。如此，4年收入105600元。2008年年初，我将房子收回，自己居住，又花3万多元装修。4年多下来，房子的购房费、装修费全部从房租中找回，我得到的是一套装修好的新房。到这时，房子的价格已经到每平米12000元，总值约72万元。一年后，房价每平米升值25000元，最高时达3万元。那一阵真是惊喜啊，花47000元买来的福利房，如今竟增加了40倍，无论是谁，都会感到振奋人心的。孰料，进入到2001年下半年，房价突然跌落，每平米只有两万二三，直接损失四五十万。直到这时，我才真正懂得股票是怎么回事，明白了什么叫割肉，什么叫套牢。

我这个人，对房子的期待本不是很高。少小在农村，曾亲身经历了三次盖房子的全过程。可以说，每盖一次房子，家里就要被掏空一次。有时甚至要负债几年。多年以后，我才领悟到，假如把三次盖房改为一次，把省出的钱用于提高生活质量或学习的花费上，我们的父母身体是不是会好一些，我们兄妹的个头会不会长得更高一些，我们所上的学校会不会更好一些？但以父母当时的眼界，是不可能做出这样的选择的。在农村，谁家的房子如果破败不堪，是要被人嗤笑的。我曾亲眼看到过媒婆拉着外村的姑娘到村里相亲的样子。媒婆先把姑娘领到村外的一个高坡处，用手指着一处高大的房子，就说那是大虎、二柱家，如果小伙子家的房子不够新不够高大，媒婆就说这家过了春节就翻盖，砖瓦木料都准备好了。至于来年是否真的翻盖，那就不是她考虑的问题了。等我到乡政府上班后，我就发誓再也不盖房子了，我要想办法进北京城里，去住公家的房。

从 1992 年到 2004 年，我进城 12 年后才真正地住上了公家的房。在这之前，我不知在多少个小区多少栋楼房穿梭，上到局长、部长、艺术家、学者、教授，下至普通老百姓，他们居住的各种楼房、平房、大院、公寓我都去过。白天还好办，最让我受刺激的是每当夜晚采访后，当一个人骑着自行车走向郊区农村老家的时候，看着灯火辉煌中的像面包一样的楼层时，我不断地默念，什么时候我也拥有一套属于自己的房子啊！ 2003 年，当单位最后一次福利分房时，按职务、职称、工龄我的排名本来可以再靠前几名，但我却主动地跟报社领导说，只要有我一套房，我不在乎大小，只要有就可以了。结果，等大家都挑完后，我才选择了现在的这套房。

祸兮福所倚，福兮祸所伏。2008 年，北京在新农村建设中，对郊区很多的村庄进行绿化腾退改造。根据当地政策，我们在村里的两所房子被腾退后，分到了6套房子。我们兄妹3家均等，每家一套3居，一套2居，父母住在我名下的房子。但不曾想到的是，就在这一年，年仅63岁的父亲不幸患上了胃癌。手术后的第二年，他于年终的12月与我们永远地分别了。他在近150平米的大三居里居住了只有14个月。每次从城里回到郊区的小区，我多想看到父亲往日和蔼的微笑与忙碌的身影啊！自搬迁住进楼房，我就对父母说，从今以后咱们再也不考虑盖房子的问题了。这么多年来，不断地翻盖房子，不知把多少家庭给搞得狼狈不堪、贫困潦倒。母亲也说，是啊，过去不断盖房子，把我们折腾得好苦。要是早住到楼房多好啊！

如今，在我的名下已经有了4套楼房。可是，我又能住几时住几套呢？不过一张床而已。我想到，小时候在农村老家的土炕上，天刚一擦黑儿，父亲就把我和哥哥轰到被窝里，他躺在我们俩中间，借着月光，一个故事接着一个故事给我们讲，直到我们甜甜地入睡。那时的房子虽然破旧，是名副其实的茅屋，但给了我儿时最大的幸福。我今天之所以能从事文学创作，肯定是父亲留给我的基因。除了感谢父亲，我还该感谢什么呢？或许该感谢贫穷，是贫穷给了我在茅屋的想象。

一日，偶然看佛学书，见明朝时期浙江宁波籍的高僧圆复师父给他的师兄念空写的一首诗："问水寻山各自忙，草鞋无底踏秋霜。江南游遍还江北，何日能来共竹房？"此诗读后让我思考良多，好像这首诗不是写给四五百年前的朋友的，而是写给当代人的。当下的人，不论男女，不论老少，都在没完没了地满世界地忙啊，他们当中有几个人能在一间普通的民居草舍约上几个朋友闲暇小酌、谈古论今呢？我们不能说没有。即使有，又能谈得出几许清香高雅呢？我想，这也正是竹房和茅屋、别墅的区别所在吧。

我的儿子是奇葩

每年的六七月，对于学生家长都是鬼门关。不论是上幼儿园、小升初，还是中考、高考，几乎每一个关卡都让人心惊肉跳。

羽是我报社的同事，她从西北一个大城市于三年前应聘而来。她40岁，人长得高挑漂亮，穿着打扮很时尚。她所在的部门属报社经营中心，负责报社开展社会活动。这年头，干媒体行业已不再令人羡慕得要命，这倒不是文字的压力，而是经济的困扰。

羽最初来报社的一个月，虽然很惹人眼球，终因大家不在一个部门，便缺少正式相识的机会。尽管很多的已婚或未婚的男人都在寻找机会。偶然的一天，报社开中层会，我坐在靠门口的地方，旁边还留有一个空位。按惯例，开会是要点名的。当问到经营中心有人来没有，办公室主任说，他们主任副主任都出差了。社长说，今天的会很重要，主任不在，让他们派一个负责任的人来旁听。几分钟后，羽一溜儿小跑地推门而入，见我旁边有个座位，立马坐下。看着美女坐在自己的旁边，我示好地冲她笑笑。

会议开始后，社长先讲报社的一些事情，然后传达中央文件。见大家都拿笔认真地做记录，羽由于来得匆忙，笔和纸什么都没带，这无疑使她显得很尴尬。她见我背着书包来的，就小声问我，你有多余的纸和笔吗？我揶揄说有啊，好几支呢，专门为你准备的。说着，就把自己手中的笔给她，顺便还从笔记本上撕了一页纸给她。羽看了看我，说，我中午请你吃饭。

午饭我是不会吃的。不过，从那次会议上的不期而遇后，在报社再见到羽，我们就像老朋友似的彼此打着招呼，有时甚至还能开几句玩笑。

一天，编辑对我说，经营中心送来一版的广告，文字根本没有编辑，乱哄哄的。我说，给他们打回去，让他们编整齐了再拿来。编辑按我说的去办了，可没过 5 分钟，编辑就跑回来对我说，这稿子是羽经理的客户，她说她很忙，让咱们给编了。我一听，心说这个羽啊，光长着一副漂亮脸蛋，不知道对别人基本的尊重吗？于是，我把电话打过去，刚要发作，谁料羽先说道：哥，真对不起，我马上要到火车站接孩子。这稿子就拜托您了，明天我请您吃饭。没等我说行还是不行，羽已经把电话挂了。那意思是我必须帮她的忙。

从经营中心主任那里我得知，羽以前在西北那个大城市的一家电视台工作，做过编导，搞过经营，不幸的是她的儿子患有一种怪病，长到 9 岁时就再也不长了，而且还影响智力的发育。这几年，为治疗孩子的疾病，羽跑遍了全国有名的大医院，还曾专门去美国、德国、意大利去寻求治疗的可能。再有，她的丈夫见孩子生的这种怪病总也治不好，碍于压力太大，竟和羽离婚了。羽到北京工作，一方面为了收入高一些，另一方面则是为了给孩子找到合适的医生，或者是对症的药物。据说，羽现在已经找到了一种进口药，美国产的，一年要好几十万元的支出。

对于这些，羽一直没对我讲过。她给我的印象一直很乐观，像什么心事也没有的女人。而我呢，也就装作不知的样子，跟她保持着友好的交往。

羽的儿子小强我只见过一面。那是去年暑假，羽带他去台湾的前夕。羽跟我说，她打听到了，说台湾有一家医院，曾经治愈了一例跟小强一样病情的孩子，她想去试一试。我上网查了一下那种病，发病率是百万分之一，如果不去治疗，病人的寿命应该在30岁左右。就是说，如果羽要是选择放弃小强，小强在这个世界上的时间不会超过20年。看到这样的结果，我心如刀绞。可我又无能为力。我只能默默地祝福他们母子。

一个月前，羽到我办公室聊天。她突然问我，哥，你跟我们那个城市的熟人里有当大官的吗？看着她认真的样子，我说，有什么事要办吗？不是你想傍一个大官吧？羽说，我不跟你开玩笑，我孩子今年中考，他想考本校高中，怕分数不够，如果有关系，到时能否帮助通融一下。我想了想说，市里省里的领导认识几位，只是怕现在这个气候人家为难。羽说，我明白你的意思，我相信自己的孩子，如果分数要差太多就谁都不找了。可是，要差几分呢？上不成多可惜。我虽然能力不大，可我就是不想让孩子留下遗憾！羽的话让我很感动。这就是做母亲的，她把一切都给了孩子，哪怕孩子在这个世界只存在一分钟。我为此还能说什么呢？

我打电话给羽那个省报的朋友，把我所了解的羽和她儿子的故事讲给他听。我说，我们不要花一分钱，我们就是通过讲故事的方法，讲给主管教育的领导听，甚至讲给妇联讲给社会听，我相信这个社会一定还会有爱心有同情心的。如果这个事我们做不成，我宁愿辞去记者的工作。朋友说，我们一起努力。

一周后，当我和我的朋友为小强的事到处求人的时候，羽从那个大城市打电话给我，说不用再找人了，孩子中考的成绩下来了，超过录取分数线3分。我听罢，大声地说，祝贺你啊羽，小强真棒！羽告诉我，她到学校问分数的时候，都没敢带孩子去，她怕考试失败了，没法面对孩子。我说，现在你可以了，见到孩子你最想说什么？羽停顿了一下，声音哽咽着对我说："我的儿子是奇葩！"

他拥有了自己的文学王国（代后记）

□刘　宁

与红孩相识，总感觉有一种坦率、热情、义气充盈心中；与红孩散文相遇，自是一番别有洞天的滋味，回味无穷。生活中拥有海纳百川个性的红孩与文学创作上敢破敢立的红孩构成了他人生对比鲜明的两极。也许正因为如此，红孩的朋友越交越多，红孩的文学道路愈走愈辽阔，愈走愈光明。

毋庸置疑的是，那个咬着京腔儿，携带着北京郊区农场气息的红孩以多姿多彩的文学样态出现在你的视野里，作为散文家的红孩，评论家的红孩，他有着很多种文学机构的身份，然而，我最喜欢的还是作为散文家的他。因为，散文视野里的红孩是摇曳多姿的作家，是个性鲜明的精灵，他笔下有千姿百态的人间风景，有丰富多彩的大千世界，以及入木三分的人性剖析内容。散文是个易写难工的文体，红孩散文的魅力在于他能从纷繁复杂的现实人生中淬炼出精彩的人生，看到真诚的人性和温情的心灵。

自古以来文人相轻，但是红孩却破除了这一规律，他对自己身边的作家朋友们总是饱含深情。他怀念史铁生，在《好朋友我们不说再见》里真诚地说："对文学人生而言，铁生是一个坚持文学的高度和难度的人。时间越久，越彰显他是一个有信仰的人。""文坛上有史铁生的存在，仿佛是一种文学精神的存在，有了他，就可以制衡那些喧嚣浮躁势力的东西。"就此而论，红孩是史铁生真正的知音。作为好朋友，红孩认为是不需要说再见的，可是面对着好朋友们接二连三地逝去，红孩心中波澜翻腾。汪国真故去时，他长歌当哭，字字泣血追忆这位80年代风靡一时的诗人。吕锦华去世之际，他泪洒纸笺，遥祭空谷佛音。而面对老一辈作家，红孩总是对他们保持着极大的尊重。冰心诞辰之日，红孩陪同吴青夫妇到老人雕像前敬献一束红玫瑰。观看电影《黄金时代》时，不禁从心里无限深情呼唤姐姐萧红。红孩就是那种老作家心中的好孩子，同辈作家心目中的红弟弟的一类作家，在他的文学世界里也因此充溢着一片纯真和深情。

然而，如果认为红孩散文创作专写名家大腕，那就错了。相比之下，他更喜欢写那些名不见经传，深情关注文学，抑或默默为社会奉献的芸芸众生。《阿妈的经筒不说话》里记叙从练摊开始从事文学创作的老田，《父亲的农民帝国》中讲述一生热爱文学的农民父亲，《心里为爱着的人点亮一盏灯》里描写默默坚守岗位的普通士兵，哪怕是在青藏高原上工作的女大校也进入到作家的视野里，“那一年，我在一本文学刊物上看到毕淑敏写的中篇小说《昆仑殇》，再后来，因为市委书记孔繁森的殉职，使我对阿里充满了无限的想象和真诚的敬意。”处于对生命深度和庄严性的思考使红孩发出“记住那里的美丽风景吧，记住那些满脸高原红的兵吧”的呼声(《女大校那天抹了红指甲》)。

而当红孩的目光从中国辽远苍茫的青藏高原掠过，越过高山大川，他看到“太行山上的山楂红了”，听到“洪泽湖里的蛐蛐”叫了，于是，他春天“请你喝一杯南昌茶”，“秋天去看台儿庄”。红孩不是地理学家，但是他却行游在中国的大地上，作为最深情的散文家，他每到一处皆能发现当地最有情趣的人物和事件，并融入自己深刻的生活感受，从而创造出“这一个”。至此，高山雪峰、松林深谷、凡夫俗子、世态人情，在红孩笔下都有了自己的生命，这种生命感仿佛声声入耳，又似乎历历在目。毫无疑问，红孩写出了地域的差异，实际就是土地的差异；写出了生命的百态，实则就是心灵的多样性。今天，当我们阅读红孩散文之际，谁能想象到那个当年在农场为小鸡注射疫苗，以致死亡一片的农场子弟，如今已成长为一名优秀的散文作家？对土地的热爱，对土地上人们的深情，是红孩散文颠扑不破的主题。他能从春夏秋冬、风雨岚霓中感悟到广阔的宇宙天地，在世态人情中葆有浓郁的人文情怀，从而在散文的这片沃土上写出了土的气息，泥的滋味，写出了不同个性的生命历程。尽管他笔下的生命来自不同的土地，不同的社会阶层，但是他能以文学的红线将他们连缀起来，并与他们发生着各式各样的文学联系。这份对文学的挚爱和坚守，在当今利益置前，精神在后的社会里，是那么引人瞩目，并为之动容。至此，红孩也就缔造起他的文学世界，在这个泱泱大国里，红孩是一位威武神勇的帝王，围绕在他周围和出现在他笔下的是他的文学子民们。

如果久久凝视红孩散文，你便会发现他一脚扎在泥土里，一手高擎着革命浪漫主义的旗，红孩是那种心里拥有浓郁的俄罗斯文学情结的作家。那种情结是一种在苦难中能升华出灿烂生命之花的情怀，是一种理想的云彩高高飘扬在天空的情愫。红孩散文表面看有许多写得轻松，甚至还有些喜剧幽默元素，但是在精神深层，红孩始终坚守的是文学的高尚性、神圣性。正是在这样一种强调生命深度与尊重生命庄严的文学理念支撑下，红孩散文才滋生出一腔正气，散发着一股纯真风，以及对底层小人物充满悲悯的情怀。由此，我们不难理解红孩《东渡 东渡》里对革命浪漫主义的彰显，对红色文化的推崇，对陕北人民寄予的无限深情。“人的一生会遇到很多河流，这河流或许因为水流湍急，使人们无法到达对岸。此刻，当我站在黄河西岸的吴堡县川口村红军东渡渡口，眺望那黄河之水从眼前缓缓流过时，我怎么也无法想象1948年3月23日毛泽东和中央前委机关是如何渡过黄河的。时间老人假如存在，我会问他：当年的红军从哪里来，又将到哪里去？诗人说：红军从人民中来，到人民中去。牧羊人说：红军从黑暗中来，到光明的地方去。佛祖说：红军从该来的地方来，到该到的地方去。”《东渡 东渡》一开篇表现的是生命的哲思，历史的哲思，现实中作家站在黄河西岸吴堡县川口村红军东渡渡口的眺望，在此际，历史与现实对话，诗人与牧羊人、佛祖对视，《东渡 东渡》所展现的历史的厚重感，现实的追寻性，宗教终极追问的特点使它成为红孩散文的代表作，尤其是放置在当前价值观念多元化的社会现实面前，《东渡 东渡》所蕴涵的价值和意义是不言而喻的，正因为如此，它已经化身为时代的精神航标，引领着人们精神向往光明。

散文的特征很多，红孩散文具有浓郁的叙事性。他的散文善于讲述一段鲜为人知的故事，倾心于描述一段陈年往事，而这些往事、场景又往往激活了红孩当年在北京郊区农场工作生活的情境。于是，从北京郊区农场走出来的红孩，总是不断地回首往日的生活场景，那里应该就是他的创作策源地吧，从北京郊区走向全国的红孩无数次回眸生命最初的起航点，并从这里辐射出去，冲破地域的局限，于是，一个不断跨界的红孩站立在我们面前。

事实上，红孩就是一位在文学创作中不按照常理出牌的人，他身上那种敢破敢立的精神，让你相信他敢于藐视一切权威，敢于挑战一切陈习。试想一个能够不断打破常规，勇于逆向思维的人，他又是一个什么样的人呢？他必然是一个拥有大手笔的人，必然是一个能够创作出震撼人心灵作品的人。红孩的一些知性散文表现出强烈的哲思，《所有的墙都是门》就是这样的作品。《所有的春天都在春天开放》《想留住让我留住的城市》，红孩散文标题命名匠心独运，有些标题读起来似乎有些绕口，但是细细品味却别有深意，这不是他在追求表现的深切与格式的特别的思想体现吗？与此同时，红孩这种敢破敢立的个性又与他别具一格的散文评论联系在一起。红孩的散文随笔常常写得出人意料，却又在情理之中。加之文辞简洁幽默，往往能够诞生意想不到的批评效果。还值得人钦佩的是，红孩大力倡导写短小精悍的文章，并能大胆提出“小文章里写大精神”的思想理念，这在当代散文创作追求长卷、厚重特性的时代风尚中，是何等的有魄力和勇气啊！

不拘一格去面对写作，不拘一格去面对文学新人，作为中国散文学会的主要组织者，红孩是作家，更是伯乐，敢于提携新人、任用新人，或者准确地说，在散文事业上，红孩也是一大批散文作家的培养者，文学自有后来人，散文自有新秀出，红孩对底层作家的关爱之情，使得众人愿意与他一起共建中国散文的大观园。

而今，红孩在中国当代文坛上已是花繁叶茂，从底层生活中走来的红孩又走向生活中去，这真是：提笔向红尘，开卷著佳文。赤心纯与真，破立总宜人。

2016年4月20日于古城西安

（作者系陕西省社会科学院文学艺术研究所研究员，文学评论家）